에일리언 클레이

ALIEN

에일리언 클레이

CLAY

에이드리언 차이콥스키 지음
이나경 옮김

문학수첩

통치부에 맞서 싸우는

모든 이에게 바칩니다

일러두기

- 이 책은 2024년에 출간된 Adrian Tchaikovsky의 *Alien Clay*를 번역한 것이다.
- 인명, 고유명사, 전문용어 등의 표기는 국립국어원 외래어표기법을 따랐다.
- 저자가 원문에서 이탤릭으로 표기한 부분은 볼드체로 표기했다.

CONTENTS

등장인물

임노 27g, '킬른'의 강제 노동 식민지 거주자. 지구의 정부에 해당하는 통치부 관할.

스태프

테롤런 사령관
니멜 프리맷 박사 – 생명과학 팀장
'핍, 풉, 팝' – 생명과학 연구원
베시칸 – 고고학 팀장
일서 라스무센 – 전 과학 팀장
목스 캘렌 – 엔지니어
수예 – 보안 팀장

노동자

헬레나 크로언 박사 – 발굴 지원 팀장
아턴 다데브 – 발굴 지원
일무스 이트린 – 발굴 지원
패리디스 오코스터 – 발굴 지원
마퀘인 엘 – 발굴 지원으로 배정 예정(허용 한도 내 폐기)
클레미시 버루다 – 일반 노동
아미에트 그레이즐 – 일반 노동
알락시 – 일반 노동

버테지오 키브 – 탐사 팀장
그릴리 – 탐사
하키라 – 탐사
예레미 – 탐사
오크리치 – 탐사

쇼어 – 일반 노동
프리스 – 일반 노동

부스 – 관리

PART 1

자유

1.

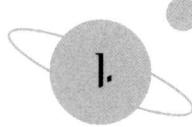

잠에서 깨는 장면으로 이야기를 시작하지 말라고들 하지만, 30년간 경성(硬性) 수면 상태였던 사람이 다른 서두를 찾기는 어렵다.

잠에서 깨어나는 것으로 시작하고, 밤샘으로 끝내면 어떨까.

경성 수면이란 전문용어라고 배웠다. 이때 경성이란 말은, 항성 간 여행을 위해 신체의 기능을 멈추고 건조, 동결시켰기 때문에 쓴다. 그들은 그 과정에 정확히 11분밖에 걸리지 않는 기술 수준에 도달했다. 우주선 가득 태운 범법자를 바짝 말려서…… 음, 생존이라는 말을 쓰려고 했지만, 물론 그런 게 아니다. **생존**이 아니다. 죽지만, 매우 특수한 고속 냉동 과정을 겪어 목적지에 다다르면 다시 가동될 수 있다. 이런 식으로 생명 기능을 차단하면, 건조를 거치지 않은 보통 사람은 누구나 죽을—영구적인, 회생 불가의 죽음 말이다—수밖에 없다.

그들은 우리 몸이 대략 이전 크기로 부풀어 오르도록 이런저런 것으로 가득 채운다. 이 과정에는 **대략**이 많다. 정확한 과학에 근거한 기술이지만, 정확히 나에 관해서는 그다지 관심이 없어서 그렇다. 내 사고 과정은 정지된 지점부터 다시 시작하지 않는다. 단기 기억은 보존되지 않는다. 비교적 최근의 신경 회로는 연결되지 못한다. 그러므로 깨어난 시점부터 시작하자. 과거 기억과 어느 정도 연결되기 전까지, 내게는 그것뿐이니까. 내가 누구인지는 알지만, 그곳이 어딘지, 어떻게 왔는지는 모른다. 그것만으로도 무시무시한데, 깨어난 곳이 어디냐 하면, 바로 지옥이다. 우주선이 부서지고 거대한 구조가 무너지는 굉음이 사방에서 들려온다. 나를 감싸고 있던 작은 반투명 구체가 떨어져 나와 구르기 시작하면서 이리저리 마구 부딪힌다. 구체 곡선의 표면을 통해 진동의 불협화음이 전달된다. 텅 빈 공간을 가로질러 여기까지 나를 운반한 뒤 산산조각 나는 우주선의 단말마다. 아래는 전혀 모르는 세상이다. 적어도 그때 내 머릿속에는 그 세상에 관해 아무런 정보도 없다. 그리고 머리 위로는 우주라는 살육의 장뿐이다. 위와 아래가 있다면, 이미 그 행성이 내 영혼을 놓고 벌인 전투에서 이겼고 내가 낙하하고 있다는 뜻이다. 유인원 인류에게 가장 오래된 공포, 새끼가 아무 생각 없이 나무를 꽉 쥐게 만드는 그 공포. 인류도 원숭이도 상상한 적 없는 종류의 추락이다.

내가 갇힌 셀룰로이드 감방의 벽을 통해서 사방에 다른 사람들이 보인다. 주위에서 같은 죄인이 고통받지 않으면 지옥이라 부를 수 없지 않은가. 모두 해체되는 우주선에서 떨어져 나온 구체 안에 있다. 공포로 일그러진 얼굴. 비명을 지르고, 벽을 두드리며, 눈물을 흘리면서, 무덤 입구처럼 입을 벌리고서. 과장된 묘사를 용서하시라. 나는 시인이 아니라 생태학자다. 쉰 명이 동시에 되살아나서 어리둥절해하는 무시무시한 광경을, 생태학으로는 제대로 전달할 수 없다. 나조차도 영문을, 조각나는 우주선을, 중력의 굶주린 아가리로 당기는 아래 세상을 제대로 이해하지 못하는 상태다. 오, 신이여! 그것이 기억나자 속이 메슥거린다. 그 혼돈 속에서 하필이면 기억나는 것이 '나는 생태학자'란 사실이라니. 생태란 것이 존재조차 하지 않는 먼 우주에서. 그보다 더 쓸모없는 자아 인식이 또 있을까?

깨어나지 못한 사람도 몇 명 있다. 나를 지나쳐 가는 구체 중에서 최소한 두 탑승자는 시스템의 실패로 바짝 마른 시체 상태다. '허용 한도 내 폐기'는 전문용어이고, 그것 역시 문득 떠오르는 달갑잖은 개념이다. 종착지에서 깨어나지 않는 사람은 늘 있는 법이니까. 그렇게 긴 여정에서 작용하는, 불가피한 엔트로피의 잠식이라고 한다. 그럴지도 모른다. 혹은 깨어나지 않는 사람은 가장 지독한 골칫거리였을 수도 있다. 살집이 없이 피부가 두개골에 붙어있는 상태로는 사람을 알아보기 어렵지만, 예전 동료 마퀘인 엘이 지나쳐 간 것 같다. 마퀘인은 그들이 줄이고 줄인 최소한의 비용으로 지구에서 여기까지 날아왔다. 그 돈이면 그녀를 소각 장치에 던지는 데 드는 비용과 비슷하지 싶다.

최소한의 비용이란 말이 떠오르니 또 하나의 지식이 생각난다. 또 한 차례 내 뉴런이 다시 연결되면서, 관련은 있지만 달갑잖은 사실이 이해된다. 이것이 **의도되었다는** 사실. 헤스페로스호는 난파된 것이 아니다. 오작동한 게 아니라 본래의 사양이다. 과거 우주여행에는 비용이 많이 들었고, 지금도 우주여행을 원하는 이들에게는 그렇다. 이동 중 여행자가 생존할 확률이 높아야 하고, 몹시 연약한 신체와 정신의 건강을 위해서 실제 의료 및 생명 보조 시스템을 제공하고 이따금 수면 상태를 중단해야 한다. 그리고 여행 목적을 성취한 뒤 **귀환** 수단도 제공해야 한다. 연료를 재공급하고, 속도를 늦추고, 높이고, 회항하는 등 복잡한 일을 수행할 수 있는 고급 우주선이 필요하다.

하지만 기계보다 저렴한 가격으로 손쉽게 노동을 시키기 위해서 범죄자를 먼 행성 노동수용소에 배달하기만을 원한다면 귀환할 걱정은 안 해도 된다. 범죄자는 지구로 돌아오지 않을 테니까. 그것은 종신형, 편도 여행이다. 머리와 온몸이 임노 27g의 중력으로 인해 낙하하는 동안, 반갑지 않은 사실이 더 떠오른다.

나는 되살아난 주먹으로 구체를 두드려야 하지만, 해체된 우주선에서 떨어져 나온 구체는 빙빙 돌고 있고 아래 세상은 점점 커질 뿐이다. 아무것도 없던 공간이 노랗고 파란 하늘이 된다. 황청색이란 것이 존재하나? 지구에는 없지만 그것이 임노의 하늘이다. 지구와 마찬가지로, 이 행성의 생물권이 대사 부산물로 대기권에 뿜어낸 산소 때문에 파란색. 공기 중 플랑크톤이 구름처럼 퍼져있어 노란색. 사실, 광합성을 하는 플랑크톤의 표면이 검기 때문에 노랑과 검정이 섞였다고 봐야 한다. 파랑-노랑-검정이란 하나의 색이 될 수 없다. 특히 하늘의 색은 될 수 없다.

우리는 낙하한다. 어느 시점에 낙하산이 펼쳐진다. 얇고 투명한 비닐로 만든 낙하산은 대기와 접촉하는 순간부터 이미 생분해되는 중이다. 우주선과 마찬가지로 이 낙하산은 기능을 다할 때까지 최소한의 시간만 유지되도록 설계되었다. 우주선, 지구 궤도에서 하나의 조각으로 찍어낸 이 이름 없는 플라스틱 쓰레기는 일회용 엔진과 우리를 완두콩처럼 담아가는 꼬투리가 전부다. 달걀 상자라고나 할까. 통치부의 영역 확장 부서에서 현재 '활동 중 행성'이라고 명명한 곳으로 시체를 운반하기 위해 만든 것이다. 우리를 임노 27g로 나른 뒤, 초고층 대기에서 분해되도록. 일회용 의료기가 살려낸 시체들이 굴러떨어지며 비명을 질러대는 와중에도 우주선만큼은 산산이 조각나도록. 깨어나지 못한 사람도 있지만, 깨어난 사람도 이런 하강에서는 살아남지 못할 것이다. 우리를 기다리는 것은 분명 죽음이지만 그 죽음을 남보다 일찍 맞이하는 이도 있다. 낙하산이 펼쳐지자 내 몸의 뼈가 삐걱거린다. 다른 이들도 땅이 벌린 아가리를 피하는 것이 보이지만, 고장을 일으킨 낙하산도 있다. 다시 죽게 됐다는 사실을 겨우 기억해 낸 사람들이 계속 비명을 질러댄다.

나는 깨어나지 못해 죽지 않았고, 대기권 끝에서 떨어져 죽지도 않는다. 나는 허용 한도 내 폐기물에 속하지 않는다. 그들은 필요한 비용과 배송 실패—즉 죽는 사람—비율을 공들여서 정확히 계산해야만 한다. 유죄판결을 받은 기결수를 먼 행성의 노동수용소에 죽으라고 보내는 비용을 한 푼이라도 더 쓰고 싶은 사람은 없기 때문이다. 그 기결수는 체제에 저항한 대가를 평생 치르게 된 사람이다. 나 같은 사람. 나중에 알게 된 수치는 다음과 같다. 허용 한도 내 폐기 20퍼센트. 그것이 터무니없이 큰 투자 손실이라고 느낀다면, 다른 사람을 본인의 의지에 반해서 강제로 이동시킨 역사를 모르는 사람이다.

그들은 구체에 방향 조종 제트를 실었다. 작은 플라스틱이다. 일회용. 낙하하는 동안—참 오래도 걸린다!—거기에 불이 붙는 것이 보인다. 제트는 저마다 가스를 분출하며 그 과정에서 자체 파괴된다. 그 덕분에 내가 정해진 위치에 착지한다면 다행이다. 노동수용소에서 먼 곳에 떨어지게 된다면, 그들은 나를 찾느라 시간을 낭비하지 않을 것이다. 따라서 나는 구체에 갇히거나, 구체 밖에서 죽게 될 것이다. 임노 27g에는 사람을 죽일 것이 가득하기 때문이다. 특히 혼자서, 뇌 기능이 절반밖에 돌아오지 않은 상태로는 죽기 십상이다. 그렇다고 이 외계에서 살아남는 데 도움을 줄 지식이 머릿속에 든 것도 아니다.

하지만 내게는 그런 일도 일어나지 않는다. 나는 폐기물에 해당되지 않는 모두와 함께 같은 장소, 그들이 기다리는 장소에 착지한다. 수용소 사령관이 사람을 많이 보냈다. 혹시 우리가 낙하하는 사이 혁명 분과라도 꾸렸을까 하는 마음에. 폭동 진압용 방호복과 총—허용 가능한 시간 동안만 사람을 죽이는, 지구에서 본 기억이 (이제야) 나는 '최소한으로 치명적인' 공중질서 유지용 도구—을 보자, 내가 가담했던 혁명 분과가 있었다는 사실이 떠오른다. 당연히, 우주선에서 그런 일은 없었다. 우리는 급속 냉동된 시체 상태였으니까. 낙하하는 동안에도 그런 조직은 없었다. 비명을 지르느라 바빴으니까. 하지만 지구에서 그들이 우리 조직망에 침투해서 우리의 연락처를 추적해 우리가 아는 모든 사람을 친구 혹은 가족이 배신한 결과로 체포하기 전에 나는 실제로 문제의 조직에 가담했고, 그래서 이렇게 됐다. 지구에서 나는 꿋꿋이 그 사실을 자랑스러워하기도 했다. 복잡한 궤도 구역의 우주공항 부속 교도소에서, 수용소로 추방된다는 사실을 알고 있었지만 적어도 내 몫을 감당하려고 했다. 나 같은 미천한 학자라도.

지금, 이 절망적인 상황으로 곤두박질친 뒤 사형집행단/환영위원회를 보니 그 모든 일이 후회된다. 만약 어느 행정관이 마술처럼 나타나서 자술서를 쓰면 사면해 준다고 하면, 나는 펜을 쥘 것이다. 노래 가사와 달리, 나는 여기에 오기까지 내린 선택을 하나같이 후회한다. 마음이 약해진다.

나를 감싼 구체가 쪼그라든다. 축축한 비닐에 숨이 막혀 죽을까 봐 버둥거리는 와중에 그들이 그것을 잘라 나를 꺼낸다. 그들에게는 그 용도로 쓰는 달궈진 칼 같은 도구가 있다. 내 허벅지에 얕은 상처가 길게 남아, 그들이 그 칼을 마구 휘두르고 있음을 증명한다. 그들이 너무 늦게 구체를 잘라내는 바람에 마지막으로 한 명이 더 폐기된다. 모두 허용 한도 내 수치다. 그렇게 끝났다. 우리는 착륙했다. 나는 외계의 하늘을 올려다본다.

2.

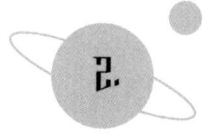

나는 가만히 있고 싶은데 그들이 가만히 두지 않는다. 우리는 발을 헛디디고 비틀거리며, 무감각하고 둔한 혀로 말을 해보려고 한다. 폭력배들이 우리를 붙잡아 흔들고, 이리저리 밀친다. 물리적 이동이라기보다는 앞으로의 생활 강의 1과에 가깝다. 내 어깨에는 묵직한 손이 놓이고, 짧고 형식적인 악수에 내 치아가 덜거덕거린다. 그러는 내내 나는 저주받은 동료들의 얼굴을 훑는다. 생각이 뚝뚝 끊기고 이유도 기억나지 않다가, 문득 떠오른다. 마퀘인. 마퀘인도 같은 우주선에 탔다. 함께 소모품으로 배송됐다. 내 친구, 내 동료, 나와 함께 온갖 문제를 일으키던 정치범. 저 위에서 바짝 마른 해골 상태로 심연을 향해 굴러간 사람이 그녀일 리 없다. 그토록 탁월한 정신의 소유자이자 저명한 커리어를 쌓은 친구의 최후가 그런 것일 리 없다. 나는 다른 사람들에게 부딪히며 혀 꼬부라진 소리로 지껄인다. 닥치는 대로 건드려보지만, 죄다 모르는 사람이다. 마퀘인은 여기 없다. 그녀는 지구 궤도에서 그들이 우리를 건조시켰을 때 우리와 함께 사망했고, 약속된

부활을 얻지 못했다.

마케인 엘은 우주 공항의 시설에서 내 옆방에 있었고, 우리는 벽을 사이에 두고 대화할 수 있었다. 요령만 있으면 가능했다. 벽을 긁어서 빈 공간을 찾아내 소리를 전달하면 됐다. 그곳도 그들이 우리를 태워 보낸 파편 우주선보다 나을 것 없었다. 내가 벽의 긁힌 자국에 귀와 턱을 대고, 옆방 사람이 그 지점 반대쪽에 입을 대면 말소리가 들렸다. 긁힌 자국은 우리보다 먼저 그 감방에서 그 사실을 알아낸 사람들이 다음 사람을 위해 남긴 것이다. 우리가 쉽게 그 위치를 찾아내도록. 따지고 보면, 그 감방에서 오래 지낸 사람은 없었다. 이제 와서 그 사람들을 생각해 본다. 우주선을 타고 떠나기 직전, 어쩌면 허용 한도 내 폐기물이 될 수도 있는 사람이 만나지도, 알지도 못할 사람을 위해 벽에 자국을 남길 방법을 찾는 모습. 다음에 올 사람과 단 하나의 공통점이 있다는 이유만으로. 세상 밖으로 추방당할 정도로 통치부의 적이 되었다는 공통점 말이다.

마케인은 물리적으로나 이념적으로나 내 옆에 있었다. 우리는 비정통 학설을 함께 신봉하는 범죄자였다. 내가 아는 한 그녀는 나처럼 강경한 저항에 참여하지는 않았지만, 그래도 마찬가지다. 분과위원회와 그에 따른 모든 것. 그것을 무기 삼아 통치부를 공격하기로 한 사람은 유약한 학자인 나였다. 책상머리 선동가가 되지 않기 위해서. 하지만 우리는 나란히 감방에 갇혀 우주선을 기다려야 했다. 다른 무엇보다 그 사실을 보면, 나는 학문적 비행만으로 잡혀간 것이지 내 기록에 다른 내용은 없음을 알 수 있었다.

우리는 둘 다 같은 분야의 신인이었고, 나이도 비슷했다. 대형 호화

궤도 한 곳에서 학회가 열렸고, 거기서 마퀘인과 나, 또 한 명의 동료 일무스 이트린은 삼총사처럼 뜻을 모았다. 우리는 그들이 프린트해 준 고급 홍차를 앞에 두고 통치부의 신조에서 벗어난 과학을 신나게 떠들어 댔다. 지구 시절 우리 각자의 대학 교수들이 귀를 쫑긋할 정도였다. 그때는 학술 통치부의 통제가 약하다고 느꼈고, 우리는 지식의 자유와 이성의 승리를 믿었다. 엄격한 과학 정통파가 결국 완전히 후퇴하는 듯 보였을 때, 우리는 우리 분야에서 온갖 생각을 펼치고 있었다. 따지고 보면, 우주생물학은 인기 많은 주제였다. 인간은 외계에 발을 들여놓았고, 그중에는 생명체가 있는 곳도 존재했다. 다음번 탐사로, 우리 모두가 확신한 '중대 발견'이 이루어지는 것은 필연처럼 보였다.

그로부터 10년 전, 내가 대학생이던 시절의 상황은 매우 달랐다. 정통파는 언제든지 내 목을 죌 수 있었다. 우리 목을 죄는 손가락 사이 좁은 틈에 맞지 않는 이야기를 하려면 비밀리에 속삭였다. 무삭제 교과서는, 인쇄하면 체포되는 지하 출판 소설처럼 손에서 손으로 넘겨졌다. 외계생명체의 첫 발견으로 학술 통치부는 크게 당황했다. 만약 우리가 무심코, 독단적 신조에 어긋나는 현실을 발견한다면? 무서운 일이다! 하지만 시간이 흐르며 모든 것이 용인 가능한 범위 안에 들어갔을 뿐, 우리가 아는 우주 개념의 대변동은 일어나지 않았다. 외계인이 나타나서 우리의 물리법칙을 부수지도, 우리 독재 정권보다 나은 문명의 운영 방식이 있음을 보여주지도 않았다. 때문에 그 시간이 지나며 정통파의 손아귀가 느슨해진 것 같았다. 그래서 마퀘인과 나와 일무스는 제19차 생명체에 관한 추가 전망 학회에 모여, 맛있는 커피와 프린트한 딸기를 놓고 입에 담아서는 안 될 것을 입에 담았다. 그때 건너편 테이블에 앉아있던 통치부의 관리들은 아무것도 듣지 않는 척, 고개를 숙이고 있었다. 그들은 과거의 존재였다. 우리가 미래였다.

이제 미래가 왔지만, 우리가 생각했던 미래는 아니다. 통치부의 철권이 쥐는 방식을 바꿨다. 손아귀 힘을 잠시 뺐던 것은 아마 손안에 든 것들 중에서 무엇이 가장 많이 꿈틀거리는지 확인한 뒤 제대로 압력을 가하기 위해서였던 모양이다.

통치부가 인내심이 부족하다는 소리는 하지 말자. 나는 여기, 지구에서 30년 떨어진 곳에 있지만, 이 모든 것이 장기적인 계획하에 이뤄낸 결과다. 그들은 우리에게 충분히 밧줄을 던져줬고, 온갖 목소리 큰 불순분자들의 신원을 전부 확인한 다음에야 숙청이 시작됐다. 혹은 조용한 반체제 인사 한 명까지 누군가의 블랙리스트에 올랐는지 내사 사무소에서 모조리 확인한 다음에 시작했다. 사실, 처음에 일무스 등이 걸렸을 때 나는 누락되었다. 취조실 경찰은 나와 마퀘인, 그리고 몇 명을 턱뼈에 남은 치아처럼 남겨뒀다. 우리는 10분의 1밖에 남지 않은 교수진을 두고, 잡혀간 석학을 그리며 울었다. 아무도 없을 때는 내심 한숨을 쉬면서 우리는 잡혀가지 않아서 다행이라고 여겼다. 우리는 내사를 피할 수 있다고 감히 믿었다. 그들 중에 우리와 동조하는 사람이 있는 모양이라고. 우리도 그들 사이에 침투할 수 있지 않을까? 다만, 현실은 그렇지 않았을 뿐이다. 그들은 우리가 올가미를 더 만들도록 밧줄을 더 제공한 것뿐이었다. 그래서 우리는 숨었다. 우리가 만든 새 신분은 싸구려 가발과 가짜 코 수준이었다. 우리는 누가 내사 사무소에 친구를 팔았는지 알아내려고 했다. 가만 안 둘 거라고, 모여서 다짐했다. 첩자와 밀고자를 찾아낼 거라고. 우리는 발설하지 않을 거라고.

하지만 모두가 발설하고, 밀고자가 너무 많아서 다 찾을 수 없을 정도다. 내가 마퀘인보다 먼저 잡혔고, 우주 공항 시설의 감방에서 마퀘인은 내가 자기 이름을 댔는지 묻지 않았다. 그녀 자신이 발설했는지도 말하지 않았다. 마퀘인은 그 대답을 듣고 싶어 하지 않았다. 추방 담당 직원을 제외하고 마퀘인이 가장 상대하기 싫어한 사람은 나였다. 그래서 우리는 다른 이야기를 했다. 지구의 일. 여러 면에서 마지막 기회였다.

그리고 지금 살아남은 사람이 전부 보이는데 그녀의 얼굴은 없다. 우주선이 부서질 때 스쳐 지나간 사람은 그녀였다. 마퀘인은 죽었다. 아니, 되살아나지 못했다. 이 시대 가장 명철한 석학 한 사람이 허용한도 내 폐기물에 속해버렸다. 그리고 쓸모라곤 없는 나는 외계에서 아직 살아있다.

호기심 없는 독자를 위해 간단히 설명하겠다.

내가 지구에서 추방된 시점에서 인류는 열한 개의 태양계 바깥 행성으로 여행했다. 그리고 실제로 그곳에 발을 디뎠다. 무인 탐사를 한 행성은…… 마지막으로 센 것이 일흔여덟 개였던 것 같다. 인간의 족적이 없는 예순일곱 개 행성은 당국에서 검토 중이거나, 자동화 개발로 강등되거나, 재고의 가치가 없는 것으로 간주되었다. 은하계 가까운 곳에는 바윗덩어리가 많다. 우리가 가본 열한 곳 중에서 아홉 곳이 자체 생명체를 생산했고, 나머지 두 곳은 광산이 풍부하면서 인간이 키를 잡을 필요가 있는 묘한 위치에 있었다. 그리고 비록 방금 전 '나는 어떻게 죽을 수 있었나'를 다양하게 지켜봤음에도, 그곳에 배치되지 않아서 참 다행이다. 공기도 없고 독성만 가득한 바윗덩어리의 채굴 작업에 투입되지 않아서. 물론, 생명체가 존재한다고 해서 반드시 공기가 있거나 독성 물질이 없다는 의미는 아니다.

하지만 생명체라니. 조사한 일흔여덟 개의 세상 중에서 어떤 종류든 생명체가 존재하는 곳이 아홉 곳이다. 그 말을 듣고 실망스러울 수도 있겠지만, 나와 같은 우주생태학자에게는 굉장히 신나는 일이다. 이 분야 선배들은 일흔여덟 개가 아니라 몇 개라 해도 0이 될까 봐 염려했다. 그랬다면 끔찍했을 것이다. 우선, 우리 일거리가 없어졌을 테니까.

생명체가 있는 아홉 곳의 세계 중에서 여섯 곳에는 대세포(macrocellular) 규모의 생물이 없다. 여기서 '세포'란, 지구의 세포가 아니다. 이곳 생물은 육안으로 볼 수 없을 만큼 작은 개체로 구성되어 군집을 형성하거나, 심해 분출공 가장자리에 색깔 있는 껍질 같은 무작위 군집을 이룬다. 혹은 미량의 과거 세대가 켜켜이 쌓인, 불룩하게 못생긴 암초를 형성하거나. 즉, 일흔여덟 개의 세계 중 지구인에게 익숙한 규모의 생물을 생산하는 데는 단 세 곳이다. 이 역시 실망스러울 수 있지만 내게는 매우 경이롭다. 고작 일흔여덟 중에서 **셋**이나 있다니. 은하계는 생명체로 가득하다!

지금껏 그 외계에 **방문**해 본 적은 없다. 외계로 가는 학자 명단은 두 종류가 있기 때문이다. 하나는 이념적으로 학술 통치부의 신임을 받는 이들인데, 나는 그렇게 될 정도로 알랑거린 적도 타협한 적도 없다. 다른 하나는 불법을 저지른 뒤, 전시용 재판을 받고도 처형되지 않아서 일회용 우주선에 태워져 추방되는 이들의 명단이다. 내가 방금 그 우주선을 타고 왔다.

여기 서서 이 신세계를 처음 바라보며, 나는 이 정도면 다행이라고 생각한다.

줄어든 여생 내내 광물을 캐거나 외계 바이러스를 연구할 가능성 외에, 그 세 곳의 세계 중 또 하나, '스웰터(Swelter, 무더위라는 뜻—옮긴이)'라고 부르는 임노 11c는 온대 지역 평균기온이 섭씨 84도이며, 공기가 대부분 연기일 정도로 지질학 활동이 많다. 그곳 생물은, 비록 복잡하고 신기하긴 하지만, 심해 분출공을 따라 서서히 이동하며 지열 에너지를 받는 무기력한 생태계를 구성한다. 한 마디로 전부 달팽이거나, 치명적인 중독을 피하기 위해 체내에서 배출해야 하는 중금속 껍질을 가진 연체동물이라는 뜻이다. 치명적 중독이 스웰터의 수용소 노동자의 사인 가운데 두 번째로 흔한 원인이라고 들었다. 첫 번째는 압사 사고다. 바다가 매우 깊고 물이 매우 무겁기 때문이다.

그와 반대로, 세 번째 행성의 달, 캘럽 3p 혹은 '타르트랩(Tartrap)'은 더럽게 춥다. 그리고 더럽게 추워서 죽는 것이 그곳의 일상이다. 지구에서 멀리 떨어진 거대 기체 행성 주위를 돌면서도 타르트랩이 완전히 얼어붙지 않는 것은 오직 모행성의 조수 가열 덕분이다. 그곳에는 액체 탄화수소 바다가 있고, 외계의 화학합성으로 생겨난 복잡한 생태계가 존재한다. 거기서는 모든 것이 아주 크고 아주 느리다. 그곳은 인간 연구자가 도착한 이후로 몇십 년간 생물의 생식이 일어난 적이 없어서, 대부분의 크고 느린 종이 어떻게 새로운 외계종을 생산하는지 알아내지 못한 상태다. 거기 비하면 내가 살게 된 임노 27g는 천국이다.

하지만 천국 같은 기분을 느끼는 사람은 없다. 그들이 우리를 얼려서 배송할 때 입힌 종잇장 같은 일체형 의복을 걸친 채 거기 서있을 뿐이다. 그것을 옷이라고 불러도 될지 모르겠지만, 그 옷은 이미 찢어지고 있다. 우리는 결국, 은하계에서 가장 저렴한 로마인 코스튬 파티에 모인 사람들처럼 어깨와 허리춤의 알량한 천을 부여잡고 있다. 게다가 춥다. 그때가 아침이며 27g에는 심각한 일교차가 있어서 정오 무렵에는 땀을 뻘뻘 흘리게 되고 해질녘이면 기온이 영하로 떨어지리라는 것을 머리로는 알고 있다. 그리고 공기에서 타는 냄새가 난다. 그것이 지역 광합성 경로의 부산물이라는 사실 역시 머리로는 알고 있다. 공기 냄새를 맡을 수 있다는 사실은 이미 스웰터나 타르트랩보다 낫다는 뜻이다. 그 두 곳에서 숨을 쉬었다가는 금방 죽을 테니까. 그래서 사실 나는 매우, 굉장히 운이 좋다. 일흔일곱 가지 문제를 겪을 수 있다 해도, 임노 27g에 온 것은 행운이다.

〔혹시나 해서, 이해력이 달리는 학생을 위해 설명하자면, '임노'는 이 항성계를 재방문한 우주 발견 통치부 프로그램이다. 이 항성계는 새로운 협약에 따라 이 프로그램에서 명명한 스물일곱 번째이고, 내가 방금 발을 디딘 이 세계는 그 항성에서 여섯 번째 행성이다. 물론, 우리는 그렇게 부르지 않는다. 우리는 이곳을 킬른(Kiln, 벽돌 등을 굽는 가마—옮긴이)이라고 부르고, 지구에 살던 때 나는 그것이 기온차를 가리키는 이름인 줄 알았지만 알고 보니 그게 아니다. 킬른에는 통치부 본부에서 아무도 말하지 않은 비밀이 있었다. 따지고 보면, 정보를 차단하기란 쉬운 일이다. 지구에까지 소문이 나는 데 30년이 걸리고, 방송국은 통치부 휘하의 채널 하나뿐이니까.〕

우리의 구체는 인공적으로 편평하게 만들어 기계 자국이 가시지 않은 공터에서 터졌다. 환영위원회는 우리를 수용소에 제대로 집어넣느라 바빴다. 익숙한 철조망과 강판 벽 위로 솟아오르며 때 묻은 플라스틱 반구형 돔을 이루는 건물이 보인다. 진짜 집 같다. 마퀘인과 내가 수용되었던 추방자 수용소도 똑같았다. 나는 그 뒤를 보려고 최대한 목을 길게 뽑아본다. 외계, 좋다, 내가 죽을 외계니까. 당연히 호기심이 생긴다. 구멍을 파고 화장실 청소나 하느라 밖에 다시는 나오지 못할 줄 알기에, 광활한 야외를 적어도 한 번은 보고 싶다.

숲이 있다. 수용소 벽과 숲 사이 100미터 정도 공간이 있지만, 그들에게 등 떠밀려 들어가기 전 그 숲을 잠시 볼 수 있다. 솔직히, 정확히 말하면 나무도 식물도 아니긴 하지만, 태양열 수집의 기본 물리학이 그것의 근사치를 생산한다. 비록 출발점은 굉장히 다른 구성 요소지만. 그리고 킬른의 생명 작용에서 필수 요소는 아미노산 같은 익숙한 구성 요소 외에 탄소-수소-산소다. 그것은 실질적인 생명체가 전혀 없어도 온전히 자체 형성될 수 있다. 스웰터나 타르트랩의 생물은 지구와 겹치는 부분이 있고, 킬른은 더욱 그렇다. 그래도 여전히 매우 다르다. 호환 불가능하다. 그들은 다른 수단을 통해 같은 목적에 도달한다. '나무'는 검은 꽃잎이 붙은 커다란 장미 모양이 위에 달린 두툼한 화병 같다. 지름이 20미터나 되는 경우도 있다. 수지상 구조(dendritic structure)는 전혀 없다. 지구 생물에서는 나무로부터 폐의 통로까지 수없이 반복되는 패턴, 큰 가지에서 작은 가지로의 연결 구조가 존재하지 않는다. 여기서는 커다란 구근 같은 몸통과 광합성을 하는 거대한 잎-꽃잎-날개가 화려하게 돌려났을 뿐이다. 빛을 최대한 먹어 치워 녹색조차 발하지 않아서 검정색에 가깝다. 부풀어 오른 몸통은 노랑-주황색으로, 불에 탄 것 같은 흙색과 거의 비슷하다. 킬른을 처음 잠깐 보는 동안에는 운동성 생물을 발견할 수 없지만, 그것들도 저 밖에 존재한다. 식물을 베어낸 땅에, 적어도 낮 동안에는 다가오지 않을 뿐이다. 적어도 우리가 그곳을 가로지르는 동안에는. 그들은 우리를 수용소 담장 안으로 밀어 넣는다. 늑장 부리는 자를 걷어차고, 총 개머리판으로 때리며. 대부분은 낯선 외계에서 지붕 밑으로 들어가는 것이 반가울 따름이다. 등과 어깨를 얻어맞는 건 나다. 제대로 전문적인 잔혹 행위도 아니다. 거기에는 히스테리에 가까운 느낌이 있다. 미러 바이저가 달린 헬멧을 쓴 그들이 숲 쪽을 흘끔거리며 서두르는 기색이 뚜렷하다.

그다음 그들은 우리를 대문 바로 안쪽의 밀폐실에 몰아넣고 죽어라 가스를 퍼붓는다. 뭔지 모르지만 눈물이 흐르고, 목구멍이 타는 듯하고, 살갗이 따끔거린다. 그 과정이 족히 3분은 계속된다. 그런 과정이 하도 여러 차례 반복되다 보니 결국 1초씩 세기 때문에 안다. 모두 그 가스를 폐부 깊숙이 흡입한다. 그 과정이 끝나자, 동료 중 한 여성이 목을 부여잡고 쌕쌕거리며 숨을 몰아쉬면서 쓰러진다. 간수가 들어오기 전에 그 여자는 죽는다. 아니, 그들은 그 여자가 죽기를 기다린 뒤에 들어왔다. 멀리서 돕지 않는 것보다 가까이서 돕지 않는 게 더 불편하니까. 알레르기 반응이다. 0.5퍼센트가 오염 제거제에 알레르기가 있다고 들었다. 즉, 이렇게 죽을 확률은 상당히 낮다는 뜻이다.

솔직히, 이쯤 되면 죽을 고비를 하도 많이 넘겨서 불사신이 된 기분을 느껴야 하지 않나.

하지만 그런 기분은 느껴지지 않는다. 평생 이처럼 가까이서 죽음을 느낀 적은 없다. 사법수용소에서 재판을 기다리던 때가 기억난다. 나는 굉장히 반항적이었다. 파시스트 정권에 반대하는 원칙주의 학자. 어디, 해볼 테면 해보라지! 교수대에 서서 저들에게 침을 뱉으리라. 다만, 교수대가 아니었다. 내 처형은 고향 지구에서 몇 광년이나 떨어진 곳에서 죽도록 고생한 뒤에야 실시된다. 건조 동결 과정이 어떤지와 상관없이 반항심은 잘 되살아나지 않는 모양이다.

그들이 드디어 우리를 밀폐된 오염 제거실에서 꺼낸다. 수용소 돔 아래 무엇이 있는지 보인다.

당연히, 예상대로다. 그곳 흙으로 콘크리트 비슷한 것을 만들어서 야트막하고 못생긴 건물을 지어놓았다. 어디가 노동자 숙사이고 어디가 작업장과 병원—혹은 병원 겸 연구 시설(과학이 환자를 손쉬운 자원으로서 필요로 하면 늘 안심이 된다, 정말 그렇다)인지 곧바로 알 수 있다. 예상대로, 스태프와 간수가 거주하는 갠트리(각 공간을 연결하고 가로지르도록 사용하는 교각 같은 구조물—옮긴이), 고층 건물과 상부 거주 구역이 복잡하게 얽힌 모습이 보인다. 그들은 그곳 높은 데서 우리 비천한 것들을 감시하고, 침 뱉고, 필요하면 쏘아 죽일 수 있다. 그 위에는 통신 및 통제 장비가 있을 것이다. 위성과 킬른을 위한 궤도 인프라 등. 지구와 연결된 생명줄이 있을 것이다. 결국 그들은 우리와 달리 언젠가 돌아갈 테니까. 하지만 내 관점에서 이 모든 것은 그저 평범할 뿐, 흥미롭지 않다. 수용소 건물이 원형 고리를 이루는데, 그 가운데는……

그 중앙 구조물은 죽은 나무로 만든 거라고 나는 잠시 생각한다. 벽이 나무처럼 둥근 형태이기 때문이다. 다시 보니, 그것은 화석이다. 부서진 화병 같은 구조물을 지나 솟아오른 암석 같은 첨탑을 보고 내린 판단이다. 규칙적으로 돋아난 나뭇잎들이 이제 시들어 떨어진 모습의 첨탑이 여럿이다. 이 외계의 초기 시대에 생긴 거대한 화석. 하지만 내가 허튼 생각을 하는 것은 거기까지다. 이 천재적인 작품을 내가 생태학의 영역에 가둬둘 수 있는 것은 그때까지다.

이것은 **만들어진** 물건이다. 건물 혹은 건물이 남긴 잔해다. 킬른은 과거에 문명을 자랑했고, 거기 보이는 잔해의 형태는 과거 지구에서 쓰던 가마와 비슷하다. 그래서 이 행성에 킬른이라는 이름이 붙은 것이다. 우리는 여기서 다른 생물만 발견한 것이 아니라 다른 **지성**을 발견했다. 일흔여덟 개 세계에서 복잡한 생태계를 세 곳 발견한 것과는 별개로, 우주 전체에 또 다른 지성이 존재한다는 사실은 온갖 가정을 열어놓는다. 잠시 내가 죄수라는 사실을 잊는다. 내 정신이 자유를 얻었으므로.

그것을 좀 더 살피려는데, 간수들이 들어오더니 나를 사령관 앞으로 몰아간다. 수용소에 들어온 지 5분도 안 되었는데 벌써 큰일 난 것 같다.

3.

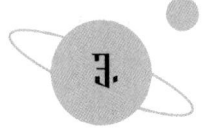

그들은 중요 부위를 종이 누더기로 가린 상태인 나를 갠트리 계단으로 끌어 올린다. 덕분에 정강이가 벗겨지고 무릎이 긁혔고, 꼭대기에 다다르자 그나마 소중한 천조각도 별로 남지 않는다. 그들이 모두에게 내 가련한 체격을 전시하려고 나를 거기 몰고 올라갔을 리는 없다. 질문을 하려는데, 그들은 폭력 외에는 대답할 생각이 없다. 지금껏 내 경험으로 그런 폭력은 대화를 끝장내는 묘수다.

"내가 뭘 했다고 이러는 겁니까?" 나는 따진다. 두 번째 질문은 애걸에 가까워진다. 거물 앞에 떼밀려 갈 이유는 별로 없다. 그리고 배송 방식을 통해 이미 여러 본보기를 제공했으므로, 그들이 바로 그 시점에서 누군가를 본보기로 삼을 까닭도 없다. 하지만 떠오르는 것은 그뿐이다. 그들이 공사장 비계에 나를 매달아 그곳의 운영 방식을 모두에게 가르치려 한다는 것. 학자가 직업인 자가 교훈으로 삶을 마감하다니, 최후의 아이러니다.

위쪽의 복합 건물로 밀려 들어가자 나는 정신없는 와중에도 예측을 바꾼다. 고문 혹은 오락용 구타일까. 간수들이 매번 도착하는 우주선에서 한 명을 골라 개인적인 오락에 쓸 수 있다고 계약서에 적혀있을지도 모른다. 따지고 보면 그들의 삶에는 여흥이 없을 테니까. 나는 손잡이나사와 전극, 커다란 곤봉과 쉽게 씻을 수 있는 바닥이 있는지 찾는다.

간수 우두머리가 내 머리를 치더니 남은 누더기 옷을 찢어버린다. 나는 이 통치부의 충실한 하수인들에게서 새롭게, 혹은 마지막으로 받을 억압을 예상하며 마음을 다잡는다.

통치부의 일은 통제다. 통치부가 우주로 나가기를 원하지 않았다면, 반체제 인사를 담당 구역에서 실어 나를 우주 지하철도 같은 것도 생기지 않았을 것이다. 통치부가 태양계 이외의 생물에 관심이 없었다면, 스웰터, 타르트랩, 킬른 등에 보낸 탐침을 통해 전달받은 데이터를 없애버릴 수도 있었다. 혁명 지역 분과에서 페트병 로켓과 줄 따위를 가지고 우주 연구 프로그램을 만들어 경쟁을 시작할 가능성은 없으니까.

그러니, 외계생명체의 증거는 전부 감춰라. 죄다 별의 특징일 뿐 에너지를 일으키는 방식으로 조직되지 않았으니, 모두 교과서나 읽으면서 외계인 생각은 잊어주면 감사하겠다. 물론, 통치부는 원하는 대로 통제해 본 적이 없다. 말은 새어 나가게 되어있다. 언제나 그렇다. 성가신 학자들은 결국 세세한 것을 파다가 통치부가 감추고 싶어 하는 '어떤 것이 저 밖에 존재한다'는 사실을 알아낸다. 그 정도만 밝혀내도 우리에겐 힘이 나는 승리가 될 것이고, 이 말에서 여러분은 우리 모두가, 더 큰 틀에서 보면 얼마나 시시한 존재였는지 알 수 있을 것이다.

아마 통치부의 관료들과 고분고분한 학자들이 그들의 관점에서는 우리와 똑같이 시시했기 때문인 듯 그들은 우리에게 그 정도 승리를 할 기회도 주지 않고, 아무것도 감추지 않았다. 데이터가 도착하자, 그대로 발표됐다. 우주의 생명체! 연구할 가치가 있다! 우리 연구자들은 소리 높여 행동을 요구했다. 아니, 그러지 않았다. 발표가 이루어진 순간 이미 행동이 시작되었기 때문이다. 생물이 사는 외계는 다 노동수용소와 과학 팀, 발굴 회사가 가서 희귀 원소를 개발하기로 한 것이다. 정말로 희귀 물질만. 흔한 것을 수십 광년 떨어진 곳으로 수송해봐야 무의미하니까. 너무 큰 비용이 들어서 투자 회수가 어려우니, 태양계 내에서 비슷한 일을 하는 편이 낫다.

물론, 비용이 문제다. 속 좁고 금지하는 것도 많은 통치부가 나 같은 사람을 킬른에 보내서 외계생물을 보게 하느라 소중한 자원을 쓰는 이유가 궁금할 것이다. 그렇다. **말을 잘 듣지 않으면 아주 저렴하고 지독한 방법으로 외계에 추방한다**는 위협도 채찍으로서 쓸모가 있지만, 그렇다고 통치부에 채찍이 부족한 것도 아니다. 그런데 왜 하필 외계생물을 보라는 건가?

앞서 말했듯이, 통치부가 하는 일이 통제이기 때문이다.

그들이 킬른 침공을 염려하거나 스웰터의 달팽이를 식민지 노예로 만들고자 한다는 말이 아니다. 철학적으로 말이다. 통치부는 우주 모델을 자세히 제작하기를 원한다. 아원자부터 우주까지, 그들은 그 모든 것이 어떻게 맞아 들어가는지 설명하는 교과서를 쓰고자 했다. 쉽게 감동하는 학자라면 그것이 굉장히 훌륭한 의도라고 여길 것이다. 통치부는 학술 쪽에 관심이 많다. 수많은 학자들이 서로의 비판에 정중히 답하며 상아탑 안에서 행복하게 살아간다. 예술에도, 과학에도,

특히 인문학과 철학에도 관심이 많다. 나쁠 것 없지 않은가?

내 관점에서 볼 때 탐탁지 않은 점은 그들이 방법론을 완전히 거꾸로 쓴다는 사실이다. 신과학주의 원칙은 액면 그대로는 굉장히 타당해 보인다. 우주 탐사와 외계 연구를 통해 우주에서 우리가 차지하는 위치를 이해하고자 하는 것. 하지만 시간이 좀 지나면, 그들이 우주 내 우리 위치에서부터 **시작**하고 있으며, 그 모든 연구의 목적이 **우리가 발견한 것**과 **그 의미** 사이에 깔끔한 직선을 긋는 것임을 알게 된다. 게다가, 화 있을진저, 그려진 그래프가 그 방향으로 나아가지 않는 자들이여.

그러니까, 시시하다는 것이다. 그래서 일무스와 마퀘인과 나 같은 학자들의 투덜거림은 모두 똑같이 시시하다. 하지만 그런 시시한 일 때문에 우리 모두 가장 저렴한 방식으로 우주로 추방되었고 마퀘인은 살아남지 못했다.

다만…… 내가 오늘 방금 본 것은 예외라는 것. 킬른의 잔해. **그것**은 스웰터의 해저 생물이 지구 선사시대의 이런저런 단계에 해당하는지 증명하거나, 타르트랩의 달팽이 대사 경로가 과거 생화학 석학들이 설파한 논리와 어떻게 맞아 들어가는지 증명하는 작업과는 조금 다르다. 그들이 킬른에서 그것을 발견한 이후에 이 사업에 걸린 판돈이 더 커졌다. 그들이 열심히 노력하면 데이터를 정말 삭제할 수 있다는 사실을 나는 지금에야 깨닫는다. 이에 관한 이야기는 단 한 마디도 지구의 토론 자리에 낀 적 없었으니까.

그 방에서 통치부의 거친 하수인들은 내가 얇은 봉투 같은 옷을 갈아입도록 새 옷을 준다. 진짜 옷인데, 이상하게 오래된 것이다. 그렇다고 순응을 높이 평가하는 통치부의 복식이 세월에 따라 많이 변한 것은 아니다. 하지만 딱딱한 옷깃의 높이와 커프스에 단추 대신 클립이 달려 수갑처럼 손목을 죄는 방식은 구식이다. 왼쪽 가슴을 가로질러 거의 겨드랑이 밑에서 잠그는 재킷은 두 세대 전에 유행하던 모조 군복 스타일이다. 테롤런 사령관과 그의 원정대가 여기 왔던 시절의 예복은 우주여행의 이념을 의도치 않게 드러낸다.

지구는 붐빈다. 태양계 식민지는 생산 한계에 도달했다. 하지만 이곳 연구를 위해 우리를 보냈다고 말하면서, 여기서 **살도록** 보냈다고는 말하지 않았다. 그것은 태양계 너머 '식민지'로의 추방이 아니다. 이곳은 단순히 특정 산업 혹은 연구 목적의 노동수용소일 뿐이다. 식민지도 있지만 태양계 안에만 존재하고, 그조차도 강력한 제한과 관리가 이루어진다. 거주가 힘든 수성에서 사람을 살게 하는 데는 비용이 많이 든다. 타이탄 위성이나 금성 위의 공중 공장에서 사람을 살리는 데는 비용이 엄청나게 든다. 차라리 태양계 이외의 행성, 특히 어느 정도 적당한 킬른을 식민지로 만들면 어떨까? 하늘 아래서 걸어 다녀도 곧바로 얼어 죽거나, 타 죽거나, 감압으로 폭발하지 않는 곳인데? 전 지구를 아우르는 초국가, '통치부'는 우주 제국을 원하지 않을까?

복장으로 설명해 보자. 이곳 킬른에서 통치부는 100년 뒤처져 있다. 중년이 지나 10년 혹은 15년 뒤면 국가에서 지정한 대로 은퇴하기 위해 우주선을 타고 지구로 돌아갈 테롤런 사령관이 자기 시절의 케케묵은 제복을 입고 저 위에 앉아있는 모습을 상상해 본다. 통치부가 시간을 멈추고 진보를 통제하려고 아무리 기를 써도, 테롤런이 돌아가서 만날 지구는 알아보기 힘들 정도로 변해있을 것이다. '완벽한 통치 상태'조차 수천 가지 방식으로 조금씩 변한다. 그들이 내게 선고를 내리고 추방한 지 30년이 지났다. 이곳 킬른에서 폭동이 일어난다면 그 소식이 전달되는 데 30년, 대응책을 준비하고 보내는 데 또 30년이 걸릴 것이다. 그사이 양쪽에서 무슨 일이 일어날지 누가 알까? 통치부는 은하계 전역, 심지어 가장 가까운 항성에조차 인류를 전파하는 데는 관심이 없다. 태양계를 쥐고 흔드는 것만으로도 그들의 권위를 충분히 시험할 수 있다. 역사를 삭제하고 온갖 행동과 반응을 감시해 시간을 정지시키는 것만으로도 힘에 부친다. 방대한 우주 전역에 숨 쉬며 살 수 있는 식민지를 세우고 사람들을 살게 하면 그들에 대한 통제권을 잃는 셈이다. 그들은 통치부에 의존하지 않고, 통치부와 경쟁할 것이다. 그래서 킬른의 노동수용소는—외계의 비슷한 시설과 마찬가지로—어딘가 다르다. 누구도 그곳을 집이라고 부르지 않는다. 폐쇄한 채 군대가 지배하고, 통치부가 신뢰할 수 있는 가차 없는 이념 지도자에게 맡긴 곳이다. 나는 그가 잔인하고 단호한 얼굴을 가진 사람, 공식 칙령이 아닌 새로운 사상은 머릿속에 하나도 들어있지 않은 사람일 거라고 상상한다. 괴물들에게 주권을 내어준 대신, 우리 죄수를 통치하는 괴물. 새로 받은 옷을 입고 나는 그 괴물의 소굴에 들어가기 전 마음을 다잡는다. 간수들이 나를 앞으로 밀친다. 그리고 나는 테롤런 사령관 앞에 선다.

솔직히, 그렇게 악당 같은 외모는 아니다. 대머리, 턱수염, 나와 같은 이상한 구식 복장. 그는 플라스틱 테이블의 맞은편에 앉아서 고용인이 차려주는 저녁을 먹는 중이다. 어머니가 예전에 만들어 준 것처럼, 진짜 요리 프린터로 만든 진짜 저녁 식사다. 그는 흰색 잔을 들고 눈을 반짝이며 내게 전통적인 건배사, "인류의 통치부 만세!"를 외치자고 권한다. 물론 나도 함께한다. 먹을 것만 준다면 나는 누구를 상대로든 위선자가 될 수 있다.

"질문해도 좋소." 내가 술을 마시는 동안, 테롤런 사령관이 말한다. 나는 경계하며 그를 본다. 아랫사람들에게 옹졸한 폭군이 되고 싶은 중간 관리자들이 몹시 좋아하는 충성도 테스트일 수도 있으니까. 아마도 사실 질문은 금지되었고, 나는 질문할 수 없을 것이다. 그 사실을 인지하는 것이 내가 정설을 따른다는 사실을 증명하며, 안 그러면 나는 반체제 인사다. 정설과 체제에 반대한 이유로 여기까지 실려 왔으니 그러면 나는 무엇이 되는가? 제곱 반체제 인사? 반체제 인사 중의 반체제 인사? 화장실을 청소하고, 종이 앞치마를 보호 장비랍시고 입고 원자로를 고치러 들어가는 사람이 되겠지.

그래서 나는 그가 "물어보라니까"라고 재촉하기 전까지 묻지 않는다. 섬세한 잔으로 술을 홀짝이는 그는 진정 세련되고 매력적이다.

그 이상한 구조물을 본 이후로 궁금해서 몸이 달았던 나는 결국 참지 못한다. 그래서 이런 말이 튀어나온다. "저 잔해는 누가 지은 겁니까?"

"그렇지." 테롤런이 동의한다. "누구. **무엇**이 아니라. 정통적으로 정확하군. 여기서 당신의 쓸모를 찾기를 바라고 있었소, 다데브 교수." 그는 내 영구 기록에 딸린 발음 파일을 들은 것이 틀림없다. 내게 이름이 있다는 사실에 대체로 관심이 없는 그 밖의 교도 근무자와 달리 내 이름 가운데 'g'를 발음하지 않았으니까.

"물론, 당신을 알고 있지. 좁은 분야니까." 테롤런이 말한다. 테롤런이 이곳에 온 시절 나는 겨우 대학생이었으므로, 이는 그가 지구에서 매번 《공인 학계(Approved Academica)》 신간을 받아 우주과학 부문을 읽었다는 뜻이다. 그 자리에 앉은 사람에게 사실상 놀라운 일은 아니다. 나는 잠시 나를 체포한 것이 그가 나를 부리고자 요청한 일이었는지 몹시 궁금해진다. 하지만 아니다. 나는 내가 한 행동 때문에 재판을 받았다. 게다가 그러려면 내가 첫 시험을 치르던 때 테롤런이 명령을 전달했어야 한다. 우리 둘 다 장수(長壽) 치료를 알고 있지만, 아무도 그 정도로 인내심이 많지는 않다. 하지만 나중에 알게 된 바로는 징역형을 받고 적합한 자격을 가진 학자라면 누구나 수용소에서 요청할 수 있었다. 이곳 첫 연구 책임자가 탈선하기 시작했을 때 킬른에서 보낸 요청이 내가 추락한 시기에 맞춰 도착했다. 그것 역시 몇 가지 경계 사례(환자에게 나타난 증상이 이미 확립된 어떤 병의 증상과 매우 유사하지만 전형적이진 않은 사례—옮긴이)일 수도 있었다. 내 친구 일무스처럼 매우 가벼운 비정통파가 극단적으로 '추방'된 것은 그네를 명시적으로 요청했기 때문일 수 있다. 지구에서 편도 우주여행으로 학자를 보낼 때마다 짭짤한 보너스를 받는 사람이 있었을지도 모를 일이다.

"들지." 테롤런이 권한다. 나는 재생 후 '극심한 허기' 상태에 도달했기 때문에, 먹는다. 맛있다. 킬른의 수용소 사령관과 그의 고위급 간부는 지구의 파놉틱 아카데미(Panoptic Academy) 교수진만큼 잘 먹고 산다.

"지구 단백질인가요?" 첫 한 입을 이미 소화시키면서 농담으로 한 말이지만, 진심으로 염려스럽기도 하다.

"대체재로 실험했소." 테롤런이 말한다. "실패했지. 원하면 결과물을 보여줄 수 있소." 눈은 여전히 반짝이지만 날카로운 유리 조각처럼 싸늘한 느낌이다. 혹시 빵을 나눈다고 해서 동반자 관계라고 착각이라도 할까 봐 내게 서로의 위치를 상기시키는 것이다. "교수." 그가 바뀐 기색도 없이 철권에 도로 장갑을 끼고(겉으로 온화해 보이지만 실제로는 강력한 통제력으로 상황을 주도하는 태도를 가리키는 관용구 'An iron fist in a velvet glove'에서 가져온 표현—옮긴이) 말한다. "이 세계가 내놓은 진퇴양난의 문제에 당신의 전문적인 의견과 협조가 있으면 좋겠군. 당신은 인간의 과학과 지식에 상당한 기여를 할 위치에 놓였소. 그것이 당신에게 중요하다면 말이지만."

"중요했죠." 내가 우물거리며 말한다. "지금도 그렇습니다."

"여기 오지 않을 정도로는 중요하지 않았군." 테롤런이 말하는 사이, 부하가 다가와 잔을 채운다. 테롤런은 잔을 빙글 돌리더니 주술사처럼 술을 들여다본다. "식량은 환원시킨 바이오매스지." 그가 말한다. "모든 것이 미칠 듯이 가깝지만 그대로는 먹을 수 없소. 밖에 나가서 외계생물을 구해다가 그냥 삶아 먹을 수는 없어. 다만…… 결국에는 그렇게 되는데, 그게…… 문제가 되지. 아니……." 그가 빠져든 몽상에서 나는 제외된다. 숲 한가운데서 미친 듯이 줄어드는 빵 부스러기처럼 감질나게 띄엄띄엄 흘러나오는 말에 내 운명은…… 어디로 가는가?

늑대한테로 향하겠지만 테롤런의 눈에 빛이 돌아왔고, 나는 1막에 적어도 4부가 있음을 알게 된다. 테롤런은 내가 호기심을 갖고, 염려하며, **그의** 사람이 되길 원한다. 내 직업을 미끼 삼아서, 낚아챌 것인지 버릴 것인지 내 운명이 전적으로 그에게 달려있다는 사실에 근거해 나를 꾀어 협력하게 하려고.

"여길 뭐라고 부르는지 물론 알겠지."

"임노 27g입니다." 나는 공들여 발음한다. 올바른, 공식 명칭을. 여기 반체제 인사는 없습니다, 사령관님.

"그리고?"

나는 내심 어쩔 수 없군 싶다. 누굴 속이려고? "킬른입니다."

"킬른." 사령관이 맞장구친다. "교수, 과거 여기서 뭔가 구워진 게 있소. 행성 이 지역에 수십 개의 군락지랄까, 기념비랄까, 신전 같은 것이. 작고, 비슷하지만 똑같지는 않아. 공통의 문화가 널리 퍼진 증거지. 우리가 전혀 이해할 수 없는 방식으로 지어진 문화인데, 자연현상이 아닌 인공 방식인 것은 확실해. 지적 존재의 작품. 과거 연구 기록이 있는데, 당신에게 접근 권한을 주지. 저 밖에 뭐가 있는지는 봤을 테고, 아마…… 아니, 먼저 한번 말해보지? 처음 받은 인상이 어떻소, 다데브 교수?"

나는 눈을 끔뻑거리며 시간을 번다. 내 안의 학자를 끄집어내어 그것에서 어떤 인상을 받았는지, 이 사람에게 솔직하게 말하고 싶은지 궁리한다. 하지만 내용이 워낙 빈약해서 꾸밀 것도 없다.

"단순해 보입니다. 규모도 작고. 그러니 작은 집단이거나, 몸집 자체가 작을 겁니다." 나는 인류 초기 단계, 농경 이전 혹은 농경으로의 과도기와 유사하지 않을까 생각한다. 혹은 개미집을 생각한다.

"내부 공간에 하수도와 상부, 하부 방이 있다고 하면 어떻소. 필시 법, 철학, 우주에서 차지하는 위상에 대한 고려를 요하는 다층적 문명의 증거가 있다면?"

나는 조심스레 고개를 끄덕인다. 크고 작은 방, 하수도, 심지어 더위에 대비한 온도 조절 장치까지 모두 개미집에 있기 때문이다. 알고 보니 모두가 군락을 이룬 곤충 혹은 그에 해당하는 생물체를 미화시켜서 박식한 사회학 논문을 쓰고 있다면 엄청난 웃음거리 아닐까? 테롤런 사령관은 내 표정에서 그 생각을 읽어내고 다 안다는 듯 미소를 짓는다.

"그렇지." 사령관이 말한다. "게다가 전력망도 있다고 한다면 어떨 것 같소. 실제로 무엇에 전력을 공급했는지는 모르겠지만."

"에너지원은요?"

"태양."

지구에서는 우리가 처음으로 태양열 패널을 만들기 수십억 년 전부터 생명체가 태양열을 이용했으므로 나는 다시 조심스레 고개를 끄덕이면서도, 디저트 트롤리가 오기 전에 저녁 식사가 끝나버릴까 봐 아는 체하지 않는다. 테롤런은 다시 한번 내 표정을 읽더니 더 활짝 미소 짓는다.

"글도 있소, 다데브 교수. 당연히 번역할 수는 없지만 문자와 장식, 예술이 있지. 다른 행성, 전혀 다른 태양계에서 진정한 사고 체계가 진화했다는 최초의 증거요. 우리가 단순히 짐작이 아닌 발표거리를 얻는 순간, 인류의 가장 위대한 발견이 통치부 전역에 발표되는 거지. 지금은 여기 아무도 없으니까. 짐작건대 1,000년 동안은 여기 아무도 살지 않았지만, 전쟁이나 의도적인 파괴의 흔적은 없소. 파괴의 원인은 시간이나 우리의 연구 방법뿐이지."

내 심장, 정신이 마구 내달린다! **글이라고?** 믿을 수 없다. 글처럼 **보이는** 것은 아주 많다. 특히 그것을 찾으려고 필사적인 사람에게는 그렇다. 고대 바위에 외계인이 끼적인 필기체 같아서 '필석(graptolite)'이라고 부르는 화석도 있다. 나는 이것이 미끼인가 생각하며 외교적 태도를 유지한다. "군락지나 지역 전체를 버리는 이유는 많습니다."

내가 또 한 번 시험을 통과한 듯, 사령관이 끄덕인다. "지질 조사에 따르면 이 행성은 그 시절에 더 습했고, 지금은 양극의 바다가 얼고 숲이 축소된 상대적 빙하기로 알고 있소. 하지만 이건…… 이 세계의 생물 도감을 정리했는데, 그 파일도 물론 보여주겠소. 저 밖에 존재하는 생물의 극히 일부에 불과하긴 하지만…… 이런 것을 지을 존재는 하나도 없소. 온 세상을 다 뒤져도, 자기 눈을 보고 자기인 줄 아는 존재는 없지. 제아무리 외계에 속한다 해도 짐승 수준을 능가하는 존재는 없소. 그들은 어디로 간 거요, 교수? 이곳을 지은 존재의 **유해**조차 없어. 선도자도 없고. 돌조각도 도끼도. 지성을 가지고 문명을 세운 종으로 진화한 것, 혹은 거기서 이전된 것은 아무것도 없소. 그들이 사용한 도구조차 발견하지 못했고, 그것이 없기 때문에 **어떻게** 지었는지도 알 수 없어. 내 말 이해하겠소?"

사령관이 일어서서 테이블에 기대자 끼익 소리가 난다. 그의 처진 얼굴에서 뜻밖의 진지함이 보인다. 그는 통치부의 하수인이자 동시에 과학자다. 테롤런 사령관은 지구 귀환선을 탈 때 발견 사실을, 킬른의 미지의 사라진 문명에 관한 해답을 가져가고 싶어 한다.

"당신이 이동 중에 살아남아서 다행이군." 사령관이 말한다. "두 명이 함께하길 바랐는데 다른 한 명은 견디지 못했어. 언제나 불행한 일이지. 킬른으로 오는 여정은 위험하니." 위험하지 않게 도착한 사람이 건네는 위로다. 다른 한 명이란 내 친구이자 동료, 동지를 가리키며, 테롤런의 이 건조한 몇 마디는 마퀘인 엘에게 보내는 추도사다. 마퀘인은 그렇게 보낼 사람이 아닌데. "킬른도 위험하지." 테롤런이 뒤늦게 생각난 듯 덧붙인다. "일반 노동력 회전율이 높거든. 감염은 계속해서 문제고." 지구에서 감염이란 위험한 사상과의 접촉을 가리킨다. 여기서는 생물학적 의미를 갖는 것 같다.

"날 협박하시는군요." 식사를 마치고 잔을 비운 나는 살짝 도박을 해본다.

"다데브 교수." 사령관이 말한다. "당신은 유죄판결을 받은 반체제 인사이자 비정통적 사상가요. 외계의 수용소로 추방됐고. 지구에서는 이곳 상황을 아니까 당신을 인간이 갈 수 있는 곳 중에서 죽을 확률이 가장 낮은 곳에 보낸 거요. 하지만 그래도 킬른은 조만간 당신을 죽일 거요. 그들, 노동자는 전부 죽이니까. 노동자의 존재 이유가 그거지. 당신도 마찬가지고. 하지만 당신이 제공할 수 있는 도움을 아니까 **나중에** 죽을 수 있는 기회를 제안하지.” 그가 손뼉을 치니 부하가 들어와서 식탁을 치운다. 간수들도 들어와 나를 의자에서 일으켜 세운다. 내 등이 떨어지는 순간 부하가 의자를 치운다. 내가 남긴 자리를 보고 사령관이 염려하지 않도록, 의자를 소각 장치에 넣을 모양이다. 나도 지워버릴 작정인지도 모른다.

“앞으로 많은 대화를 나누길 바라겠소.” 테롤런이 말한다. “당신이 이곳 잔해와 생태계를 연구한 뒤에 어떤 이론을 세웠는지 듣고 싶군. 당신 전공을 활용할 전례 없는 기회지. 지구의 동료들이 당신을 얼마나 부러워하겠소.” 다시 그놈의 눈이 반짝이자, 나는 간수들에게 들려 나가면서도 기분 좋게 웃게 된다. 추방선에 탈 일이 없을 만큼 충성스러운 내 동료는 지금쯤 은퇴했거나 늙어서 죽었을 거라는 사실은 무시한다. “이제 수용소 숙사와 이곳 노동자가 영위하는 삶을 보여주겠소. 그걸 보면 집중력이 생기더군. 며칠 정도 생각할 시간을 주지. 통치부가 상징하는 모든 것을 당당히, 이상주의적으로 반대하던 사람이라면 시간이 필요할 테니.” 사령관은 내 눈을 뚫어져라 보며 위험한 이론을 주장하는 무시무시한 학자를 떠올리고 몸을 떠는 시늉을 한다. “교수, 당신의 비정통 사상을 공식 철회하라고 청하지도 않겠소. 당신이 이곳 공동체에 기여하는 일원이 되면 그 문제는 우리 사이에서 암묵적으로 용인될 거요.”

그들은 나를 그 방, 수용소의 주인들이 사는 높은 곳에서 데리고 나온다. 그들은 내게 준 옷을 완전히 벗기고, 내가 본능적으로 저항하자 조금 때린다. 다칠 정도는 아니라 조금만. 마치 은쟁반에 유리 조각을 담아 오르되브르(식욕을 돋우기 위하여 식사 전에 나오는 간단한 요리—옮긴이)로 내듯 아주 정확하고 예의 바른 폭행이다. 그다음 그들은 내게 종이 속옷과 거친 합성섬유로 된 일체형 작업복을 준다. 간수 하나가 주사기 달린 총을 들고 다가오더니 갑자기 숨 막히는 통증과 함께 쇄골 위에 금속 볼트를 박아 넣어 내게 표지(標識)를 단다. 작업복 옷깃이 그 표지를 단추처럼 딱 맞게 끼워, 혹시 충동적으로라도 벌거벗고 숲으로 도망치지 말라고 설득하는 듯하다. 그것은 추적 장치다. 내 옷과 이식된 표지가 끊임없이 수용소 행정 시스템과 연락하며 내 위치와 활력징후를 전달한다. 그 순간, 그들이 가한 고통과 충격이 너무 강렬해서 나를 관찰 중인 어느 염탐꾼에게 동맥류나 일으키기를 바란다.

4.

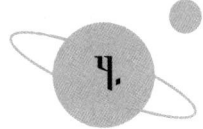

아, 선택받은 학자의 삶이란! 방금 쇄골에 금속 볼트가 박힌 신세지만 비꼬는 소리가 아니다. 오래전은 아니어도 몇십 년 전이기도 한 때, 내가 실제로 영위한 삶을 생각하고 있다. 제1차 대규모 숙청 이전의 삶을.

골방에서 벌어지는 중고 물품 거래에서는 예전 타로카드가 등장하기도 하고, 오컬트 등 금지 물품 수집가들이 그 카드를 주고받기도 한다. 나 같은 강경 노선 과학자가 그런 것을 봤다고 하면 놀라겠지만, 급진파와 어울리다 보면 별의별 사람을 만나게 된다. 지구에서는 온갖 서로 다른, 완전히 상반되는 단체가 통치부에 맞선다는 공통 관심사를 갖는다. 여러 집단이 한자리에 모이는 경우가 너무나 많다. 공동작전을 세우거나 자원을 공유하기 위해 여러 분과가 모이기도 한다. 성공하는 일은 거의 없다. 자신과 같은 사람들도 흔들리는지 지켜봐야 하는데, 물건 따위나 숭배하는 심령주의자를 어떻게 믿는단 말인가? 하지만 나도 그 카드를 뒤적거린 기억이 난다. 당시에는 카드에 그려진 그림이 매우 섬세하다는 것 이외에는 별 생각이 없었다. 골동품 혹은 바로크 취향의 과거 물건을 공들여 본뜬 것 같았다.

훗날 반체제 인사로서의 일상이 실제로 어떻게 진행됐는지 알고 난 뒤 자꾸 떠오르는 카드 한 장이 있었다. 자유분방한 젊은이가 거기가 절벽인 것을 전혀 모르고 그 끄트머리에서 개를 데리고 춤을 추는 장면이다. 그것이 우리, 혁명가 놀이를 하던 학자였다. 통치부가 우리를 쳐서 무너뜨릴 만큼 신경 쓰지는 않을 줄 **알았기에** 비정통 사상을 개진했던 우리. 순전히 이론상의 반역을 논의하면서 선을 넘고, 통치부가 우리를 헛소리나 지껄이는 과학자로 여긴다고 생각하는 동안에만 그 반역이 중요한 체하면서. 사실 학술지 말고 누가 관심이나 갖는단 말인가? 다만 알고 보니, 그것은 중요했다. 통치부의 지적 통제를 안에서부터 느슨하게 만들 방법이 이거라고 우리끼리 신나서 떠들어 댈 때, 누군가 그 내용을 귀담아 듣고 이름을 적어 갔다. 우리가 진지한 혁명가라고 서로에게 이야기할 때, 우리 중 몇 명은 반체제 인사 놀이를 하는 척하면서 실질적인 행동에 나섰다.

그래서 갑자기 문을 걷어차는 소리가 들렸고, 달아난 자와 그러지 못한 자가 생겼다. 검거반은 군화를 신고 급습했다. 검거 당하기 전에 귀띔을 받은 마퀘인과 나는 교수 연구실과 책, 대학을 버리고 도주했다. 그리고 고상한 학술 혁명이야말로 유일하게 올바른 행동이라고 믿었기에 이전에는 경멸했던 모든 지인의 아량에 우리를 내맡겼다. 물론, 어떻게 해도 그들은 우리를 잡았다. 내가 여기 킬른에 왔으니까. 하지만 우리는 제1차 일제 체포와 추방을 피했고, 그 덕분에 지구에서 1년 가까이 더 살 수 있었다.

우리는 그 기간 내내 누가 배신했을까 궁리했다. 그들은 항상 그런 방법을 썼으니까. 누가 잡혀가면 견디지 못할 때까지 취조실에서 고문을 당한다. 이름을 적고, 범죄 내용과 언행을 과장해서 진술한다. 그쯤 되면 무엇이라도 팔아 제 목숨을 구하려고 필사적이 되니까. 혹은 누군가가 오래전 그런 변절 과정을 겪은 뒤, 동료 중 누구도 고발당한 것을 모르도록 그 사실을 감춘다. 회의에서 온갖 무모한 반역의 언어를 다 들은 누군가가. 분과의 심장부에 침투한 독. 혹은 여러 명일 때도 있었다. 한 단체 열 명 중 리더를 포함해서 일곱 명이 이런저런 형태로 통치부에서 임금을 받고 있었다는 이야기가 있다. 사전에 계획한 전문 배신자의 유인이 아니었다면 결코 길을 벗어나지 않았을 얼간이 몇 명을 잡기 위해 그런 노력을 기울이다니. 마퀘인과 내가 최초의 체포를 피한 뒤 우리가 도움을 청한 사람은, 우리의 연락을 실제로 받아준 사람은 모두 같은 생각을 하고 있었다. '네가 그랬어? 네가 흔들렸어?' 누군가에 관해 그 질문이 던져지는 순간 대답은 언제나 '그렇다'가 된다. 그 누구도 나를 믿지 않는다. 행운이 계속되는 것 자체가 유죄가 된다.

그러니 노동 구역으로 밀려 들어가서 내가 마주하는 다양한 반응은 사실 놀랍지 않다.

마땅한 벌을 받기 전 가운데 있는 잔해를 좀 더 자세히 보면 좋겠지만, 지금은 진지한 학자로서 커리어를 재개할 때가 아니다! **지금**은 가슴에 박힌 볼트의 무시무시한 통증에 등도 펴지 못한 채, 테롤린의 부하 둘에게 떠밀려 그 구역을 지나가고 있다. 돔 아래서 보니 하늘이 청색-황색-흑색보다 갈색-회색에 가깝다는 무의미한 생각이 든다. 그 빛깔이 이상하지만, 밖에서 봤을 때만큼 이상하지는 않다. 내가 숨어 지냈던 산업 지대의 스모그 사이로 보이는 지구의 태양과 비슷하다.

아, 고향이여!

우리 위로 버티고 선 거대한 가마 같은 구조물들이 흐릿하게 보인다. 최소한 3층 높이에, 부서지고 갈라진 날개 같은 것이 그 사이사이에 훨씬 더 크게 서있다. 나는 그것을 보고 뭐라고 중얼거리지만, 사실 과학적 의구심 때문은 아니다. 그저 그들이 나를 그렇게 세게 밀치지 않으면 좀 덜 아플 것 같다는 간절한 생각뿐이다. 그리고 그들이 나를 같은 수감자들 사이에 두고 가는 순간 어떤 일이 벌어질지도 예상된다. 쉬는 순간 받게 되는 그 눈초리에 익숙하기 때문이다. 도주 중에는 시궁창의 반체제 인사들 사이에서 최대한 처량해 보이려고 최선을 다한다. 가진 것을 자랑하면 더 힘센 사람이 빼앗아 가기 때문이 아니라, 물론 그런 일도 있지만, 모두의 눈이 '그걸 사려고 뭘 팔았냐?'고 묻기 때문이다.

나는 사령관과 식사를 하고 왔다. 그들은 보란 듯이 나를 데려가서 그런 특별 대우를 했다. 테롤런은 술과 음식으로 나를 사려 했을 뿐만 아니라, 내가 다른 누구와도 어울리지 못하게 만들었다. 간수들이 두고 나가는 순간 나는 발길질을 당할 것이다. 노동 구역에서 친구는 하나도 못 사귈 것이다. 당근-채찍 수법과 함께, 그것도 사령관의 의도였다. 그는 말 잘 듣는 학자들을 시켜 킬른의 학술적 수수께끼를 풀고 싶으면서도, 학자들을 그 누구와도 공유하고 싶어 하지 않는다.

내가 하도 난리를 쳐서인지 간수가 잔해 옆에서 몇 초간 걸음을 멈춘다. 나를 봐주는 것이 아니라, 나를 붙잡은 손을 바꾸려는 것이다. 나는 불가능한 그것들을 올려다본다. 외계의 작품. 건설물. 이론의 여지 없이, 지적 존재가 지은 것. 전력도 공급됐다고 테롤런은 말했다. 행성 전역에 퍼진 공동체 관계망(이었을까?). 지금은 이렇게 말라붙은 유적에 불과한 문명(이었을까?).

인류 역사를 생각해 보라. 우리는 여러 차례 부침을 겪었다. 과거의 지구에도 가뭄과 빙하기가 있었다. 온난한 시기에 농사 생산량을 늘린 다음 빙하기가 찾아왔을 때 인구는 그대로인데 식량은 4분의 1이 된다는 점을 생각하면 군집 사회가 어떻게 와해되는지 금방 알 수 있다. 다만, 청동기시대 붕괴 뒤 인류가 **멸종**하지 않았을 뿐. 우리는 한동안 적은 수가, 덜 복잡한 사회에서 그럭저럭 살아남았다. 그리고 모두가 떠나며 버리고 간 지역에서도 우리는 미래의 고고학자를 괴롭히게 될 우리의 뼈와 도구와 물건을 다 치울 만큼 깔끔하지 않았다.

그렇다면 킬른의 이 가마를 만든 자들의 유해는 어디 있을까?

인정한다. 놈들이 방금 내 쇄골에 볼트를 박아 넣었기 때문에 이렇게 논리적인 추론은 나중에 떠올랐지만, 적어도 이 질문의 씨앗은 그 순간 고통으로 흐려진 내 머릿속에 존재했다고 생각하고 싶다.

노동 구역은 낮고 지붕이 납작한 건물이다. 한쪽 면이 투명 플라스틱으로 만들어져 아무도 사생활을 가질 수 없고, 태양이 자명종 역할을 한다. 실내에도 카메라가 있지만, 나는 감독하에 사는 데 익숙하다. 통치부하에서의 삶이 다 그렇듯이! 수감자들은 정확히 어느 구석, 어느 지점이 보이지 않는지, 녹음 장치가 얼마나 예민한지 등을 정확히 파악하고 있을 것이다. 훌륭한 혁명 분과를 유지할 목적이 아니더라도, 그저 기본적인 일상을 위해서 말이다.

실내 공간 중앙에는 플라스틱판이 테이블처럼 배치되어 있다. 나중에 알게 된 바로는, 아침저녁으로 다 함께 변환 과정을 거치며, 그 판을 벽 받침대에 끼우면 침대가 된다. 나는 곰팡이가 낀 슬롯 하나에 버려진다. 삼백 개 정도 되는 슬롯이 노동 구역의 기다란 공간에 줄지어 있다. 내 새집이다.

그들이 내 자리에 끼워 넣은 배지와 내 몸에 밀어 넣은 볼트에 따르면 나는 2275번이다. 그즈음 되자, 그 표지의 불쾌한 함의를 떠올릴 수 있을 정도로 통증이 무뎌졌다.

번호는 재사용하지 않을 테고, 이곳 노동자 숙사 하나의 최대 수용치는 삼백 명이다. 그리고 나는 그들이 노동력을 지구로 돌려보내지 않는다는 사실을 강하게 의식하고 있다. 태양계 외 강제 노동 프로그램으로 추방된 사람의 형기는 끝이 없다. 이곳 킬른에서 통치부의 연구를 돕기 위해 나보다 앞서 이용된 사람들의 무덤이 어디 있는지, 잠시 으스스한 기분을 느끼며 생각해 본다. 먼 우주 물자 공급 문제가 떠오르자, 으스스한 정도의 일이 아니라는 사실을 깨닫게 된다. 킬른에서는 아무도 망자를 묻지 않을 것이다. 노동 구역의 한쪽 구석에는 매립 장치가 있다. 지구에서 만들어진 유용한 분자 하나도 낭비하지 않기 위해서다. 따지고 보면, 유기화학은 굉장히 다용도로 활용된다. 우리 체내 성분 대부분은 온갖 상품을 찍어내는 프린터에서 나오는 플라스틱 성분과 똑같다. 의류와 접시, 의자, 날이 무딘 나이프와 포크 모두 적어도 일부는 인간을 재활용한 것이다. 식량도 마찬가지다. 숙사 내부의 좁은 공간이 그 매립 장치와 맞닿아 있어, 구멍을 통해 음식 쓰레기와 다 쓴 물건을 버리도록 되어있다. 시체를 넣는 큰 구멍은 밖에 있다. 우리의 감정을 고려해서가 아니라, 실용적인 이유에서다.

우리 사회의 무시무시한 실용주의를 제외하고, 그 구조물 밖에 작은 묘지를 만들어 묘비에 날짜와 '젊은 나이에 떠나다' 따위의 글을 적지 않는 이유를 나는 나중에 알게 된다. 킬른 생물과 지구 생물의 양립 불가능성은 메울 수 있는 간극이다. 킬른 생물은 우리에게 손을 뻗는다. 그것에게도 우리의 망자가 쓸모 있을 것이다.

지금 노동 구역에는 놀라울 만큼 사람이 없다. 물론 근무 시간이 끝나기 전이라 사람들이 작업 중이고, 나와 같이 입소한 사람들은 새로 하게 될 일을 배우는 중이다. 나는 입소 교육을 놓쳤다. 적응하지 못하고 있다. 아마 한 시간 정도 숙사 주위를 돌아보고 나면, 킬른이 내 시간을 전부 쥐고 흔들 것이다. 나는 괴로워하며 바닥에 누워서 그 귀한 시간을 보내려고 하지만, 거기 있던 십여 명의 사람들이 나를 보더니 앞서 말한 발길질을 하려고 다가온다.

"탐사 팀인가?" 한 명이 묻는다. 탐사라니, 재미있을 것 같다. 탐사가 마음에 들지도 모른다. 밀짚모자를 쓰고 양동이와 삽을 들고, 킬른의 햇빛 찬란한 바닷가로 나가다니. 결국 이곳에서의 삶이 그렇게 나쁘지 않을 수도 있다. 그때 간수 한 명이 "발굴 지원인데"라고 중얼거리자 나는 꽤 실망한다. 그건 진짜 **일** 같으니까.

간수들이 돌아가는 것도 몰랐는데, 그들이 가고 나자 중얼거리는 소리가 들린다. 중얼거리는 사람들을 보지 않고도 알 수 있다. 인간의 음성에 농축시킨 불신이 느껴진다. 나는 몸을 일으켜 등을 벽에 대고 앉는다. 타격을 막아내기에 용이하도록. 동료 노동자들이 내 주위에 멀찌감치 초승달 모양으로 선다. 내 예상처럼 발길질을 할 정도로 가까이 다가서지는 않는다. 그들은 마르고, 거칠고, 추해 보인다. 지금까지 킬른에서 살아남은 이들이다. 이 수용소가 처음 생긴 이후 이천 명이 죽어나가는 동안 남은 생존자다.

드디어 그중 한 명이 다가오더니 내게 허리를 숙인다. 내가 흠칫 몸을 물리자 그가 별로 악감정이 느껴지지 않는 말투로 말한다. "볼트에서 손 떼, 멍청아." 내가 손을 떼자, 그가 거기 찍힌 내용을 읽는다. "2275 다그데브." 발음이 틀렸지만, 사람들이 내 이름을 틀리게 부를 때마다 고치기 시작하면 누가 내 입을 막기 전까지 그만두지 못할 것이다. 나는 그를 노려본다. 다부지고 잿빛 머리칼을 가진 남자, 이곳에서 나이가 가장 많고 나보다 연장자다. 한쪽 눈 아래, 뺨에 얽은 자국과 흉터가 많다. 과거에 피부 상태가 나빠서 레이저로 제거한 것 같은 모습이다. 그의 볼트가 차츰 또렷이 보인다. 1611 키브.

1611. 그렇다면 굉장한 생존자다. 그리고 중요한 인물일 것이다. 우리, 나와 1611 키브는 서로를 알게 된다. 하지만 그 모든 건 앞으로 일어날 일이다. 그때 키브는 앓는 소리 한 마디만 낸다. 탐사 팀이 아닌 내게 그가 가르쳐 줄 것은 없다. 나중에 알게 된 바로 그와 그의 팀, 거기 있던 사람들은 일을 막 마치고 돌아온 길이다. 그들은 숙사에서 하루를 보내고 다시 탐사를 나가야 한다. 하지만 나는 그들과 같은 위험을 겪지 않는다. 나는 그들 일원이 아니다. 더군다나 나는 발굴 지원 팀인데, 탐사 팀이 발굴 지원 팀을 입에 은삽을 물고 태어난 나약한 계급 배신자로 본다는 사실을 나중에 알게 된다. 하지만 예상했던 발길질은 없다. 내가 태아 자세로 바닥에 누워있는 것 이외에 다른 일에 관심을 가졌다면 키브는 나를 부축해 주었을 것이다. 1611 키브는 킬른에서 하루를 더 살아내는 것 이외에는 파벌과 분쟁, 밀고자와 적 등 그 무엇에도 신경 쓰지 않아서 그렇게 오래 살아남았다. 그 순간 그는 내 친구가 아니지만, 내 적이 될 생각도 없다. 그것이 그의 생존법이다. 그에게는 이념이 없다. 그러므로 걷어차고 침을 뱉고 손가락질 당하는 일은, 한 시간쯤 뒤 다른 사람들이 전부 나타나 거기서 나

를 발견한 후에 시작되어도 상관없다. 최악의 통증이 가시는 사이, 나는 차츰 정신을 차린다.

그리고 사람들이 들어온다. 탐사 팀이 더 들어오고 가사 팀, 관리 팀, 그중 나와 같은 범법자, 모두가 증오하는 엘리트 쓰레기도 있다.

나는 비난 들을 각오를 하고, 당연히 비난이 들려온다. 킬른의 노동자에게는 즐길 거리가 별로 없는 탓에, 그저 신참에게 화풀이하고 싶은 사람도 있다. 나와 같이 도착한 사람들에게서 내가 특별 대우를 받았다는 말을 들은 사람도 있다. 나는 의심의 대상이다. 당연히 내 침대에 깔 시트가 부족할 테고(사실상 시트는 없다) 부츠 안에는 독거미가 들어있을 것이다(거미도 없다. 거미보다 지독한 것은 있지만).

그 집단에는 거칠어 보이는 덩치가 많았고, 그들 모두 나를 상당히 의심한다. 특히 한 명은 '네가 무슨 짓을 했는지 안다'는 눈빛으로 나를 노려본다. 그들 집단으로부터 진정 전문적인 발길질을 면한 것은 내가 학자라는 사실 덕분이다. 노동자가 학자에 대한 존경심을 갖고 있어서가 아니라, 이미 그곳에 있는 학자들이 매우 사적인 악감정을 가지고 앞으로 밀고 나왔다는 뜻이다. 솔직히, 여기서 교수 친목회라도 열리는 기분이다. 킬른에 연구가 필요하니, 이곳 수용소에 반체제 인사로 분류할 만한 사람은 닥치는 대로 확보하라는 명령이 내려졌기 때문이다. 그러니 단순히 나를 노려보는 눈이 많은 것이 아니라 특정 부류가 많다. 한 무리의 사람들이 공개 처형에서나 볼 수 있는 호기심과 공포가 섞인 표정으로 사람들을 열심히 밀치고 다가온다. 낯익은 얼굴, 나와 같은 발굴 지원 팀이다. 내 동료이자 친구, 일무스 이트린과 눈이 마주친다. 혁명가라고 부를 수 없는, 그저 개인적 차원에서 순종하지 않았을 뿐인 일무스. 그들이 우리를 잡으러 왔을 때 재빨리 달아나지 못한 그는 나보다 앞서 추방선에 실렸다. 패리디스 오코스터와 눈이 마주친다. 매와 같은 인상이 이제 뺏뺏이 자란 턱수염에 절반쯤 가려져 있다. 모든 것이 틀어지기 전, 그와 나는 분과 모임마다 나란히 앉았었다. 통치부 잠식이라는 대의에 헌신하던 우리. 숙청이 시작되기 전 멋모르던 시절에는 그런 행동에 아무런 대가가 없을 것 같았다. 다른 사람들도 있다. 모르는 이름, 들어보거나 논문에서 보기만 한 이름, 하지만 얼굴은 안다. 타락한 지도교수의 불운한 학생들이나 요람에서 살해된 사고뭉치 아이들. 지구 학계는 좁다. 내 전공과 관련된 분야 학자 중에서 정치적 사법적으로 부주의한 이들은 얼마 되지 않는다.

나는 다시 일무스를 바라보지만 그네는 망설이고 있다. 내 가장 오랜 친구가 나를 똑바로 보지 않는다. 패리디스 오코스터는 그렇게 주춤거리지 않는다. 그의 성난 눈빛이 테롤런의 방에서 나온 뒤 내 머릿속을 떠나지 않는 질문을 던진다. '너였어?' 그리고 나는 바로 그 자리에서 결판을 내고 싶다. 탁자 위로 뛰어올라 노동 구역 전체를 향해 웅변하고 싶다. 3D 모델을 사용한 발표 도구와 그래프, 철저한 참고문헌을 동원해서 그때와 지금 사이에 내가 한 모든 일을 밝히고 싶다. 그들이 **내가** 빌린 집 문을 걷어찬 뒤 나를 이곳으로 보낸 순간까지 낱낱이. 학자다운 논리를 통해, 의심의 여지 없이, 그때 우리 모두를 팔아먹은 놈이 **내가** 아님을 규명하고 싶다. 선동적인 책자 한 부 돌리지 않았던 일무스를 끌어내린 놈이 내가 아님을. 강의 도중 집행자들이 들이닥쳐 오코스터를 끌어내는 광경을, 백 명의 단정한 학생들이 두려움에 눈을 휘둥그레 뜨고 지켜보게 만든 놈이 내가 아님을. 오코스터는 싸웠다고 들었다. 그는 실제로 집행자 한 명을 때려눕혔다. 그러다가 장갑판에 손이 부러지긴 했지만, 한 명을 쓰러뜨린 것은 사실이다.

일무스는 여위고 호리호리해서, 그네가 덤벼도 나는 몇 마디 할 때까지 버틸 수 있을 것이다. 패리디스 오코스터는 전에도 덩치가 컸고, 노동수용소에서 더 강인해졌다. 나에 비해 킬른의 지옥에서 11개월 더 지낸 그가, 내가 통치부 심문자에게 자기 이름을 팔아서 지구에 머무는 시간을 벌었는지 알려는 것도 당연하다.

내 입이 근질거리는데 오코스터가 사람들을 밀치고 다가온다. 내가 가진 모든 증거와 항변이 대기 중이다. 하지만 나는 말할 수 없다. 기회가 오지 않았고, 어쨌든 내 무죄를 충분히 증명할 말은 아무것도 없다. 언제나 그런 식으로 붙잡히는 법이다. 누구나 그 자리에 없었던 이유, 통치부가 내리친 처벌의 망치를 피한 이유를 그럴듯하게 댈 수 있다. 이런 식으로 불확실성과 불신의 분위기를 키우기 위해 특별한 이유 없이 통치부에서 봐주는 사람도 있다. 혹은 가장 친한 친구가 당국에 내 이름을 넘기기도 한다. 무엇이 답인지 결코 알 수 없다.

그래서 우리는 싸운다. 우리, 과학자들은 아이들처럼 덤벼든다. 나도 겁쟁이는 아니다. 게다가 나는 1년간 도망 다니며 범죄자처럼 살았다. 비록 내 몸이 그사이에 건조되었다가 재생되기는 했지만. 그리고 그전에도 분과의 상황이 어려워지면 나는 주먹질을 하며 싸우곤 했다. 오코스터의 주먹이 내 관자놀이를 스치고, 내 주먹이 그의 어깨를 치지만 그는 끄떡없다. 그다음에 우리는 서로를 붙잡고, 노동 구역 사람들이 야유하고 환호하는 사이 엎치락뒤치락한다. 오코스터는 내 학자적 위상에 무릎을 찔러 넣으려 하고, 나는 그의 뻣뻣한 턱수염을 한 줌 뽑으려고 한다. 그의 눈에 눈물이 글썽인다. 누렇고 갈색인 이가 드러난다. 결국 그가 나를 탁자 위에 눕힌다. 탁자 판 가장자리가 닿자,

지구에서 그들이 나를 데려가 곤봉으로 콩팥을 내리치던 때가 떠오른다. 나는 휘청거리며 일어나지만, 그때는 간수 셋이 달려들어 온 뒤다. 모였던 사람들은 숙사 가장자리로 흩어지고, 내 다른 쪽 콩팥을 두드린 건 정말로 곤봉이다. 하루 정도는 소변에 피가 섞여 나오는지 봐야겠다는 생각이 든다. 오코스터까지 우리 두 사람을 내리친 뒤 그들은 이 상황과 아무런 관계도 없는 어느 키 작은 남자를 밀친다. 그 상황에서 최대한의 오락을 즐긴 뒤 그들은 결국 돌아간다. 그들이 떠난 자리에 죄수복을 입고 두피까지 머리칼을 바짝 깎은 굳은 얼굴의 여자가 서있다.

"패리디스." 그 여자가 말한다. "지랄하지 말고 꺼져." 욕설을 교과서에서 배운 것처럼 단호하고 깔끔한 말투다. 패리디스 오코스터는 그 여자와 나, 세상 전체를 향해 인상을 찌푸리지만 시키는 대로 한다. 새처럼 반짝이는 그 여자의 눈이 내게로 향한다.

"다그데브." 그 여자는 키브와 마찬가지로 내 이름을 틀리게 발음한다. 내 이름을 글로만 본 사람이다. 그 여자는 적대적이지 않다. 그저 퉁명스럽다. 나는 그 여자의 앙상한 얼굴, 엄지처럼 튀어나온 광대뼈와 손등의 뼈처럼 튀어나온 턱을 본다. 그 여자의 볼트에는 2019 크로언이라고 적혀있다. "헬레나 크로언이다." 그 여자가 말한다. "미슬러 연구소 출신."

나는 어이없이 차오르는 학문적 우월감을 꾹 누른다. 예전이라면 조롱조로 "아, **거기**"라고 말한 뒤, 가령 "**누가** 시험관 들고 통계분석 좀 해야 되겠군" 같은 소리를 지껄였을 테니까. 그런 삶은 숙청과 도주 이후로 한동안 잊고 지냈다. 나는 그저 고개만 끄덕인다. 나는 내 경력을 말하지 않는데 그 여자가 그렇게 밝히는 것이 솔직히 놀랍다. 벗어나기 어려운 습관도 있게 마련이고, 모든 것이 예전과 다를 바 없다는 안도감을 얻기 위해 거기 매달리는 사람도 있는 모양이다.

“여기서 내가 발굴 지원 팀을 운영한다.” 크로언이 뾰족한 막대 같은 손가락으로 내 가슴을 쿡 찌르며 말한다. 그 여자는 희한할 정도로 앙상하게 말랐다. 나중에 알게 된 바로는, 이곳의 재생 식품을 전혀 섭취하지 않는 사람들이 있다. 그 여자는 식사를 할 때마다 전부 다 게워내는 모양이다. 노동자가 되면 못 먹는 음식이나 알레르기 따위에 아무도 신경 쓰지 않는다. 허용 한도 내 폐기물이 있으니까. 하지만 크로언은 그럼에도 불구하고 살아남아, 연약한 손톱을 세우고 매달려서 내가 배치된 팀의 팀장이 되었다. 발굴 지원 팀(Dig Support). 참 멋진 이름이다.

내 생각이 얼굴에 드러났는지, 크로언이 피식 웃는다. “참 못마땅한 표정이군.”

“변소 청소하다가 죽고 싶지는 않아서.” 내가 말한다. “탐사가 마음에 들었는데.”

“우리는 연구 팀 작업을 돕는다. 잔해와 생태계. 해부 주제와 데이터 처리, 먹을 수 있는 오염 제거제를 전부 받게 될 거다.”

1611 키브는 내가 결국 자기 소관이 되지 않을까 하며 독수리처럼 맴돌고 있었다. 그러다 그가 내 어깨를 한 번 민다. 공격하거나 겁주기 위해서가 아니라, 벽이 단단한지 밀어보고 부족한 구석을 찾는 행동이다. “헛짓거리 하고 있어.” 키브가 내게 말한다. “그럼, 곧 탐사 팀에서 데려갈 테니.” 그러고 키브는 가버린다. 그제야 나는 탐사 팀에 들어가고 싶은 마음이 사라진다.

“여기서 우리가 할 일은…….” 크로언이 입을 연다. 그 순간 크로언은 토론자들을 통제하려고 애쓰는 사회자 처지가 된다.

"제발 망치지 마. 좋은 일이 있으니까. 그게 우리 임무다." 오코스터가 비집고 들어와 내 금속 볼트를 쿡 찌르자 전신에 통증이 내달린다. "저들은 우리를 더럽게 미워해. 저들 모두." 그가 말하는 저들이 죄수인지 간수인지 통치부인지 사라진 이곳 건축가인지 알 수 없다. "그래도 우리는 **연구**해야 해. 여기선 말 잘 듣는 학자를 버리지 않아. 그러니 연구를 하고 적절한 결과를 내."

나는 버티고 선다. 오코스터가 다시 몸으로 밀 때, 나는 확실히 취약한 입지에서 최대한 버티려고 노력한다. 크로언은 참지 않는다. 크로언이 오코스터의 오금을 걷어차고 내 가슴을 밀친다. 우리 둘보다 작은 체구지만, 그녀는 뼈가 튀어나온 팔꿈치를 이용할 줄 안다.

"내 유식한 동료가 하려는 말은," 크로언이 내게 말한다. "네가 어떤 빌어먹을 이론을 주장하다가 여기 왔는지 아무 관심 없다는 거다. 그들이 싫어하는 어떤 이론을 신봉했든, 인간 지식의 한계를 어떤 식으로 뛰어넘으려 했든, 그런 시절은 다 끝났다. 논문 발표할 기회가 생기지도 않을 테니까. 우리는 테롤런이 원하는 것을 준다. 탐사 팀에 배정되지 않을 만큼 충분히. 알겠나?"

"테롤런이 원하는 게 뭔데?" 내가 묻는다. 그리고 몇 가지 퍼즐 조각이 맞아 들어가자 내가 말한다. "설마, **자선주의자**는 아니겠지?" 그들이 고개를 끄덕인다. 가슴이 철렁한다. 더 이상 나빠질 것이 없다고 생각한 순간, 운명이 마지막으로 내 구걸 그릇에 똥을 투척한다. 우리가 죄수도 도망자도 아닌 시절에 발기발기 찢어버렸던, 통치부 과학 신조의 백미. 그것은 내 학자 경력에 적절한 기념비—묘비—로 적절한 것 같다.

5.

결국 누가 추방선에 타게 될지 내기를 했다면 나는 일무스 이트린에게 걸었을 것이다. 그리고 결과적으로 내 생각이 옳았다. 불복종주의자, 일무스. 통치부가 지식의 절대성에 큰 기반을 두었다는 사실을 이해해야 한다. 옳고 합법적인 것과 그렇지 않은 것의 목록이 존재하고, 그것이 결코 겹치지 않아야 제대로 통치할 수 있다. 통치부는 극단적 이분법 논리를 매우 선호한다. 그들의 수사법이 온통 그 논리다. 그들은 말할 것이다. "뭐? 우리가 부여한 이 불쾌한 상황이 싫다고? 그러면 넌 당연히 우리가 방금 터무니없이 과장해서 만들어 낸 반대파를 편드는 게 분명하군." 혹은 이와 같은 논리의 숱한 변주다. "이 법이 싫다고? 그럼 너는 제멋대로 날뛰는 무정부상태를 원하는 게 틀림없어!"라는 말을 가장 자주 보게 됐다. 그리고 솜씨 좋은 연사가 통치부가 승인한 매체에서 떠받드는 자리에 앉아서 전하는 그런 주장은 강한 설득력을 지닌다. 그 이유는, 반박할 사람이 아무도 없기 때문이다. 두 개의 양극단 사이에 여러 층위가 존재할 수 있다는 생각은 통치부 사상에 반하는 것이고 이런 태도는 그들의 과학 정설에도 스며들었다. 내가 가장 자주 부딪힌 부분이 그것이다. 일무스는 평생 이분법적 논리를 거부한 사람이었다. 학계 숙청이 시작되었을 때 일무스가 대상이 된 것은 전혀 놀라운 일이 아니다.

"학자 숙청?" 내가 말하자 일무스가 반문한다. 물론, 일무스는 추방 우주선의 이름이 지어지기도 전에 거기 타게 됐다.

내가 답한다. "그것이 퍼지기 전에, 기관 밖의 사람들이 무슨 상황인지 알기 전에, 그들에겐 명분이 필요했어. 그래서 청소년의 정신을 오염시키는 것을 막기 위해서라고 했지. 아이들을 생각하라느니…… 늘 하는 소리. 알잖아."

살면서 그런 일을 이미 겪을 만큼 겪은 일무스는 고개를 끄덕인다. 지금 우리는 잡일을 하고 있다. 모두 해야 하는, 노동 구역에서 할당받은 일이다. 플라스틱 접시와 뭉툭한 숟가락을 환원 장치에 넣어 다음 식사로 만들기 위해서. 우리는 나란히 서있다. 그만하면 오래 참았다. 이제 일무스가 용기를 내어 나를 대놓고 비난할 때다.

일무스와 나는 함께 외계 행성 분석 연구를 하며, 지구로 보내진 수십 년 된 데이터로부터 생태계망과 생화학적 경로를 구축했다. 미생물계, 그다음으로 스웰터와 타르트랩을 연구한 우리는 탄소 기반 생물체의 기초를 다른 방식으로 조립했을 때 작동하는 과정을 살펴보았다. 우습게도 우리는 늘 킬른의 정보가 오기를 기다리고 있었다. 데이터를 더 얻길 간절히 원했다. 하지만 그들은 이 세계를 완전히 삭제했고, 이제 우리는 그 이유를 알고 있다. 이제 우리에게는 꿈이 생겼다. 그것을 직접 보는 것이다. 하지만 소원을 말할 때는 주의해야 한다.

"그렇다면 여기에 우리보다 앞서 존재했던 학술 정설의 어떤 변종이 있었다는 말이군." 내가 기다리는 것에 관한 한 일무스가 아직 입을 다물고 있다는 사실에 근거해, 내가 무거운 분위기로 말한다.

"그, 그래. 맞아. 정말 그렇게 지독해." 일무스가 동의한다. "이념적으로는. 테롤런 사령관 그 사람은 과학에 대해서는 아는 게 별로 없어도 자기가 뭘 좋아하는지는 확실히 알거든."

"저들이 여기서 발견한 것이 그걸 전부 뒤엎어 버린 거겠지?"

"테롤런 말로는 그렇지 않다는데." 일무스가 말한다. "있잖아, 우리는 뭔가 수렴되는 것을 발견하기 직전인 것 같아. 저기, 정글에 있어. 외계의 야생인이."

내가 역겨워하는 소리가 최후의 심판 나팔 소리처럼 울린다. 일무스는 죄다 살짝 비틀리도록 조악하게 프린트한 베이지색 식기를 가만히 보고 있다. '인생 같군.' 나는 생각한다. 열다섯 살 때는 나도 감상적인 시 나부랭이를 썼던 것이다.

일무스가 그 말을 꺼내지 않으리라는 것을 나는 깨닫는다. 내가 해야 할 것이다. 그 말을 하면 우주 그 무엇보다도 내가 더 켕기는 것처럼 보이겠지만, 그래도 말해야 한다.

"난 아니었어." 내가 속삭이듯 말한다. "나는 잡혀간 적 없어. 이름을 대지도 않았고. 난 **여기** 왔잖아. 젠장."

"여기 있는 사람이 아무도 고자질 안 한다고 생각하면 오래 못 갈 거야." 일무스가 밝은 표정으로 말한다. "참, 사령관은 어땠어? 저녁 식사 하면서 좀 친해졌어?"

"무엇 때문에 불렀는지도 모르겠어. 내 글을 본 모양인지, 취미 삼아 하는 과학 프로젝트에 들어오라던데."

일무스가 어깨를 으쓱인다. "아, 그거. 으스댈 것 없어, 친구. 나도 거기 들어갔으니까. 크로언도 꽤 자주 불러대고. 과학 팀과 함께 말이야. 노동자가 아닌 학자들. 우리 직속상관."

"잠깐만. 너도 들어갔으면……." 나는 같은 부문에서 3등이 됐다는 사실에 짜증이 나서 이렇게 말한다. 하지만 앞서 말했다시피, 수용소에는 여흥거리가 적다.

"우리 사령관은 **지식인**이야, 친구. 자기 자격을 자랑스러워하지. 학자와 함께하길 좋아해. 반체제 범죄자라도, 이제 시키는 대로만 하면 말이야. 음, 난 시키는 대로 했어. 사령관을 찬양하고. 내 성별도 마음대로 골라서 부르라고 해. 하지만 지구에 있을 때 통치부에다 내 이름을 넘긴 건 **내가** 아니었고, 크로언은 기회주의자에 아첨꾼이긴 하지만 내가 여기 오기 전부터 있었다고. 그런데 11개월 뒤 네가 다음 우주선을 타고 왔네. 어땠어, 내 오랜 친구? 그 자유의 맛이?"

"빌어먹게 끔찍했지." 내가 무표정하게 말한다. "버려진 건물, 남의 지하실과 다락에서 사는 거. 늘 발소리가 들리는지 귀 기울이면서. 정식 관할구역을 지나 법이 느슨해져서 한숨 돌릴 수 있는 애매한 지역으로 가려고 기를 쓰면서. 다만, 그런 곳은 없었을 뿐. 불법 거래자들이 내가 가진 걸 죄다 빼앗고 밴에 태운 뒤에 목을 베려고 지어낸 곳이지. 아니면 손발이 묶인 채 집행기관 앞에 뒹굴게 되거나. 일무스, 제발 믿어줘. 난 아니야. 절대."

일무스의 표정이 변한다. 용서하고 싶은 그네의 간절한 마음이 이전에 다친 곳에 전부 부딪힌 뒤 그 고통에도 불구하고 전진한다. 아니, 어쩌면 그것이 아닐지도 모른다. 어쩌면 나를 믿기로 한, 내가 아니었다고 믿기로 한 결정이 나를 미워하는 일보다 더 쉬워서일지도 모른다. 여기서 나를 한편으로 삼는 것이 더 낫기 때문이다. 그네가 나를 다시 예전처럼 신뢰하지 않는다 해도. 그리고 나는 그 마음을 받아들일 것이다. 내게도 그쪽이 더 낫다.

그때 누가 내 어깨를 내리친다. 이름만 들으면 재미있어 보이는 탐사 팀의 1611 키브다. 그는 굶주린 환원 장치의 아가리에 양동이와 삽을 넣으러 온 것이 아니라, 그 기계의 주된 기능을 내게 보여주러 왔다. 지금 말하고 보니 협박처럼 들린다. 덩치 큰 추방자가 버티고 서서 환원 장치 작동법을 알려준다니, "그의 시신은 영영 찾지 못했다"의 전주로 받아들이면 될 것이다. 하지만 키브의 말은 진심이다. 환원 장치 내용물이 자주 걸려 고장이 나기 때문에, 내일의 혼합물에 손가락을 기부하지 않으려면 그럴 때의 대처법을 숙지해야 한다. 키브의 손이 내 어깨에 필요 이상 오래 머문다. 친밀한 행동이 아니다. 사내답지 못한 애송이 치고 나는 그의 예상보다 단단하다. 그는 가축을 평가하는 목장주처럼 내 어깨를 쥔 손에 가만히 힘을 주다가 떼어낸다.

그렇게 일무스는 내 얼굴에 침을 뱉지 않고, 패리디스 오코스터와의 드잡이는 멍 든 것이 아까울 정도로 시시하게 끝났다. 아직 폭풍우가 닥치지 않았지만, 언젠가는 닥칠 것이다. 노동자 여럿이 근처에 모여 나를 주시한다. 누가 나를 쓰러뜨리고 다시 걷어차며 테롤런의 애완견이 된 대가를 치르게 하는 순간을 기다린다. 키브가 환원 장치의 날카로운 톱니에 손가락을 잃지 않는 법을 알려주는 사이, 나는 테롤런의 수를 찬찬히 생각해 본다. 테롤런이 내게 한 무언의 약속은 착하게 굴면 다시 간식을 얻는다는 것이다. 종신형의 삶은 더 나을 수도, 더 못할 수도 있다. 테롤런이 내게 전자를 보여줬으니, 이제 후자도 알게 될 것이다. 아니, 더 못한 것은 상대적일 수도 있다. 아직 탐사 팀을 보지 못했으니까.

알고 보니, 더 나빠질 것이 아직 제법 많다.

환원 장치 쓰레기통 입구는 노동 구역의 넓은 생활공간에서 튀어나온 부분에 있다. 환원 장치의 한쪽 구석은 기계이고 그 옆을 따라서 좁은 통로가 있는데, 키브는 거기로 나를 데려갔다. 작업장의 지지대와 튀어나온 부분을 따라 구부러진 어색한 공간이라서 팔꿈치와 머리가 부딪혀 멍 들기 딱 좋은 곳이다. 게다가 알고 보니 그곳은 대체로 감시 사각지대다. 그러니까 내가 기다리던 처벌을 받기에 이상적인 곳이다.

또 하나의 손이 내 어깨에 닿는다. 확실히 전혀 다른 손길이다. 뼈가 우두둑거릴 정도로 센 손아귀. 그 손이 나를 손쉽게 돌려세울 때 나는 냉혹한 표정의 남녀가 잔뜩 모여있으리라 예상하며 마음을 다잡는다. 정확히 그대로다. 흉터가 있는 사람, 대부분 대머리에 가깝게 머리를 깎은 십여 명이다. 내 어깨를 스트레스 풀이용 장난감처럼 쓰는 남자는 그 목적에 꼭 맞는 손을 가졌다. 팔꿈치까지 의수를 착용한 그자는 작업복 소매를 잘라 걷어 올리고 있다. 의수가 진짜 손목보다 두껍기 때문이다. 아이 장난감처럼 유치한 붉은색과 주황색으로 된 플라스틱 의수다. 그자의 얼굴은 거칠게 부은 콘크리트 같은 느낌이다. 유약한 학자도, 탁상공론이나 하는 혁명가도 아니다. 이 사람은 진짜다. 폭탄을 터뜨려 사람을 죽인 자. 나처럼 점잖은 사람과는 당연히 아무런 공통점도 없는 거친 폭력배. 곧 그자는 그 사실을 모두에게 분명히 밝힐 것이다.

키브가 그 자리에 정확히 0.5초 서있더니 뒤로 물러서며 머리 위의 파이프 아래서 본능적으로 고개를 숙인다. 자기 일이 아니니 관여하지 않겠다는 뜻이다.

내 어깨를 붙잡은 남자와 눈이 마주친 나는 이제 고통스러운 일을 당할 것이고, 피할 길이 없음을 이해한다. 펜치 같은 손아귀가 나를 옆으로 한 발자국 끌어당겨, 환원 장치 통로에서 노동 구역 카메라로 볼 수 있는 좁은 공간에 들어서게 한다.

"그럼 사령관 엉덩이 맛이 좋았겠군." 그자가 말한다.

나는 무슨 상황인지 진정 알 수가 없다. 그 사실이, 어찌 보면 내가 말한 것보다 더 많은 일이 벌어지고 있음을 당신에게 말해줄 것이다. **당신**에게는 그 사실이 젠장맞을 정도로 분명히 보일 테니까.

"내가 청한 건 아니고." 나는 모두가 듣도록 크게 말한다. "말썽 일으키고 싶지 않아."

"이제 네가 거물이 됐으니 우리 모두 네 엉덩이 맛을 좋아할 거라고 생각하겠는걸." 나와 교섭하려고 나선 자가 모두를 대신해서 말한다.

"그런 건 아닌데." 나는 그 말이 불러올 사태에 대비해 마음을 다잡는다.

그자가 진짜 손으로 나를 친다. 의수를 안 쓰다니 속임수 같다. 그래도 나는 푹 고꾸라진다. 사령관이 준 고급 음식을 그저 게우고만 싶을 때, 플라스틱 손이 나를 일으켜 세운다. 그자가 나를 환원 장치의 툭 튀어나온 부분에 밀어붙인다. 키브가 방법을 알려주려고 연 패널이 받침대에서 떨어져 나오는 게 느껴진다. 그때 키브가 불쑥 앞으로 나선다. 내가 당해서일 리는 없지만, 누군가 패널은 **고쳐야** 하니까. 하지만 씰룩거리는 정도다. 키브는 가죽끈처럼 단단하고 질기지만, 킬른에서 누군가의 영웅 노릇을 해서 지금껏 살아남은 것은 아니다.

나는 멱살을 잡힌 채 더 높이 들어 올려진다. 다행히, 쇄골에 볼트를 박아서 생긴 지독한 통증 덕분에 목이 졸리는 괴로움에 신경 쓸 여력은 없다. 그자가 바짝 다가온다.

"상황 파악하라는 말이다." 그자가 내 귀에 대고 으르렁댄다. "너같이 잘난 놈에게 특별 대우 같은 건 없어."

내가 알겠다는 뜻으로 알아들을 수 없는 소리를 내자 그자는 내 멱살을 놓는다. 풀려나자 살 것 같다. 나는 참회하는 자세로 무릎을 꿇고 있다. 솔직히 당장은 일어날 수도 없다.

그자가 내 옆에 다정한 척 쪼그리고 앉더니 뒷목을 꼬집어 내 귀를 자기 쪽으로 향하게 한다. 그자가 다가오자 내 살갗에 숨결이 닿는다. 환원 장치가 덜거덕거리는 소리 때문에, 다들 그자가 나직이 하는 말이 협박일 거라고 추측만 할 것이다.

하지만 그자는 이렇게 속삭인다. "단단한가?" 그리고 나는 통증과 괴로움을 그대로 드러내려고 애써야 한다. 그 말을 기다리고 있었기 때문이다. 그 소란과 분노로 감춘 것이 바로 그 말이다. 그자와 나 사이에는 긴 역사가 있고, 내가 당신에게 그 내력을 감추었듯이 나머지 사람들에게도 감추고 있다는 사실.

"단단해요, 클렘." 나는 겨우 이렇게 말하고 양쪽을 흘끔거리다가 그자와 절반쯤 눈을 마주친다. 그는 내게 방금 저지른 짓을 사과하지 않을 테고, 나도 사과를 요구하지 않을 것이다. 원래 그런 법이니까. 놀이터의 규칙을 모두에게 보여주는 것. 이제 나는 노동자 정치 조직으로부터 제대로 혼이 났고 내 몫을, 아니 이번 차례 할당량을 다했음을 모두 알게 될 것이다. 고급 식사의 대가를 모두 치른 셈이다. 마치 그 의수 손등에 '업보'라고 새겨져 있는 것처럼.

클레미시 버루다. 일무스보다 앞서, 나보다 두 번 앞선 추방선을 타고 온 사람이다. 우리가 같은 우주 지옥에서 재회한 것은 순전히 우연이다. 그의 혁명 조직이 와해되고, 분과에 첩자가 침투하고, 그는 고발당했다. 하지만 내가 한 짓은 아니다. 그는 이미 상황을 되짚어 보고 내가 결코 그를 팔아먹을 수 없었다고 판단했다. 그래서 내가 누군가 다른 사람 때문에 일주일간 피오줌을 싸기 전에 나선 것이다. 그때 내가 그를 팔았다고 생각했다면 이 짧은 만남은 매우 달랐을 테고, 나는 열린 패널을 통해 환원 장치에 들어갔을 것이다. 하지만 우리에겐 빚이 없다. 우리는 단단하다.

클렘이 나를 부축해 일으키는 척, 나는 그의 권위를 인정하고 먹이사슬 내에서 내 위치를 받아들이는 척 연기한다. 그가 내 한쪽 팔을 잡았고, 다른 쪽 팔을 잡는 여자도 지구 시절 옛 동지다. 그 둘이 킬른에 온 지 2년째인데, 그때의 동지 중 살아남은 사람은 그들 두 사람 외에 하나뿐이다. 그들과 함께하던 폭도들은 다른 곳에 보내졌거나, 처형당했거나, 이미 죽어서 환원 장치에 들어갔다.

그러나 클렘의 동지들은 나를 믿지 않는 눈치다. 비록 늦게나마 나도 여기 왔다는 사실이 결백을 증명해 준다면 좋겠지만, 일무스의 말이 기억난다. 내가 있었던 모든 곳과 마찬가지로, 노동 구역에도 통치부의 첩자가 있다는 것. 모든 강의실, 모든 혁명 분과, 모든 술집과 반체제 인사 모임 혹은 연구회가 그렇듯이. 항상 누군가가 있다. 추방선에 실어 보내지 않겠다고 약속하며 매수할 필요조차 없다. 그저 잡히고 난 뒤 조금 덜 잔인하게 대해주겠다는 약속만으로도 충분하다. 우리는 쉽게 넘어간다. 통치부가 우리를 그렇게 만든다. 우리 모두를 잠재적 배신자로 만든 것은 탐욕이 아니라 채찍질에 대한 공포다.

바깥에서 간수가 안을 들여다보고 있다. 그들은 뭔가 일이 일어났다는 것을 알아챘지만, 클렘이 나를 환원 장치에 밀어 넣고 싶었다면 그럴 기회는 충분했다. 노동 구역의 투명한 벽을 통해 지켜보는 간수들을 향해 손이라도 흔들고 싶다. 수십 년, 수십 광년이 지나도 그다지 변하지 않은, 얼굴 없는 검은 바이저와 플라스틱 보호구를 착용한 그들. 그들은 대체로 치명적이지 않은 폭동 진압용 총을 갖고 있지만 실제로는 상당히 치명적인 권총과 화학물질 스프레이, 곤봉 등, 행복하고 잘 자리 잡은 국가의 온갖 상징을 소지하고 있다. 그런 것을 사용하는 광경을 여러 차례 봤다. 간수는 둘뿐이지만, 그 둘만 있어도 우리 모두 움츠리게 된다. 클렘마저 눈길을 돌린다. 그의 주장에 동의하듯 나는 고개를 끄덕인다. "간수님, 우리는 친하게 지냅니다." 나는 클렘의 팔에 손을 얹는다. 아직도 그 방법을 기억하니까.

간단한 손가락 암호. 두드리고, 쥐고, 놓는다. '우리가 어디에 있죠?' 촉각 언어의 한계로 인해, 어쩔 수 없이 모호한 질문이다.

클렘은 내 손을 치우며 겉으로는 불쾌한 표정을 잔뜩 짓는다. 그의 살아있는 손가락이 내게 '곧'이라고 말한다. 가슴이 두근거리고 전율이 느껴진다. 공포, 흥분, 메스꺼움. 비록 메스꺼움은 그가 방금 나를 세게 쳤기 때문이겠지만.

노동 구역의 생활공간에서 나는 식탁을 뒤집어 침대로 만드는 법을 배운다. 그리고 드디어 내 침대에 쓰러져 멍든 곳을 센다. 그때와 소등 사이 짧은 시간 동안 일무스가 찾아와 어떠냐고 묻는다. 그네가 이 모든 일, 즉 클렘의 일에 얼마나 관여하고 있는지 넌지시 알아본다. 옆 사람이 엿듣고 자유로운 사람들이 사는 갠트리 층으로 전할까 싶어서 말로 묻지 않고 의중을 전한다.

"그 사람…… 그 사람 편에 있어야 해." 일무스가 클렘에 관해서 말한다. "그럼 괜찮아."

"클렘은 단단해." 내가 말한다. 클렘의 조직과 가까운 친구 사이에서만 통하는 표현이다. 일무스는 그쪽에 속한 적 없었고, 나는 그네를 위험하게 하고 싶지 않았다. 우리 모두에게 다행한 일이었다.

"단단하지." 일무스가 그 말을 정확히 파악하고 맞장구친다. 우리는 서로를 거의 필사적으로 빤히 보며 미처 말로 못 한 의미를 더듬어 찾는다. 과거 일무스는 혁명 분과에 들어올 재목이 아니었지만 여기 온 뒤로 분명히 변했다. 클렘은 이런 상황에서도 사람을 모으고 조직해 왔다. '곧'이라고 했다.

나는 다른 태양계, 다른 세계의 죄수 유형지에 와있다. 절망적인가? 하지만 통치부가 흐뭇한 미소를 지으며 상상하는 바와 달리 우주는 이분법의 공간이 아니다. 통제가 절대적일 수도, 부재할 수도 없다. 통제의 수준은 점진적이며 이곳에 대한 통제는 느슨하다. 이곳에 미치는 통치부의 영향력에는 한계가 있고, 피상적이다. 성나서 요동치는 증오를 권위로 통제하는 시늉 정도다.

솔직히 말한다. 그렇다. 나는 정설에서 벗어난 사상 때문에 추방당했다. 숙청 기간에는 그것만으로도 외계의 노동수용소에 보내질 수 있다. 하지만 그 밖에도 다양한 이유가 있었다. 그들이 그 이유를 놓친 것은, 나에 대한 증거가 충분해서 더 이상 깊이 파지 않았기 때문이다. 나는 그 조잡한 추방선에 타고도 남을 인물이었다.

그 전과가 곧 되돌아와서 나를 물어뜯을 것이다.

나는 일무스로부터 킬른의 노동수용소 생활을 속성으로 배운다. 기억할 것이 많은데, 내 머리는 방금 만난 사람들의 이름을 정확히 기억하느라 아직 복잡하다. 나보다 앞서 우주를 가로질러 이 길을 다진 옛 친구들. 업계에서 이름은 들었지만 만난 적 없는 사람들. 이제 내 삶이 여기 한 곳에 국한되어 이곳 모두가 매우 중요해졌기 때문에 반드시 알아야 하는 새로운 사람들. 침대에 누워서 일무스가 온갖 이름을 쏟아내는 사이, 나는 그 사람들이 맡은 임무와 관계, 표지를 부여잡고 거기 깔려 가라앉지 않으려고 기를 쓴다. 자야 할 때지만, 나는 머릿속에 주워 모두를 기억하기 위한 연상 기호를 만든다. 나처럼 불운하게 추방당했지만, 나처럼 운이 좋아 킬른에 도착해서 중노동을 시작한 사람들.

그들의 이름이 내 머릿속에서 놀란 새처럼 맴돈다. 발굴 지원: 헬레나 크로언, 패리디스 오코스터, 일무스 이트린. 혁명 분과: 클렘 버루다. 탐사: 1611 키브, 본명 미상. 적: 테롤런 사령관.

거기 더해서, 비록 이렇게 분리 및 정복된 상태인데도 불구하고, 노동 구역 안에도 구획이 존재한다. 발굴 지원은 수월한 일이라서 다른 사람들이 죄다 나를 미워할 것이다. 최악의 임무는 탐사다. 키브는 오래 살아남았지만 그곳은 인원 교체율이 매우 높은데, 그 이유는 곧 알게 될 테니 급할 것 없다. 이 양극단의 임무 사이에는 다음과 같은 중간 강도의 임무가 저마다 지옥을 이루고 있다.

가사 팀은 사령관과 간수, 내가 곧 보고하게 될 진짜 학자들을 의미하는 과학 팀을 위한 허드렛일을 한다. 가사 팀도 이론적으로는 손쉬운 편에 속하지만, 기운이 남아도는 간수들이 죄수를 얼마든지 멋대로 취급해도 된다는 것이 문제다. 가사 팀에서 운이 좋으면 여러 가지 특혜를 얻을 수 있다. 반면, 어느 간수가 눈 뜨자마자 짜증이 나서 남을 신나게 두들겨 패고 싶어 한 덕분에 환원 장치에 들어가게 될 수도 있는 처지다. 일장일단이 있다.

관리 팀은 기계 만지는 기술을 가진 소수 정예 죄수 모임이다. 간수가 지켜보는 가운데, 모든 것이 돌아가게 하는 일을 담당한다. 듣고 보니 엉성한 관리 방법 같다고 나는 일무스에게 말한다. 그녀는 노동수용소 체계 전반이 반복 작업을 통해 관리되며, 환원 장치와 프린터, 오염 제거 장치만 있으면 별문제가 없다고 말한다. 관리 팀도 상대적으로 편한 곳이지만, 정말로 고장 나는 기계가 생기면 큰 처벌이 기다린다.

마지막으로 탐사나 발굴 지원과는 별개의 일반 노동 팀이 있다. 이것이 실제 중노동이다. 본래는 현재 수용소가 위치한 곳에 있는 잔해에서 작업했지만, 탐사 팀이 불을 질러 길을 낸 뒤로는 외부로 나간다. 일반 노동 팀과 탐사 팀의 처우에는 핵심적인 차이가 있다. 경제적, 징벌적 요인이 모두 있지만 아무도 정확히 설명하지 않는다. 죄수 대부분은 일반 노동 팀인데, 언제나 탐사 팀보다는 한 급 위로 간주된다.

나는 지구의 방식에 익숙하다. 특히 기계에 관해서 그렇다. 힘든 일에는 큰 기계, 섬세한 일에는 작은 기계. 물론 여기에도 기계가 있지만 수도 적고 투박하게 프린트한 싸구려라서 끊임없이 인간의 작동과 감독이 필요하며, 여전히 사람 손으로 중노동을 해야 한다. 참, 이것은 소등 후 나와 일무스가 나눈 이야기다. 일무스는 내 침대 옆, 창문과 감시 카메라로 보이지 않는 곳에 웅크리고 있다. 우리는 서로 들을 수 있는 최저 음량으로 속닥였지만, 노동 구역에서는 흔한 일 같다. 어둠 속에서 숨죽이고 주고받는 대화가 최소한 두 곳에서 들려온다.

일무스는 그곳의 잔혹한 경제 논리를 설명한다. 기계는 비싸다. 반면 통치부의 사법 체계에 저촉된 인간은 손쉽게 공급되며, 동결-건조로 보낸 뒤 도로 데려갈 마음이 없으면 상대적으로 저렴하게 수송할 수 있다. 게다가 킬른에는 복잡한 기계의 섬세한 연료 주입에 맞지 않는 대기(大氣) 요인이 있다.

인간의 섬세한 섭취? 내가 묻는다. 그래서 일반 노동 팀이 힘들고 탐사 팀은 더 힘들다고 일무스가 말한다. 필터 마스크에도 한계가 있을 테니까.

"그럼 오염 제거?" 내가 알아차린다. 뒤늦은 각성이다. "하지만 그렇다면…… 뭐지? 생물학적 호환성? 아니면 극단적 비호환성인가?"

"그러니까…… 음, 그게 복잡해." 그녀가 말한다. 그리고 옆 침대 사람이 조용히 하라고 발길질하자 일무스는 드디어 자기 침대로 돌아간다.

6.

그다음 날, 크로언이 '그 과학 팀'에 나를 소개한다. 우리는 그들을 그렇게 부른다. 지구에서 경찰을 '그 쓰레기(The Filth)'라고 부른 것처럼. 그 과학 팀은 외계 수용소의 이런저런 연구자 모임인데, 필요한 인원을 충원하기 어려운 모양이다. 외계생물을 토착 서식지에서 관찰하고 싶어 할 정도로 미치긴 했지만, 현지화되어 우주선을 외계 거미 괴물에게 내주지는 않을 만큼 제정신인 과학자 몇 명을 제외하면 누가 여기까지 오겠다고 할까? 통치부가 선호하는 이념을 지지하면서 동시에 평생을 은퇴 상태로 보내도 경력에 큰 흠이 될 일이 없을 수준의 연구자를 구해야 한다. 그렇다면 반역할 기력도, 대학 내 정치에서 앞장설 배짱도 없는 학계의 패배자들이 남는다. 아둔한 그들이라도, 나와 일무스처럼 낙인찍힌 자들에 비하면 훨씬 낫다. 그들은 지구로 돌아간다. 그들의 이곳 생활이 문장이라면, 생략 부호가 계속되다가 죽음으로 끝나는 것이 아니라 마침표로 확실히 마무리된다. 그리고 그들이 지구로 돌아가면 한 세대가 이미 지났을 것이다. 아마 그들은 개선장

군처럼 귀환한 뒤 논문을 발표하고 찬양받으며 새로운 기관에 취업하고 자기 이름을 붙인 곳이 생기기를 희망할 것이다. 어쩌면 독특한 경험으로 무장한 그들은 과거 모교의 죽은 선배 자리를 차지할 수도 있다. 어쨌든 그 과학 팀에 내가 알던 사람은 없다. 이들은 나보다 훨씬 전에 지구를 떠난 이들이다. 그리고 내가 외계 여행을 시작했을 때 그들이 여전히—고급 왕복—우주선에 타고 있었다고 생각하니 이상하다. 그때도 그들은 이동 중이었다. 이 거리, 여행 시간을 떠올리면 혼란스럽다. 인간의 사고에 맞지 않는다.

나는 이제 도착했는데, 그들은 이미 몇 년간 이곳의 과학을 연구 중이다. 이 세계의 수수께끼와 씨름하며, 내가 여기서 조금이라도 기여하려면 연구해야 하는 방대한 양의 내용을 쌓아놓고 있다.

그 사실을 납득할 수 없어서 모든 것이 먼 옛날처럼 변한다. 배를 타고 수평선을 지나가면 세계의 끝에서 떨어져 아무도 내 소식을 다시 듣지 못한다고 믿던 시절처럼.

마퀘인이 죽은 탓에, 내가 타고 간 추방선에서 발굴 지원 팀 신입은 나뿐이다. 크로언과 오코스터가 나를 데리고 과학 팀 수석 생물학자를 만나러 간다. 나는 그 과학자 밑에서 일하게 될 것이며, 그 사람의 금의환향과 논문 발표가 내게 달려있다. 그렇다고 내가 억울해할 일은 아니다.

그래서 내가 기억할 이름이 하나 더 생긴다. 니멜 프리맷 박사. 내 또래의 검은 피부, 살집 좋은 여성이 허벅지 중간부터 의족을 착용하고 뻣뻣하게 걷는다. 그 의족은 클렘의 손보다 확실히 고급이지만, 그녀는 지팡이를 이 손에서 저 손으로 자주 번갈아 가며 들고 있다. 1년 전 부상을 입었는데 아직도 의족에 적응 중이라고 한다.

프리맷 박사가 무표정한 얼굴로 나를 한참 불편하게 노려본다. 눈을 가느다랗게 뜨고 짓는 수상하다는 표정이 얼굴에 장착되어 있어서 첫 인상을 상당히 불쾌하게 만든다. 전반적으로 좀 불쾌한 사람이다. 나중에, 옆에서 작업하면서 알게 된바 그녀는 바로 이 부럽지 않은 자리를 얻기 위해서 내가 앞서 말한 자격 조건에 부합하는 과학자라는 사실을 매우 강하게 의식한다. 그리고 동시에 그녀는 재소자인 크로언이 아닌 다른 과학 팀 부하들이 언제든지 그녀를 끌어내리려 들 것이라는 사실도 알고 있다. 보통 대학이나 연구소에서 쉽게 볼 수 있는 흥미진진한 경쟁이지만 지금 그녀는 적대적인 외계에 나와있고, 직위가 보장하는 특혜 중에는 현장 데이터를 수집하는 동안 잡아먹히지 않는 일도 포함된다. 그 여자는 이미 그러다가 한쪽 다리를 잃었으니 어느 정도 불쾌하게 구는 것은 당연할지도 모른다. 니멜 프리맷에게 인생은 예상대로 흘러가지 않았으니까.

"아턴 다데브." 프리맷은 내 이름을 그다지 존중하지 않는 신종 생물을 부르듯이 발음하지만, 적어도 거의 정확하게는 부른다. 내가 지난 20년간 발표한 논문을 보고 아는 것인지는 알 수 없다. 나보다 앞서 우주선에 탔고, 내가 우주선에 탈 때 여전히 이동 중이었으니까. 하지만 그렇다, 나는 그 생각은 그만하기로 다짐했다. 지구는 내 삶과 미래에서 삭제되었으니, 여행 시간과 상대성 따위 지워버려도 된다.

헬레나 크로언이 손짓을 하다가 만다. "우리가……." 크로언이 무언가를 가리키는 손짓을 하지만 딱히 누구를, 어디를 가리키는 것인지 알 수 없다. 그저 뭔가 피하려는 행동임을 나는 나중에 알게 된다. 프리맷이 걸음을 멈추고 어떤 결정을 내리려고 안절부절못하는데 무슨 결정인지는 알 수 없다. 프리맷이 크로언을 꾸짖으려나 보다 싶은 순간, 프리맷을 당황시키는 일이 일어난다. 수용소 간수 두 명이 총과 곤봉을 들고 들어오더니 우리 둘에게 사령관이 아침 식사를 함께 하길 청한다고 전한 것이다.

크로언은 이미 자신과 우리 사이에 2미터 간격을 두며 스르르 물러섰다. 프리맷이 크로언에게 손사래를 치며 지시한다. 발굴 지원 팀이…… 발굴 지원을 하도록? 뭔지 몰라도 그 팀이 하는 일을 시킨다. 초대받은 것은 프리맷과 나뿐이다.

그래서 우리는 테롤런 사령관에게로 간다. 이틀 만에 두 번째다. 나는 정녕 외계 강제 노동계의 총아인가.

아침 식사에 쓰는 접시와 컵을 보니, 이곳에서 사령관이 쓰는 프린터는 노동 구역 것보다 고급이 분명하구나 싶을 정도로 섬세하다. 우리, 테롤런과 프리맷, 나는 차를 마신다. 프리맷은 직접 질문을 받는 경우가 아니면 입을 다물고 침묵을 지킨다. 테롤런은 다정하지만, 내가 마치 모형으로 존재하는 것처럼 내게 관심을 주지 않는다. 프리맷이 내 사진이나 개인 파일을 들고 온 것 같은 분위기다.

"프리맷 박사, 발굴 지원 팀 신입을 만났군요." 테롤런이 프린트한 빵 껍질을 오물거리며 말한다.

질문이 아니니 프리맷은 아무 대답도 하지 않는다. 그러자 테롤런은 한쪽 눈썹을 치켜올리고 그 표정의 힘으로 그것이 결국 질문이었음을 전달해 낸다.

"추가 인력이 들어오면 언제나 반갑습니다, 사령관님." 프리맷이 힘주어 말한다. "회전이 많다 보니."

"회전이라, 그렇지." 동시에 말한 것은 아니지만, 프리맷의 말을 밟는 느낌에 이런 대화가 전에도 있었음을 알 수 있다. "하지만 경고하고 싶군요. 다데브 **교수**에 대해서 말입니다, 프리맷 박사." 내 이름에 딸린 경칭에는 강조가 있지만, 프리맷의 이름 뒤에는 강조가 없다. 지구에서 우리 두 사람의 권력에 큰 차이가 있었음을 강조하는 것이다. "어제 다데브 교수가 내 방에서 나간 뒤에, 그가 여기 오게 된 것이 그저…… 흔히들 하는 그릇된 사고 탓이라고 박사가 여길 수 있겠다는 생각이 문득 들더군요." 마음에 안 드는 소리를 했다는 이유로 지구에서 추방시킨 것을 정당화하느라 말을 애매하게 꼬아서 한다.

프리맷은 내게 눈길조차 주지 않는다. 내가 개인 기록 파일이라면, 프리맷은 열어보지도 않는다. 그녀는 권력 상대용 표준 표정 17번을 짓고 있다. 일깨워 준다면 기꺼이 배우겠다는 표정.

"파일에 따르면, 다데브 교수는 **조직자** 쪽입니다, 박사." 테롤런이 사악한 세상을 향해 혀를 찬다. 나는 피가 싸늘하게 식는 것을 느끼며 이 상황이 어디로 흘러갈지 지켜본다. "지구에서 다데브 교수의 행동으로 인해, 나무랄 데 없던 학자 여럿이 그 비정통 학설에 끌려들어갔다가 결국 붙잡혔어요. 그중에는 바로 지금 발굴 지원 팀에 있는 사람도 있죠. 다데브 교수의 말재주에 넘어간 결과로. 여기에 교수보다 먼저 온 사람들 말입니다." 사령관은 어이없다는 듯 눈을 굴리고 고개를 젓는다. 그는 내 불쌍한 동료들이 늑대 굴에 던져진 동안 나는 자유로웠던 까닭을 프리맷이 알아서 판단하게 한다. 나는 이를 간다. 하지만 많이 갈지는 않는다. 테롤런이 방금 내 과거에 관해 잘 모른다는 사실을 드러냈기 때문이다.

"그러니 다데브 교수를 잘 활용하세요." 테롤런이 말한다. "하지만 한눈은 팔지 않게 하고. 알겠지요?"

"그럼……." 프리맷이 입을 열지만, 테롤런의 눈썹이 그 말은 질문이 아니었음을 알린다.

“다데브 교수에게 본보기를 보여주는 게 좋겠군요.” 테롤런이 말한다. 프리맷은 꼼짝 않는다. 테롤런이 덧붙인다. “안 그래요?” 이번에는 프리맷이 말할 차례라는 뜻이다. 하지만 프리맷은 고개만 끄덕인다.

“다데브 **교수**.” 밖으로 나온 뒤 프리맷이 말한다. 그 호칭에서 똑같은 강조가 느껴져서, 직업에 대한 시기심이 내게 어떤 영향을 줄지 의아해진다. “외계생물학이죠?”

“외계생물학이랑 외계생태학이요.” 내가 조심스레 대답한다.

“그럼 이 일을 맡게 되어 기쁘겠군요.” 프리맷이 말한다. 그 여자는 지팡이를 자꾸 옮겨 쥐며 한쪽으로 기우뚱하게 걷는다. 위험할 정도로 급하게 갠트리 계단을 내려가다가, 완전히 넘어지기 직전에 항상 난간을 잡고 선다. 프리맷은 그곳 시설의 탁 트인 가운데를 가로질러 나를 이끌고 가지만, 흥미로운 잔해 쪽은 아니다. 대신 우리는 창고 같은 곳으로 간다. 그 안에는 다른 무엇보다 먼저, 작은 볼거리가 있다. 기회가 있을 때 봐두어야 하는 교훈적인 이야기다.

우리는 그 구경거리 앞에서 드디어 걸음을 멈추고 그것을 본다. 오랫동안 아무 말도 없다. 보이지 않는 사령관의 존재를 유령처럼 느끼다가 드디어 프리맷의 입에서 말이 나온다.

“저 사람은 가사 팀이었어요.” 프리맷이 설명한다. 나는 투명 플라스틱 상자 속 장면을 빤히 보다가 위장과 심장, 그 밖의 다양한 내장이 철렁 떨어지는 것을 느낀다.

“혹시 ‘아, 탐사 팀, 거기는 원래 위험한 곳이지’라고 생각할까 봐 말하는 거예요. 하지만 아니에요. 가사 팀이죠.” 프리맷이 말을 잇는다.

솔직히 나는 탐사 팀이 얼마나 위험한지도 모르지만, 간접적인 이야기를 통해서 속성으로 아주 많은 정보를 습득하고 있다.

"과학 구역에 배정됐어요. 청소 임무로." 프리맷이 말한다. "하지만 거기서 샘플 몇 가지를 훔치기로 마음먹었죠. 그걸로 뭘 할 작정이었는지는 모르겠어요. 다른 사람에게 주려고 그랬는지, 아니면 혹시…… 그것도 모르겠네요." 그때 프리맷의 음성이 살짝 갈라진다. 그녀는 아주 단호하게, 냉혹하고 못된 사람처럼 행동한다. 나를 쓰고 버릴 실험실 장비에 불과한 존재로 보는 가차 없는 부서장처럼. 하지만 그 와중에도 연약함이 느껴진다. 그것은 적어도 어느 정도는 나를 위해서 하는 행동이다. 그래서 나는 만만히 봐선 안 될 사람 1순위에 그녀를 올린다. 프리맷 박사는 과거 다양한 상관, 동료, 부하에게 당한 경험이 있는 것 같다. 그래서 앞으로 쉽게 당하지 않으려면 그녀는 사령관을 만족시킬 뿐 아니라 이런 일을 해야만 한다.

아니, 어쩌면 그 이상의 의미가 있을지도 모른다. 프리맷이 "소소한 반란 준비는 늘 있어요, 아턴" 하고 말한 것이다. 그녀는 누구든 이름으로 부르는 사람이거나, 새로이 부하가 된 교수에게는 그렇게 하는 모양이다. "위험한 샘플이었어요. 오염 제거 작업에 가장 내성이 강한 외부 물질을 따로 모아둔 샘플이었죠. 그래서 사령관은 저 사람에게 과학 연구에 기여할 기회를 줘야 한다고 판단했어요." 그녀는 내 보고서를 살피며 계산 실수를 지적하듯이 여전히 담담하고 사무적인 어조를 유지한다. "봐요."

"이 정도면 충분히 봤어요." 내가 말하고 돌아서려는데 그녀의 손가락이 내 뒷덜미를 꼬집는다. 클렘이 잡은 자리라 아직 멍이 남아있는 곳이다. 킬른에선 이 행동이 악수에 해당하는 모양이다. 그녀가 내 시선을 탱크에 꽂아서 나는 무슨 일이 벌어지는지 완전히, 명백하게 이해한다.

저렴하게 프린트한 흠집 많은 플라스틱에 '신기한 변질 인간'이 보인다.

그의 작업복은 거의 벗겨졌다. 작업복을 고정시킨 볼트도 함께 빠졌다. 볼트 자리에 남은 주름진 구멍이 보인다. 그의 번호와 이름, 신분도 함께 사라졌다. 그는 이곳 통치부 체제 내에서 인간으로 간주되지 않는다. 아니, 그 어디에서도 간주되지 않을지 모른다. 그 끔찍한 상처가 내 시선을 사로잡을 것 같지만, 그의 나머지 부분에서 일어나는 일에 비하면 아무것도 아니다. 피부가 곪는다. 온몸에 벌집과 종기가 생기고, 그는 그것을 미친 듯이 긁어댄다. 그러자 그것이 터지며 희미한 입자성 물질이 나와 주위 공기를 안개처럼 채운다. 피부가 물결치기도 하는데, 처음 생긴 반투명한 피부가 갈라진 부분을 덮어도 다시 부풀어 오르기 시작한다. 그는 입을 뻐끔거리지만 소리는 탱크에 갇혀 들리지 않는다. 프리맷 박사가 마이크를 가동하자 들리는 것은…… 액상의 비명이다. 인간의 목에서 나올 수 없는 소리다. 그의 안에 외계 생물이 가득 차서 꺼내달라고 소리치는 것 같다.

그 무시무시한 불협화음 속에 "어디 있어?"와 "말해!"라는 말이 들린다.

갠트리 층 어디선가에서 날카롭게 웃어대는 대답이 흘러나와, 외로운 유인원이 짝을 부르는 소리처럼 울려 퍼진다. 프리맷이 오디오를 재빨리 차단한다. 위에서 부르는 소리가 한 번 반복되더니 더 이상 들리지 않는다. 나는 눈을 휘둥그렇게 뜨고 그녀를 빤히 본다. 수용소 안에서 들린 소리지만, 인간의 것일 수 없기 때문이다. 그녀도 눈을 휘둥그레 뜨고 아주 잠시 두려움을 드러내지만 곧 정신을 차리고 책임자가 누구인지 기억해 낸다.

킬른. 킬른이 책임자다. 우리가 갖고 있다고 생각하는 통제력은 순전히 환상이다. 하지만 그녀는 황제의 새 옷처럼 그 환상을 몸에 두르고, 어쨌거나 거기서 위안을 얻는다.

"씨발, 이 무슨……?" 내가 쉰 목소리로 말한다. 이 문장에는 교수라는 직업에 어울리는 유창한 내용이 들어가야 했지만 솔직히 내가 감당할 수 없는 상황이다. 나는 떨고 있다. 그 광경이 주는 공포 탓이 아니라 그 소리 때문이다. 완전히 외계의 것에 너무나 인간적인 고독이 도저히 뗄 수 없이 뒤섞여 있는 소리.

"킬른 생물학에 관해서 처음 배워야 할 내용이에요, 아턴." 프리맷이 말한다. 그녀는 굉장히 딱딱한 '여교사'처럼 굴면서, 그 자신의 평정을 유지하기 위함이 분명한데도 내 자리가 어딘지 알려주기 위해서 하는 말이라는 듯 굴고 있다. "과학자로서 첫인상이 어떤지 듣고 싶군요."

나는 눈을 껌뻑인다. 그때만큼은 과학자가 되고 싶지 않다. 공감 능력 있는 인간 노릇만으로도 너무 바쁘다. "그…… 그 사람 안에서 일어나는 상호작용이군요." 내가 겨우 말한다. "단순히 반응이 아니라." 10점 만점에 3점, 하위권 대답이지만, 적어도 내가 보는 광경이 크게 잘못된 것임을 지적하기는 한다. 아니, 사실 크게 잘못된 점은 **탱크** 안에 고문당하는 **사람**이 있다는 사실이지만, 과학적 견지에서 그 고문의 내용이 마음에 걸린다. 우주라는 무대 위 마법사에게 우리가 영원히 되풀이해 묻는 질문. 저 속임수는 어떻게 한 거지?

프리맷이 탱크에서 돌아서자 나는 그녀와 **그것**을 마주 보느니 그녀를 따라 돌아서서 강의를 시작하는 프리맷을 곁눈질한다. 어색하지만 그편이 낫다.

"킬른의 생물은 지구 생물과 3분의 2 정도 교집합을 갖는 분자 조합을 이용해요. 항성의 폭발을 통해 우주에서 공통적으로 이용할 수 있는 원소가 있다는 사실에 비추어 자연적으로 형성되는 분자가 있으니까요. 이해되나요, 아턴? '우주에는 방향성이 있다.'" 그 말은 지구 시절 '과학 자선주의'가 내건 모토의 절반에 해당한다. 나는 으레 따라 나오는 뒷부분을 일부러 말하지 않는다. 등 뒤에서 무언가가 투명 플라스틱에 툭 떨어져서 나는 어깨를 움츠린다. 프리맷이 밖으로 나가더니 여전히 거들먹거리는 태도로 다리를 절며 구내를 가로질러 가자, 나는 고마운 마음으로 그 뒤를 재바르게 따른다. 그녀는 사무적이고 냉담할 뿐이지만 나는 잠시도 속지 않는다. 탱크 안에 살아있는 피험자를 본 지 오랜만인 그녀는 그 광경이 얼마나 우울한지 잊고 있었던 모양이다.

"3분의 2로는 충분하지 않죠." 내가 말한다. 나 역시 냉정한 과학자를 연기한다. 그러면 방금 보고 들은 것을 전문가적 입장으로 덮을 수 있으니까. 다락방의 미친 여자처럼 그것을 감출 수 있으니까. 그런데 그 남자에게 답한 무시무시한 소리는 무엇이었을까? 프리맷은 아직 대답해 주지 않는다. 나중에도 답할 시간은 있다.

돌아와 보니 과학 팀과 발굴 지원 팀은 이미 열심히 작업 중이다. 프리맷과 나만 몸서리나는 시간을 슬쩍 빼먹은 것이다. 계단으로 가는 길, 가다 서기를 반복하며 힘겹게 계단을 오르는 동안, 갠트리를 따라 이동하며 나는 프리맷에게서 기본적인 내용을 듣는다. 간단히 정리하면, 킬른의 생물이 매우 복잡하다는 이야기다. 생명체란 전반적으로 복잡하다. 동료들과 내가 유기 생물이 발견되는 모든 곳에서 관찰한 규칙은, 진화의 기본 단위를 한 번 갖추면 그것이 스스로를 복잡하게 만드는 경향이 있다는 것이다. 즉 자원을 차지하기 위한 경쟁, 그리고 여러 특징을 유전시키거나 시간에 따라서 변화시키는, 이따금 오류를 일으키는 체계를 가리킨다. 우리는 여러 메커니즘을 발견했고, 지구와 공통점이 전혀 없는 것도 있지만 **원리**는 같다. 일단 그 원리가 있으면 새로운 변수가 새로운 틈새에 들어가고, 그러면 또 새로운 틈새가 생길 기회가 **창출**되면서 생명체는 시간이 지날수록 복잡해진다. 생명체가 살아가기 위해 할 수 있는 일의 관념적 범위는 지속적으로 확장된다. 하지만 킬른의 생명체는 **정말** 복잡하다.

"유전부호는 전송 중에 곁길로 빠지는 경우가 상당하죠." 프리맷이 지팡이에 의지해서 한 번에 한 걸음씩 움직이며 설명한다. 수석 연구자가 다리를 잃었다고 해서 그놈의 화물승강기를 쓸 수는 없는 모양이다. 그녀가 한 말을 해석하면, 첫째, 킬른 생명체가 세대를 거쳐 정보를 전송하는 방식은 우리가 아는 유전학과 다르지만 같은 목적을 달성한다. 둘째, 유기체의 게놈에 해당하는 물질 간에 유전 특성을 이식할 수 있어서, 하나의 혈통 내에서 전달되는 것이 아니라 종에서 종으로 전달될 수 있다. 지구에서도 그런 일은 일어나지만, 박테리아나 그 밖의 매우 단순한 종류에 국한된다. 킬른에서는 크고 복잡한 유기체에서도 아직은 잘 알 수 없는 특징 선택을 통해 일어나는 모양이다. 그 덕분에 신속 대응 진화가 일어난다. 모든 생물이 다른 모든 생물에 끊임없이 적응하는 것이다.

"공생이 많죠." 프리맷이 계단을 다 오르고 숨을 고르며 말한다. "뭔가를 해부하면 다른 뭔가가 그 피부 밑에 들어앉아 있어요."

그 말에 드디어 나의 과학자 본능이 깨어나고, 그녀는 내 표정을 보더니 프로답지 않게 씩 웃는다. 이상하게도 그런 그녀가 더 좋아진다. 약간의 쇼맨십. 통치부하에서 대부분의 학자에게 부족한 자질이다.

"그래서 저 사람에게 무슨 일이 생긴 겁니까?" 내가 묻는다. 그녀가 기다리는 질문이니까.

"저 사람이 훔친 샘플은, 오염 제거를 오래 받지 못한 탐사 팀원에게서 임신 중인 상태로 발견됐어요." 그녀가 설명한다. "그것이 간격을 메웠죠." 곧 그녀에게서 웃음기가 사라지고 엄격함과 진지함만 느껴진다.

"간격이라고요?" 처음엔 이해할 수 없다. 그러다가 이해되자, 마음이 괴롭다. "정확히 어떻게 된 겁니까? 킬른의 생명체에 호환 가능한 유전학이 없다면?"

"유전학의 문제가 아니니까요. 분자 형태의 문제죠." 계단을 오른 뒤에 아직 숨을 제대로 고르지 못한 프리맷이 갠트리 난간에 몸을 기대자 끼익 소리가 난다. "바이러스가 신체를 오염시키려고 세포를 여는 것과 같아요. 모든 신체가 그렇게 움직이죠. 모든 것이 단백질이 열고 닫는 방식, 초등학생 때 배우는 내용이잖아요. 뭐, 어느 행성에서나 분자는 분자예요. 그러니 그 행성의 포자라든가 거대-세균이라든가, 그놈들에게는 도구 세트 중에 열쇠 가게가 있어요. 우리는 그들에게 완전히 낯선 환경이지만, 그들은 우리 문을 열 방법을 찾을 때까지 열쇠를 바꿔가며 계속 시도해요. 우리 장과 폐에 들어와서 틈새를 찾기 시작해요. '이주 통치부'에서 하던 캠페인과 비슷하죠. 기억해요? '하나를 들이면 전부 다 들어온다.'"

어린 시절 본 포스터가 기억난다. 사람들에게 이방인의 이주에 반대하라고 외치는, 달갑지 않은 악당들이 몰려드는 만화 같은 포스터였다.

"한 유기체가 우리 체내에서 자리를 찾고 나면 다른 유기체에게도 기회가 생겨요." 프리맷이 말한다. "확산하죠. 자리를 차지하고. 다 아는 얘기겠지만."

물론 알고 있다.

"광증." 프리맷이 말한다. "저 사람이 자유롭게 움직일 수 있다면 광견병과 같은 증상을 보일 거예요. 모두를 감염시키려고 미친 듯이 날뛰겠죠. 그리고 그것이 속에서부터 그 사람을 갉아 먹겠죠. 그를 해체한 뒤, 그의 바이오매스를 킬른의 생물계로 바꾸고."

"저 사람의 오염은 언제 제거할 겁니까?" 내가 묻는다. "그러니까 날 위해서 그런 거라면, 이제 본보기를 보고 충분히 알아들었으니까요. 저 불쌍한 녀석을 놔줘요."

"모두를 위해서예요." 프리맷이 말한다. "저 사람은 가망이 없어요. 발광이 시작되면 그걸로 끝이에요. 치료법은 소각뿐이죠. 사람은 살릴 수 없어요. 그 사람은 당신들, 노동자 모두를 위해 여기 있는 거예요. 이걸 보여주는 건……."

"여기가 얼마나 나쁜 곳이며 허튼짓을 하면 안 된다는 사실을 확실히 가르쳐야 한다고 사령관이 생각하기 때문이겠죠." 내가 부루퉁하게 말한다.

그녀는 잠시 발끈하지만 곧 성미를 다스린다. "난 당신을 알아요, 아턴. 다데브 교수." 이번에는 내 이름을 거의 정확하게 발음한다. "논문을 모두 읽었어요. 당신은 전공 분야의 선봉이었죠."

"이제 내게 많이 실망했겠군요."

그녀의 손가락이—통통한 손이지만, 손아귀 힘은 집게발처럼 강하다—내 팔뚝을 잡는다. "나는 당신을 **알아요**. 당신이 발표한 논문을 하나하나 들어가며 당신이 몰락한 과정을 표로 정리할 수도 있어요.

당신이 결국 여기 오게 된 건 놀랍지도 않아요. 하지만 멋대로 굴 수 있다고 생각하지 말아요. 저들이 당신을 부숴버릴 테니까."

"나는 사령관과 저녁 식사를 했어요. 아침 식사도 했고." 내가 말한다.

"당신이 탱크에 들어가면 사령관은 고급 와인으로 건배할 거예요." 프리맷이 말한다. "아턴, 지금부터 당신은 **정설**의 수호자예요. 우리가 여기 온 건 이 잔해를 지은 **사람들**이 어떻게 됐는지 알아내기 위해서예요, 알겠어요?" 의도적인 강조가 전달된다. "저 사람도 **나**를 돕기 위해서 여기 왔어요. 노동자로 왔지만, 과학에 이바지했죠. 우리가 알아내야 하는 것을 상기시키기 위해서. '과학 자선주의', 알죠? '우주에는 방향성이 있다.'" 저 시시한 슬로건이 다시 등장한다. 우리 모두 대담한 자유사상가이던 시절, 통치부가 우리에게 신경 쓰지 않는다고 믿고 멋대로 쓰던 문구.

다만, 나는 이제 본보기를 보고 배웠으니 "그 방향은 우리 인간이다"라는 옹졸한 대구로 슬로건을 완성시킨다. 나는 그녀의 권위를 받아들였음을 다짐한다. 착한 아이처럼 굴겠다고. 탱크는 사양한다고.

하지만 속은 부글부글 끓고 있다.

7.

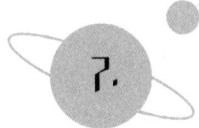

나흘간 그들은 내게 통계분석을 시킨다. 실험실에는 들어갈 수도 없다. 잔해를 다시 볼 수도 없다. 그곳을 영영 못 볼까 염려된다. 그곳은 과학 팀의 다른 쪽 팔인 고고학 팀이 담당하는데, 프리맷은 그쪽에 아무 권한이 없고, 자원을 놓고 계속 경쟁하는 상태이기 때문이다.

어쨌든, 당분간은 통계다. 나는 기능을 제한시키고 화려하게 꾸민 계산기 앞에 앉아서 아무런 맥락 없이 들어오는 데이터에다 일반적인 통계 테스트를 실시한다. 배우는 것은 하나도 없다. 어느 교수의 대학생 조수가 되어 단순 작업만 하는 기분이다. 지금부터 간수나 사령관, 혹은 이 행성이 나를 죽일 때까지 평생 이렇게 살게 됐구나 싶다.

일과를 마치면 청소를 시킬 때도 있다. 혹은 그 부러운 일은 가사 팀이 맡게 되어, 나는 일무스, 오코스터, 크로언 등과 함께 갠트리 계단에서 어슬렁거릴 때도 있다. 모두가 지쳐서 대체 킬른의 문제가 무엇인지 아무도 곧바로 강의를 시작하지 않는다. 프리맷과 본보기 탱크 안의 남자에게서 배운 교훈이 사실상 내가 들은 전부나 마찬가지다.

밤이면 그들이 시킨 말도 안 되는 계산에 정신이 녹초가 되지만 몸은 바짝 긴장한다. 내 몸은 내가 죽을 위험에 빠져있으며 뭔가 조치를 취해야 한다고 확신하기 때문이다. 가끔 일무스와 몇 마디 나눌 수 있다. 혹은 클렘 버루다가 어둠을 틈타 내 침대로 다가오거나, 내가 그와 그가 친한 사람들이 모여 회의하는 곳에 몰래 찾아가기도 한다. 킬른의 외계 혁명 분과. 나는 끄트머리에 앉아서 논의를 경청한다. 배우는 것도 조금 있지만, 그곳 세계에 관해서보다는 수용소의 역학 관계를 더 많이 배운다.

어느 날 밤 클렘이 나를 쿡 찌른다. 내가 졸았기 때문이다. "올래?" 그가 속삭인다. "아님 여기 붙잡혔나?" 그는 나를 알기 때문에 그렇게 묻는다. 내게는 과학과 발견이 가장 중요했기에 내가 어디든 찾아간다는 사실을 클렘은 알고 있다. 그리고 킬른은 발견해 주기를 기다리는 거대한 심연이다. "오늘 밤 여길 뒤집어엎고 우주선을 타고 내일 돌아갈 수 있다면, 할 건가?" 클램이 내게 묻는다.

물론 나는 하겠다고, 그럴 거라고 말하지만…… 미칠 듯한 내 무지가 머릿속에서 낚싯바늘 역할을 한다. 그 바늘에 연결된 낚싯줄은 **이 안**과 **저 밖**을 나누는 벽과 돔 너머로 이어진다. 나는 다른 세상, 진짜 외계생명체를 보게 되리라 생각한 적 없다. 원해서 추방당한 것은 아니지만, 지금 나는 여기 있다.

다만 처음 며칠 동안은 그것이 바로 저기 있어도 나는 **못** 볼 것 같은 느낌이 들었을 뿐. 하지만 결국 어느 날, 프리맷이 통계 작업을 하던 나를 데리고 나간다. 새로운 것이 들어와서 내 손을 더럽힐 때가 된 모양이다.

실험실에 무언가가 있다. 오염 제거를 철저히 했어도, 잔인한 해부 작업은 과학 팀이 아닌 발굴 지원 팀에게 떨어진 모양이다.

"메스 장치 작동법 기억해요, **교수?**" 프리맷이 신경을 건드린다. 그녀는 불편할 정도로 좁은 의자에 걸터앉아 지팡이를 추가 지지대로 쓰고 있다.

"칼은 직접 휘두른 기억이 나는군요." 내가 한결같이 말한다. "하지만, 기억나요. 신형 장치 훈련을 받았어요." 내가 지구를 떠나던 때 그것은 '신형'도 아니었다. 내 또래에게만 예외였을 뿐. 프리맷에게 그 장치는 익숙한 기술이다. 지구의 내 동료들에게 그 장치는 지금쯤 박물관에나 들어갈 물건이 되었을 것이다. 금속 고정 장치와 칼, 톱으로 이뤄지고 거미처럼 이상하게 생긴 그 장치는 인간의 손과는 달리 지치지도 않고 오류를 일으키지도 않는다. 내 경험에 따르면 그것으로 실제 작업을 하려면 성가시기 짝이 없지만, 묵은 기술을 써야만 하는 모양이다.

프리맷은 내가 '감히 내가 누군지 알고' 하며 분노할 줄 알았던 모양이지만, 나는 지위와 상관없이 실제로 무언가를 보는 데 정신이 팔려서 화낼 겨를이 없다. 그래서 우리는 실험실로 들어가서 해부대 위, 메스와 톱 아래 놓인 그것을 본다.

그것이 내가 처음으로 직접 본 외계 동물이다.

간단히 말하면, 크고 축 늘어진 다리가 몸뚱이 뒤쪽 멀찌감치 줄줄이 달려있는, 뚱뚱한 황토색 지렁이 종류다. 길이는 0.5미터 정도. 이곳 진화 도구에 포함되지 않은 턱은 없지만, 앞에 뾰족한 것이 달린 팔이 하나 있어서 자기 몸뚱이 길이의 절반쯤 되는 거리에 있는 먹잇감을 잡을 수 있다. 식사를 액화시켜 마시는 것이 킬른에서는 필수인 모양이다. 나는 탐침을 들고 그 팔의 길이를 최대한 늘여본 뒤 다시 쉬어 자세로 복귀시킨다. 그 팔의 동작이 기분 나쁠 정도로 유연하다. 여기는 사후경직에 해당하는 현상이 없다. 그것의 모든 관절이 살아 있을 때처럼 유연하고 가동 범위도 같다. 다만, 수많은 동물에게서 지구 동물과 같은 관절을 찾을 수 없을 뿐이다.

"고약하게 생겼군요." 나는 그 팔을 다시 끄집어냈다가 되돌린다. 팔에 달린 뾰족한 것은 길이가 15센티미터 정도이고, 절반 정도는 찌른 먹잇감을 마시는 데 쓰는 작은 구멍이 점점이 나있다.

내 표현에 프리맷이 씩 웃는다. "인간은 걱정할 것 없어요."

"우리는 찌르지 않습니까?"

"아, 우리도 찌르죠." 한순간 그녀는 자신이 착용한 다리를 한번 흘끔 본다. "하지만 소화효소 대부분이 우리 몸에는 작용하지 않아요. 그저 굉장히 아프고, 영구적인 신경 손상을 일으켜 신체 일부가 불타는 느낌이 들 뿐. 죽여달라고 사정할 정도로." 전부 정중하고 차분하게 한 말이라서, 내가 몽롱한 상태라 착각한 것인지, 그녀가 진심으로 한 말이고 지금도 온갖 진통제를 복용 중인지 분간할 수 없다. 나는 결정적인 한마디를 기다리지만, 그런 말은 나오지 않는다. 프리맷이 해부대 위의 죽은 것을 향해 고갯짓한다. "이건 오디션이에요, 교수. 학생 시절 배운 걸 잊지 않았다는 걸 증명해 봐요."

고백건대, 마음이 불편해지기 시작한다. 입을 열어, 우월한 척하지 않을 테니 제발 기회 있을 때마다 나의 (어차피 이제는 없어진) 직함을 들먹이지 말아달라고 말할 참이다. 그 말을 입에 올리기 직전, 그 심각한 표정이 감추지 못하는 장난기가 그녀의 얼굴에 아주 살짝 드러난다. 그렇다. 그녀는 나를 괴롭히며 즐기고 있다. 하지만 솔직히 지금까지 킬른에서 뭔가를 즐기는 사람은 본 적이 없다. 사령관조차 우리와 함께 아침 식사를 하기 전에 말벌을 한 줌 삼킨 표정을 짓고 있었다. 비록 그녀의 장난에 당하긴 했지만, 나는 니멜 프리맷 박사에게 마음이 아주 조금 누그러진다.

그리고 해부대 위의 그것에게 시선을 돌린다.

그것의 몸 앞쪽에는 팔이 두 개 있고, 부리가 있어서 전체적으로 지나친 남근 형상은 면했다. 그리고 불편한 길이의 주글주글한 몸뚱이와 다리 비슷한 것이 있다. 여섯 개의 촉수는 죽어서 쭈그러져 못쓰게 된 듯하다. 앞쪽의 육식성 구조과 매우 다른 구조다. 흥미를 느껴보려고 그것을 쿡 찌른다. 죽은 상태의 그 촉수는 저렴하게 프린트한 소시지 날것과 흐물흐물한 잼을 넣은 고무풍선의 중간쯤 된다. 식욕이 슬그머니 문을 열고 달아나 평생 돌아올 기약이 없어진다. 몇 가지 조사하니 구획이 나뉜 구조에 액체와 기체가 들어가서 팽창하는 부분이 보인다. 나는 이것이 유체정역학 및 공압 시스템이 짝을 이룬 체계로서, 이 생물이 다양한 반응속도와 힘을 가할 잠재력을 갖고 각각의 부분을 단단해질 정도로 팽창시킬 수 있다는 사실을 알게 된다. 그래서 관절이 없는 것이다. 아니, 이 생물의 모든 부분이, 필요할 경우 관절 혹은 지렛대로 설정될 수 있다.

프리맷이 신호하자 내 옆의 모니터 화면이 밝아진다. 이제 그 생물에 완전히 집중하느라 프리맷이 신호하는 것을 알아차리지 못했다. 화면에는 비교 가능한 구조 여러 개를 스캔하고 해부한 내용이 영상으로 떠서 내가 속도를 올리도록 도와준다.

"아주 가벼워요." 프리맷이 말한다. "크기에 비해서."

"저 밖에서는 얼마나 커질 수 있죠?" 우주선 내에서 강제 부활한 여파로 여전히 몽롱한 상태에서 도착하자마자 잠시 봤던 드넓은 야외의 광경을 떠올린다. 나무처럼 생긴 구조물 중에는 적어도 10미터, 15미터는 되어 보이는 것도 있었다.

"아주 크고 동시에 아주 빠르죠. 활기찬 생물들이에요." 프리맷이 말한다. "모두 지구의 같은 크기 생물에 비해 훨씬 가벼워요. 짐작하기로, 독자적으로 진화한 혈통이 두 가지 있는데⋯⋯ 돛-짐승(sail-beasts)이라고 불러요. 코끼리 혹은 그 이상의 몸집인데, 몸을 좍 펼치고 바람을 타고 날아다니죠."

프리맷이 관련 영상을 보여주지도, 다른 설명을 하지도 않기 때문에 당연히 내 마음속에 거대한 구형—핑크색—코끼리가 심호흡으로 몸을 부풀리더니 비행선처럼 날아가는 광경이 떠오른다. 현실은 그렇게 귀여울 리 없다. 게다가 사실이 아닐 수도 있다. 프리맷이 나를 또 놀리는 것일 수도 있다.

"그들이 잔해를 짓고 사라진 생물 후보군은 아닌 모양이군요." 내가 말한다.

"사라졌다고 하니." 프리맷이 말한다. "베시칸이 머리칼을 쥐어뜯고 있어요." 맥락으로 판단하자니 프리맷의 라이벌인 고고학 팀원을 가리키는 말이다. "아니, 머리칼이 있다면 쥐어뜯었겠죠. 어쨌든, 그 남자는 짜증이 나서 두피가 번쩍이고 있어요. 그 잔해를 지은 생물은 건축물만 남기고 도구와 소지품은 깔끔히 치워버렸거든요. 그래서 사령관이 우리에게 동물상에서 그자들을 찾아내길 기대하는 거죠."

나는 죽은 것을 다시 본다. 정장을 입고 통치부 시민의 서류를 기입하던 시절이 아득하게 느껴진다. "이것이 그런 일을 했을 것 같지⋯⋯."

프리맷이 기다렸던 말이다. 그녀는 왼손잡이 권투선수처럼 내 갈비

뼈 아래를 찌른다. 주먹이 어찌나 센지, 액화 효소를 주사했더라도 그보다는 덜 아팠을 것이다.

"내가 부하들과 함께 있기 싫어서 이러는 게 아니에요, **교수**." 프리맷이 말한다. 솔직히 나는 그렇게 짐작했었다. "당신에게 킬른 생물학 속성 수업을 하는 중이죠. 당신이 쓸모 있는 일을 해야 하니까. 당신은 기여할 능력이 있다고 업무 능력 분석에 적혀있는 덕분에 발굴 지원 팀의 높은 자리를 차지했잖아요. 아턴, 여기 논문 쓰려고 온 게 아니에요." 그녀가 이름을 부르는 것은 친근함을 표하기 위해서가 아니며, '교수'를 강조하는 것은 내게 제 할 일을 하라는 뜻임을 깨달았다. 나는 잠시 부루퉁하게 상처 받은 표정을 지었다가 무표정으로 돌아갈 것이다. 프리맷은 나를 보더니 의자에서 내려와서 메스 장치 사용법을 가르치기 위해 나를 밀쳐둔다.

"어쨌든, 그건 중요하지 않아요." 프리맷이 말한다. "킬른에서는. 이게 중요하죠. 여길 봐요."

프리맷은 장치의 팔을 이용해 표본의 뒤쪽을 가르고 벌려 몸통 같은 부분에서 다리를 분리해 낸다. 분리가 놀라울 정도로 깔끔하다. 몸통과 다리를 연결하는 관 따위도 별로 없는 것 같다. 등 표면에 가서야 다리에 연결된 가시 돋친 것 같은 기관이 몸통의 척추 아닌 척추에 파고들어 있다. 거기까지 한 뒤 프리맷은 다시 자리에 앉아서 내가 거기서부터 조사를 이어나가도록 한다.

나는 그녀가 남긴 표본을 멍하니 본다. 축 늘어진 젤리 다리 부분은, 부리처럼 보이는 요소가 제자리에 단단히 고정된 것과 달리 탐욕스러운 유충 부분에서 완전히 분리되어 있다. 나는 보이는 것을 다시 평가한다. 이것은 하나의 표본이 아니다. 여러 개의 표본이다.

"공생자죠." 프리맷이 내가 내린 결론에 동의한다. 내 반응을 보고, 내가 꽤 관심을 느꼈다고 판단한다. "아직 끝난 게 아니에요. 당신 칼솜씨를 보죠. 저 구멍 주위를 절개해 줘요." 나는 교수 직함은 내려놓고 지시에 따라서 고분고분 그 다리-짐승의 뒷다리에 작은 구멍을 낸다. 메스 장치가 촉각을 통해 간접적으로 보고하는 내용에 따르면, 그 생물의 몸체는 고무처럼 질기다. 타고난 탄성이거나 보존제 혹은 사후 과정일 것이다. 그것의 몸 안에서 작은 낭(sacs)이 이상하게 물컹한 미로를 이루고 있고, 연결 관이 있는데……

"새끼인가요?" 내가 질문한다. "임신 중이었어요?" 총알처럼 생긴 작은 것이 든 둥지를 캐낸다. 거기 달린 덮개는 살아있을 때 부풀어 오르는 물갈퀴였을 것이다. 그들은 아마 이 외계의 우스꽝스러운 생물의 지렁이 같은 앞부분의 새끼로, 공생자의 뒤쪽에서 살고 있었던 것 같다. 안전을 위해서. 혹은 말 잘 듣게 하려고 인질로 삼았거나……?

"전혀 다른 제3의 종이에요." 프리맷이 말한다. "거대 생물군에 속하는 미토콘드리아인 것은 우리가 알아냈죠. 이들이 단기 고속 추적 때 에너지를 촉진시켜요. 한 마디로, 다리용 배터리죠. **여기**서도 다른 생물이 나올 거예요." 그녀가 앞쪽 끝의 팔 뒤에 달린 주머니를 가리키며 말한다. "그 생물은 부리가 주입하는 소화 타액을 만들어요. 하지만 그건 중요한 게 아니에요. 그건 아무것도 아니죠. 이 세 가지 생물이 숙주에 완전히 의존하고 있지만, 그렇다고 지구에서와 같은 의미는 아니에요. 지구 기생생물이나 공생생물은 궁극의 전문성을 갖죠. 말벌에 기생하는 벌레, 무화과에 알을 낳는 벌레가 따로 있잖아요? 킬른에서는 이런 관계가 다양한 종에 걸쳐 생기죠. 하나의 유기체가 여러 가지 숙주에 전문 서비스를 할 수 있어요. 생물권 전체가 그래요. 저 밖에 사는 모든 생물 무게의 40퍼센트는 타 생물인데, 원래 그렇게 **설계되어** 있어요. 단순히 기생충에 감염돼서가 아니라."

"진화 작용에 의해서죠." 내가 정정한다. 손안에 쥔 교수가 아주 가볍게 지적한 말이지만, 그녀는 조금 얼굴을 붉힌다.

"내 말이 그거였어요." 프리맷이 동의하지만, 통치부 정통파가 '설계'라는 부분에 대해서 강경하다는 것은 우리 둘 다 잘 알고 있다. "이곳 일이 얼마나 어려운지 이해하도록 보여주는 거예요. 지구에서 동물 마이크로바이옴을—장내 생물군이라는 자연에 속하는 다양한 생물군 말이에요—생각해 보는 것과 비슷해요. 다만, 여기서는 그게 소화를 돕는 박테리아나 곰팡이가 아닌 거죠. 킬른의 '종'은 거대 생물군 수준에서 공동체 전체인데, 그 각 부분이 제대로 보살핌 받지 못한다고 느끼면 그 팀에서 나와 더 나은 자리에 들어갈 수 있어요. 솔직히 살기는 스웰터가 더 힘들 수 있지만 적어도 생물학은 더 단순하죠."

"다만 여기 무엇이 있는지 알면 아무도 스웰터에는 관심을 갖지 않겠네요." 내가 그녀 대신 한 말은 양날의 검이다. 프리맷과 베시칸이라는 사람이 할 일은 킬른에서 발견한 것을 제시해 지구의 기관을 만족시키는 것인데, 지금 당장은 엄청난 거짓말을 섞지 않고서는 그것이 가능해 보이지 않는다.

놀라울 정도로 가까운 곳에서 이상한, 횡설수설하는 사람 목소리가 완전히 **다른** 것으로 왜곡되어 들려온다. 내가 깜짝 놀라자 메스 장치가 진동한다. 솔직히, 비명도 살짝 지른 것 같다. 그 횡설수설을 듣고 나니, 나는 그동안 진정한 횡설수설을 들은 적 없다는 사실을 깨닫는다. 이전의 그 목소리, 탱크 안의 가엾은 녀석에게 대답한 소리다. 우리 둘만 있는 게 아니라는 사실을 깨달음과 동시에, 그 제3의 불청

객의 정체조차 모른다는 원초적 공포가 엄습하는 순간.

프리맷은 입을 꾹 다물고 꼼짝하지 않는다. 울부짖으며 캑캑거리는 소리가 너무 오래 계속된다. 끔찍한 불만과, 우리 가련한 인간의 귀에는 도저히 전달되지 않는 온갖 것을 담은 너무나도 황량한 외침이다. 그러다가 그 소리는 갑작스레 뚝 멎는다.

프리맷의 부하 하나가 문을 열고 고개만 내밀더니 말한다. "그분이 유인원을 찌르러 갔습니다."

프리맷이 부하를 노려본다. 그 불안하고 알 수 없는 순간이 그저 역사 속으로 흘러가기를 바라는 것이 틀림없다. 하지만 나는 당연히 호기심 가득한 눈으로 프리맷을 보고, 그녀는 그것을 외면하며 말한다. "사령관이요. 그 사람이⋯⋯ 보러 가요. 그 여자를. 가끔 라디오 링크를 열죠. 그 여자가 혹시⋯⋯. 사령관이 뭘 기대하는지 모르겠어요. 그 여자가 갑자기 무슨⋯⋯ 유용한 말이라도 할 거라고 생각하는지. 하지만⋯⋯."

"'그 여자'가 누군데요?" 나는 여전히 몹시 어리둥절해서 묻는다. 그것이 실험실 바로 옆에 있는 것처럼 들렸다.

"라스무센." 프리맷이 말한다. "일서 라스무센이요."

나는 당연히 프리맷을 멍하니 쳐다본다. 라스무센 교수는 킬른에서 데이터가 돌아온 뒤 1차 과학 팀을 이끌었던 사람이다. 과학계 전체가 흥분 상태였다! 생명체가 가장 많은 세계의 발견! 라스무센은 내가 태어나기도 전에 출발했고, 내가 학생이던 시절 첫 보고서가 도착하기 시작했다. 그렇다면 그녀는⋯⋯ "하지만 여행 시간을 제외하더라도 백 살은 되었을 텐데요."

프리맷의 눈에 두려움이 서렸지만, 다른 부분은 편안한 자태 그대로

다. “행성 때문이죠.” 프리맷이 말한다. “행성이 라스무센에게 들어갔어요. 행성이 그분이 죽지 못하게 해요. 사령관도 마찬가지고.”

“그렇다면 킬른에 영생의 비밀도 숨겨져 있다는 말인가요?” 내가 담담히 묻는다.

“그걸 삶이라고 부를 수 있을지 모르겠군요.” 프리맷은 사악하게, 부적절하게 웃다가 자신도 모르게 그런 스스로가 두려워졌는지 입을 막는다. “생명체가 지나치게 많아요, 아턴. 그분은 생명체로 가득 차있고 그것들이 그분을 갉아먹지만, 죽지는 않아요.”

“이해가 안 되는군.” 나중에 클레미시 버루다가 말한다. 소등 후 그와 나는 매립 장치 옆, 감시 카메라가 닿지 않는 작은 통로에 앉아있다. 기운을 북돋기 위해, 그가 프린터를 시켜 미지근한 오줌을 만든다. 그는 그 음료를 그렇게 부른다. 우리 프린터가 토해놓는 뜨뜻한 음료를 가리키는 노동 구역의 정식 명칭이 그것이 아닐까 두렵다.

솔직히, 이름만 들어도 맛이 예상된다.

우리는 낮게 중얼거리며 대화한다. 팔 뻗으면 닿는 거리에서 자고 있는 사람들을 깨우지 않기 위해서가 아니라, 카메라에 달린 소음 감지기 때문이다. 가사 팀 밤 근무자 중 클렘의 동료들은 간수 대부분이 상황을 지켜보지도, 귀담아 듣지도 않는다고 하지만, 누가 위험을 감수하고 싶을까? 공연히 본보기 탱크 안이 어떻게 생겼는지 들여다보고 싶을 리 없다.

“기본적으로는 과학이죠. 통치부의 과학.” 우리가 처음 만난 뒤 그와 비슷한 대화를 나눈 기억이 난다. 다른 사람들과도 여러 번 나눴던 대화다. 괴팍한 중년 과학자처럼 클렘은 내가 혁명을 위해 특권을 포기한다고 화를 냈다. 클렘은 그때도 혁명을 그다지 믿지 않았고, 지금도 믿지 않는다.

당시 나는 통치부와 과학의 관계를 이해하지 못하면 통치부를 제대로 이해할 수 없다고 클렘에게 말했지만, 그는 납득하지 않았다. 클렘은 실용을 중시하는 사람이다. 그는 사회와 정치의 문제를 보고 그 안에서 해결책을 찾는다. 그 문제를 만들어 낸 이념에는 관심이 없는 듯하다. 하지만 내게는 이념이야말로 만악의 근원이다.

나는 다시 시도한다.

"통치부는 과학에 깊은 관심을 갖는 동시에 과학을 지독하게 증오하잖아요." 내가 말한다. "과학이 통치부에 적법성을 부여하니까. 사실상 그들에게…… 통치권을 부여하니까요. 그들이 하는 모든 일에 대한 정당성은 자기들이 논리적, 합리적 사고를 갖고 있다는 거고, 그것이 대다수를 위한 최고의 작동 방식이라는 뜻이니까. 그래서 그들은 과학을 사랑해요. 그들이 하는 온갖 짓거리를 과학이 허용하니까. 누군가가 불편하지만 설득력 있는 주장을 내놓아서 그들이 원하는 우주의 작동 방식에 제동을 걸 때까진 그렇겠죠. 그들은 과학에서 아주 구체적인 답을 원해요. 복잡한 질문에 대한 흑백논리의 답을. 만물을 미리 정해둔 상자에 분류하려 드는 거예요."

실용주의자 클렘은 나직하면서 무례한 소리를 낸다. "그놈들이 하는 짓을 허가해 준 건 총이야."

"**그래요**. 당연하죠. 아니, 총이 있기에 그들은 허가를 구할 필요가 없어요. 하지만 인간 본성은 그렇게 작동하지 않죠."

"그건 자네의 인지적 거리 문제야." 그가 의수로 컵을 들어 입에 댄다.

"인지부조화, 맞아요. 어떤 일을 할 수 **있다는** 것만으로는 충분하지 않아요. 사람들, 인간은 **정당한** 일이라 믿을 수 있는 것을 원해요. 무력과 잔혹 행위로 권력을 쥔 자들이 가장 먼저 하는 일이 스스로의 **정당성**으로 그 과정을 다 덮으려는 거잖아요. 사람들에게 그 정당성을 설득할 수 있으면 통제하는 데 도움이 되기 때문이고, 자신이 노력으로 권력을 얻었다고 믿으면 잔혹 행위를 즐기기 쉽기 때문이기도 하죠. 인류 역사에는 권력자의 양심을 어루만지고 약자의 야심을 억누르기 위한 사회적 관습이 가득해요. 인간은 외부의 방법을 동원해서 **정당**해지고 싶어 하죠. 그래서 우리는 '과거에 한 일이 옳았고 원하는 일을 해도 된다'고 말해주는 철학을 만들어 내요. 간단히 말해서, 그래도 된다고 말해주는 신을 찾는 거죠. 어쩌면 그게 진짜로 신일 수도 있어요. 쉽게 빠져나갈 수 있는 방법이니까. '신의 말씀이다.' 왜? 이 질문을 하면 신앙심이 없는 것이니 신을 섬기는 모임에서 쫓겨나죠."

"조심해." 클렘이 중얼거린다. 그도 신을 섬기는 모임 소속이었음이 문득 기억난다. 저항에 신이 부재하는 것은 아니다. 어떤 각도의 주장도 신의 지지를 받을 수 있고, 박해를 받는다고 종교가 사라지는 것도 아니다. 클렘이 오줌을 잔에 또 채우는 사이, 나는 어서 요점을 말한다. 참, 클렘의 오줌이 아니라 기계에서 나온 오줌 말이다.

"어쨌든, 신 대신 과학을 가질 수 있죠." 통로에 처박혀서 속닥이긴 해도, 이런 토론을 하니 기분이 좋다. 이렇게 머리를 쓸 기회가 한동안 없었다. "먼 옛날부터 사람들은 실험복을 입고 각자의 정당성을 주장해 왔어요. 다만, 과학은 굉장히 불편한 도구가 될 수 있죠. 신조는 변함없는 강철이어야 하는데, 과학은 세상에 관해 알게 된 내용에 따라서 변화하니까요. 그리고 우주는 불편할 정도로 크고 복잡하잖아요? '우리가 너희에게 명령할 수 있는 이유를 정당화해야 한다'는 핵심에서 자꾸 벗어나고, 지도는 자꾸 넓어지죠. 통치부가 만든 사회구조에 따라서 억압해야 하는 땅이 자꾸 생겨나요. 자신이 중심인 우주 모형 전체를 만들고 나야 끝나죠. 신이 너를 거기 앉힌 것이든, 네가 진화의 불가피한 산물이든."

"그게 바로 그거군?"

"과학 자선주의라고 하죠." 나는 누구나 알고 있는 신조를 거론한다. "이때 자선은 가난한 사람에게 베푸는 것과는 무관하고, 창조에 의해 **주어진** 것과 관련 있어요. 정설에 따르면, 우리는 우주를 관찰하러 여기 온 거예요. 우주는 인간과 같은 지성을 키우는 완벽한 부화장치로 만들어졌으니까요. 일반적인 인간. 자연법칙과 우주의 힘은 우리가 알고 있는 생명체를 탄생시키도록 되어있고, 그 생명체는 언제든지 **우리**가 되죠. 따라서 우리 존재는 신의 **의도**에 의해 만들어진 것이고요. 처음부터 끝까지 운명의 발현이죠. 태초로부터 신이 부여한 통치권. 즉, 우리의 통치부는 의미라는 성화를 마지막으로 물려받은 자, 우주의 의지를 완벽하게 나타내는 자라는 뜻이에요. 그것을 받아들이는 한, 우주는 바로 **우리**를 만들어 내도록 되어있고." 잠시 침묵이 흐른다. "지구에서는 거기에 굉장히 열광해요. 그래서 그들은 스스로에게 아주 만족하고." 또 침묵. "하지만 프리맷이 앞에 놓인 과제를 어떻게 해결할지 봐야겠어요. 내가 오늘 본 뒤죽박죽인 존재에서 어떻게 우리 같은 존재가 나올 수 있었는지 나는 모르겠으니까."

클렘이 잔을 비운다. 이렇게 허세 가득한 헛소리는 처음 듣는다는 눈빛으로 나를 본다. "뭐, 자네처럼 살면 짜증나겠군." 그가 골라낸 대답이다. "자네는 그런 걸 따져봐. 그런 소리가 실제로 어떻게 대의에 **도움**이 되는진 모르겠지만."

“그럼 이건 어때요. 과학 팀은 계속해서 불안에 떨고 있어요. 그들이 내놓을 수 없는 간결한 대답을 테롤런이 원하니까. 험담과 경쟁이 난무하는 와중에 프리맷은 자꾸 뒤를 흘끔거려요. 부하들이 죄다 프리맷의 자리를 노리니까요. 즉, 그들은 행정 부서 보라고 메모하고 과시하는 데 시간을 들이느라 프린터 접속 기록을 확인할 새가 없어요.”

클렘이 조용해진다. “그걸 갖고 있으면서, 지금까지 암말 않고 요 오줌이나 마시면서 그런 헛소리나 지껄이고 있었다고?”

“내가 두뇌만 예쁜 게 아니거든요.” 그렇다. 나는 조그만 얇은 주머니를 쥐고 있다. 그 안에는 세 개의 아주 작고 복잡한 부품이 있다. 사실 무슨 용도인지는 모른다. 클렘과 동료들이 무슨 장치를 만드는지도 모른다. 내가 아는 것은, 노동 구역 프린터에 제한을 두어 정해진 물건만 엉성하게 만들고, 과학 팀이 작업하는 갠트리 층에서는 아무도 프린터를 눈여겨보지 않는다는 사실뿐이다. 클렘이 내게 필요한 것을 말했고, 나는 프리맷이 해부를 마친 뒤 나를 계속 교육하기 위해서 잠시 자리를 비울 때까지 잠자코 기다렸다. 내가 알기로 그 누구도 전혀 의심하지 않았다.

교환을 마친 뒤, 우리는 살그머니 침대로 돌아간다. 나는 거기 누워서, 내 정신의 반사작용에 관해 생각한다. 그 반사작용의 패턴은 항상 통치부의 편협함으로부터 벗어나려 하기 때문에 더 합리적이어야 할 필요가 없다. **뭔가**가 우리가 본 잔해를 지었으니까. 그것이 지어졌지만, 어떻게 지어졌는지 우리는 모른다. 그것은 사고(思考)를 통해 설계되었다. 거기에는 기술이 존재하며, 프리맷은 아직 확신이 없는 반면 베시칸은 글이라고 주장하는 것도 있다. 하지만 사령관의 목적을 이루기 위해서는 외계의 건축가에게 굳이 글이 있을 필요도 없다. 그들이 야만으로 붕괴하기 전 유물을 남길 만큼 발전하기만 했다면 우리는 아마 더 반가울 것이다. 다만, 그 야만 생물이 어느 산을 넘어 후퇴한 것일까? 그 건물을 쌓은 조상의 손은 지금 어디에 있는가? 아무래도 남근 형상의 지렁이-거미 괴물이 실마리가 되지는 않을 것 같다.

8.

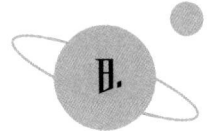

그 후 수십 일 동안 나는 앞으로 할 일을 배운다. 나와 일무스, 크로언과 오코스터와 나머지 발굴 지원 팀은 니멜 프리맷과 그녀의 몇몇 적법한, 즉 죄수 아닌 조수를 위해 온갖 힘든 일을 다 한다. 우리는 정리하고 펼치고, 데이터 입력을 감독하고 통계를 낸다. 우리는 배운 것 없는 육체노동자와, 최종 논문에는 결코 이름을 올리지 못하지만 열심히 연구하는 대학생 조수 사이 어딘가에 있다. 아마 우리 모두 지구에서 일하던 시절 이런 일을 해주는 사람이 있었고, 그런 걸 당연하다 여겨 배려 한 번 해본 적 없었던 일을 떠올리지 싶다. 이 나이에 겸손을 배우다니 부끄럽다.

처음에는 까칠했지만 프리맷 박사는 잘 대해준다. 즉, 잔소리하지 않고 대체로 무시한다는 뜻이다. 프리맷의 팀을 구성하는 세 명은 그렇지 않다. 그들은 모두 나보다, 발굴 지원 팀 대부분보다 젊다. 지구에서라면 우리는 그들을 엉덩이 닦는 데도 쓰지 않았을 것이다. 전형적인 낙오자이자 월급 도둑, 아마 그래서 지구의 저명한 연구소 편안한 휴게실 대신 여기 오게 되었을 것이다. 그들은 자신의 상황을 매우 민감하게 의식한다. 지구에서 경력을 쌓는 대신 외계로 헐값에 팔려 왔을 뿐 아니라 거기서 대장 노릇도 못 하다니. 발굴 지원 팀 안에서 우리는 그들을 핍, 퓹, 팝이라고 부른다. 어릴 적에 모두가 봤던 아주 짜증 나는 만화 등장인물에게서 따온 것이다.

다른 사람들은 모두 저 학계의 실패작 삼총사와 함께 3교대 작업에 나갔다. 유일한 신참인 나는 내 자리를 안내 받을 차례다. 그들은 여기서도 알려진 내 논문을 봤기 때문에 내 이름을 알고 있다. 그들은 나를 그 분야에서 큰 파장을 일으키고 정설의 경계를 시험한 신예로 알고 있다. 추가 제자리로 돌아가면서 인기를 잃기 전까지 잠시 환호 받았던 사람으로 알고 있다. 이제 나의 새벽별이 이곳 킬른의 지옥에 떨어진 것을 보고 그들은 분명 고소해하고 있다. 내가 그들의 평범함을 정당화해 주기 때문이라고 나는 생각한다. 내가 청소 일을 맡을 때 그들은 나를 심하게 다그치며 보이지 않는 얼룩과 자국을 놓쳤다고 지적하고, 내 손가락이 표백제에 벗겨지도록 전부 세 번씩 다시 하게 만든다. 내가 갖다 바치는 커피는 어쩐 일인지 항상 그들 입맛에 맞지 않고, 내 통계 작업은 늘 서툴러서 다시 해야 한다. 그런데 솔직히 내 통계 작업이 좀 서투르긴 하다. 나는 조수를 두는 데 익숙하다. 지금 생각하니 나도 그 조수에게 그다지 잘 대해주지 않았던 게 마음에 걸린다. 우리 중 누구도 학계의 천사가 아니다.

우리가 주로 하는 작업 중 하나는 분류학인데, 이 역시 통치부의 메시지가 얼마나 철저히 잘못되었는지 강조할 따름이다. 통치부의 생명과학은 언제나 분류학을 총애한다. 마음을 안심시키는 종, 속, 과, 문 따위. 만물을 제자리에 넣어, 생물 전체를 한 장의 종이에 정리한 것.

생명체가 인간과 얼마나 가까운가에 따라서, 한 그루의 나무처럼 가지를 뻗어나가는 모습을 강조하며 깔끔하게 정리한 그림. 그로써 인간은 창조의 계통수 꼭대기에 앉은 요정, 정점 같은 것으로 설명된다. 그런데 린네식 분류는 처음부터 늘 어딘가 어색했다. 린네 자신이 오래된 연대와 화석 기록이 별로 없던 시기에 작업했기 때문이다. 린네의 초점은 그가 살던 당시의 다양한 종에 맞추어져 있었다. 킬른의 생물에 같은 작업을 한다는 것은 한 마디로 미친 짓이다.

탐사 팀이 표본을 더 가지고 오는데, 프리맷은 거기서 오염을 철저히 제거한다. 탐사 팀 사람한테도 그 정도로 오염 제거를 하지는 않을 것이다. 그러면 발굴 지원 팀이 각각의 새로운 생명체를 물리적으로 묘사하고 암호화하여, 어느 정도 일관적인 계통수 형태가 나오기를 기대하면서 이미 발견한 모든 것과 관련해서 어디에 위치하는지 분석하는 고된 작업을 담당한다. 잔해를 지은 존재가 감추고 있을지 모르는 서사와 방향성, 유용한 공백을 알려주는 계통수 말이다.

다만 주어진 표본으로 목록을 만드는 것은 세 가지에서 서른 가지 존재 사이 어딘가의 위치를 확인한다는 뜻인데, 그중에는 여타의 결합 생물과 유사한 것도 있지만 전혀 새로운 것도 있다. 그래서, 우리가 분류하는 대상은 정확히 무엇인가? '생물'이란 무엇인가? 이따금 전혀 새로운 것이 등장하지만 그것은 킬른의 진화에 의해서, 우리 기록에 이미 올라와 있는 생물들이 프랑켄슈타인의 괴물처럼 합쳐진 것이다. 완전히 새로운 동시에 다 아는 생물인 셈이다.

거기서 나는 지렁이와 벌레, 포자처럼 생긴 덩굴손, 오염 제거 과정에서 더 작게 뭉개진 미생물들이 득실거리는 어느 망할 동물을 들쑤시고 있다. 나는 메스 장치로 세상에서 가장 외설적인 당근처럼 생긴 것을 절제한다. 이것은 새로운 생물인가? 데이터베이스와 대조해 보려고 한다. 내가 찾은 최선의 대답은 '아마도'이다. 내 작업대 맞은편에서 일무스가 같은 표본의 반대쪽 끝을 맡고 있다. 이것의 정체는, 주로 시각 감지기와 낭창거리는 더듬이로 이루어지긴 했지만, 내장도 팔다리도 없이 다른 합체형 동물에서 체액을 빨아먹는 데 쓰는 빨판만 잔뜩 지닌 전혀 별개의 동물로 밝혀진다.

이것을 보니, 통치부가 검열을 통해 절대 금지한 '우아한 시체(Exquisite Corpse)'라는 미술 양식이 떠오른다. 마치 스케치북에 하듯이 아무렇게나 그려서 규율을 거부하는 양식이기 때문이다. 뭔가를 그리고 종이를 접은 뒤 옆 사람에게 넘기면 그 사람이 내가 남긴 선에서부터 시작한다. 그 결과는 괴상하고 무의미한 괴물이 된다. 킬른의 생명체는 바로 그 미술 양식이 생물학 분야로 넘어온 것처럼 보인다.

이 자리에 함께하고 있는 패리디스 오코스터가 두 손을 번쩍 든다. "전에도 **본** 거야. **두 시간**이나 이놈의 자식을 조사해서 시스템에 이미 입력했다고. 엉뚱한 이름표를 붙인 거지." 물론 그것 역시 문제다. 어떤 생물을 한 맥락에서 보면 그 맥락이 묘사에 영향을 미친다. 그러고 난 뒤, 같은 공생 부위가 현재 선택한 공생생물 때문에 전혀 다른 기능을 하며 등장할 수 있는데, 그런 경우에는 그것을 전혀 알아볼 수 없다. 직장에서 알게 된 사람을 지하 혁명 회의에서 만나는 경우와 같다.

나는 팔꿈치로 그를 치고 그의 데이터를 본다. 첫 만남에서 투닥거린 뒤 우리는 사이좋게 일하고 있다. 노동 구역에서 지내다 보면 다툴 기운이 남아나지 않는다. 우리는 둘 다 실용적인 사람이다.

"젠장, 전부 다 독특해?" 내가 묻는다. "아니, 이러다간 미치겠어."

어휘 선택을 잘못했다. 눈에 보이지 않는 일서 라스무센이 스피커가 차단되기 직전에 잠시 울부짖기 때문이다. 그녀가 다시 소리 내는지, 모두 조용히 기다린다. 소리는 들리지 않는다. 우리도 한 마리 짐승의 일부가 된 것처럼 한 명씩 차례대로 오싹함을 느낀다.

"종이 있다니까." 헬레나 크로언이 주장한다. 보통 크로언은 정설의 수호자 역할을 맡는다. "킬른의 '종'을 구성하는 정해진 공생 조합이 있어. 아니면 메타종이랄까. 거대-종이랄까. 같은 구성의 같은 부분이 같은 동물을 만드는 거지."

"거기에도 변이가 있다니까." 오코스터가 으르렁거리듯 말한다. "그러면 정확히 어디에 선을 그을 건데? 미친 짓이라니까. 이런 것은 이웃을 잡아먹는데, 주고받는 것의 20퍼센트는 동종 포식이야. 공유하는 부분이 있으니까. 이런 곳에서 **건물**을 짓는 **사람**이 생겨났다고?"

"패리디스." 크로언이 경고한다.

"차라리 지구 인간이 바위 마법진을 써서 여기 와서 지었다고 해." 오코스터가 큰 소리로 말을 잇는다. "우리 같은 존재가 여기서 생겨났다고 하느니."

"그만해." 크로언이 더 다급하게 말한다. 그러자 핍인지 퓹인지가 문을 통해 들여다본다. 두 칸 건너 자기 방 책상에서 폭동의 냄새를 맡은 듯이. 그는 우리를 수상쩍은 표정으로 노려보더니 다시 슬그머니 나간다.

"내가 자꾸 꾸는 꿈이 있어." 그자가 간 뒤 일무스가 말한다.

"듣고 싶지 않아." 오코스터가 잘라 말한다.

"잔해를 지은 자들을 만나는데 그들이, 있잖아, 그들이 꼭 인간 같아." 일무스가 메스 장치 프로그래밍을 계속하며 말한다. "다만, 가까이 다가가서 보면…… 킬른의 생물이야. 엉성한 인간 모양으로 얼기설기 붙인."

"오늘 밤 소등 후에 떠오를 멋진 장면을 상상하게 해줘서 고맙다." 오코스터가 퉁명스럽게 말한다. 그사이 나는 메스 칼날 하나를 손에 쥐고 작업복의 겹친 부분, 쇄골에 박힌 볼트 바로 옆에 감춘다. 거기라면 탐지기가 찾지 못할 것이다. 일무스와 오코스터가 내 곁에 서서 카메라도 크로언도 내가 한 짓을 보지 못하도록 도와준다. 클렘이 동지 모집에 열심이고, 킬른 생활에도 희망이 없다 보니 통치부에 맞서는 것이 좋은 선택처럼 느껴지기 때문이다.

내가 작업하던 것이 불쾌한 소리를 내며 내려앉는다. 그 내부 구조 일부가 무너졌다. 오염 제거 과정은 다양한 유기 구조를 겨냥한 것이므로 표본을 상하게 만든다.

"좀 더 신선한 고기는 없나?" 이렇게 묻고 고개를 들고 보니 대부분이 나를 노려보고 있다.

"그런 위험은 용납 못 해." 크로언이 말한다.

"돔 안에 살아있는 생물체는 들이지 않을 거야." 오코스터가 설명한다. "우리가 모두 방호복을 입고 있어도 뭔가 퍼질 수 있어." 그들은 동시에 특정 지점으로 눈길을 돌린다. 내가 아직 보지 못한 라스무센을 영원히 감금한 벽 쪽으로. 우리는 그녀가 한마디 덧붙이기를 기다리지만, 다행히 아무 소리도 들리지 않는다.

우리 작업이 생물학과 맺는 관계는 조세 통치부에 제출하는 거짓 장부가 회계 업무하고 맺는 관계와 같다. 프리맷의 팀이 정리하는 초기 조사 내용과, 테롤런 사령관에게 가는, 더 간결한 내용으로 훨씬 더 정설에 가깝게 적은 공식 기록은 전혀 다르다. 그리고 나는 곧 그것이 얼마나 터무니없는 내용인지 진지하게 배우게 된다.

어느 날 조사 드론이 새로 찍은 사진이 입수되면 프리맷이 발굴 지원 팀과 그 사진을 공유한다. 그 사진이 우리가 해낸 일에 대해 수여되는 작은 상이다. 킬른의 표면을 계속해서 스캔하는 궤도 위성이 굉장히 인간 중심적인 알고리즘에 따라서 흥미로워 보이는 곳을 골라낸다. 테롤런 휘하에는 기술 팀이 있는데, 목스 캘렌이라는 엔지니어와 그가 즉흥적으로 노동 구역의 관리 팀에서 불러내는 사람들이 그 팀을 이룬다. 캘렌은 위성 영상을 살핀 뒤, 드론을 보내서 지표 높이의 사진을 찍는다. 촬영하는 동안 드론이 잡아먹히지 않기를 바라며. 드론 영상을 보고 정말 거기 뭔가가 있다고 판단되면, 탐사 팀이 가서 현장을 확보하고 추가 연구를 위해 정리한다. 위성 알고리즘에 오류가 많은 모양이다. 기계에게 구름 속에서 사진을 보라고 지시하면 일어나는 문제다. 위성은 아마 허위 음성보다 허위 양성을 두 배는 더 내놓는 듯하다. 다만, 허위 음성인지 아닌지는 절대 알지 못할 뿐.

이번에는 진짜다. 새로운 잔해, 스물아홉 번째 잔해가 발견된다. 곧 탐사 팀이 출동해야 한다. 그 드론 영상이 내가 처음 본 자연 그대로의 킬른 건축물이다.

수풀 아래 묻힌 구조물이 거의 보이지 않기 때문에, 위성이 왜 그렇게 신호를 찾아내기 어려웠는지 곧 알 수 있다. 킬른 수풀은 푸르지 않고 노랑-검정색이다. 영상 전체에 덩굴 같은 생물이 있는데, 흡사 꽃 모양으로 튀어나온 부분은 꽃이 아니라 잎에 가까운 기능을 한다. 프리맷이 지팡이로 나를 찌르더니 이상한 점이 보이는지 묻는다.

다행히 나는 이미 생태학자로서 사고하고 있다. "구조물 주위에 있는 것은 근처 숲의 식물군과 다르군요." 나는 허리를 숙이고 건물을 들여다본다. 목스 캘렌이 좀 더 쓸모 있는 각도에서 찍은 사진을 제공하지 않은 것이 아쉽다. 그곳 주위 숲의 생물군계(biome, 생물이 적응하는 자연 조건을 따라 구분한 지리학적 단위—옮긴이)에는 구근과 황토색 덩이줄기가 많은데, 저마다 난봉꾼이 쓰는 챙 넓은 모자처럼 광합성 꽃잎을 말아 올리고 있다. 그것 사이를 긴 창이 찌르며, 햇빛을 마시는 작은 주먹만 한 꽃들을 하늘로 들어 올린다. 큰 비늘 달린 뱀처럼 생긴 검은 밧줄이 더 큰 생물 옆을 기어오르며 피를 빨고, 아마도 그 대가로 도움을 줄 것이다. 기생하는 부생생물(다른 생물의 사체와 배설물 혹은 죽은 조직이나 유기물에서 영양을 취해서 생활하는 생물—옮긴이)이 섬세하게 짜인 구조를 이룬다. 집이 필요한 운동성 종(種)이 만든 사마귀 같은 혹이 점점이 나있다. 드론이 표시한 내용에 따르면 모두 굉장히 대규모다. 가장 큰 나무는 높이 15미터에 폭은 그 1.5배다. 나는 해부 작업과 과학 팀 데이터베이스에서 배운 내용을 떠올린다. 나무 안에는 기체 교환과 반응실이 복잡하게 얽힌 기도와 관이 가득할 것이다. 오코스터가 자랑스레 지적했던 것처럼, 흡입 구멍 중에는 인간이 기어들어 갈 만큼 큰 것도 있다. '기어들어 간 뒤 죽는다'는 말이 뒤따라올 것 같지만, 너무 당연해서 생략해도 상관없다.

그리고 잔해가 있다. 내가 알아볼 수 있는 것은 건물이 드러나서가 아니라 그것을 뒤덮은 생물이 주위 모든 것과 구별되기 때문이다.

프리맷이 내 반응을 보더니 다시 나를 아프게 찌른다. "와서 좀 봐요." 그녀가 쏘아붙이더니 핍을 비키게 한 뒤에 절뚝이며 걸어간다. 나는 그녀 뒤를 종종걸음으로 따른다. 솔직히, 작업에서 벗어날 핑계라면 뭐든지 좋다. 과학 팀이 일하는 방은 하나같이 조명이 어둡고, 얼어붙게 춥거나 찌는 듯이 덥다. 당연히 핍, 푭, 팝도 있다.

프리맷은 간수들의 수상쩍은 눈초리를 받으며 계단을 내려간다. 우리는 결국 사령관 몰래 불법으로 담배라도 피우러 가는 사람처럼 노동 구역 뒤로 돌아간다. 중앙 매립 장치가 있는 곳이다. 모든 물건은 다 쓰고 망가진 뒤 거기 들어간다. 온갖 새로운 도구와 장난감이 거기서 나온다. 그것은 돔의 경계에 붙어있으며, 기갑 펜스로 보강하지 않은 유일한 지점이다. 대신, 이곳 돔 외부에는 드론 영상의 잔해에서 본 외계 덩굴과 똑같은 것이 기어오르고 있다. 여기서 '기어오른다'는 말은, 오랫동안 보고 있으면 유체정역학적 요소가 진동하고 떨리는 모습이 보인다는 의미다. 그 꽃들이 태양을 좇느라 전체 연결망이 서서히 꿈틀거린다.

매립 장치와 돔을 연결하는 커다란 원판이 있다. 식물은 바깥에서 그 원판에 뿌리를 내리고 내부 배관과 협력 관계가 된 듯하다. 케이블이 땅속에 박힌 것을 보고 그 케이블이 지하에서 구내 어딘가로 연결되는 모양이라고 짐작한다. 한순간, 그것도 느릿느릿 꿈틀거리는 모습이 보일 것처럼 느껴진다.

"지금 보이는 게 대체 뭐죠?" 그렇게 물으며 프리맷 쪽을 보니, 그녀도 나를 보고 있어서 눈이 마주친다.

"동력이요." 프리맷이 말한다. "고대 킬른족의 동력."

"지열인 줄 알았는데요? 잔해 밑에서 올라오는." 잔해 구조물 아래에는 땅속 깊이 들어가는 유리로 만든 축이 있다. 이곳의 '지구물리학(geophysics)' 조사 결과에 그렇게 적혀있었다.

"부분적으로는 그렇지만, 온도 통제와 더 관련 있는 것 같아요. 이것 덕분에 과거의 킬른이 작동했어요. 초고효율 태양열 집열 장치죠.

사람들이 처음 도착했을 때 이곳 잔해는 그걸로 덮여있었어요. 발견될 때는 대부분 그렇죠. 다만 킬른족은 케이블을 쓰지 않았을 뿐. 그저 그것이 필요한 곳 어디든지 자라도록 만들었어요. 그들은 탁월한 생명공학자였거나, 킬른 생물이 작동하는 방식 자체가 인간 기술보다 훨씬 더 초기 단계에서 나온 생명기술 해법에 의존하는 지성을 타고난 것이겠죠. 아턴, 당신이 보는 것은 사라진 킬른족이 실제로 이용한 기술이에요. 라스무센은 이곳 환경을 훨씬 더 직접 접할 수 있었던 야생의 시절에 그것을 알아냈어요. 그랬기 때문에 지금 다락방에 갇혀있지만, 우리는 지금도 라스무센의 발견에서 도움을 얻고 있죠. 그 기술을 이제는 우리가 이용해서 이 수용소 전체에 필요한 동력을 얻어요. 저 위의 태양력 장치는 예비 장치에 불과할 정도예요. 이 시스템을 누가 처음 만들어 냈는지, 우린 아직 전혀 몰라요. 방역 유지를 위해 이곳 잔해의 덩굴과 그 밖의 모든 것을 태워버리지 않았다면 무엇을 알 수 있었을지 궁금하겠죠."

나는 고민하는 척한다. 내가 얼마나 자유롭게 사고할 수 있는지 시험할 때가 됐다. "방역은 헛소리란 거 알고 있죠?"

프리맷이 나를 본다.

"탐사 팀이 귀환할 때마다 오염 제거 작업을 하진 않던데, 그렇다면 그들에게 묻어오는 게 있을 거예요."

"사실 그건 방역이 아니에요. 노출을 최소화하는 것뿐이지." 프리맷이 동의한다. "그리고 탐사 팀은 사흘에 한 번 정도 씻어내요. 보통은."

그렇다면 사고를 방지할 정도는 아니었다. 탐사 팀이 지난번 귀환했을 때, 철저한 가스 처리를 받다가 한 명이 죽었다. 오염 제거 작업으로 그의 몸속 무언가가 죽었기 때문이다. 외계의 무언가가 그 사람에게 필수적인 인체 일부를 먹어 치우고 그 자리에 들어앉았던 것이다. 그 속임수가 밝혀졌을 때는 그가 독립적으로 살아나갈 만큼의 힘이 남지 않았다. 지금 그 사건을 대놓고 언급하진 않지만, 내 얼굴에 또렷이 적혀있을 것이 분명하다.

"사령관의 결정이에요." 프리맷이 무표정하게 말한다.

"내가 그 이야기를 꺼내니 피…… 당신 조수들이 그러더군요. 그 현상을 직접 연구하고 싶으면 얼마든지 탐사 팀에 합류하라고."

"그들의 관리 스타일이 그렇죠." 프리맷이 비꼬듯 말한다.

"그들이 날 좋아하지 않는 것 같아요."

"그들은 나도 좋아하지 않아요."

나는 프리맷의 솔직한 말에 놀란다. 프리맷의 눈길은 돔 외부를 움켜쥔 수풀로 향해있다.

"이곳 팀을 지휘하는 건 은하계에서 가장 작은 트로피죠." 프리맷이 말한다. "그런데 그들은 거기서 누가 오줌을 가장 길게 싸는지 경쟁해요." 프리맷이 지팡이에 몸을 기댄다. 삐딱한 자세가 그녀에게 어울리지 않는 제멋대로라는 느낌을 준다. 나는 그녀와 눈을 마주치며 무슨 속셈일까 생각한다. 프리맷이 나를 무시할 줄 알았는데, 그러지 않는다. 어쩌면 그녀는 동맹을 찾고 있을지도 모르지만, 나 자신이 별 쓸모가 있을진 모르겠다. 크로언이 프리맷 앞에서 알랑거리지만 그 행동은 얄팍하기 짝이 없다. 나머지 발굴 지원 팀 역시 프리맷을 별로 좋아하지 않는다. 또 누가 있을까? 테롤린은 그녀를 괴롭히는 늑대이고, 고고학 팀의 베시칸과 그녀의 사이가 어떤지는 모른다. 나는 그녀를 동맹으로 원하나? 클렘과 혁명 분과에게 그녀는 적이다. 갠트리 층 거의 모두가 적이다.

그 순간이 너무 오래 지속된다. 프리맷이 내게서 대체 무엇을 찾는지, 알 수 없다. 그녀는 절뚝이며 걸어가 버리고, 그녀 곁에 붙어있지 않으면 간수들은 내가 꾀를 부린다고 여길 것이다. 우리는 답답한 방으로 돌아가서 기록을 계속한 뒤, 테롤런에게 보여줄 **별도의** 기록을 만들어 낸다. 핍, 퓹, 팝이 나를 노려본다. 프리맷의 새로운 심복을 어떻게 죽일까 궁리하듯이.

9.

그렇다면 테롤런 사령관. 그는 어떤 사람이기에 킬른 노동수용소 같은 곳에 배치되었는가? 아니, 어떤 사람이기에 그에게 이런 곳을 믿고 맡기는가? 내가 과학에 관해 클렘에게 한 말은 진심이었다. 킬른은 통치부에 **중요**하다. 적어도 몇몇 부분은 그렇다. 우주는 피라미드와 같다. 물리학이 화학으로, 거기서 생물학으로 이어진다. 미생물이 지렁이로, 척추동물로, 유인원으로, 우리로 이어진다. 그리고 인류 집합이 통치부 관리로, 과학자 집단의 지성으로 이어진다. 자신이 꼭대기에 앉지 못한다면 굳이 피라미드를 지을 까닭이 없기 때문이다. 하지만 그 정점에 앉는 정치가 중에는 태양계에서 머나먼 이곳 변방 킬른에 와서 경력을 단절시킬 사람이 없다.

내가 처음에 상상했듯이 통치부에서 고분고분 말 잘 듣고 상상력 따위는 없는 사람을 보냈을 수도 있지만, 그런 사람은 해답을 구해주지 못한다. 그들은…… 음, 아마 나 같은 사람을 보냈을 것이다. 장황한 정설 편을 꼭 들지는 않는 학자. 하지만 그런 학자가 내놓는 대답은 통치부가 원하는 쪽이 아닐 수 있다. 대신, 모종의 선정 과정을 통해 테롤런이 왔다. 나 같은 사람이 아니면서, 상황에 따라 잔인하거나 지적일 수 있는 사람. 혹은 동시에 둘 다 될 수 있는 사람.

프리맷은 내게 본보기 탱크 속의 남자를 보여줬다. 사실, 그다음 날 그들은 그 남자를 꺼내서 사살한 뒤 소각기에 던졌다. 마치 내게 보여주기 위해 그의 형기가 늘어난 것처럼. 테롤런이 세세한 것까지 살핀다는 사실을 알고 있으므로 아마 내 짐작이 맞을 것이다. 그 불쌍한 자의 형벌, 본보기 탱크를 만든 것도 모두 테롤런의 명령이었다. 따라서 테롤런은 자비 없는 사람이다. 잔인한 사람이다.

테롤런은 학자는 아니지만 학술지를 읽는다. 그는 생물학과 고고학 둘 다 독학했다. 공부를 즐기기도 했을 것이다. 그는 철저한 정설주의자이므로 그 공부를 통해 사고가 확장되지는 않았어도 사고를 단련하기는 했다. 그는 우리가 제출한 보고서를 모두 읽는다. 그가 승인하지 않은 내용은 지구로 보내지지 않는다. 프리맷의 전임자가 갑자기 과학 팀 리더에서 해임되어 탐사 팀 밑바닥으로 보내진 것은 사령관 몰래 속임수를 쓰려 했기 때문이라고 한다. 약간의 자유로운 생각, 지구 학자들에게 보내는 메시지, 그저 킬른의 뒤죽박죽 생물에 관한 사실 전파. "내 전임자는 테롤런이 멍청해서 행간을 읽을 줄 모른다고 생각했어요." 프리맷이 말한다.

테롤런이 그저 명령만 따르며 시간을 보내는 건 아니다. 수용소에서 나보다 1년 더 지낸 일무스와 오코스터는 테롤런이 이곳 연구에 진심이라고 생각한다. 그 머리에 과학자의 호기심과 정설주의자의 편협함이 모두 들었다. 해답을 구하려는 의지와 동시에 그 해답이 무엇인지 안다는 절대적 확신. 즉, 우리 같은 학자에게 그는 과연 아주 위험한 사람이다.

발굴 지원 팀의 신입으로서 내 역할에 적응할 무렵, 우리는 저녁 초대를 받는다. 테롤런 사령관은 즐거움을 주고, 자신도 즐기기를 원한다. 그 소식에 우리 작업 계획이 완전히 틀어진다. 테롤런의 즐거움을 위해서, 과학 팀이 현재 우리가 파악한 킬른에 관해 짤막한 발표를 해야 한다는 뜻이기 때문이다. 몇몇 계통 관리자는 회의나 소집하면 될지 모르지만, 테롤런은 지구 시절 상당한 수준의 점잖은 사교에 익숙했던 게 분명하다. 내가 우주선에서 내리자마자 나를 불러서 먹이며 협박했듯이, 이제 그는 통치부 거물들이 지구에서 즐기는 수준의 만찬을 열고 있다. 비록 그가 지구에 살던 시절에나 유행하던 만찬이긴 하지만. 그의 의상처럼, 만찬 행사도 살짝 한물간 일이다.

부서 전체가 초대받은 것은 아니다. 이것이 마치 바쁜 사교 일정에 끼워 넣을 수 없으면 사양할 수 있는 행사라도 된다는 양, 우리는 테롤런의 서명이 담긴 작은 초대장까지 받는다. 조금은 귀엽고, 조금은 구식이다. 아주 잠깐 나는 테롤런이 더 좋아지기도 하고, 가엾어지기도 한다. 그럴 때, 본보기 탱크와 그 밖의 온갖 조심하라는 경고가 떠오른다. 독재자가 광대 차림을 했다고 우습게 봐선 안 된다.

프리맷은 참석하는 듯하다. 핍, 혹은 팝을 대동하고서. 이런 놀림은 나쁜 거지만 그들 셋은 정말 비슷하게 생겼다. 머리칼도 같고, 부루퉁한 표정도 같다. 고고학 팀의 베시칸도 초대 명단에 있다. 프리맷이 말해준 대머리라는 사실을 제외하면 나는 그 남자가 어떤 사람인지 잘 모른다. 그의 일이 우리 일보다 더 쉬운지 어려운지 잘 모르겠다. 자연과학 전공자의 속물근성 덕분에 그는 창작만 하면 되는 훨씬 편한 일을 한다고 생각하고 싶지만, 솔직히 그것은 불공평한 말이다. 발굴 지원 팀의 헬레나 크로언 팀장도 초대받고, 새로운 호기심거리인 나도 초대받는다.

“그렇다면 학술지를 제대로 읽었군.” 크로언이 말한다. 데이터를 처리하는 서버가 들어찬 덥고 비좁은 방에서 크로언과 오코스터와 일무스와 내가 최근의 분석 내용을 확인하고, 크로언과 내가 손을 본다.

“추방선이 새로 올 때마다 최신 저널을 싣고 오거든.” 일무스가 나를 위해 설명한다. “아, 우리는 냄새 한 번 못 맡지만 그 문서는 저장돼. 사령관의 서재에. 결국 사령관이 다 보고.”

“어려운 내용을 보는 데는 오래 걸리지.” 오코스터가 툴툴거린다. 그는 사령관의 학식을 믿지 못하거나, 초대받지 못해서 불만이다.

“이제 우리 의견을 원하는 모양이네.” 크로언이 덧붙인다.

“우리도 학술지를 직접 읽을 수 있나?” 내가 희망을 갖고 묻는다.

“사령관이 보기 싫어하는 주제에 관해서만 보게 될걸.” 오코스터가 딱 잘라서 말한다. “그리고 넌 사령관이 원하는 의견을 다시 보고하게 될 테고. 통치부의 축소판이지.”

“됐어.” 정설에서 벗어난 이런 대화에 불안해진 크로언이 말한다. 그녀는 이제 몇 년째 발굴 지원 팀의 팀장을 맡고 있었는데 그 트로피를 놓고 싶지 않은 모양이다.

우리 모두 잘 차려 입고 도착한다. 갠트리에서 잡일을 하는 가사 팀이 테롤런이 선호하는 옷을 새로 프린트해 줬다. 엔지니어 캘렌이 도우미로 참석해서 프리맷의 발표를 위해 스크린을 펼치고 있다. 프리맷이 사양이 어쩌니 하면서 그의 성미를 건드리는 동안, 핍이 테이블 밑에서 나를 쿡 찌르더니 프리맷 옆자리를 달라고 한다. 나는 크로언과, 테롤런의 경호원으로 보이는 비쩍 마른 사람 사이에 앉게 된다. 그네는—인사 기록에는 적혀있겠지만, 젠더를 잘 모르겠다—손과 발, 뺨, 턱 절반이 검은 금속으로, 그 행사를 위해 모두 반지르르하게 닦고 왔다. 프리맷의 다리, 클렘의 손과 그 밖의 경우를 보면, 수용소에는 신체 일부를 교체한 사례가 많다. 클렘의 의수는 현장에서 베시칸의 고고학 팀을 지원하던 중 이 행성의 바이오매스에 팔을 제공하고 얻은 결과물이다. 이곳 생명계가 단백질대사 작용 하는 법을 스스로 익히지 않았다면 그것은 아마 썩지도 않을 것이다. 프리맷의 다리는 부적절한 오염 제거 혹은 지나친 적응의 결과다. 즉, 해부하던 표본이 생각보다 덜 죽은 상태였다는 뜻이다. 경호원이 지닌 영광의 상처는 더 일찍이, 이곳의 생명계가 수용소 보안을 시험하던 시절에 얻은 것이다. 그 시절 노동력 교체 주기가 얼마나 짧았는지는 생각하고 싶지 않다. 이곳 야생은 잠자코 있으려 하지 않았고, 식용과 비식용에 관한 연구 조사에 적극적으로 참여한 종도 아주 많았다.

모두 착석하자 드디어 식사가 시작된다. 내가 처음 도착했을 때 테롤런이 제공한 것과 같은, 고급 프린트 음식이다. 특히 맛있는 음식이자, 과학 팀이 보통 받는 것보다 훨씬 좋은 특식이다. 그래봤자 전부 프린트한 것인 데다 전부 분자인데, 정말 바보 같은 말이다. 그 누구의 예산에도 영향을 미치지 않고 모두가 매끼 합성 캐비아를 먹을 수 있다. 하지만 식품 프린터에는 규정이 많고, 이곳 킬른 거주자에게는 저마다 메뉴가 따로 있다. 노동 구역에서 받는 음식, 과학 팀과 엔지니어 팀(즉 캘렌)이 받는 것, 간수들이 받는 것, 그리고 테롤런이 즐기는 요리에는 사치 규제 불문법이 적용되기 때문에 완전히 인위적인 부족 현상이 일어난다. 이곳에서 우리가 먹는 모든 것이 말 그대로 인위적인 인공 식품이기 때문이다. 탐사 팀의 오염 제거 횟수와 마찬가지로 식단 통제는 사령관 주관이며, 당근과 채찍으로 쓰기 위해 생겨났다. 테롤런 같은 자가 사회와 질서를 유지하는 방식이다.

예상대로 테롤런이 대화를 주도한다. 그는 과연 학술지를 읽고 있었으며, "최근에 흥미진진한 논문을 보게 됐는데……"와 "……라는 설이 있던데"가 계속 이어진다. 그 모든 생각이 테롤런 자신의 통찰에서 나온 것이라는 양, 원저자에 대한 언급 없이 등장한다. 그리고 오코스터의 말이 옳았다. 모든 주제는 아주 구체적인 답을 이끌어 내도록 솜씨 좋게 제시되고, 우리는 말 잘 듣는 개처럼 테롤런의 의견에 무조건 맞장구친다. 나는 사령관이 의식적으로 그러는 것도 아니라는 결론을 얻는다. 그는 자신의 예리한 지성을 확신하며 만찬을 마칠 것이다. 똑똑한 손님들이 모두 동의하는 것은 그가 너무나 옳고 명석한 탓이지, 우리를 말로 꼼짝 못 하게 해서라든가 그가 좌중의 생사 결정권을 쥐고 있기 때문이 아니다. 권력의 가장 큰 특혜는 자신이 그것을 휘두른다는 사실조차 간과할 수 있다는 것이다.

그다음, 메인 요리가 끝나고 디저트로 넘어갈 때 프리맷은 단 한 명의 청자를 위해서 과학이라는 이름으로 거행된 가장 터무니없는 연극을 시작한다.

프리맷은 킬른의 생물학을 쓱 훑고 나서, 지난 부서 오찬 이후의 새로운 발견 몇 가지를 발표한다. 사실 그녀가 사용하는 어휘는 그다지 쉽지 않지만, 전문가는 아니어도 최신 논문을 공부한 아마추어인 테롤런은 다 이해한다는 듯 끄덕인다. 그러고 나서 프리맷이 합리적으로 사고하는 척하던 가면을 어찌나 과격하게 벗어던지던지, 나는 벌떡 일어나서 테이블을 뒤엎을 뻔한다. 음, 당연히 그러진 않는다. 나는 이제 그렇게 젊지도, 어리석지도 않다. 하지만 내가 그러기라도 할 듯 크로언이 내 손목을 붙잡는데, 그 행동이 이상하게 기분 좋다.

그것, 프리맷이 우리에게 보여주는 것은 사람이다. 음, 과장해서 하는 말이긴 하다. 우리가 연구 중인 킬른 생물에서 생겨났을 수 있는 인간. 다리는 둘, 뼈는 없고 유체정역학적인 생물체지만, 어쩐지 무릎 같은 느낌을 주는 주름이 중간에 잡혀있다. 팔에 달린 비죽비죽한 것은 다섯이 아니라 넷이다. **외계인**이니까. 게다가 다른 손가락과 맞닿는 엄지 같은 손가락도 하나 있지만, 이상하게도 그렇게 불쾌하지 않다. 모종의 존재가 잔해를 지었고 이 세상을 조작할 수 있어야 했기 때문이다. 신체 일부가 다른 일부에 닿도록 진화한 사례는 지구에 수없이 많다. 딱정벌레조차 머리가 엄지처럼 변해 흉곽의 돌출부에 닿고 몸뚱이가 손으로 변해서 사랑의 경쟁 상대를 집어 던질 수 있다. 그 연극에서 내게 우습지 않은 부분은 엄지손가락뿐이다.

프리맷은 이 신비한 인간의 어깨에 촉수 같은 것을 붙였다. 잔해를 뒤덮고 있는 공생 덩굴 유기체와 비슷한 것 같다. 그것의 머리에 있는 둥그런 눈은 아무 모양 없이 검다. 킬른의 광수용기는 광합성의 원동력이 되는 빛을 '마시는' 구조에서 비롯한 것이기 때문이다. 하지만 그것은 인간의 눈이 있는 자리에 달렸다. 자선주의 정설에 따르면 그곳이 눈이 있을 완벽한 자리이며, 그렇지 않다면 우리 눈이 거기 달리지 않았을 것이기 때문이다. 하지만 프리맷이 정말로 애쓴 곳은 입이다. 킬른의 생물에는 입이 없기 때문이다. 여기에는 턱이 없다. 턱은 킬른에서 생겨난 적 없는 물고기의 일부가 변형된 것이므로. 그래서 그녀는 내게 처음 맡겨진 생물 중 지렁이 쪽과 비슷한, 접히는 부리를 흉

내 낸 것을 붙여놓았다. 하지만 그것이 접히는 방식은 턱과 비슷했고, 미소를 짓는 것처럼 선을 그린다.

그것이 잔해를 지은 존재, 킬른족의 상상도다. 그동안 한 번도 눈에 띄지 않았지만 언젠가 발견될 수도 있는, 덩이줄기 숲에 숨어 사는 사람들. 프리맷을 변호하자면, 그녀는 '이것이 그것이다'라고 말하지 않는다. '우리는 이것이라고 생각한다, 이것과 비슷한 존재일 것이다'라고 말한다. 마치 내일이라도 이 졸렬한 모조품이 숲에서 걸어 나왔는데 손가락이 넷이 아니라 셋 또는 여섯 개이고 촉수는 어깨가 아니라 머리에 달려있다면 적절한 수정본을 작성하고 사과하기라도 할 것처럼 말이다.

그즈음 나는 너무 열이 받아서(와인이 있었으므로 또 다른 의미에서도 그렇다) 차라리 나서서 돕기로 마음먹는다. 크로언이 경고하며 붙잡지만 나는 일어나서 화면 앞으로 간 뒤, 프리맷이 만들어 낸 제니해니버(가오리를 말려 악마나 신화 속 존재 형상으로 만든 것—옮긴이)를 가리킨다.

"보시다시피," 나는 최대한 전문가다운 어조로 말한다. "여기 보이는 소장은 이곳에서 관찰한 대형 이동성 생명체와 같은 독자적인 공생 유기체입니다. 음식은…… 여기서 삼킵니다." 프리맷이 인간의 턱선과 너무나 비슷하게 만들어 둔 주둥이 쪽을 가리킨다. "하지만 이 생물은 소화 장치가 없어서 작은 승객에게 의존합니다." 나는 아무리 봐도 무시무시하게 생긴 내장의 지렁이 같은 윤곽선을 가리킨다. "마찬가지로 이것도……" 프리맷이 이것에 덩굴손을 줬다면 잡아당겨도 되지 않을까? "별개의 존재입니다. 이것 역시 나뭇잎처럼 튀어나온 부분으로 소통하며, 숙주와 대사 작용을 통해 연결되어 있습니다. 아마 이 오징어 같은 형태가 이 공생 관계에서 지배자일 수도 있습니다." 그렇고말고, 호호, 손가락을 치켜들고 환하게 웃자. 지구 학회에서처럼. 나는 좌중을 둘러본다. 아무도 재미있어하지 않는다. 아무도 킬른의 야생인이 실제로 킬른의 특징을 갖기를 원하지 않는다. 그리고 그 순간, 거기가 어디고 내 실제 지위가 무엇인지 완전히 잊은 채 나는 가설상의 야생인에게 킬른적 특성을 자꾸만 끌어다 넣는다. 우리가 관찰한 내용이 **실제로** 이런 것을 만들어 낼 거라고 허풍을 떨며. 빅풋을 원한다면, 두 개의 독자적인 집게발이 우연히 다리 끝에 스스로 붙어서 그 큰 발이 된 것임을 받아들여야 한다고.

"보시다시피," 나는 명랑하게 결론 내린다. "잔해를 지은 존재가 현재 관측 중인 생물학에서 진화했다는 사실에 미루어 보면, 그들은 궁극적으로 인간 형태로 수렴하는 과정에서 이런 특징을 취했을 겁니다. 집단 노력이죠. 집단적 의인화 작업." 내가 베일을 치우자, 과일과 꽃으로 이루어진 얼굴을 그린 초현실주의 스케치 같은, 프리맷이 그린 원주민이 터무니없는 모습을 드러낸다.

테롤런은 굳은 표정이다. 그는 내 주장의 요점을 이해할 정도로 과학적 지식을 갖췄지만, 거기 동조하지 않을 정도로 강한 이념을 갖고 있다.

"앉지, 다데브 교수." 그의 말에 나는 자리에 앉는다. 와인을 더 마신다. 시큼하고 끈적이는 저급 와인이다. 프린트한 와인은 항상 끔찍하다. 하지만 나는 학자다운 태도로 단호하게 와인을 음용한다. 참석자의 탐탁지 않은 표정에도 개의치 않는 나를 보고, 모두 내가 생각보다 술을 많이 마셨고 알코올에 약하다고 판단한다. 내가 보인 반응은 알코올 탓으로 돌릴 수 있을 것이다. 나는 잠시 후 실례한다고 말하고 갠트리 층에 있는 고급 화장실로 비틀거리며 걸어간다. 꺼져라. 여기저기 돌아다녀라. 가사 팀 당번이 구세계의 벨보이처럼 차려입고 테롤런의 비위를 맞추기 위해 시중을 드는 곳으로 사라져라. 간수가 결국 나를 찾아서 식탁으로 데려간다. 나는 트림을 하고 낄낄거리며 술 취한 얼간이답게 온갖 익살을 떨어댄다.

내가 다시 들어가자, 프리맷은 포화 속에서 전장에서 입은 상처를 봉합하려는 사람처럼, 흥미를 잃은 사령관의 살벌한 시선을 받으며 빠르게 말하고 있다. 최근 잔해 탐험에 관한 발표로 모두를 살려준 건 베시칸이다. 그는 우리 돔이 에워싼 것보다 훨씬 더 온전한 잔해가 남아있는 새로운 장소에 다녀왔다. 그의 팀은 그곳을 집으로 삼은 식물과 수많은 동물, 벌레를 죽이기 위해 불을 피워서 훈증 소독을 했다. 베시칸이 내부 구조도를 꺼내 든다. 지하 공간, 깊이 박은 축, 큰 일교차를 겪는 동안 공간 전체의 열교환. 공기가 지하 깊숙이에서 데워진 뒤, 날개 구조물과 지느러미 구조물을 통과하는 동안 식는 과정에서 온도가 사실상 일정하게 유지된다. 나는 거기 앉아서 **흰개미, 개미, 말벌**도 마찬가지라고 말하고 싶다. 사회적 곤충은 교향곡을 쓰지도, 망원경을 만들지도 않지만, 이런 기술을 본능적으로 갖도록 진화했다. 그 잔해를 지은 존재에 대해 오코스터도 같은 생각이다. 즉, 우리가 어떤 벌레나 지렁이의 둥지, 혹은 곰팡이의 자실체가 본능적으로 작동한 것을 지적 능력으로 착각한다는 데 그도 동의한다. 어쩌면 그 잔해를 지은 존재가 한 일은 내 생각보다 더 믿을 수 없는 환상일 수 있다. 베시칸이 '설계'라고 말하는 것을 듣고 있으니, 점점 더 오코스터에게로 마음이 기운다. 우리는 항상 단순한 시스템에서 생겨나는 복잡성을 과소평가한다. 그리고 킬른의 생태계에는 너무나 많은 짜맞추기가 존재하는데, 이런 일이 그저 **우연히** 일어날 수 있다는 것이 그렇게 놀라울까?

그런데 그 순간 베시칸이 최근 발견한 돋을새김 조각과 장식 띠를 보여주기 시작한다. 사람들이 자꾸 '예술'이라고 했지만, 오코스터의 불평을 듣고 나는 구름에서 사람 얼굴을 보는 착시 현상일 거라고 확신했다. 그러나 그런 것을 본 적은 없었다. 그것은 생명과학 팀의 작업과 무관하니까. 그런데 여기서 베시칸이 가장 최근에 발견된 사례의 영상을 보여준다. 벽에 걸었거나 물감으로 그린 것은 아니지만, 세운 구조물의 일부를 이용한 예술. 베시칸은 그 구조물 중 일부는 발굴된 둔덕으로서 지어졌지만, 더 높은 부분은 일반 벽돌이 아니라 기계 혹은 아주 큰 손의 도움을 받아서 올린 것이 분명한 막대와 접는 장치 등으로 만들어졌음을 보여준다. 그런 다음에는 전체를 이음새 없이 전부 매끈하게 정리했다. 이것은 확실히 흰개미의 능력을 넘어선다. 그리고 건축 이전에 계획된 것이 분명한 예술이다. 조각조각 건설되었기 때문이다. 기하학적 예술. 원과 직선, 각도. 실제로 아무것도 증명할 수는 없지만, 수학적 증거라고 베시칸은 생각한다.

그다음에는 글이 있다. 아니, 베시칸은 글이라고 생각한다. 예술 작품과 달리, 글은 훗날 더해졌다. 그것은 가장자리를 따라 축 위로 구불구불하게 흐르듯 이어진다. 작고 반복적인 기호, 수천 개 중 하나지만 확실히 구별된다. 베시칸이 정리한 기호의 반복 빈도를 보면 그저 무작위로 배치한 것이 아님을 알 수 있다. 단순한 생명체가 아니라, 사고력을 지닌 존재. 베시칸은 말을 더듬다 다시 말하고 영상의 순서도 틀리는 등, 달변이 아니다. 하지만 전달력이 부족한 와중에도 그의 메시지는 전달된다. 우리 생명과학이 이곳 킬른에 있을 리 **없다**고 한 모든 것이, 그의 고고학은 **있다**고 말한다. 아니, **있었다**고 말한다. 그리고 그것이 **있었다**면, 이 수수께끼의 구조물 건설을 멈춘 뒤에 어디로 갔을까? 숲으로 돌아간 야생인. 나는 입을 다물고 가만히 있다. 빈정거릴 말이 생각나지 않아서.

"베시칸에게 반했군요." 프리맷이 말한다. "보면 알아요. 베시칸이 서커스를 시작하기 전까지 당신은 주먹다짐이라도 할 기세였으니까."

이제 식사가 끝났다. 원칙적으로 나는 노동 구역으로 돌아가야 하지만 과학 팀의 지시에 따라야 하고, 프리맷은 나를 보내지 않았다. 크로언은 이미 밑으로 돌아갔다. 베시칸과 핍도 각자 조금 더 쾌적한 숙소로 돌아갔다. 나는 여전히 실제보다 더 취한 척 연기하며 프리맷이 내게서 무엇을 원하는지 궁리 중이다.

"글이라니." 내가 말한다. "그럴 리가 없는데."

"왜죠?"

"축에." 내가 지적한다. "구멍에. 기둥 뒤에. 그런 곳은 잠망경이나 눈자루(갑각류의 머리 부분에 돌출하여 끝 쪽에서 겹눈을 달고 있는 막대 모양의 부분—옮긴이) 없이는 읽으러 들어갈 수가 없잖아요. 애초부터 새겨 넣은 것일 리 없어요."

"기도문일지도 모르죠. 부정 타지 않도록 감추어 놓은 기원문. 의식용으로." 프리맷이 어깨를 으쓱인다. "당신이 무슨 말을 하는 건지 생각해 봐요. 현지 생물체를 인간처럼 **보이게** 하려고 할 때는 온갖 과학적 엄밀함을 들이대 놓고, 실제로 지적 존재가 있었다는 기미가 보이는 순간 그들이 우리처럼 **사고**한다고 주장하는군요. 직접 보고 싶어요?"

"네?"

"새로 발견한 글이요."

프리맷이 농담 비슷한 것을 하고 있지만, 나는 무엇이 우스운지 알 수 없다. 어쩌면 진짜 내 생각보다 더 취했는지도 모르겠다. 그녀는 나를 이끌고 돔의 곡선 탓에 갠트리 난간 밖으로 위험할 정도로 몸을 내밀어야 하는 장소로 간다. 과학 팀이 주로 쓰는 조립식 건물 뒤쪽, 창문 없는 작은 창고로 향한다. 아래서 봤을 땐 그것이 감시탑이거나, 창고거나, 예비용 변소라고 생각했다. 우리는 안으로 들어간다. 들어가 보니 그런 곳이 아니다.

안에는 두 개의 방이 있다. 우리가 들어간 방이 있고, 플라스틱 유리를 사이에 두고 방이 하나 더 있다. 그리고 그 플라스틱 유리 뒤에 누더기를 걸친 사람이 있다. 이로 물어뜯어 해진 것 같은 노동 구역 작업복을 입고 앉아있다. 일서 라스무센이다. 늙어 보인다. 당연히 그렇다. 그녀는 이곳에 처음 도착한 사람 중 하나이고, 프리맷이 지금 맡은 일의 본래 담당자였다. 하지만 그녀의 면면에서 느껴지는 세월은 본래 **하고 있어야 할** 모습의 그림자에 불과하다. 아무리 극진한 대우를 받았어도, 그녀가 이미 무덤에 들어가고도 남았을 세월이 흘렀다. 뻣뻣한 회색 머리칼은 머리카락을 묶은 줄 위로 뻗쳐있다. 그녀는 차분한 지성을 갖고 우리를 본다. 그녀의 방에는 해치문과 통풍구는 있지만, 출입구도 화장실도 없다.

벽, 우리 사이에 놓인 유리의 그녀 쪽 면에 글이 써있다. 베시칸이 보여준 딱딱한 정사각형 글자는 아니지만, 유사하다. 알파벳을 흉내 냈거나 변형했거나 혹은 알파벳과 관련된 문자다. 베시칸의 발표에서 본 것과 관련 있는 기호임을 알아볼 수 있을 정도다. 단순히 잘못 베낀 것이 아니라, 그 자체로 필연적인 의미를 지닌 것이다. 베시칸의 발표에서는 보이지 않았던 글자 몇 개가 눈에 곧바로 띌 만큼 흔하게 보인다.

마르고 버석버석하고 뺨이 핼쑥한 라스무센이 나의 관심을 알아차린다. 그녀가 프린트한 그릇에 손을 넣어 손가락 두 개에 뭔가를 묻힌다. 그리고 유리에 바른다. 그 그릇은 그녀의 생리적 욕구를 해소하는 용도임을 나는 깨닫는다. 잉크는 그녀 자신이 생산한 것이다. 피와 배설물, 씹어 뱉은 음식물. 이곳이 지구라면 그녀의 감방에는 파리가 득실거릴 것이다. 파리가 들어갈 수 있다면. 대신, 이 방에는 그녀뿐이다. 킬른과 인류, 우주로부터 단절된 채.

라스무센이 오물을 묻힌 벽에 뺨을 대고 말한다. 그녀의 말이 겨우 들린다. 유리를 통해 전달되는 소리가. 그녀는 붉어진 눈을 내 시선에 고정시킨 채 매우 의도적으로 단어를 형성한다. "나와 함께해." 그녀가 몹시 달갑지 않은 제안을 한다. 그런 다음 이렇게 덧붙인 것 같다. "마른 나라를 가로지르는 지름길이다." 공들여 발음했지만 아무 의미 없는 말이다.

라스무센이 고개를 젖히더니 입을 쫙 벌린다. 그녀가 목청껏 고함을 지르자, 전에 들은 것과 같은 비웃음 소리가 들린다. 그 소리에는 높낮이가 있다. 그녀가 흉내 내는 외계의 글처럼, 광증으로 감춘 정보다. 지식이라는 절벽 끄트머리에 아슬아슬할 정도로 가까이 다가간 느낌이지만, 나는 학자가 된 후 처음으로 계시를 피한다. 무엇이든 좋으니 무지를 달라. 내 눈앞의 존재로 변하느니 이해하기를 사양하겠다.

우리는 그곳에서 벗어나려고 재빨리 물러난다. 돌아서면서, 내 뒤에서 허우적거리는 라스무센의 따가운 시선을 느낀다.

"라스무센은 밖으로 나갔어요." 건물에서 벗어나자 프리맷이 설명한다. "자주." 돔 아래 공기가 답답하고 텁텁하지만, 방금 있었던 곳에 비하면 시원하게 느껴진다. "라스무센이 가장 먼저 이곳 생명체를 연구했죠." 프리맷이 말을 잇는다. "제대로 된 오염 제거 절차가 시작되기 전에. 여러 가지 설이 있어요. 내가 오기 전 일이었죠. 그들이 라스무센에게 훈증 소독을 하려고 들면 테롤런이 막아요. 테롤런은 라스무센이 뭔가 알고 있다고 생각하고, 거의 매일 찾아와서 라스무센을 보고 말을 들어요. 더럽게 오싹하죠."

그즈음 우리는 프리맷의 구역에 도착한 뒤, 과학 팀 휴게실을 지나 프리맷이 생명과학 팀장으로서 자기 것이라 주장할 수 있는 작은 영역에 다다른다. 지나치는 사이 핍, 퓹, 팝이 하나같이 어이없다는 표정으로 입술을 씰룩거리는 것이 보인다. 신사답게 그녀를 문 앞까지 바래다줄 작정이었는데, 그녀가 문을 열더니 나를 밀어 넣는다.

그녀는 침대에 털썩 앉아 의족을 떼어낸 뒤, 살과 플라스틱이 닿는 부분에 스프레이를 뿌린다. "이 망할 것." 그녀가 애매하게 말하더니 나를 올려다본다. "저기요, 당신 오늘 끌려 나가 총 맞을뻔했어요."

나는 엄청 취한 연기를 한다. 솔직히, 그녀를 얼마나 속이는 건지는 모르겠다.

"그래요. 뭐." 프리맷은 의족을 충전시킨다. 클렘의 조악한 집게손보다 고급인 것을 쓸 때 겪게 되는 단점이다. 그녀는 침대에 앉은 채 등을 기댄다. 나를 빤히 본다. 나는 그녀가 의족을 벗어 보인 것이 내가 원한다면 빠져나갈 구멍을 조금은 만들어 준 것임을 깨닫는다.

"지위를 이용해서 강요하는 건 아니에요, 아턴. 나가고 싶으면 얼마든지 나가요. 하지만 함께할 상대가 있으면 좋겠군요." 신선할 정도로 솔직하고 상처도 남기지 않는 비즈니스 제안 같은 말이다.

나도 함께할 상대를 원한다는 생각에 침대 위로 올라간다.

느지막이 내려간 나는 열일곱 명의 간수에게 과학 팀에서 시간 외 연구를 도왔다고 해명해야 한다. 그들 모두 내가 정확히 무엇을 연구했는지 아는 것 같다. 아마 상당한 내용이 여기까지 전달되는 듯하다.

돌아오니 어쩐 일인지 클렘이 깨어있다. 그는 자기 침대를 내 옆으로 끌고 와서 내가 누울 때까지 기다린 뒤 말을 건다. 다른 누군가가 음향 탐지기를 덮어놓았고, 우리는 둘 다 중얼거리는 데 익숙하다.

"해냈나?" 클렘이 묻는다. 나는 취한 척하며 가사 팀과 함께 돌아다닐 때 챙긴 엄지손톱 크기의 자료 저장 장치를 건넨다. 그들이 본보기 탱크에서 처형한 남자, 절도죄로 유죄판결을 받은 남자가 붙잡히기 전에 감춰둔 것이었다. 도둑질한 표본은 저들의 관심을 딴 데로 돌리기 위한 것이었는데 엄청난 역효과를 냈다. 그들은 진짜 훔치려던 것이 무엇인지 몰랐지만, 어쨌든 클렘도 그것을 손에 넣진 못했다. 그 작은 은색 칩에 기록된 내용은 캘렌이 시스템을 업데이트하기 전까지 쓸 수 있는 비밀번호와 시스템을 몰래 사용하는 방법, 간수들의 근무 시간표다. 클렘과 그의 분과에는 계획이 있다. 킬른에서도 대의는 살아 움직이며, 나는 그쪽으로 완전히 복귀한다.

10.

어느 날 수용소에 몹시 반갑지 않은 손님이 왔다. 나중에 들리는 소문으로는, 해부하려고 가져온 것이 충분히 죽지 않았다고 한다. 전에도 그런 일이 있었던 모양이다. 그래서 과학 팀이 아니라 발굴 지원 팀이 메스 장치를 작동시킬 권한을 갖는다. 노동 구역에서 가장 교육 수준이 낮고 쉽게 속는 사람들 사이에서는 그것이 실험실에 완전히 죽어서 도착했지만, 우리 과학자들…… 아니, 과학자들과 그들 밑에서 빠 빠지게 일하는 우리가 되살려 냈다는 소문도 있었다. 터무니없는 소리! 다만 사실상 킬른에서는 생사의 경계가 그렇게 분명히 규정되지 않는다는 점을 감안하면 의심이 슬그머니 고개를 들 것이다. 하지만, 맹세컨대 모조리 헛소리다. 그놈의 것이 어디서 왔는지, 어떻게 들어왔는지 아무도 확실히 알아내지 못한다. 내가 아는 것은 관리 팀과 목스 캘렌이 주위에 빈 구멍이 있었다고 들볶였다는 것뿐이다. 사실 구멍은 발견된 적이 없는데도 말이다.

어쩌면 그것은 포자처럼 탐사 팀을 따라 흘러든 뒤 후미진 구석을 찾아서 자리를 잡고는 우리 눈에 보이는 공포스러운 존재로 자라난 것일지도 모른다. 뭔가를 먹이 삼아……. 그것이 무엇을 먹었는지, 솔직히 생각하고 싶지 않다. 확실한 것은, 언제인가 그것이 불쑥 여기로 쳐들어와서 우리의 골칫거리가 되었다는 사실이다. 킬른의 어떤 것이 이곳 내부에 침입했다.

그것은 갠트리 층에 자리를 잡는다. 1층의 일반 대중과는 어울리지 않는다. 괴물치고는 사회적 신분 상승의 야심이 크다. 그것은 이곳 본래 서식지에서 나무와 유사한 괴물 같다. 그렇거나, 아니면 매우 빠른 시간에 비계에서 사는 데 적응한 것인데, 이 역시 킬른에서는 가능하다. 한마디로 그것은…… 음. 지구에는 몸 대부분이 다리로 이뤄진 바다거미라는 재미있는 동물이 있다. 몸이 너무 작아 주요 장기는 구겨져서 다리에 들어가야 할 정도다. 그 다리는 굉장히 길고, 끝에 갈고리와 이런저런 것이 잔뜩 달려있다. 바다거미는 바다 깊이 들어가면 거미가 없을 거라고 생각하는 사람을 벌주기 위해 존재하며, 사람들이 거미를 싫어하는 온갖 이유의 결정체 같은 모습을 하고 있다. 하지만 적어도 그것들은 깊은 바다에서만 살기 때문에, 발작을 일으키는 원숭이처럼 나돌아 다니지 않는다. 참, 덧붙여 바다거미는 좌우대칭에 비교적 납작하다. 반면 이 괴물은 3차원 몸체가 굉장히 크다. 마치 성게처럼 긴 침이 잔뜩 달린 몸 사방으로 튀어나온 여러 개의 다리에는 가시와 고리가 붙어있다. 앞뒤 어디에도 눈에 보이는 감각기관은 없다. 전신에 작은 의존체가 달려서 감각 정보를 수집할 것이다. 그것은 몰래 이동하는 데도 관심이 없다. 그것이 갠트리 아랫면을 미친 듯이 돌아다니며 덜컹덜컹 내는 끔찍한 소리에 수용소 전체가 그 존재를 알게 된다. 그것은 잡을 것을 발견하면 다리를 전부 이용해 금속을 후려치고, 온몸을 써서 붙잡은 것을 당긴다. 그다음 작은 원을 그리며 무작위로 움직인다. 그런데 이 방향성 전혀 없는 몸부림이, 의도적으로 길을 따라 빠르게 움직이는 동작을 이룬다. 마치 찾는 대상이 있는 것처럼.

모두 흩어진다. 이 혼돈의 원숭이-거미 괴물 아래층 사람들은 노동 구역이 제공하는 의심쩍은 안전을 찾아 몸을 던진다. 그 괴물이 따라오지 않은 것에 그들은 감사할 따름이다. 만약 그 괴물이 따라왔다면, 간수들이 노동 구역의 전면 대형 창문을 통해 괴물의 고리와 침에 걸려 두 동강 나는 그들을 보며 깔깔 웃어댔을 것이기 때문이다. 하지만 괴물이 찾는 것은 산 사람의 살점이 아니다.

이제 간수들이 동원되지만, 그들의 행동은 그다지 날쌔지 않다. 지구의 경찰과 마찬가지로 그들은 용감하지도, 실제 위험에 맞서지도 않는다. 간수들은 전원 무장을 하고 스스로 얼마나 강인하고 힘이 센지 자랑을 늘어놓은 뒤, 애써 올바른 각오를 하고, 커피를 한두 잔 마신 다음, 잠시 휴식 시간을 갖고 나서야 임무를 완수하러 나설 준비가 된다. 어쨌든 보안 팀은 보호구를 찾아서 사라져 버리고, 이 무시무시한 괴물은 춤 못 추면 죽는 마법에라도 걸린 기뢰처럼 10분은 족히 날뛴다. 우리, 과학 팀과 발굴 지원 팀은 그 괴물이 발아래 실제 통로로 이동하는 동안 종잇장처럼 얇은 조립건물 안에서 절망과 공포에 질려 웅크리고 있다. 괴물이 그저 날뛰는 동안 나는 잠시 그 괴물이 사령관을 찾아가 이 행성을 대표해서 복수하기를 바라지만, 당연히 사령관의 자리는 훨씬 더 튼튼하다. 그래서 괴물은 우리 지붕 위에 올라간다.

그즈음 우리에게 보안 카메라에 포착된 괴물의 영상이 들어온다. 다리 끝, 커다란 정육점 갈고리는 우리의 은신처를 포일처럼 손쉽게 벗겨낸 뒤, 그 안에서 떨고 있는 간식거리를 찾아낼 수 있을 것 같다. 그것이 저 위에서 쿵쿵거리는 소리에 크로언은 귀마개를 꺼낸다. 문득 그것이 멈춘다. 닥치는 대로 전진하던 놈이 처음으로 조용해지자, 우리는 놈이 곧 안으로 들어와 우리를 잡아먹을 것이라고 확신한다. 드디어 놈이 찾던 대상을 발견한 것이다. 지구 최고의 두뇌들이 먹기 좋게 포장되어 있는 상자 말이다.

괴물이 우리 위에서 웅크린다. 이제 카메라가 없어서, 우리는 그 무시무시한 광경을 미덥지 않은 마음의 눈으로 볼 수밖에 없다. 괴물이 살짝 자세를 바꿀 때 갈고리로 긁는 소리가 들린다. 나는 그것이 성게 같은 생김새만큼 극피동물의 특징을 갖지는 않기를 바란다. 불가사리나 그들의 친구는 위장(胃腸)을 뒤집는 등, 먹잇감을 앞에 두고 굉장히 구역질 나는 짓을 할 수 있기 때문이다. 이제 천장이 좍 갈라지고 괴물의 내장이 그 구멍을 통해 흘러내려, 삼키기도 전에 우리를 소화시키는 점잖지 못한 광경이 떠오른다.

대신, 또 다른 소리가 들린다. 거의 조용한 가운데 들리는 그 소리가 어디서 난 것인지 바로 알지 못한다. 여러 번 들어본 소리지만 익숙하지 않다. 그리고 프리맷 덕분에 나는 최근에 그 근원을 알게 됐다. 일서 라스무센이 저 뒤 창고에 갇혀서 내는 소리다.

괴물이 희한하게도 지붕 위로 지나가는 소리가 들린다. 그 움직임에서 불현듯 광기는 싹 사라졌지만, 의도를 지닌 탁-탁-탁 소리는 그보다 더 불길하다.

라스무센이 다시 외친다. 그녀의 마이크가 꺼져있는 탓에, 저 멀리 킬른의 언덕 위에서 달을 보며 울부짖는 늑대 소리 같다. 그러자 괴물이 대답한다.

괴물이 어떻게 소리를 내는지 모르겠다. 라스무센처럼 인간 성대를 이용하지 않는 것은 확실하다. 하지만 키틴질 비늘의 진동을 이용한 듯, 그것은 라스무센의 목소리를 오싹하게 모방한다. 물론 그녀가 의미 없는 소리를 내고, 그것도 그 의미 없는 소리를 따라 하는 것에 불과했지만. 그것이 뛰어오르자 우리는 하나같이 흠칫 놀란다. 갑자기 위에서 뒤적거리는 소리가 들리더니, 괴물이 라스무센이 있는 건물 지붕 위로 쿵 소리를 내며 뛰어내린다. 그제야 드디어 보안 팀이 도착했다. 완전 무장한 보안 팀장과 부하들이 용감한 전투의 필수품으로 간주되는 무기를 들고 있다. 그리고 그들이 하는 일은 우리 실험실로 들어와 나와 패리디스 오코스터를 붙잡아서 데리고 나가는 것이다.

아, 그렇다. 평소와 다를 바 없다. 우리는 불평하고 저항하며 무슨 짓이냐고 따진다. 그리고 총 개머리판에 어깨와 머리를 얻어맞는다. 참으로 많은 질문에 보안 팀이 내놓는 설득력 있는 대답이다. 하지만 왜 우리인지는 분명해진다. 다른 모두는 분별력을 발휘해 노동 구역 테이블 밑에 숨어있었던 반면 우리는 가장 가까이 있는 소모품이었던 것이다. 그리고 기술적으로 유리한 장비를 다 갖춘 보안 팀에게는 괴물과 대결하기 전에 던져줄 미끼가 필요하다.

그래서 우리는 당연히 이의를 제기한다. 우리는 소모품이 아니라고 외친다. 우리는 귀한 통찰을 지닌 고매한 학자다. 조금만 더 멀리 내다보면, 외계의 멋진 식당에 내놓을 소모품 인간은 우리 말고도 더 있다는 암시를 내포한 말이다. 다만 우리는 **여기** 위에 있고, 사령관의 계획 안에서 우리보다 더 소모하기 쉬운 자들은 전부 **저기** 아래 있는데, 간수들은 아래층까지 내려가기가 귀찮을 뿐이다.

그래서 우리가 밖으로 나가니, 괴물이 보인다. 나는 드디어 두 눈으로 그것을 본다. 무시무시하게 웅크리고 있는 다리. 조립건물 감방 위로 올라가서 털을 꼿꼿이 세우고 있는 모습. 감방 건물 주위를 감싼 그것의 다리는 구부러져 있고, 무릎은 높이 붙었다. 그 다리를 쭉 뻗으면 어디까지 닿을지 가늠할 수 없다. 그리고 안에 있는 라스무센이 그것을 향해 노래하자, 그것은 그 위에 앉아 몸을 흔들며 그 소리에 맞추어 노래한다. 내 마음속에 공포가 들어차지만, 과학자의 호기심도 마찬가지다. 그들이 나를 밀칠 때, 나는 더 이상 저항하지도 않는다. 패리디스 오코스터가 우리 두 명 몫의 저항을 모두 맡는다. 우리는 괴물의 무시무시한 다리가 닿을 위치까지 다가가게 될 것이다. 그것이 자세를 고치는 것을 보니, 우리처럼 그것도 그 사실을 알고 있다. 보안 팀장이 괴물을 향해 냄비 두 개를 맞부딪치며 식사 시간이라고 부르지 않는 것이 놀라울 따름이다.

보안 팀은 건물 위에 올라간 괴물을 제대로 조준할 수 없다. 아니, 충분히 제대로 조준할 수 없다. 과학 팀 구역의 높은 벽이 가로막고 있기 때문이다. 그들은 위에 있는 놈이 벽을 타고 내려와야만 공격을 개시할 수 있다.

나는 그들에게 물러나라고 한다.

당연히 그들은 듣지 않지만, 내 말이 너무 무모해서인지 팀장은 멈춘다. 그리고 그 순간 나는 격분한 과학자가 총을 든 야만인에게 늘어놓는 장광설을 퍼붓는다. 우리는 여기서 중대한 순간을 목격하고 있으니까. 우리는 인간과 킬른의 존재가 아마도 소통하는 광경을 보고 있으니까. 라스무센이 영문도 모르고 괴물에게 일으킨 기묘한 모방 반응이 아니라면. 우리는 전에 없던 독특한 상호작용을 관찰 중이다. 이것이 바로 **과학**이다! 인간 지식의 경계를 넓히고 발견의 최첨단을 밀고 나아가는 것!

패리디스 오코스터가 날 붙잡아 땅에 쓰러뜨리고 상당한 체중으로 누르자 내 말이 끊어진다. 원래 상태로도 보안 팀의 계획이 성공했을지는 알 수 없지만, 내가 목이 터져라 고함을 지르자 괴물은 확실히 우리에게로 관심을 돌렸다. 갈고리가 잔뜩 달린 팔이, 오코스터에게 낚아채여 쓰러지기 전 내가 서있던 자리로 휙 날아온다. 그리고 발포가 시작된다.

나는 미친 듯이 흥분한 그들이 우리도 쏠 것이라고 확신하지만, 그것은 단순한 집단 기관총 발사가 아니다. 보안 팀이 자충수를 둔다. 그들은 이상한 각도로 진입해서 그것의 몸통을 향해 무차별 사격을 시작한다. 알고 보니 그 몸은 물리력에 상당히 취약해서, 아홉 번째 혹은 열 번째로 맞자 쩍 벌어지고 다리 대부분이 떨어진다. 그 다리가 꿈틀거리며 발버둥을 치자 보안 팀이 들어와 곤봉으로 하나씩 쳐서 죽인다. 그즈음 나는 괴물 복합체가 멀쩡했을 때도 원숭이 혹은 중간 크기의 개 정도밖에 안 되었다는 사실을 깨닫는다. 똑바로 봤지만, 그것은 내 상상 속에서 거대하게 부풀었다. 기괴할 정도로 기다란 다리 때문에 하늘을 가득 채우는 거대한 크기라고 착각했지만 실제로는 나보다 훨씬 더 작은 놈이었다. 그것이 어떤 비밀을 갖고 왔는지 몰라도, 죽어버리고 나자 라스무센이 지르는 소리에는 더 이상 답이 없다.

거기 누워있는 동안, 보안 팀이 그것을 잡을 때 이상하게 조심스러웠던 까닭이, 무슨 일이 있어도 라스무센과 외부 세계를 가로막는 벽에 총알구멍을 내지 않기 위해서였음을 깨닫는다. 일서 라스무센을 가둔 곳은 밀폐 상태로 유지해야만 한다.

괴물을 죽인 다음 그들은 당연히 상부 갠트리를 미친 듯이 소독한다. 그때까지 과학 구역에 있던 사람은 전원 이틀간 밖으로 나가지 못한다. 오코스터와 나도 마찬가지로 오염 제거 과정을 거치며 평소처럼 속이 뒤집히는 부작용을 겪는다. 우리는 그 기간 동안 별로 대화하지 않는다. 담소를 나누기에 좋은 환경이 아니다. 하지만 나는 그에게 고마움을 느낀다. 과학 탐구의 대상이 나를 죽이기 전에 끌어내 줄 사람이 필요할 때가 있다.

우리가 대화하지 않는 이유는 물론, 듣는 사람이 있기 때문이다. 그리고 그 순간 우리 둘 다 머릿속은 축제에 대한 기대로 가득하다. 이곳에서 일어나는 일을 완전히 뒤흔들어 놓을 어떤 것에 대한 기대. 따지고 보면 우리는 둘 다 즉시 살아있는 미끼로 이용됐다. 우리가 할 일을 왜 하려는지 잊지 않으려면 그런 것이 필요하다.

감시하에서는 제대로 된 혁명 분과 회의를 열기 어렵다. 그렇다. 지구에서는 메시지를 전달하는 데 쓰는 다양한 속임수를 개발했지만, 그것을 쓰면 이 운동에 항상 수반되는 열정적인 토론에 한계가 생긴다. 연설과 계획, 복잡한 내용을 매끄럽게 소통할 필요가 있다. 암호 몇 개와 접촉, 손짓으로는 불가능하다. 또한 노동 구역 수용자가 때로는 몇 년씩 간격을 두고 도착했기 때문에, 저마다 아는 비밀 신호도 다르다.

하지만 클렘은 그렇다고 좌절하지 않는다. 그는 지구에서 투쟁을 이끌며, 사람들의 목을 죄는 통치부의 손가락을 떼어내기 위해서 노력했다. 현실적인 용어를 써서 설명하자면 그의 혁명 방식은 정권에 반대하는 온갖 방법이 모두 실패했을 때, 쓰러지는 이들을 붙잡아 마지막 행군 명령을 내리는 것이었다.

지구에서의 투쟁은 늘 분산되었다. 모든 것을 옥죄는 법의 나사를 풀려는 법률가 유형이 있었다. 또한 관찰된 데이터와 분명하게 상충되는 인간 지식의 허용된 경계를 밀어붙이는 당신들 같은 학자도 있었다. 이런 고상한 깃발은 비교적 선택받은 자들이 힘없이 흔들었지만, 그들 역시 세차게 따귀를 맞았다. 일무스와 오코스터, 내가 하나같이 당했듯이 말이다. 통치부는 법에 관심이 많은 기관이면서도, 법을 준수하는 자들이 반대하고 나섰을 때 말살시키는 데 거리낌 없었다. 그 다음 단계는 시위, 작업 중단, 청원, 생산 지연 전술이었다. 증명이 어려운, 경계상의 불법. 무리의 크기에 의존해서 포식자 경찰을 막아내려는 집단 저항의 시기였다. 그 역시 부서져, 죄수들을 감방에 가두고 도망자들을 거리로 내보냈다. 이 모든 일이 지나간 뒤에는 클렘 같은 강경파 투사가 남았다.

일무스는 겨우 1단계까지 갔다가 추방선에 실렸다. 패리디스 오코스터는 확실히 2단계로 올라가서 아슬아슬하게 허용 가능한 저준위 조직과 운동에 참여했다. 오코스터가 잡혔을 때 나는 이미 더 위험한 짓을 하고 있었다. 나는 오랫동안 몰래 클렘을 도와서 정보와 동조자를 전달하고, 그가 지하 회의에 몰래 데려온 연사들의 이야기를 경청했다. 나는 내가 통치부에 동조하면서 급료를 받고 다른 일에는 눈감거나 혹은 투쟁하거나, 둘 다 할 수 있는 위치임을 알고 있었다.

나처럼 유순한 학자가 통치부에 맞서는 능동적인 근로자이기도 하다는 사실이 이상하게 보일 수 있다. 하지만 진리를 소중히 여겨야 하지 않겠는가? 진리를 설파하는 연설에도 감동했지만, 내가 움직인 것은 정설이 지적으로 부정확하기 때문이었다. 신조로서 과학은 진리를 소중히 여겨야 한다. 정치적 목적을 위해 왜곡되어서는 안 된다. 킬른에 인간이 존재하지 않는 게 틀림없는데 킬른 야생인이 존재한다고 말해서는 안 된다. 그리고 그것을 위해 나는 목숨을 바친다. 분명히 어리석은 짓이라고 여겨질 것이다. 저들이 자녀를 굶기고 재산을 빼앗아 가고 당신을 포함한 바로 그 집단을 잡으러 오면 항복하겠다고 생각하는 당신에게는. 하지만 그들에게 그런 짓을 허용하는 것이 바로 진리로부터의 탈선이다. 온갖 차원의 거짓말로 인해, 당신과 당신 가족을 잡으러 온 그들을 아무도 손가락질하지 않을 것이다. 사람들은 당신에 관해 퍼진 거짓말을 믿기 때문이다. 당신의 자녀를 굶기는 것은 바로 그 거짓말이다. 왜냐하면 당신은 총체적 식량 부족에 관한 그 이야기를 믿으니까. 통치부 고위층은 날마다 금 쟁반에 차린 산해진미를 먹는데도 불구하고. 게다가 특정 집단이 열등하게 타고났다거나 특정 집단이 지도자가 될 자질을 갖췄다는 등 과학의 탈을 쓴 거짓말이 가장 깊은 타격을 입힌다. 실제로 우리는 버섯하고도 유전자를 상당 부분 공유하는데도, 우리 집단 간에 그만큼의 유전자 차이가 있다는 거짓말. 혹은 이처럼 버섯과 유전자적으로 가깝다는 사실 때문에, 지도자들은 우리를 어둠에 가둬두고 헛소리를 지껄이는 데서 정당성을 확보한다.

그래서 진리를 위해 싸우고자 통치부를 와해시키려는 집단에 합류했는데, 그러다가 내가 어떻게 되었는지 보라. 세상 꼭대기에 섰다.

결국 클렘의 핵심 인물들이 매립 장치 주위의 허름하고 비좁은 공간에 모여 어깨를 맞댄 채 중얼거리고 있다. 누가 들을 정도로 큰 소리로 말하는 경우에 대비해, 중앙 공간의 소음 감지기를 조작해 뒀다. 비디오와 투명 벽을 들여다보는 사람에 대비해서는 담요 밑에 물건을 넣어 우리가 여전히 누워있는 것처럼 보이게 만들어 두었다. 그닥 고급 속임수 기술은 아니다.

클렘을 바로 곁에서 보좌하는 가녀리고 작은 체구의 여자는 아미에트 그레이즐이다. 그녀 역시 클렘과 같은 추방선을 타고 오기 전, 나의 연락책이었다. 일무스 이트린과 패리디스 오코스터도 함께 모여 나와 클렘을 번갈아 본다. 발굴 지원 팀은 대부분의 사람들이 갈 수 없는 곳에 들어갈 수 있는 특권을 갖고 있으므로 소중한 신입이다. 흉벽 위로 머리 내미는 무모한 행동은 하지 않는 크로언은 참석하지 않았다. 킬른에서의 삶은 별것 아니지만 그녀는 발굴 지원 팀장으로서 자기 자리를 싸워서 얻어냈고, 누구를 위해서도 그 자리가 위협받을 행동은 하지 않을 것이다. 과학자로서 크로언은 진행되는 모든 일을 가능한 한 모르고 지내고 싶다고 확실히 밝혔다. 내가 노동 구역에서 가장 먼저 알게 된 탐사 팀의 1611 키브도 없다. 키브가 있는지 둘러본다. 키브는 능력자처럼 보였고, 오랜 세월 살아남은 그를 모두가 존경한다. 그에게 접근했지만 단호하게 거절당했다고 한다. 1611 키브는 킬른에서 살아남기만으로도 벅차서 혁명을 고민할 여력이 없다.

오코스터와 일무스, 아미에트와 함께 노동 구역에서 온 다른 조직자가 몇 명 있지만 이름은 잘 들리지 않는다. 그리고 진짜 놀라운 사실. 클렘의 비밀 병기가 있다. 키가 작고 축 처진, 대머리 남자가 보인다. 만찬 때 프리맷을 위해 엔지니어 노릇을 하던 사람이다. 그는 옷깃에 볼트를 박은 작업복이 아닌 제복을 입었기 때문에 곧 눈에 띈다. 그는 스태프다. 기술 팀, 과학 팀을 운영하는 1인 기술 지원 담당이다. 그런데 그가 우리 편이라니. 그, 목스 캘렌은 여러 가지 일을 맡기 때문에 갠트리보다는 아래층에서 더 많은 시간을 보낸다고 한다. 캘렌은 지독한 꼴을 많이 본 탓에 동정심을 갖고 있다. 그는 대부분의 다른 스태프에게 무시당하고, 부서 오찬에 초대받지도 못하는 것으로 알려졌다. 아마 그래서 이성의 끈을 놓아버린 모양이다.

그리고 내가 있다. 수상쩍어하는 사람이 많다. 신입인 내가 곧장 클렘의 플라스틱 오른손이 되다니. 클렘은 반대파 학자이자 혁명운동가인 내 경력을 낮은 소리로 소개한다. 그는 내게 신뢰를 표시한다. 내가 클렘의 신뢰를 받을 자격이 있기를 바란다. 하지만 그의 생각이 옳다. 나는 배신한 적 없다. 클렘을 판 것이 나라면, 경찰이 결국 그를 찾아가 문을 부수고 끌어내서 추방선에 태우지 않았을 것이다. 그들은 분과 지도자를 잡은 줄도 모르고 그를 무리의 일원으로 여기고 형을 선고했다. 그래도 혁명 운동에 가해진 충격은 마찬가지였다.

클렘의 연설이 사람들의 마음을 움직이지만, 나와 실제 옛 친구들 사이에서 균열이 느껴진다. 우리는 실험실에서 나란히 일하며 잘 지내왔다. 하지만 그것은 대화에서 예의상 몇 가지 화제를 생략했다는 의미일 뿐이다. 패리디스 오코스터가 나를 뚫어져라 노려보며 그 자신이 붙잡힌 데 내 역할이 작용했을 가능성을 아직 배제하지 않았음을 분명히 드러냈다. 일무스는 눈 맞춤에 익숙하지 않아서 빤히 보지는 않지만, 이전 대화에서 흘러나온 의심의 가닥을 우리 둘 다 잘라내지 못했다. 그리고 당국은 내가 발설하게 만들지 못했지만, 그건 내가 굽히지 않아서가 아니라 나와 관련된 사람은 이미 모두 잡혀 들어갔기 때문임도 알고 있다. 내가 더 이상 도주가 불가능해진 무렵에는 이름을 댈 사람도 더 없었으므로, 내가 의심의 여지 없는 모범이라고 주장할 수도 없다.

클렘의 모임은 내가 나타나기 한참 전부터 한 가지 계획을 세우고 있었다. 나도 거기 가담한다. 내가 나타나서 동참한 뒤, 이들이 필요로 하는 순간 갠트리에서 도움을 제공한다. 명목상의 분과 부서장이 이야기하는 동안, 나는 두서없이 튀어나오는 정보 조각과 대화 중에 생략된 내용을 짜맞추며 따라잡아야 한다. 모두 나보다 앞서있기 때문이다.

내가 이해한 바로는 좋은 계획이다. 캘렌이 기술 부분을 담당한다. 그가 적절한 때 손을 써서 대다수 간수가 숙사에 있는 동안 문 개폐 회로를 고장 내면, 모두가 제 역할을 담당한 끝에 이곳 전체를 장악할 때까지 간수는 싸움에 가담할 수 없게 된다. 클렘의 지지자 대다수를 차지하는 인력 팀은 몸집이 탄탄하고 코가 부러진 알락시라는 여성의 지휘하에 각기 세 지점에서 갠트리를 기습할 것이다. 무엇을 들고 기습할까? 몇 달 동안 프린터 여러 대를 몰래 써서 만들어 모아둔 총이 있다. 그것이 바로 이 철저한 실행 계획의 쾌거다. 프린터마다 사용량에 제한이 있고, 숱한 고자질쟁이들 모르게 무기를 만들어 낼 수도 없다. 하지만 총이란 그 자체로는 무해한 기계 부품으로 구성된다. 킬른의 생물이 작동하는 방식을 묘하게 반영하는 사실이다.

그렇기에 내가 등장하기 전부터 혁명 조직에는 총이 있었다. 몇 발 쏜 뒤에는 부서져 버리는 원시적인 무기지만, 간수들을 쓰러뜨릴 때마다 혁명 조직은 더 나은 총을 얻게 될 것이다.

아미에트는 항상 연락 전문가로서 감방마다 클렘의 메시지를 전했다. 인력 팀이 갠트리 확보를 위해 싸우는 동안 아미에트의 팀은 사령관이 직접 방해하거나 상부 우주선을 폐쇄하라는 메시지를 보내지 못하도록 곧장 궤도 링크로 달려간다. 현재 우주선은 궤도에서 무인 상태로, 테롤런과 그의 운 좋은 동료들이 귀환할 날을 기다리고 있다. 그 시스템을 가동시키는 암호는 내가 얼마 전 훔쳐 와서 클렘에게 전달한 데이터 안에 있다. 그것을 빼낸 용감한 가사 팀원은 본보기 탱크에 들어갔다. 그가 발설하지 않고 저들이 제대로 질문하지도 않은 덕분에, 그는 비록 순교자가 됐지만 여기 우리는 암호를 손에 넣었다. 아미에트가 터미널까지 갈 수 있다면 말이지만.

아미에트가 할 일은 우주선 시스템에 셔틀을 내려보내라고 명령하는 것이다. 나는 그 우주선으로 지구 혹은 우리의 고향 태양계로 돌아갈 수 있는 우주항공 기술을 가진 클렘의 오랜 동맹 두 명도 소개받았다. 그들이 우주선에 타면 서스펜션 시설을 작동할 수 있다고 했다. 우리가 타고 온 우주선에 비하면 호화판이다. 그러면 우주선에 타게 된 사람은 전부 지구로 돌아갈 수 있다. 그중에 나도 있을지는 모르겠다. 클렘은 없을 것이다. 그가 이곳에 남아서 할 일이 있기 때문에.

클렘은 2등상을 노리며 무장한 팀과 남을 생각이다. 다음번 간수와 스태프를 태운 우주선이 지구에서 도착할 예정이기 때문이다. 그렇게 클렘은 그 우주선도 빼앗아서 또 한 무리의 무법자를 지구로 돌려보낼 것이다. 하지만 이렇게 빼앗은 우주선이 목적지에 연달아 도착한 뒤에는 어떻게 할 것인가? 이미 클렘은 혁명 동조자들을 찾을 수 있는 태양계 식민지를 이야기하고 있다. 사람들을 당국에 바로 넘기지 않을 곳이다. 비록 누군가 도착할 무렵에는 그런 사고방식도 수십 년 지난 것일 테지만. 우리는 그저, 외계 수용소에서 귀환하는 사람들이 잔뜩 탄 우주선에 안전항이 있기를 바랄 뿐이다.

그때가 클렘의 웅변이 빛나는 순간이다. 그가 그런 수사(修辭)를 사용하는 것은 상황 계산이 완전히 엉터리임을 감추기 위해서다. 수용소에서 추방된 죄수들의 귀환이 통치부를 뒤흔들 것이라고 그가 말한다. 외계에서 평생 중노동을 하도록 추방하는 벌은, 제정신을 가진 모든 반체제 인사의 머릿속에서 떠나지 않는 공포를 조장한다. 수용소에서 돌아오는 사람은 없다. 하지만 우리가 돌아가면, 통치부 전체에 들불처럼 그 소식이 퍼질 것이다. 클렘에게 이 복잡한 작전은 그 자체로 끝이 아니라 더 큰 혁명의 전주곡이다.

그렇다, 계산. 계산이 엉망이다. 기술이나 연락, 수용소 장악의 문제가 아니라 인력 수송의 문제. 일회용 추방선으로 들어온 실제 사람 수와 귀환시킬 수 있는 인원의 차. 통치부가 무너져 이곳으로의 추방을 중단하지 않는 한 우리는 결코 이 수용소를 비울 수 없다. 그리고 만약 그렇게 되더라도, 우리는 결코 그 일을 감당하지 못할 것이다. 우주선의 수용 능력이 부족할 테고, 우리 대다수는 통치부의 계획대로 여기서 죽을 것이다. 하지만 이것이 저항이다. 투쟁이다. 죽을 때까지 굴복하며 사는 게 아니라.

클렘은 여러 질문을 잘 받아넘기며 계획의 빈틈을 막는다. 좋다. 수용소에 깊이 박힌 일과를 이용해 노출을 최소화하는 계획이다. 간수들은 습관대로 움직이므로 우리는 그들의 위치를 알고 있다. 우리에게는 무기와 장비가 있다. 적절한 기술을 가진 사람은 모두 그것을 활용할 역할을 맡게 되며, 그들에게 무슨 일이 생길 때를 대비해 대타도 있다. 목스 캘렌, 아미에트와 인력 팀 팀장 알락시는 저마다 맡은 일과 움직일 시각, 부하가 누구인지 설명한다. 나는 전에도 이런 회의에 참석해 봤다. 낙서부터 해킹, 시위에서 정식 무장 반란에 이르기까지 상당수의 혁명 작전을 지켜봤다. 이번 계획은 좋다. 정확하고 세심하게 계획되었다.

모두 예상대로 진행될 것이다.

11.

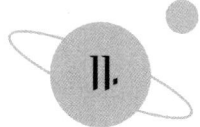

선택된 날 밤, 우리는 전원 대기 상태다. 아니, 적어도 노동 구역 3분의 1에 해당하는 클렘 일당은 대기 중이다. 그리고 위로부터 감시를 받는 이곳 상황 때문에 우리는 열심히 자는 척 침대에서 대기 중이다. 헬레나 크로언처럼 가담하지 않은 사람은 아마 실제로 자고 있을 것이다. 간수들이 정말로 모니터를 눈여겨본다 해도, 대기 상태와 잠든 상태의 지대한 차이를 알아차리지 못할 것이다. 게다가 우리 열혈 혁명가 중에는 신호를 기다리다가 잠든 사람도 있다. 사실상 패리디스 오코스터에게 발길질을 당하고서야 지금이 무슨 상황이고 여기가 어딘지 기억해 낸 사람도 있을 것이다. 어둠 속에서 장시간 기민한 준비 상태를 유지하며 침대에 누워있기는 매우 어렵다.

그렇다, 나는 웃기려고 한다. 웃지 않으면 울 테니까 웃고 있다.

클렘은 작은 수제 통신기를 갖고 있다. 화면은 없이, 오디오와 두어 개의 라이트만 달린 것이다. 총과 마찬가지로, 노동 구역의 프린터가 정해진 관리 작업 중 뱉어낸 무해한 조각에 갠트리 층에서 훔쳐낸 부품 몇 가지를 더해서 만든 장치다. 그는 이불 밑에서 취침 시간 이후에 게임을 하는 못된 아이처럼 캘렌의 신호를 기다린다. 잠들지 않은 우리는 클렘의 신호를 기다린다.

혁명의 총아, 사상 최고의 분과 지도자, 클레미시 버루다. 나는 그가 지구에서 어떤 사람이었는지 기억한다. 열정적인 웅변과 실용적인 작전의 무시무시한 결합체. 그들은 클렘을 붙잡았지만, 그의 추방 날짜가 정해지기 전까지 그에게서 자백을 받아내지 못했다. 클렘이 자백했다면 나는 훨씬 더 일찍 추방선을 타게 되었을 것이다. 나는 대규모 학계 단속이 시작되기 전까지 1년 더 안전하게 교수로 일했다. 그때의 단속으로 일무스와 오코스터가 붙잡혔고, 나는 그로부터 1년 뒤에 붙잡힐 때까지 여기저기 숨어 다녔다. 믿음직한 클렘.

클렘이 신호를 받는다. 그 신호는 하나, 캘렌이 갠트리 층 문을 통제했고, 둘, 노동 구역의 감시 카메라 화면에 예전 녹화 영상이 송출된다고 전한다. 자세히 살펴보면 예전 영상임을 알 수 있지만, 가사 팀에 있는 클렘의 수하는 간수들이 해이한 탓에 신경 쓰지 않는다고 장담한다.

클렘은 침대에서 보란 듯이 일어나 작업복을 입고 영웅적인 자세를 취한다. 혹은, 돌이켜 생각하니, 오코스터가 일어나라고 외친 다음 클렘이 일어난 것 같기도 하다. 총을 꺼내서 나누어 준다. 나는 총을 받지 못했지만, 총을 원하지도 않고 쓸 줄도 모른다. 보안군이나, 특히 강경노선 분과 전문가 이외에는 총기 사용 경험이 흔치 않다. 클렘이 플라스틱 손에 쥔 플라스틱 총을 들어 올린다. 모두의 시선이 그를 향한다.

우리가 바리케이드를 뛰어넘기 전에는 고함 소리도 들리지 않는다. 뜨거운 웅변도 없다. 그저 각 팀의 팀장과 계획을 따르라는 명령뿐이다. 한 마디로, 개판 치지 말라.

우리는 다양한 요소로 갈라진다. 오코스터와 나는 아미에트와 함께 통신기로 가서 상부 우주선에다 훔친 암호를 보내는 일을 맡는다. 일무스는 인력 팀과 함께 갠트리를 확보하고 모두를 거기 가둬두는 일을 맡는다. 일무스도 총이 없다. 그네는 수척하고 약해 보여서, 나는 그네가 몹시 염려된다. 그네는 나처럼 11개월간 도주하며 거친 훈련을 하지 못했다. 그네는 강인한 혁명가가 아니고 힘을 써본 적도 없었다. 나는 이곳에서 가장 오랜 친구인 그네와 함께 싸우고 싶지만, 클렘이 내 선호에 따라서 계획을 바꾸진 않을 것이다. 내가 할 수 있는 일은 일무스의 눈을 보면서 말없이 한마음으로 행운을 빌고 결의를 전하는 것뿐이다.

계획에 가담하지 않았지만 깨어난 사람이 많아진다. 함께하자는 사람도 있고, 무슨 일인지 알기나 하자는 사람도 있다. 더 기민한 이들은 총을 보고 입을 꾹 닫는다. 혹은 내내 자는 시늉을 하는지도 모른다.

클렘이 노동 구역 문을 열어젖힌다. 밖으로 나서는 순간, 선을 넘는 것이다. 카메라는 마음대로 속일 수 있지만, 구내 중앙 탁 트인 공간을 내다보는 창문이 많고, 계단으로 가는 길에 몸을 숨길 수 있는 곳은 살균하고 오래 연구한 중앙의 잔해뿐이기 때문이다. 우리가 발각되는 순간까지 시곗바늘은 빠르게 움직이고 경보는 요란하게 울릴 것이다.

아미에트가 마지막으로 나온 뒤 노동 구역을 걸어 잠근다. 우리는 우리 사람이 아닌 이들이 돌아다니다가 말썽을 일으키거나, 고의로든 우연으로든 당국에 알리는 것을 원하지 않는다. 그들 모두 침대에 누워 영광스러운 새날, 정권이 바뀌고 희망이 생겨난 아침에 깨어나는 편이 낫다.

희망! 클렘은 외계로 추방당한 상태에서도 그것을 찾았다. 킬른의 생물만큼이나 정신 나간 듯 보인다. 통치부의 권위가 이곳에서는 제한될 수밖에 없다는 사실에서 끌어낸 희망. 결국, 근처 항성계에서는 당장 보충 병력을 보낼 수 없다. 우리가 킬른에 진을 친다면 영원히 유지할 수 있다. 혹은 50년 뒤 지구에서 병력을 가득 실은 우주선이 도착할 때까지. 그런데 과연 통치부가 그런 자원을 투입하기는 할까? 클렘은 턱이나 이빨을 진화시키지 않고도 사람을 씹어 삼키는 외계로 보내졌는데도 거기서 긍정적인 점을 발견해 냈다.

우리는 구내를 가로질러 잔해 양쪽으로 흘러나간다. 모두 잔해로부터 멀찍이 거리를 둔다. 미신 탓일까? 도자기처럼 생긴 그 무덤에 알 수 없는 외계종이 10년간 연구자의 눈을 피해 숨었을 리 없다. 하지만 우리는 필사적인 작전 중이다. 우리 중 누군가가 말굽이나 네잎클로버, 검은 고양이 따위를 믿는지는 알 수 없지만, 이성주의 신봉을 대표하는 나조차도 운명을 시험하고 싶지는 않다. 우리는 우선 사다리로 향하고, 질서를 유지할 대규모 인력 팀은 화물 승강기를 통제하러 간다. 승강기 소리가 크기 때문에 우리는 그것을 가동하기 전에 사람들을 위로 보내고자 한다. 아미에트의 팀과 클렘의 팀, 또 한 팀이 각각 사다리를 하나씩 맡아서 오르기 시작한다.

위에서 캘렌이 일을 마쳤다. 아니, 적어도 캘렌이 클렘에게 마쳤다고 말했다. 즉 간수들의 이층 침대 숙사, 무기고와 감시실 문이 열리지 않아야 한다는 얘기다. 결국에는 그들이 완력을 써서 빠져나오겠지만, 혁명의 정치에서 사람들이 일단 거리로 나온 뒤에는 '결국'에 이르기까지 긴 시간이 걸린다. 사람과 거리의 가치를 생각하면 길다. 사령관도 침대 혹은 야근 중인 책상에서 꼼짝할 수 없게 된다. 나는 후자를 상상하기로 하는데, 알고 보니 내 생각이 옳다.

위쪽은 모두 조용하고, 클렘 등이 총을 구하러 달려가는 와중에 우리는 통신실에 도착한다. 거기 간수 한 명이 있는데, 킬른 노동수용소 스태프 중에서 가장 운이 나쁜 놈이다. 솔직히 지금도 그 사람이 생각난다. 그 남자가 누구였는지, 누구 아내와 잤는지 모르지만, 그는 이런 일이 있을 것이라고는 전혀 예상하지 못했다. 우리가 들이닥쳤을 때 그는 최근 도착한 데이터 화물에 감춰둔 해적판 포르노를 보면서 허리춤에 손을 넣고 있었다. 여느 포르노도 아니고 눈썹이 튀어오를 만큼 변태적인 것이라서, 그자가 순전히 개인적인 이유로 외계에 오게 된 것은 아닌지 의심이 들 지경이다. 따라서 그를 제압하기는 예상보다 쉽고, 아미에트는 통신 장치를 조작하기 시작한다. 밖에서 처음으로 외치는 소리가 들리자, 클렘과 그의 부하들이 오늘 밤 야간 근무 당번으로 빈둥거리던 보초와 마주친 것으로 간주한다. 실은 그것이 아니다. 그때 들린 소리는 모든 것이 틀어지기 시작하는 징조이지만 우리는 알아차리지 못한다. 통신실 보안요원은 바지를 벗은 채로 붙잡혔을지 몰라도 그런 경우는 그뿐이다.

아미에트의 팀원 하나가 일무스를 포함한 인력 팀이 승강기를 타고 올라가자 경보가 울렸다고 보고한다. 그 팀이 승강기를 조종하고 있다. 모든 것이 순조롭다. 사실과 다르지만, 그렇게 되길 바라는 마음이다. 한마디로 생쥐가 앞니를 치즈에 박고서, 발밑에 움직이는 금속판이 무엇인지 의아해하는 순간이다.

찰칵.

갑자기 간수들이 들이닥친다. 처음에는 서너 명으로 보여서, 우리는 클렘 때문에 그 간수들이 왔다고 생각한다. 통신실로 피신하려고. 혹은 통신실에서 도움을 청하려고 왔다고. 맨 처음 들어온 두 명은 아미에트의 총을 보더니 황급히 뒷걸음질 친다. 아마 0.4초가량 우리는 혁명을 능숙하게 치른 것을 자축한다. 그다음 순간, 방탄복을 입은 간수들이 폭동 진압용 방패를 들고 떼 지어 들어오자 우리는 망했다.

총이 발사된다. 아미에트의 팀 중 한 명이 반동으로 다시 튀어나온 총알에 맞았다. 방패를 누가 만들었는지 몰라도 제대로 만들었고, 우리 총은 딱히 군용이 아니기 때문이다. 그다음 아미에트의 총이 2초 정도 계속해서 발사해 진정한 테스트를 치른다. 그 총은 간수뿐 아니라 모두에게 위험한 물건이지만, 단순히 동력만으로 한 명이 쓰러지고, 총알이 그 바로 뒤 방패 없는 사람에게 명중하자 싸움이 시작된 듯 보인다. 하지만 아미에트가 얼굴을 맞아서 턱이 부러지고 정신을 잃자, 우리의 투쟁은 곧바로 폐점 세일로 들어간다. 오코스터가 고함을 치며 누군가의 주먹을 향해 달려든다. 그가 얼마나 빨리 쓰러지는지 우스울 지경이고, 그들은 오코스터를 길거리 술주정뱅이 취급하며 밟고 지나간다. 뒤이어 보안 팀이 곤봉을 들고 들어온다. 우리는 꼼짝달싹할 수 없다. 나는 온 힘을 다해서 방패를 향해 달려들어 윗부분을 잡고 온몸의 체중을 실은 채 끌어당긴다. 내 뒤에 강한 청년이 둘 정도 있었다면 그 사이에 생긴 틈을 이용할 수 있었을 텐데, 아무도 뒤따르지 않는다. 내게 방패를 빼앗긴 사람이 방패를 사이에 두고 나를 깔고 눕자, 나는 책에 얻어맞은 만화 속 벌레처럼 납작하게 짜부라진다. 이 전투에 대한 나의 기여는 거기까지다.

밖에 무슨 일이 있는지, 나머지 상황은 나중에 조금씩 듣게 된다. 알락시가 맡은 인력 팀이 승강기를 타고 갠트리로 올라가는 도중 전기가 끊겼다. 그중 몇 명은 기어오르려고 하지만, 대부분은 꼼짝 못 하게 됐다. 상부에서 클렘과 그의 부하들이 싸우려고 하지만, 간수들이 무장한 채 대기하고 있었다. 간수들이 탐사 팀에게 프린트해 준 것보다 훨씬 질 좋고 고급인 보호 장비를 착용하고 **바깥**에서 더 들이닥친다. 그리고 야근 중이던 사령관은 책상에 앉아서 이 모든 것을 지켜본다.

캘렌이 막사를 확보하기는 했지만, 간수 대부분이 잠자리에 들지 않았다. 그들은 가스 수류탄과 곤봉, 이론적으로는 치명상을 입히지 않는 총으로 무장하고 밖에 숨어있었다.

누군가가 고발했기 때문에. 그들은 계획을 정확히 알고 있었다. 비록 찰나이긴 했지만 우리 편이 성공한 것은, 우리가 너무 마음이 앞서서 가령 통신실 같은 곳에 예정보다 일찍 도착한 탓이었다.

그렇다 해도, 우리는 수적으로 우세했다. 클렘의 정예 팀만 움직인다고 해도 마찬가지였다. 간수보다 우리 쪽 수가 많았지만, 간수들은 총을 가진 사람을 먼저 잡았고 그러고 나니 우리는 빈손이었다. 어쨌든 총을 쓸 수도 없었다. 적어도 총 한 자루는 저절로 폭발해서 그 총을 쓰던 사람과 바로 옆 사람이 죽었다.

우리가 있을 곳을 안 간수들은 우리 사이로 진입해서 우리를 갈라놓았다. 그래도 우리는 이길 수 있었다. 나, 아턴 다데브, 전투를 글로 배운 장군은 진심으로 그렇게 믿는다. 우리가 전투 훈련을 받았고, 더 나은 대비책과 결집력이 있었다면. 그리고 클렘이나 다른 사람이 위에서 수용소를 내려다보며 전략 게임을 하듯이 시간을 멈추고 이 새로운 상황에 어떻게 반응할지 신적인 견지에서 지시를 내릴 수 있었다면. 더욱이 우리 모두 클렘처럼, 머릿수로 압도할 때까지 간수를 향해 몸을 던질 강철 같은 의지를 지녔다면. 분과 회의에서는 모두가 이야기하지만 길거리에 나가서는 아무도 보여주지 않는 진정한 혁명의 목적의식 말이다. 간수들은 통치부의 통제라는 단 하나의 목적으로 결집된 반면, 우리는 제각기 저항하려는 개인이다. 그래서 우리는 그들의 망치에 맞아 부서진다. 우리는 점점 더 작은 집단으로 쪼개지거나 너무 작은 공간에 갇혀 함께 짓이겨진다. 그들은 우리를 가두고 부순다. 클렘의 계획이 전부 틀어진다. 누군가가 배신했다. 항상 그런 법이니까. 통치부는 사람을 회심시키는 백 가지 방법을 알고 있다. 당근과 채찍이 반반씩 섞인 묘수를 수없이 가지고 있다. 그리고 노동수용소에 갇혀 모든 것을 빼앗기고 모두에게서 위협받는 사람에게 당근이나 채찍은 시든 뿌리채소 하나, 가녀린 나뭇가지 하나로도 대신할 수 있다.

킬른에 동이 트며 생기 없는 레몬색 빛이 밝아온다. 돔을 통과하며 걸러진 빛이지만, 우리와 지구 사이에 여러 광년의 거리가 존재한다는 사실을 또렷이 전한다. 비록 우리 태양과 가까운 사촌 사이여도 모방에 불과한 태양. 그 태양이 떠오를 때, 우리는 양손이 등 뒤에서 묶인 채 구내 주위에 무릎을 꿇고 있다. 땅에서 시선을 드는 자는 머리를 맞는다. 나는 일무스가 무사한지 확인하느라 두 대를 맞았다. 오코스터 역시 비뚤어진 코와 눈 주위에 멍이 든 모습이다. 아미에트는 다친 턱 때문에 괴로워한다. 그들은 클렘을 따로 데려갔다. 누가 지휘자인지 알기 때문이다. 그들이 손도 빼앗아 가서, 클렘은 잘라낸 작업복 소매 아래 잘린 팔을 드러낸 채였다.

그들은 곧 선고 내용을 가지고 돌아올 것이다. 이것이 통치부이므로, 무작정 달려들어 멋대로 잔혹 행위를 저지를 수는 없다. 온갖 잔혹 행위는 제대로 된 재판에 따라 부과되어야 한다. 그렇다고 덜 잔혹해지지 않지만, 그처럼 관료주의적 거리를 두면 당하는 사람의 존엄성은 더욱 줄어든다. 어쨌든 킬른에서 우리는 모두 번호에 불과하다. 2275 다데브가 그렇게 말한다.

하지만 나는 그 광경을 보지 않는다. 왜냐하면, 이 모든 일이 나 때문에 일어난 것은 아니지만, 그럼에도 불구하고 약간은 나 때문이니까. 아마 내가 사령관의 심기를 제대로 적당히 건드린 모양이다. 그래서 대량 선고를 내리기 전, 간수들이 오더니 나를 일으켜 맞춤식 처벌을 하려고 끌고 간다.

12.

그래서 그 생기 없는 노란빛 아침, 나는 다시 사령관의 손님이 된다. 전처럼 화기애애한 분위기는 아니다. 차도 대접받지 못한다. 앉지도 못하지만, 내가 서있는 것은 내 노력만이 아니라 양쪽에서 붙잡고 있는 간수들 때문이기도 하다. 나는 관자놀이에 시퍼런 멍이 들었고, 폭동 방지용 방패와 통신실 플라스틱 바닥 사이에 끼었던 머리는 쪼개질 듯 아프다. 제대로 싸웠다고 주장할 수는 없지만 싸움은 있었고 나도 그 언저리에 있었다. 나도 나름대로 주먹을 휘둘러 봤고, 그 증거로 손등이 쓰라렸다. 지구에서 도주하며 지낸 한 해 동안 주먹질이 없지 않았다. 그러나 이런 싸움에 처음 가담한 것도 아니고, 누군가에게 처절하게 패배한 것도 처음이 아니다. 따라서 어렵사리 얻은 패싸움의 경험이 특별히 가치 있는 것인지 모르겠다.

테롤런은 책상에 앉아서 파충류 같은 시선을 내게 던지더니 모니터로 관료주의와 어울리는 장부를 확인한다. 그 앞에는 비례가 안 맞아 무시무시해 보이는 클렘의 플라스틱 의수가 놓여있다. 결국 테롤런은 거기로 향한 내 시선을 알아차리고 밝은 표정으로 나를 올려다본다. 내가 아직 그 자리에 있는 것에 조금 놀란 척, 매우 사무적으로. '아, 교수? 내가 도와줄 일이 있나? 침대에 쓸 베개가 더 필요한가? 감옥 침대 위 독서등이라도 바꿔줘?'

테롤런이 냉랭하게 미소 짓는다. 그렇게 냉랭한 미소는 처음이다. 심장이 얼어붙을 것 같다. "내가 기회를 줬는데." 그가 말한다.

나는 그를 본다. 기회가 없어졌음을 인정한다. 그는 어이없다는 듯 눈을 굴리더니 느릿느릿 일어난다. 그리고 다가와서 흐리멍덩한 작은 눈으로 나를 본다. 내 팔이 뒤로 묶이지 않았다면 팔이 닿을 거리다. 진정 통치부를 박살 내고 싶다면, 박치기를 할 수도 있다. 하지만 두통이 너무 심해서 그럴 의욕이 생기지 않는다.

"내가 만찬에 부른 이유가 뭐라고 생각하지?" 테롤런이 나지막이 묻는다. "그 무렵 당신이 허튼짓에 가담한 걸 알고 있었다. 시간은 충분히 줬어. 그때가 당신이 고발할 수 있었던 황금 같은 기회였다, 다데브 교수. 디저트를 먹으며 내게 쪽지를 건넬 기회. 무슨 일이 일어날 거라는 언질로 충성을 증명하고 특권을 유지할 기회. 당신이 여기서 큰 특권을 누리고 있다는 걸 분명히 알 텐데. 학식 덕분에 동료들 사이에서 귀한 자리를 얻었으니까." 그는 정말로 내 배은망덕함에 상처 받은 것 같다.

"발굴 지원 팀 말인가요?" 내가 묻는다.

"발굴 지원 말이지." 그가 답한다. 내가 믿을 수 없다는 표정을 지은 모양이다. 마치 그 자리에 사전이 있다면 그에게 '귀한'과 '특권'이란 단어의 정의를 보여주고, 우쭐거리는 대학생 팀 밑에서 종노릇하는 것은 특권에 포함되지 않는다는 것을 보여주고 싶다는 듯한. 테롤런은 모른

체한다. 자신이 옳다고 생각하니까. 나도 그가 옳다는 것을 안다. 나는 정말로 수월한 임무를 받았고, 허튼짓만 안 해도 그 자리를 보전할 수 있었다. 키브와 클렘 같은 사람이 외계로 나갔다가 가끔 돌아오는 것을 지켜보며, 프리맷 밑에서 시험관이나 들고 있으면서. 하지만 그렇다면 **나**는 어떤 인간이 되겠는가?

누군지 몰라도 사령관에게 우리를 팔아먹은 놈보다 더한 놈이 될 것이다. 나락에는 언제나 더 깊은 곳이 있다.

"크로언 박사도 실패했다. 그 여자는 아무 말도 하지 않았지." 테롤런이 말한다. "하지만 그 여자는 가담하지 않았지. 계속 노동 구역에 있었어. 사실, 갇혀있었지." 그는 잠시 입을 다물고 내 반응을 기다린다. 크로언이 가담하지 않은 것은 알고 있다. 그래서 만찬 때 아무 말 없었다. 하지만 내가 그렇게 말하면 크로언은 위험한 혁명가 아턴 다데브가 지키려는 사람이 되어서 불리해질 수 있다. 혹은 그녀는 무관하다고 주장해서 그녀를 구할 수도 있다. 어느 쪽이 옳은지 알 수 없지만 테롤런의 얼굴에서는 아무런 실마리를 찾을 수 없다.

침묵이 너무 오래 이어지자 테롤런의 기다림이 끝난다. 내가 입을 다문 것이 옳은 일인지 알 수 없다.

"당신은 운이 좋아." 테롤런이 말한다. 그는 내가 표정 변화를 감추지 못하는 것을 보고 나지막하게 웃는다. "아, 당신의 박사학위와 졸업장 때문이 아니야. 여기에 박사가 부족해서 당신의 고매한 통찰을 **필요로** 할 정도는 아니니까. 하지만 당신은 신참이다. 이 일에서 맡은 역할이 적을 수밖에 없지. 당신은 지도자 감이 아니야. 그저 올바른 길을 걸을 수 없었던 서생에 불과하고, 교정에 대한 반감으로 여기 킬른에서 어리석은 반란 행위에 가담한 것뿐이지. 하지만 그것이 불쾌하다, 다데브 교수. 당신은 인간 지식의 경계를 넓히는 데 이바지할 사람이었는데 이제는 잠재력의 낭비에 불과할 뿐이니까. 그래서 이 폭동의 주축 몇과 달리 당신은 사형을 선고받지 않을 것이다. 그렇다고 당신을 다른 동료들과 같은 운명에 맡기지도 않을 거다. 교수, 당신의 배신이 쓰라리군. 개인적인 배신으로 느껴져."

정말 그래 보인다. 냉정하게 거리를 둔 사람의 냉소적인 표현이 아니다. 테롤런은 정설의 좁은 범위가 허용하는 한도 내에서 과학을 사랑한다. 나는 잠시 그의 팔 닿는 곳에 있었다. 통치부가 '과학'이라고 부르는 광대놀음의 조수이자 자산, 공모자로서. 아니, 테롤런은 그러기를 바랐다. 그런데 나는 클렘의 조직에 가담함으로써 그의 등에 비수를 꽂았다. 나는 추방선을 타기 한참 전부터 혁명 분과의 일원이었다고 말하고 싶다. 그렇게 말하고 동료들과 함께 처형해 달라고 요구해야 한다. 테롤런의 조그만 머릿속에서 영원히 울릴, 극적이고 간결한 한마디를 남겨야 한다. 다만, 머리가 아프고 두려움과 좌절에 속이 메슥거린다. 그리고 우리는 패배했다. 나는 테롤런을 잘 볼 수 없다. 그의 시선을 마주하는 것만으로도 지끈거리는 두개골에 다시 불이 붙을 것 같아서. 테롤런은 꿋꿋한 내 무반응을 정확히 읽어낸다.

"당신은 탐사 팀에 배정될 거다." 테롤런이 말한다. "하지만 그전에, 킬른을 직접 연구할 기회를 주지." 나는 간수들의 손아귀 속에서 상당히 크게 흠칫한다. 본보기 탱크 속의 남자가 떠오른다. 하지만 테롤런의 말은 그런 뜻이 아니다. 그보다 훨씬 더 지독하다.

"라스무센에게 안부 전해라." 그가 달콤한 말투로 말한다. "그 여자와 나눌 이야기가 많을 테니."

그들은 나를 끌고 나가서 갠트리를 따라 걷는다. 아래층은 거의 비어있다. 선고를 받은 사람들이 행정부의 재판이 적합하다고 판단한 운명으로 보내졌다. 그리고 나는 사령관을 개인적으로 기분 나쁘게 한 벌을 받게 된다.

곧 나는 라스무센과 같이 있다. 바로 거기, 갠트리 층 창고에서, 미친 여자와 그 여자가 벽에 칠한 것과 함께. 나는 본보기 탱크처럼 주목받지도 못한 채 감추어져 있다. 내가 벽을 두드리면 과학 팀에서 그 소리를 들을 것이다. 하지만 예전 동지들은 어깨를 움츠리고 돌아설 것이다. 라스무센이 정신 나간 소리를 떠들고 울부짖을 때처럼. 그들은 뛰어난 학자를 가두었던 감옥이 둘을 위한 사랑의 둥지가 되었음을 짐작조차 못 할 수도 있다.

고개를 드니 라스무센이 내게 관심을 보인다. 우리 사이에 그물망이 놓여있고, 그녀는 호랑이처럼 반대편에서 이리저리 어슬렁거린다. 그리고 가는 그물망에 손가락을 걸고 매달린다. 그물망이 얇아서 그녀가 마음만 먹으면 찢어버릴 수 있을 것 같다. 수척하고 더러운, 찢어진 작업복을 입은 채 쇠약해진 노파. 노동 구역의 표준 의상이지만, 라스무센의 옷에는 고정시킬 볼트가 없어서 옷깃이 풀어져 있다. 지금은 죄수 신세여도 라스무센은 스태프였다. 원조였다. 만약 라스무센에게 강철못이 박혀있다면 '1 라스무센'이라고 적혀있었을 것이다.

라스무센은 그물망에 입술을 대고 그 사이로 숨을 쉰다. 미세한 그물망이지만, 그 여자를 막아낼 만큼 미세하지는 않다. 냄새 혹은 오염물질을 차단할 수 없다. 내 코는 냄새만 맡지만, 인지 중추는 침투하는 다른 것을 감지한다.

나는 머릿속으로 물러선다. 그 안에서는 물러설 곳이 없기 때문이다. 라스무센이라는 명백한 생물학적 사실과 다투며, 이런 식으로 끝날 수는 없다고 외친다. 이곳은 외계다. 외계의 것은 우리를 **감염**시킬 수 없다. 다만 프리맷이 내게 이 확고한 논리를 이미 설명했을 뿐. 열쇠 따는 도구를 든 강도처럼 지구 생화학의 자물쇠-열쇠 시스템을 모조리 공격하는 킬른 생명체의 적응력을. 뭐든 맞아 들어갈 때까지 분자를 비틀어 끊임없이 새로운 모양을 만드는 능력을. 킬른에 다다른 소수의 개척자는 여전히 외계의 존재다. 다른 구조, 다른 유전, 전혀 **다른** 진화 여정의 산물이다. 그러나 그들에게 필요한 것은, 우리와의 상호 벤다이어그램 가운데 아주 작은 중첩뿐이다. 그것만 있으면, 우리의 세포, 우리의 몸, 우리의 가련하고 취약한 인간 두뇌를 상하게 만드는 상호작용을 개시하는 데 충분하다.

이것이 전 우주에 걸친 생명의 교훈일까? 그것이 언제나 너를 잡아먹을 방법을 찾으리라는 것? 킬른은 특수한 경우라고 생각하면 묘하게 위로가 된다. 비록 킬른에 갇혀있지만 말이다. 나는 라스무센이 내는 소리를 차단하기 위해 머릿속으로 이런저런 가설을 세운다. 킬른의 생물학은 너무 **친절**하다. 우리는 지구에서 무임승차하는 유기체에 대해 잘 안다고 여겼다. 숙주가 기생자에게 적대적인 환경을 만들기 위해 최선을 다하고 기생자는 반대로 적응하는 가운데, 기생은 진화와 다양성을 주도해 왔다. 지구에서 다른 동물의 지방을 먹고 사는 생물은 날씬해지고, 크기가 최소한이 된다. 그들은 매우 특정한 빈틈에 자리를 잡고 최선을 다해 최소한의 삶을 산다. 숙주의 종은 하나 혹은 매우 특정한 것만 존재한다. 기생충 하나에 물고기 하나, 새 하나, 포유류 하나. 사실 이건 우리 인간일 수도 있다. 그리고 기생충이 숙주를 잘못 찾아 들어가면 양쪽 모두에게 치명적일 수 있다. 숙주가 병들면 무임승차자도 목적지에 도달할 수 없기 때문이다. 그것이 우리가 이해하는 삶의 방식이다. 빈둥거리는 한량이 아니라, 하나의 쓸만한 기술에 고도의 집중력을 발휘하는 무법자의 방식.

그러나 킬른의 생물은 경계를 지니고 사는 데 반대표를 던졌다. 타자에 기생하는 것들은 이곳에서 **더욱** 복잡해졌다. 갈고리와 팔다리, 여러 기능을 얻었다. 그들은 강도처럼 숙주의 창문을 통해 몰래 숨어들지 않는다. 그들은 장난감과 신기한 잡동사니를 팔러 온 언변 좋은 판매원처럼 문을 쾅쾅 두드린다. '날 들여놓으면 이 간편한 생물학적 과정을 제공해 주지!' 그런데 그들이 이 종과 준-상호적 관계를 형성할 수 없으면 곧바로 다음 타자가 찾아온다. 모든 과정이 미친 짓이다. 작은 관절 구조의 껍질에 연결된 몇 가지 분자 작용에 불과한 미세생물의 경우에도, 시스템 내에서 얻은 에너지를 사용 가능하게 바꾸는 데 아주 능숙한 숙주가 있고 거기에 붙어 피를 빨면서 숙주에게 감각과 운동 기능, 방어 능력 등을 빌려주는 생명체들이 있다.

여기서 내가 맞닥뜨린 상대가 바로 그런 생물학적 다용도 도구다. 내가 등 뒤의 벽을 뚫고 나가려고 기를 쓰며 사이에 공간을 두려고 해도, 라스무센의 폐로부터 기어이 내 폐 속으로 들어오는 게 바로 그것이다. 그렇게 병합된 동반자들은 킬른이라는 외계의 공포와 지구라는 안전한 고향 사이 일련의 중개인 역할을 한다. 점점 더 친근한 행동을 하며 내 세포막 문을 두드리는 것이, 꼭 사촌인가 싶다. 그것이 가면을 벗고 그 아래 감춰진 으스스한 얼굴을 드러낼 때까지.

그렇다. 나는 과학을 이용해서 이 상황을 타개하고 공황 발작으로 빠져들지 않으려고 하지만 효과는 없는 것 같다.

라스무센이 이제 내 몸속에 들어왔다. 그녀가 내 살갗 위로 보이지 않게 기어 다닌다. 내 폐 속에서 부글거리며, 그녀가 가진 킬른의 속성이 내 폐포 경계를 침투해 들어온다. 그녀가 내 혈류를 통해 폐에서 심장으로, 심장에서 온몸으로 타고 흐른다. 목적지에 가기 위해 지역 교통망을 이용하는 침략군처럼. 지금은 그녀의 극소량만이 내 면역체계와 싸우고 내 몸 안쪽에 자체 혁명 분과를 세운다. 반응이 다른 게토(ghetto)를 저지한다. 내 생리학을 슬럼처럼 파묻고, 선동적인 학교를 세워 지구에서 태어난 원주민 세포에게 새로운 생활 방식을 가르친다. 그리고 이 시나리오에서는 내가 통치부다. 혼돈에 빠진 전체에 내 융통성 없는 의지를 관철시키려는 전체주의 국가다. '반드시 이래야만 한다!' 통치부가 다른 방식이 있다는 것을 알듯이, 나도 다른 방식이 있음을 안다. 그리고 그 다른 운영 방식이 통치부가 아닌 결과를 낳듯이, 이 새로운 대사 통로는 **내**가 아닌 결과물을 낳을 것이다. 그물망 반대편의 귀신 들린 껍데기가 결코 일서 라스무센이 아닌 것과 마찬가지로. 기생충이 그녀를 향해 유혹하는 노래를 합창하며, 지구에서 만들어진 그녀의 모든 부분에 관한 통제권을 흔들었다.

나는 쇠퇴하는 일서 라스무센을 지켜본다. 살갗은 발진으로, 입은 말로 들끓는다. 그녀는 그물망을 잡고서, 자기 목구멍은 내 목구멍과 아무런 공통점이 없다는 듯 인간이 낼 수 없는 소리를 지른다. 마치 내게 의미를 전할 수 있는 정확한 혓소리의 조합을 찾으려는 듯 자꾸만 자꾸만, 끈덕지게 반복한다. 결국 나도 참지 못하고 그녀를 향해 그만하라고 외친다. 그녀의 미친 혓소리의 파도를 막기 위해서. 바다가 무너지는 해안을 집어삼키듯 그 소리가 내 정신을 갉아먹는 것이 느껴지기 때문에.

그러자 "들려요, 박사? 이해해요?" 그녀 안에서 진짜 말이, 통치부 표준어가 솟아 나온다. 그녀가 가진 인간성이 무덤에서 누더기를 입고 일어나 내 앞에 나선다. "박사, 스스로를 고쳐요! 고쳐요! 나는 너무 외로워요!" 그뿐만이 아니다. 그녀의 광기-사령관이 되어 영주권을 차지하라는 처절한 요청. 나도 그녀 자신과 함께 웃고 외치고 비명을 지르자는 간절한 요구. '그러면 얼마나 행복할까!' 나는 엉뚱한 숙주에게 갇혀서 자기가 들어가 사는 생물을 죽이면서도 기능을 다하지 못하고 아무에게도 도움이 안 되는 지구 기생충의 사례를 떠올린다. 가련한, 치명적인 세균. 그것을 옮긴 진드기가 이 크고 쓸모없는 인간 대신 쥐를 물었다면 그 미생물은 제대로 전파되고 당신도 라임병으로 죽지 않을 텐데.

나는 라스무센의 말을 듣지 않으려고 기를 쓴다. 그녀를 들이쉬지 않으려고 고개도 돌린다. 하지만 온몸이 근질거린다. 마음의 문제인지, 그녀의 기생생물이 내 살갗에서 문을 열려는 것인지 알 수 없다.

나는 내 머릿속으로 후퇴해서 프리맷이 테롤런을 위해 내놓았던 인간형 킬른족을 떠올린다. 문제를 해결할 수 있다고 나는 다짐한다. 웃어대는 괴물, 라스무센이 앞에 있어도 나는 생물학의 난제를 해결할 방법을 찾을 수 있다. 그러면 그들은 나를 꺼내줘야 할 것이다. 테롤런은 내게서 오염을 제거하고 모든 것을 용서한 뒤, 복귀시킬 것이다. 나는 그가 필요로 하는 것을 제시하고 외계 수용소의 영웅 과학자가 될 것이다. 그렇다면 이 모든 것이 내가 생각한 것처럼 어리석은 짓일까? 결국, 지각을 갖고 잔해를 지은 외계생물은 어떤 모습일까? 생물학이 작동하는 방식을 우리가 이해한 대로 기본만 추려보자. 프리맷이 내린 거짓 결론을 거부한다면 그 대신 나는 뭐라고 쓸까? 우리가 눈을 가졌듯이 눈을 가진 생물. 킬른의 생명체는 지구의 척추동물이 진화시킨 카메라 눈과 그다지 다르지 않은 복잡한 광수용체를 지녔다. 지구의 두족류는 이 카메라 눈을 완전히 독자적으로 진화시켰다. 그리고 킬른에 닿는 **빛**은 근본적으로 지구에 닿는 빛과 같다.

그리고 그들에겐 손, 혹은 무거운 것을 들고 미세 조작이 가능한, 환경을 조작하는 수단이 있었을 것이다. 촉수, 집게, 부풀어 오르는 위족(僞足) 등. 붙잡을 수 있는 팔다리를 가진 킬른의 생물은 많이 봤다. 그들의 팔다리는 가장 유용한 자리에 걸리는 완전히 별개의 공생자인 경우가 많다. 생물은 사물을 당기고 밀고 잡는 등, 환경을 조작해야 한다. 그러므로, 좋다. 돌아다닐 수도 있어야 하니, 연체동물 같은 발을 가졌거나, 뱀처럼 몸을 비틀거나, 다리가 있을까? 이 모든 것을 킬른에서 발견할 수 있다. 그러니 두 다리는 왜 **안** 되겠는가? 두 팔은? 따지고 보면, 결국 오컴의 면도날이다. 다리 하나는 이상하고, 팔 하나는 지렛대처럼 쓸 수 없다. 다리 셋과 팔 셋에는 추가 자원이 필요하다. 그러므로 과학 자선주의에서 말하듯이 각기 두 개가 가장 효율적이다. 진화가 가장 효율적인 방법을 쓰지 않고 **적당히 좋은** 것을 고른 뒤 거기서부터 진전하는 사례는 죄다 모른 체한다. 견딜 수 없는 라스무센의 존재 곁에서, 나는 과학 정설을 향해 완전히 전향한다. 그렇다. 당연히 팔 둘, 다리 둘이다. 거기다 위에 머리를 다는 건 어떨까? 두 눈이 최적의 위치를 잡도록 하고, 그 아래 입을 붙여 무엇을 먹는지 보게 하자. 그러면 안 되는 이유가 천 가지는 되지만 동시에, **안 될 것도 없지 않은가?** 라스무센에게서 최대한 멀찍이 웅크린 채 과학적 지식을 총동원해서 킬른족을 그려내지만, 궁지에 몰린 내 상상력은 프리맷의 그림밖에 내놓지 못한다.

PART 2
평등

13.

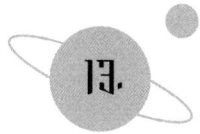

그들이 나를 거기서 꺼낼 무렵, 나는 '통치부의 광범위 과학 면제 자문 보고서'에 서명할 준비가 되어있다. 이틀도 채 되지 않았다. 하루만 더 나를 거기 두었다면, 나도 내 부산물을 벽에 칠하고 있었을 것이다. 공동체 미술 프로젝트라고 친다면, 일서 라스무센 같은 그 분야 일인자와 함께 작업할 수 있어서 영광 아니었을까? 왜냐하면, 내가 갇힌 비좁은 공간 덕에 그녀가 이해되기 시작했기 때문이다. 그녀의 말도 혐오스러운 글도 아닌, **그녀**를. 그녀의 모든 관절과 눈가의 곪은 살갗에서 흘러나오는 그녀의 언어를. 그녀가 움직이면, 언어가 아닌 쇳소리나 입술에서 이따금 흘러나와 고립되어 버리는 멀쩡한 문장과는 전혀 별개로, 그 움직임이 내게 말한다. 그녀가 지닌 '그것'의 본질이 기어와서 나의 '나'라는 본질이 된다. 그들이 나를 꺼내주자 나는 가련할 정도로 고마워한다. 그곳을 견딜 수 없어서가 아니라, **견딜만해지고** 있었기 때문에. 내게 조금씩 적응하는 구석이 생겼다. 아니, 적응 당한 구석이 생겼다. 내 머릿속 혹은 내장이나 폐에 생겨나서 침투 작업을 시작한 작은 친구들에게 적응했다. 나는 라스무센에게 감염되었다.

우리가 함께 지낸 마지막 몇 시간 동안 그녀는 사실상 조용해졌다. 나와 함께한 것이 그녀를 달랜 듯했다. 이제 내가 밖으로 나가자 그녀는 다시 흥분한다.

나는 평생 가장 철저한 오염 제거 과정을 겪는다. 아니, 두 번째로 철저한 과정이다. 나를 데리러 온 간수들은 머리부터 발끝까지 두꺼운 고무 같은 보호 장치를 착용하고 있어서, 코미디에 나온 통치부 돌격대원 같은 꼴이다. 그들은 나를 발가벗기더니 밀폐실에 넣고 가스를 죽어라 주입한다. 문자 그대로다. 지구 것과 외계 것 모두, 내장 속 내용물이 다 끝장나도록 직장을 통해 폭발성 내장 세척을 한다. 나는 토하고 구역질한다. 그들은 내게 살갗이 아프도록 혹독하게 스프레이를 뿌린다. 그리고 나는 고통을 겪는 와중에도 그것이 자비임을 알고 있다. 이제는 서서히 죽어가지 않아도 된다. 나는 사법 처벌을 받았고, 이제 이곳 노동수용소에서 중노동을 하면 된다. 따지고 보면, 적절한 일이다.

킬른성(Kiln-ness)이 내게 뿌리를 내리기 전에 잘라냈다. 내가 그 싹을 틔운 뒤 미쳐 날뛰다가 죽기 전에. 혹은 내가 미쳐 날뛰다가 라스무센처럼 넘치는 생명력으로 끓어오르며 **살기** 전에.

그다음 그들은 내게 깨끗한 작업복을—이런 호사라니, 눈물 날 것 같다—주고 수용소 전체가 볼 수 있는 곳으로 데려간다.

아, 이것은 나만을 위한 특혜가 아니다. 내가 주인공이 아니다. 나는 사람들 무리 속으로 밀려 들어간다. 하지만 내게는 이제 **표지**가 있다.

그제야 나는 사령관의 속셈을 깨닫는다. 그렇다. 사적인 배신에 복수하기 위해서 내 배를 제대로 후려치고 싶었던 그는 효율적인 사람이

기도 하다. 멀티태스킹이 가능한 사람이다. 나는 라스무센과 함께 갇힌 기간 동안 사람들에게 공개되지 않았다. 그곳은 관음자가 없는 둘만의 지옥이었다. 그래서 내가 무슨 일을 겪었는지 아무도 모른다. 그들에게 그것은 모두 특별 대우처럼 보인다. 다시 한번.

그리고 우리는 분명히 배신당했다. 저기 부루퉁한 이른바 불만분자 중 누군가가 그 짓을 저질렀다. 그래서 의심 가득한 모두의 눈이 곧바로 나, 사령관의 애완견에게 향한다. 클렘이 팀에 끌어들인 내가 모든 내용을 알게 된 뒤 누설했다고 생각한다. 나는 그 안에서 일무스를 찾으려고 하지만, 그토록 많은 사람들이 나를 쏘아보는 와중에 모두를 훑어보기는 어렵다. 그런 상황에서는 앞이 잘 안 보인다.

그렇다. 우리는 좀 더 공식적인 권력 행사를 보러 모였다. 나는 사령관이 날 갖고 노는 데 그쳤지만, 더 지독한 일을 당한 사람들도 있다.

놈들은 클렘을 완전히 노출시켰다. 클렘은 그 이틀간 본보기 탱크 속에서 킬른의 미생물 주사로 침습 감염된 채로 지냈다. 내가 숨을 참아 막아보려 했던 그 소극적 확산과는 매우 다른 처리였다. 지구의 미생물을 주사해도 예후는 좋지 않을 것이다. 킬른의 세균은 침투에서 박사학위를 받은 지구 미생물과 같으므로 그 주사제는 강한 의지를 갖고 작용했다. 클렘에게서 자라나는 것이 있다. 눈가, 한 손의 손톱 밑에서. 잘린 팔에서도 싹이 튼다. 그는 웃고, 고함을 지르고, 울부짖지만, 입에 접시처럼 생긴 것이 가득 자라서 소리는 크지 않다. 위에서 라스무센의 희미한 목소리가 그를 향해 울부짖어 끔찍하고 무의미한 대화가 된다. 클렘이 눈을 굴려 무리 속의 나를 발견한다. 그가 어떤 메시지를 밀어내려 하자, 입이 인간의 것과 달리 고무처럼 비틀어진다. 나는 내가 그런 게 아니라고 전달하려 한다. 내가 밀고한 것이 아니라고. 하지만 그건 **내가** 그러고 싶어 하는 것뿐이다. 그의 생각은 다르다. 그의 마음속 생각은.

간수들이 본보기 탱크에서 갠트리 아래 버팀대에 설치한 불투명한 방까지 얇은 플라스틱 복도를 설치해 두었다. 거기서 위의 두어 곳 지점으로 관이 연결되어 있는데, 그것과 노동 구역의 매립 장치를 연결하는 도선이 있을 것이다. 이곳 킬른에서는 지구의 분자 덩어리를 거의 낭비하지 않지만, 재사용할 수 없는 것에는 매우 분명한 운명을 정해두었다. 앞서 나를 데리고 간 간수들과 같은 튼튼한 보호복을 입은 간수들이 클렘을 데리고 나가더니, 우리 앞에서 곤봉으로 때려 정신을 잃게 한 뒤 그 플라스틱 벽 안에 끌어다 넣는다. 그다음 간수들이 나오고, 때가 되자 클렘도 나온다. 하지만 그는 주먹만 한 벽돌이 되어있다. 그 작은 방은 수용소의 소각 장치이고, 그들이 클렘을 거기 던지기 전 곤봉으로 쳐서 정신을 잃게 한 것은 자비로운 행동이었다. 그 방의 벽이 불투명한 것도 자비다. 안 그랬다면 우리는 인간의 살이 재로 변한 뒤 벽돌이 되어 묻히는 연금술적 과정을 지켜봤을 것이기 때문이다.

킬른의 장례는 그렇게 거행된다. 킬른이라는 이름이 붙여진 또 하나의 이유일 것이다.

아미에트와 몇 명은 옛날 방식으로 총살당하고, 시체는 매립 장치가 삼킨다. 따지고 보면, 그들은 깔끔하게 죽는 것이다. 깔끔하게 지구 식으로, 공동체 생명 순환 고리로 회귀한다. **공동체**, 라고 내 빌어먹을 마음이 말한다. **공유**가 아니라. 울고 싶지만, 오염 제거를 당하고 났더니 눈물샘이 막혔다.

목줄에서 벗어나 눈앞의 공포로부터 필사적으로 벗어나려는 내 정신은 그들 **모두** 감염 처분을 받지 않는 까닭을 의아하게 여긴다. 전부 탱크에 밀어 넣고 저마다 다른 미생물을 주사한 뒤 서로 교차 감염하는 모습을 지켜보면 될 텐데. 과학을 위해! 이 기괴한 세상의 온갖 저주받은 것들 중, 내 마음은 통치부가 주장하는 논리의 빈틈 **거기에** 집착한다. 총살은 일종의 자비다. 테롤런이 앞으로도 반란 시도를 좌절시키고 싶다면 강력한 도구를 쓸 수 있다. 따지고 보면 고대 제국들도 길가에 십자가를 늘어세우지 않았던가. 십자가는 하나만이 아니었다. 하지만 통치부가 잔혹성에 할당량을 부과했고 그 양을 초과하면 임금을 삭감하기라도 한다는 듯, 테롤런은 자제했다. 탱크에는 한 번에 한 명만. 그 한 명을 향해 높은 성에 갇힌 라스무센이 외치도록. 기이한 관용이 내 마음속에 홀씨처럼 들러붙는다. 마치 오염 제거 과정으로도 제거할 수 없었던 것처럼.

마지막 총성의 메아리가 사라진 뒤 그들은 시체 처리를 우리, 공모자들에게 넘긴다. 나는 아미에트의 양팔을 잡고, 패리디스 오코스터가 다리를 잡아 옮긴다. 코가 부러진 오코스터가 나를 노려본다. 소각기가 클렘에게 한 것처럼 나를 순간 소각시키려는 듯. 내 쪽에서 곧바로 부인한다면 마치 '등 뒤를 조심해!' 같은 부적절한 연극을 하는 느낌일 것이다. 게다가 어쨌든, 오코스터가 배신자였을 수도 있다. **누군가**는 배신했다. 항상 그렇다. 누군가가 우리를 배신했을 수 있다. 클렘의 반란은 내가 글을 통해 접했거나 멀찍이서 가담한 다른 모든 봉기와 같은 길을 걸었다. 누군가가 발설하고, 통치부에서 잡으러 오면, 모두 저마다의 방향으로 흩어진다. 그래서 우리는 진다. 통치부는 우리가 그 권위에 맞서 싸울 수 없다고 믿기를 원하고, 나는 그것을 믿지 않지만, 모든 물질적 증거는 통치부의 편임을 인정한다.

그들, 내 동지들이 모두 나를 노려본다. 그들은 소리 없이 나를 비난한다. 나는 모두의 시선을 피하면서 얼굴을 하나하나 각인한다. 그 중에 지나치게 항의하는 사람이 있으니까. 열에 들뜬 듯 머릿속이 어지럽지만, 누가 그런 짓을 했는지 골라내려고 노력한다. 하지만, 가망 없다. 목록에서 지울 수 있는 사람들은 매립 장치에 들어갔거나 바로 지금 소각 장치에서 나왔다. 게다가 통치부가 제 정보원을 처형해서 혼란을 초래할 수도 있다.

'캘렌이다.' 목스 캘렌. 클렘의 수하, 엔지니어. 그가 보이지 않는다. 그는 노동 구역으로 쫓겨나지 않았다. 하지만 행성의 이빨 속으로 걷어차기에 그의 가치가 너무 높기 때문일 수도 있다. 이 행성에 이빨이 있지도 않지만. 그렇다면, 먹잇감을 잡는 팔이나 끌어당기는 주둥이라고 할까. 변절자는 당연히 캘렌이라는 생각이 든다. 클렘은 그 수상쩍은 인간을 지나치게 믿고 일을 맡겼다. 변절자는 처음부터 변절자였을까? 클렘의 판단력이 그 정도는 아니었을 텐데.

소각과 총살, 시체의 환원 등, 모든 일을 마친 뒤 나와 그들 사이 공기에 상호 불신의 악취가 풍긴다. 간수들이 지켜본다. 그 순간 내가 집단 구타를 당하지 않는 이유는 간수들의 시선뿐일 것이다. 나는 라스무센의 집에서 이틀을 보냈다고 말하고 싶지만, 누가 듣고 믿어줄까? 사람들이 돌아가기 시작한다. 처음에는 모두 서성거리지만, 갠트리에서 몇 차례 고함 소리가 들리자 동작이 빨라진다. 여긴 노동수용소지 휴식 캠프가 아니다. 그리고 나는 이제 어디에 껴야 할지 알 수 없다. 발굴 지원 팀에서는 쫓겨났을 것이다. 사령관이 탐사 팀이라고 했지만, 모두가 새로운 임무에 배정되는 동안 나는 미친 여자가 던지는 똥을 맞고 있었으니까.

묵직한 손이 아직 얻어맞아 쓰라린 내 어깨를 누른다. 정확히는 모르겠지만, 폭동 진압 방패 사이에 올리브처럼 짓눌렸을 때나 사령관에게 끌려갈 때, 혹은 거기서 라스무센에게로 옮겨질 때, 혹은 거기서 보호복 입은 간수들에게 끌려 나올 때나 마지막으로 오염 제거 장치에서 끌어내질 때, 나는 구금이 끝날 때마다 주먹질 당하거나, 따귀를 맞거나, 발길에 걷어차였다. 멍이 서로 얽혀 쑤시고 얼얼한 합성 유기체를 형성한다. 나는 흠칫하며 누군지 돌아본다.

탐사 팀의 키브다. 애정 없는 눈초리로 나를 보는 그에게, 나는 내가 아니라고, 변절자가 아니라고 말하려고 하지만 단어가 입안에서 맴돌다 거품이 되어버린다. 그 뒤의 매립 장치가 아미에트 그레이즐과 나머지 사람들을 해체하느라 신이 나서 덜컥거린다.

하지만 키브는 분과 소속이 아니었고, 혁명과 무관하다. 더 나은 미래를 위해 싸우는 것은 그의 방식이 아니다. 그는 오직 현재에만 관심이 있다. 키브는 킬른에서 모두가, 특히 탐사 팀에 배치된 사람이 전부 죽어나가도 살아남을 사람이다. 나는 키브의 얼굴에서 애정이 전혀 보이지 않는 것이 고매한 정치 이념이나 충성심, 배신과는 무관함을 깨닫는다. 단지 내가 그의 삶을 더 힘들게 만들 골칫거리이기 때문이다. 아니, 그런 골칫거리 중 하나랄까.

폭도가 죄다 탐사 팀에 배정된 것은 아니다. 탐사 팀에는 그렇게 많은 인원이 필요 없다. 키브가 작업 조를 짜고 그의 동료들이 함께 일하는 동안, 나는 모종의 무작위 분류 작업이 있었음을 알게 된다. 우리는 탐사 팀으로 내몰린 반면, 나머지는 일반 노동 팀 밑바닥으로 들어갔다. 임의로 분류한 것 같다. 일무스는 혁명의 언저리에 있었지만,

이곳 키브의 팀에 나와 함께 있다. 패리디스 오코스터는 다른 탐사 조에 들어갔지만, 인력 팀을 이끌고 화물승강기를 타고 절반까지 올라갔던 알락시는 변소 청소만 하면 된다. 테롤런 같은 사람도 저지른 범죄에 적절한 처벌을 내리느라 쓰는 시간에 한계가 있는 모양이다. 나만이 특별한 처벌을 받았다. 내가 추방선에서 내린 지 얼마 안 되는, 이론적으로는 반란의 때가 묻지 않은 그의 새로운 총아였기 때문이다. 그래서 내 배신이 그토록 더 예리하게 그를 찔렀다.

그렇게 탐사 팀은 반란 이후 모두 새로운 인원을 얻었다. 기존 탐사 팀 상당수가 좀 더 안전한 곳으로 이동해도 될 정도의 수다. 사실상 우리는 나름대로 남을 위해 좋은 일을 한 셈이다. 혁명 만세. 내게 깃발이 있다면 키브의 부루퉁한 얼굴에 대고 흔들 것이다. 그랬다면 그는 그것을 내 엉덩이에 쑤셔 넣었을 테고.

자기소개 따위는 없다. 이미 알고 있는 사람이 아니면 일터에서 표지를 찾거나 볼트에 찍힌 글자를 훔쳐보면 된다. 물론, 안면 있는 사람도 있다. 저주받은 봉기의 전우들이 적대감을 대놓고 드러내며 나를 노려본다. '너였어?' 게다가 절반 이상이 답을 확신한다. 크로언은 우리 중에 없다. 그녀가 앞에서 사다리를 오르고 있다. 내 침묵이 그녀에게 생각보다 더 큰 도움이 된 모양이다. 그녀의 조는 갈가리 찢어졌지만, 그녀는 여전히 발굴 지원 팀의 팀장이다. 내가 그녀의 경력을 망치지 않은 것이 비참하게도 다행이다 싶다.

키브가 우리를 본다. 그의 팀원, 그에게 남은 인원이 그 뒤에 서서 혐오스러운 시선으로 우리 실패한 혁명가를 노려본다. 나는 그때 이해한 것 같다. 키브는 어려운 일을 하러 위험한 곳에 투입된다. 그는 최대한 무사히 복귀할 가능성이 가장 많은 사람들을 모아서 팀을 짰다.

이제 그 팀이 박살 나고 아무것도 모르는 우리 얼간이들이 그에게 맡겨졌다. 우리는 실수를 저지를 수밖에 없고, 킬른의 야생에서 실수는 곧 죽음이다. 키브의 표정은 그런 뜻이고, 내 짐작이 모든 면에서 옳았지만 틀린 점도 있다. 나는 사령관의 악의를 계산하지 않았고, 키브와 그의 팀원이 우리를 미워할 이유는 하나 더 있다. 그것을 금방 알게 될 것이다.

"들어와." 키브가 곧 말한다. "큰 소리로 말 안 한다." 목청을 쓰는 것조차 그 밖에서는 결정타가 되어 그를 쓰러뜨릴 것이라는 양. 키브는 한 마디도 덧붙이지 않고 돌아서서 노동 구역으로 저벅저벅 걸어 들어간다. 그의 팀원이 뒤따라 들어가자, 두들겨 맞아 멍든 채 슬퍼하는 신참들이 주눅 든 표정으로 그 뒤를 따른다. 문득 나는 그것, 궁극의 고립을 견딜 수 없다. 단절되고 외로워서, 내가 떠나올 때 라스무센이 울부짖은 것처럼 나도 마음을 연결할 대상을 찾아 울부짖을 수 있을 것 같다.

일무스의 팔을 당긴다. 그네가 내 따귀를 때릴 것 같아도 끈덕지게 붙잡는다. 간수들이 다가와 그날 밤 이후 쏟아진 폭력을 또 한 차례 더할 수도 있건만 나는 그네를 거기 붙잡아 둔다.

"난 클렘을 배신하지 않았어." 내가 겨우 말한다. 그네의 생각을 읽느라 얼굴을 살피며.

일무스 이트린은 내면으로 너무 깊이 파고들어 어떤 생각도 표면에 드러내지 못하는 것처럼 멍한 얼굴이다. 내가 붙잡은 그네의 팔은 차갑고 힘이 없다. 영양실조로 여윈 팔에서 거부도, 환영도 느껴지지 않는다. 죽은 듯이.

"난 아니야. 하지만 누군가는 했어. 날 희생양으로 삼으려고 분리시킨 거야. 일무스, 제발." 그네의 굳은 얼굴에 내 말이 튀어 나간다. 나는 움직임을 인지한다. 우리 둘만 남았고, 간수들이 그걸 알아차렸다. 나는 늘 다른 사람을 힘들게 하고 있다.

일무스가 전기에 감전된 듯 온몸을 움찔한다. 그네의 얼굴이 통제불능으로 떨린다. 잠시 나는 용서를 받았거나, 그네가 내 잘못이라고 결론을 내려 이 자리에서 이혼하는 부부나 실력이 부족한 권투선수처럼 결판을 낼 것이라고 생각한다. 하지만 그네는 내 손을 떼어내더니 노동 구역 안으로 피한다. 그러면서 뒤를 돌아본다. 지구에 있을 때부터 오랜 인연에서 생겨난 관계가 아직은 조금 남아있다. 그래서 나는 좋은 쪽으로든 나쁜 쪽으로든, 제대로 결판 내지 못한다. 간수들이 다가오기에, 또 얻어맞기 전에 나도 일무스를 따라 허둥지둥 달려간다.

내가 도착하자 키브가 냉랭히 노려본다. "교수가 함께하다니 영광이군." 그가 말한다. 마지막으로 도착함으로써 나는 또 한 번 눈에 띄지만, 그 순간 누가 상관하랴? 나는 그저 어깨를 움츠리고 바닥을 내려다보며 지금은 재기 넘치고 지적인 말장난을 할 때가 아니라고 정확하게 판단한다. 키브가 총살 집행을 받기 위해 선 사람처럼 어깨를 펴고 입을 여는데, 간수들이 들어온다.

그때 내 감정은 롤러코스터를 탄 듯하다. 그들이 나를 재촉하기에 서둘러 들어왔는데, 결국 때리려고 찾아온 것을 보고 절망과 두려움을 느낀다. 간수들이 때리고 싶은 것이거나, 테롤런 사령관이 사기가 진작될 때까지 하루 세 번씩 구타를 처방했기 때문이거나. 하지만 그때 희망이 솟아난다. 그렇다. 진짜 희망이다. 거기, 과학 팀의 공동 팀장 니멜 프리맷이 양쪽에 호위를 끼고 서있기 때문이다. 문득 행복감에 휩싸이며 나는 깨닫는다. 나는 용서받았다. 발굴 지원 팀으로 돌아간다. 그들에게는 나만의 과학적 통찰이 꼭 필요하다. 모든 것이 사령관의 잔인한 장난이었다. 그들은 나를 쓰레기처럼 내버릴 수 없다.

간수들이 프리맷을 끌고 들어오더니 우리 사이에 버린다. 그리고 뒤돌아서서 나간다. 그렇다. 그녀와 나는 다시 대등한 위치가 되지만 내가 올라간 것이 아니다. 내가 또 남을 끌고 내려온 것이다.

14.

처음에는 프리맷을 어떻게 해야 할지 아무도 모른다. 그때만큼은 나도 어리둥절하다. 내가 여기 온 것이야 아주 당연하지만, 그녀가 온 까닭은 이해할 수 없다. 니멜 프리맷은 파도에 밀려온 나뭇조각처럼 간수에게 밀려 들어와 거기 놓였다. 아무도 보지 않고, 한 손은 다른 쪽 팔꿈치를, 다른 손으로는 지팡이 머리를 쥐고서 기우뚱하게 서있다. 키브는 지시를 기다리며 그저 서있다. 그의 가련한 탐사 팀에 과학 팀이 그 무슨 특별 프로젝트로 똥을 투척하려는지. 하지만 프리맷은 거기 서있을 뿐이다. 침묵이 비닐 랩처럼 주욱 늘어나 변형되고 얇아지다가 결국 끊어진다. 키브와 우리 모두는 마침내, 사령관이 이곳 외계에서 불가침의 계급 경계를 파기했음을 알게 된다. 그가 저 위 갠트리에서 프리맷을 뽑아내어 그 아래 바닥으로 내동댕이쳤다.

키브가 우리와 함께 있는 프리맷과 투명한 담을 통해 보이는 간수들, 사령관이 있는 상부 갠트리를 번갈아 흘끔거린다. 그가 입술을 핥는다. 그는 마치 당장이라도 앞머리를 정리하고 어디선가 모자를 만들어 낸 다음 들어 올리며 꾸벅 절을 하거나 아니면 손에 꼭 쥐고 어쩔 줄 몰라 할 것 같다. 공장 사장의 딸을 만난 직원처럼.

"그렇군." 키브가 말한다.

노동 구역 이쪽에 모인 사람들은 세 부류로 나뉜다. 키브 곁에는 열 명이 모여있다. 실패한 혁명가들이 유입된 뒤에도 덜 위험한 일로 옮겨가지 못한 불운한 기존 팀원이다. 그들은 우리를 괴물 보듯 빤히 보는데, 그 시선에서 느껴지는 증오심은 신참을 가르치는 데 드는 수고에 비해 지나치게 커 보인다. 키브가 곧 설명하듯이 그것이 진짜 문제가 아니기 때문이다.

나는 키브의 탐사 팀에 들어가라고 선고 받은 실패한 혁명가 다섯 중 하나다. 다른 곳에 배치된 이들도 똑같이 험난한 소개 시간을 겪겠지만—사실 그 순간에도 노동 구역의 반대편 구석에 오코스터가 들어간 팀이 보인다—키브의 문제는 우리 다섯이다. 물론, 아는 사람 하나 없이 혼자 뚝 떨어져서 서있는 프리맷도 있다.

키브가 내가 침대로도 식탁으로도 쓰지 못한 가장 가까운 테이블 하나를 손바닥으로 내리친다. 노동 구역의 실용적 삶을 보여주는 그 조립식 가구를.

"모두 잘 듣는다." 키브가 말한다. 머리가 희끗희끗하고, 어깨는 딱 벌어지고, 혹시라도 있었을지 모르는 유머 감각마저 숱한 세월 생존을 거치는 동안 말라붙어 버린, 1611 버테지오 키브. 여기서 처음 그가 내게 다가왔을 때 나는 그를 공장에서 오래 일한 감독 유형으로 파악했다. 일 처리에 능숙하지만 대체로 은퇴 후를 생각하는 관리자. 다만 키브는 은퇴할 기회를 얻지 못할 뿐. 탁월한 봉사의 세월이 그에게 가져다주는 것은 죽음뿐이고, 이 행성이 가하는 타격에 대처하는 능력은 날이 갈수록 줄어든다. 늙은 포주나 극단 단장에게나 어울릴 법한 그의 이름은 나중에야 알게 된다. 그의 사연이 무엇인지 궁금해졌다. **무슨** 짓인가 해서 이곳으로 추방되었을 테니까. 하지만 수용소에서 그는 이론적으로든 실질적으로든 반체제 인사가 아니며, 정확히 어떤 비행을 저질러야 추방선에 타게 되는지 나는 잘 모른다. 그제야 나는 키브를 재평가하며 그가 구체적으로 어떤 죄를 저질렀을지 가늠해 본다. 폭력? 사기? 절도? 방화?

물론, 그런 것은 상관없다. 지금 내 새로운 상관이 된 키브는 우리가 지껄이는 헛소리를 전혀 듣지 않는다. 그는 기존 팀원을 데리고서 우리, 혁명에 가담하긴 했지만 총살당할 정도로 제대로 하지는 못한 혁명가를 내려다본다. 우리는 어쩔 줄 모르고 우왕좌왕하면서 그에게 맞선다. 그 순간, 일무스와 나머지 사람들이 나를 어떤 식으로 의심하는지는 몰라도, 나는 그들과 하나가 되어 키브의 경멸 어린 시선 쪽으로 이끌려 들어간다.

"우리가 너희 때문에 얼마나 망했는지 모르겠지." 키브가 우리 모두에게 말한다. "우리 포함 탐사 팀 전체가."

나는 절대 입을 열지 않는다. 그 순간 아턴 다데브의 재기 넘치는 조언을 듣고 싶은 사람은 아무도 없다. 하지만 내 동지 한 사람, 부스라는 남자는 분위기 파악을 못 한다. 분과에서 본 기억이 어렴풋이 난다. 클렘의 기술 팀원으로서, 스스로가 가치 있고 숙련되었다는 환상에 그 순간 입을 열 자신감이 생긴 모양이다.

"우리가 와서 반가울 줄 알았는데." 그가 키브의 면전에 침을 뱉는다. "불행을 함께 나눌 상대가 있으면 좋지 않아? 우리가 여기 수준으로 내려왔는데 우리가 더 손해지. 당신들에게 손해 될 게 있어?"

키브는 철학자처럼 고개를 끄덕이며, 심지어 슬며시 웃기도 한다. 토론에 훌륭하고 가치 있는 의견을 보탠 부스를 인정한다는 듯이. 그리고 그렇게 고개를 끄덕이고 미소 짓는 사이에 부스의 얼굴을 가격한다. 엇박자로 시작하는 노래처럼 충격적이다. 그다음 그들 모두가 우리에게 달려들더니 그 자리에 가만히 서있는 사람을 닥치는 대로 팬다. 우리는 다섯, 그들은 열하나다. 부스가 가장 많이 당한다. 반사적으로 그를 도우러 달려가는 동료 둘은 쓰러지거나 식탁에 고꾸라진다. 나는 갈비뼈를 한 대 세게 맞는데, 거길 때린 주먹이 동료를 찾고 싶은지 이전에 맞아서 멍이 잔뜩 든 곳을 정확히 찾아간다. 그 후로 나는 방어 자세로 어깨와 팔꿈치를 이용해서 얼굴과 내장, 사타구니를 최대한 보호한다. 도망치고 잡히는 과정은, 맞서 싸울 입장이 아닐 때 어떻게 해야 하는지 많은 경험을 선사한다. 가치 있는 기술이다. 내가 다시 대학으로 돌아간다면 그 기술을 가르치는 강의를 열 것이다.

키브의 팀원들은 사실 우리를 두들겨 패는 데 관심이 있는 게 아니라 그저 짜증을 풀려는 것뿐이다. 그때 문득 프리맷이 충격을 받고 비명을 지르며 쓰러진다. 그녀는 노동 구역 벽에 기대어 서서 긴장증 발작을 일으킨 것처럼 멍한 표정을 짓고 있었다. 범접하지 못할 갠트리층의 냄새를 풍기면서. 그런데 누군가가 조금 힘차게 달려가다가 그녀를 밀쳤고, 그녀는 바로 쓰러졌다. 그 탓에 양손과 한쪽 무릎이 땅에 닿은 채, 한쪽 다리가 아파 보이는 각도로 꺾인다. 당연히 의족이지만, 꺾인 부분은 진짜 다리다. 나는 달려가서 돕고 싶어 움찔하다가 꾹 참는다. 나는 이미 반짝이는 글자로 '부역자'라고 쓰고 화살표가 붙은 간판 아래 서있다. 거기다 죄목을 더하지 말자고 결심한다. 프리맷이 어색하게 일어서는 모습을 가만히 보기만 하는 나 자신이 자랑스럽지는 않다. 키브가 프리맷의 다리를 살피더니 그의 팀이 현장에서 방해받을 일이 하나 더 생겼음을 깨닫는다.

어쨌든, 그 일로 인해 즉흥 구타 파티는 끝난다. 우리는 다시 각자의 무리로 나뉜다. 키브의 팀, 우리 신입들, 프리맷. 투명 벽을 통해 구경하면서 참견하려던 간수들은 흥미를 잃고 떠난다.

"이 **새끼들아.**" 키브가 우리에게 외친다. "저들이 가스실 시계를 **다시 맞췄다.**" 키브가 노려본다. 우리는 다 같이 멍한 표정을 짓고 있다. 탐사 일이 처음이라서, 얼마나 긴장되는 환경에서 일하는지 모르기 때문이다. "**너희**를 벌주려고." 키브가 조금 더 침착하게 설명한다. "너희 빌어먹을 **요나** 같은 놈들 때문에 우리가 죽었을 수도 있어. 그러니 '영광스러운 저항의 필요성'이니 '대의'니 하는 소리를 입에 올리기만 해봐라. 오지에다 두고 올 테니."

그 말을 듣고 그가 어떤 사람이며 어느 시대에 속하는지 깨닫는다. '영광스러운 저항의 필요성.' 버테지오 키브를 완전히 다시 보게 됐다. 그것은 양아버지가 어린 나를 분과 회의에 처음 데려가던 시절에 유행했던 말이다. 키브도 과거에는 대의의 언저리에나마 속했던 사람이고, 그 과거는 상당히 오래전이다. 그가 무슨 일을 했는지, 이곳으로 추방당하기 전 어디에 있었는지 궁금하다. 딱딱하게 굳은, 무표정한 얼굴 뒤에 어떤 저항과 패배가 자리 잡고 있는지. 환멸을 겪은 혁명가는 위험한 존재다. 결코 터지지 않을 수도, 저절로 터질 수도 있는 오래된 폭탄을 숨긴 곳처럼.

그가 무슨 말을 하는지 나는 잘 모르겠다. 가스실, 시계. 우리가 위에서 떨어져 내려와 그의 삶을 어떻게 망가뜨렸다는 것일까. 탐사 팀만 아는 말이 분명하고, 곧 우리도 겪게 될 일이다. 하지만 그때 그들

편에서는 아무도 설명해 주지 않고, 우리 편에도 공연히 질문하다가 얼굴을 얻어맞고 싶은 사람은 없다.

그 자리에 서있던 키브에게서 무엇인가 사라진다. 분노다. 분노를 마음에 담고 앙심을 활활 불사르는 사람이라면 그는 오래전에 죽었을 것이다. 그를 채웠던 분노는 솔기 틈으로 흘러나가 사라지고, 오로지 살아남겠다는 결의만 남은 지친 표정의 남자가 서있다. 내 안의 지성인 혁명가의 시각에서 볼 때 분명 그것만으로는 부족하다. 언젠가는 죽을 수밖에 없는 곳에서, 한 번에 하루를 더 살아내는 것이 무슨 승리란 말인가? 다만 지성인인 나도 여기 보내졌고, 나 역시 하루 더 살고 싶을 뿐. 어제 나는 사령관을 타도하고, 사람들을 해방시키고, 우주선을 타고 지구로 가고 싶었다. 오늘 나는 내일까지 살아남는 것에 만족할 것이다. 내일의 일은 내일이 알아서 할 수 있으니까. 나는 재빠르게 버테지오 키브의 철학으로 전향한다.

"그럼, 좋아." 키브가 말한다. "방호복을 입어라. 오늘은 새로운 곳에서 시작한다." 그의 팀원에게서 앓는 소리 한 마디 나오지 않는다. 그들에게는 이것이 일상이다. 다만 우리에게 가르쳐야 할 뿐.

건물 구내는 대형 슬라이딩도어를 통해 비행체 플랫폼과 연결된다. 간수들이 이곳으로 들어와 우리의 반란을 와해시켰다. 숙사에 갇혀있을 줄 알았던 간수들이. 이곳에는 탐사 팀이 이용하는 비행체도 있다. 사라진 킬른족이 노동수용소가 장차 설 곳에서부터 편리한 도보 거리 안에는 건물을 세우지 않았기 때문이다.

우리는 현장학습 중에 킬른의 적대적인 환경에서 우리를 보호해 줄 방호복을 받는다. 보통의 방호복이 우주선이라면, 그 옷은 추방선이나 마찬가지다. 겉은 종이로 되어있다. 마스크와 필터가 달린, 저렴하게 프린트한 모자도 붙어있다. 키브의 팀원이 마지못해, 그것을 착용하는 법과 머리 쪽 시스템을 가동하는 법을 알려준다. 아직은 가동시키지 말라고 한다. 그 장치에는 수명이 있어서 실제 현장에서 노출될 때 가동시켜야 하기 때문이다. 어디에 노출된다는 걸까? 킬른의 모든 것에. "자유롭게 숨쉬기를 갈망하는 너희 지치고 가련한 군중이 내게 온다면, 그들의 생명 작용에 침투할 방법을 찾아내어 내 것으로 만들겠다"는 몹시 기회주의적인 생물권 말이다.

그 비행체는 적어도 일회용은 아니지만, 엉성하게 프린트한 부품으로 만든 것은 마찬가지다. 테세우스가 와도 알아보지 못할 정도로 여기저기 교체한 비행체('테세우스의 배'란 대상의 원래 요소가 모두 교체된 뒤에도 그 대상은 여전히 동일한 것인지에 대한 사고실험을 가리킨다—옮긴이). 이 설계 혹은 각 부분에서 사고를 일으킬 지점이 하나씩 눈에 띈다. 접합선에 맞지 않는 부품, 주형 선, 제자리를 벗어나 튀어나오고 변색된 탕구(sprue). 그 무엇도 기술적인 면에서 확신을 주지 않는 기계다. 모조리 공장으로 돌려보내고, 설계자는 총살시키고 싶다. 하지만 나는 공장에 있고, 설계자는 분명 지구의 편안한 사무실에 앉아있다가 수십 년 전에 은퇴했을 것이다. 그 끔찍한 기계를 타고 여행할 일이 없으리란 사실에 안도감을 느끼며.

기계에는 회전식 덮개가 있는데, 거기 달린 그물망은 그 덮개에 걸리고 싶어 안달이 난 듯 보인다. 꼭대기에는 뚜껑 달린 일인용 좌석처럼 움푹 들어간 곳이 있고, 안정성을 부여한다기에는 참 우스운, 긴 꼬리가 달려있다. 전체적으로 잠자리와 뒤집힌 헬리콥터 중간쯤 되는 모양새다.

일단 하늘로 올라가자, 그 기계는 아이 비명 소리를 낸다. 우리의 방호복에는 이렇다 할 귀 보호 장치가 없다. 그 비명의 크기가 그 어떤 통계분석보다 더 정확히 킬른의 대기 플랑크톤 밀도를 알려준다. 수천 개의 작은 생물이 회전자에 빨려 들어가 동강 나며 내는 소리이기 때문이다.

조종을 맡은 키브는 유일하게 제대로 된 좌석에 앉았다. 나머지 우리는 방호구와 얽힌 채 양동이 속에 들어와 있다. 이 비행체가 추락하거나 심각한 난기류를 겪는다면, 여기서 떨어져 질질 끌려간 탐사 팀원의 흔적이 노동수용소까지 이어질 것이다. 나는 부스와 프리맷 사이에 껴있다. 흔들리는 치아를 만져보는 부스는 한쪽 눈이 이미 퉁퉁 부은 채 감겨있다. 내게 새로 생긴 멍은 나머지 부분에 비하면 장식에 불과하다. 반면, 프리맷은 멀쩡하다. 실은 그렇지 않다는 것만 빼면. 그녀는 얻어맞지는 않았지만 전혀 멀쩡하지 않다. 그녀는 간수들에게 끌려온 후로 단 한 번도 입을 열거나 다른 사람과 눈을 맞추지 않았다. 나락에 떨어진 자신의 처지에 아직 충격 상태임이 틀림없다.

키브의 팀원은 그다지 적극적으로 자기소개를 하지 않았고, 상대의 쇄골에 박힌 볼트에서 이름을 찾아보는 일은 어색하다. 나는 아는 사람들, 공모자이기에 잠재적 동맹으로 분류되는 사람들을 찬찬히 살핀다. 그들 모두 실패한 쿠데타에서 내가 무슨 역할을 했는지 의심하며 하루를 시작했지만, 키브의 폭행 덕분에 우리는 모두 한편이 됐다. 나라는 네모난 못이 우리 모두가 빠진 둥근 구멍에 제대로 잘 박힌 셈이다. 여기에는 때린 녀석, 맞은 녀석, 부스가 있고, 발굴 지원 팀이었던 일무스 이트린이 있다. 얼굴에 흉터가 있는 뚱뚱한 남자 쇼어와 프리스라는 작은 체구의 여자가 있다. 둘 다 일반 노동 팀이었고, 클렘의 혁명 분과 소속이었다. 그리고 물론, 귀족 계급이었는지라 분과와도, 분과의 실패한 시도와도 무관한 프리맷이 있다. 나는 그녀가 왜 여기 왔는지 모르겠다고 내심 중얼거린다. 하지만 알고 있다. 그저 인정하기 싫을 뿐이다. 지금은 생각할 일이 너무 많기 때문이다. 클렘의 죽음, 아미에트와 다른 이들의 죽음이 내 마음에 낸 상처가 아직 쓰라리다는 사실. 사령관이 내 이름에 흠집을 내려고 기를 쓴다는 사실. 수용소의 수상쩍은 안전함에서 벗어나 킬른의 내륙지역이라는 확실한 위험을 향해 가는 비행체에 갇혀있다는 사실. 그 상황에서 프리맷의 존재와 그와 관련된 내 몫의 책임은 당장은 도저히 인정할 수 없는 문제다.

게다가 어쨌든 밑에 달린 로터의 무시무시할 만큼 고통스러운 소리 탓에, 누구를 상대로든 대화가 곤란하다. 프리맷도 대화할 준비가 안 된 듯하다. 그녀는 내게 눈길조차 주지 않는다. 대신, 일무스가 나와 부스 사이로 옮겨와서 앉는다. 그 움직임만으로도 비행체가 무섭게 흔들거린다. 우리와 키브의 기존 팀원 사이에서 싸움이 시작되었을 때 일무스는 배를 가격당한 뒤 빠르게 쓰러졌다. 그런 일방적인 싸움도 '싸움'이라고 부를 수 있다면 말이지만. 내 경험상 빠르게 쓰러지는 전략에는 위험부담이 있다. 분위기가 조금 고조된 상태일 때 항복을 표시하면 그들은 내버려 둘 것이다. 싸움, 혹은 행여나 진짜 전투에서 쓰러졌다가는 짓밟히게 된다. 하지만 일무스의 선택은 옳았다. 키브와 탐사 팀은 우리가 얼마나 보잘것없는 처지인지 알려주는 데 만족했다.

일무스는 나와 프리맷 사이가 안 좋아졌으니 내 다음 연인 후보라도 된 양 내 뺨에다 뜨거운 숨을 내뿜으며 입을 내 귀에 바짝 갖다 댄다. 그렇다고 프리맷과의 짧은 만남을 연애로 분류할 수 있다는 말은 아니다. 일무스가 아무도 보지 못하도록 세심한 위치에서 손을 뻗어 내 멱살을 쥔다. 키브가 방향을 바꾸자 비행체가 흔들리고, 잠시 바깥 하늘이 갈색 스모그에 가려진다. 비행체 지붕은 보호라는 말과는 거리가 멀다. 두어 개의 지지대 위에 얇은 비닐을 덮은 것이 전부다. 가장자리에 고정하도록 되어있었지만, 고정 장치 세 개가 이미 빠져서 달아났다. 우리 모두 킬른의 공기를 들이마신다. 나는 공기 중의 미소(微少) 생물과 그것을 잡아먹는 생물을 수없이 알고 있다. 키브는 그 생물이 가장 밀집한 곳을 알려주는 위성 지도를 갖고서 그것 때문에 로터가 방해받아 추락하지 않도록 피해 가는 일을 맡고 있다. 키브가 고도를 높인다. 수프 같은 지면 근처에 생물이 가득하기 때문이다. 이제 생물이 와글거리는 아래쪽이 제대로 보인다. 비행체가 기울어지고, 일무스가 나를 가장자리로 밀어붙이기 때문이다. 밖에서 보면 몹시 다정한 모습이지만, 나는 그네의 근육이 긴장한 것을 느낀다. 그네는 나를 밖으로 내던져 대기 하층부의 생물들과 만나게 할 작정이다. 킬른은 결국 모두 죽이지만, 종단속도로 충돌하면 훨씬 더 빨리 죽을 수 있다.

"난 아니야." 내가 숨죽이고 말한다. 그네가 내 말을 들을 수 없으니 표정으로 전달하려 해보지만, 평생 경계 가득한 표정을 지어온 탓에 쉽지 않다.

"말해봐." 그네가 내 귀에 대고 식식거린다. "네가 우릴 넘겼지." 그네는 나보다 이곳에 1년 더 있었다. 사령관이 처형한 모든 이들과 완전히 가까워지기에 충분한 시간이다. 그들의 죽음이 두려운 것만 아니라, 그들의 부재를 감당하기가 쉽지 않다. 나는 거기 비하면 여행객이다. 나도 이 대화를 원했지만, 로터의 소음 속에서는 아니다. 나는 그네를 노려보고, 어디 한번 해보라고 덤비며 멱살을 맞잡을 각오를 한다. 결국 그네는 그럴 용기가 없다. 나는 돌아가면 크로언에게 물어보라고, 만찬 때 절호의 기회가 있었지만 나는 신념을 저버리지 않았다고 말하고 싶다. 또한, 테롤런에게 정보를 준 자는 클렘이 나보다 훨씬 더 신임한 자일 거라고 말하고 싶다. 나보다 그 계획에 훨씬 더 오랫동안 가담했을 거라고. 일무스는 악의에 가득 차 으르렁거리며 내게 이를 드러낸다. 나보다 그네 자신과 싸우고 있다. 그네의 눈물은 무엇이든 의미할 수 있다. 나는 그저 보기만 한다. 그 소음 속에서 외치고 싶은 말은 없다. 내 결백을 주장하기 위해 윙크도, 악수도 하고 싶지 않다. 나는 그저 일무스가 나보다 앞서 이곳으로 추방되기 전부터 알고 있던 표정을 짓는다. 그때 내가 그네를 배신했을 수도 있다. 지금도 모두를 배신했을 수 있다. 하지만 그러지 않았다.

키브가 비행체를 돌려 수평으로 복귀하는 사이, 일무스도 함께 살아가야 할 상대에 대한 마음을 바꾸고 균형을 잡는다. 나는 일무스를 안다. 그네는 친밀함의 다양한 단계를 탐색하기를 좋아하지 않았다. 그네는 친구 아니면 적이었지, 친한 척 등을 두드리다가 뒤에서 불평하는 일은 없었다. 그래서 일무스는 내가 누군지 선택해야 하지만, 정답은 없다. 나는 나를 놓고 갈등하는 그네를 지켜본다. 내가 배신하는 개새끼라면, 나를 믿는 순간 또 당할 수 있다는 것을 그네는 알고 있다.

나는 내 작업복을 거머쥔 그네의 손을 잡고, 그네가 무너지는 모습을 지켜본다. 그네는 의혹을 털어내고 내가 친구라고 결론짓는다. 그 모든 것이 기막힌 연기가 아니라면. 애초에 일무스가 배신자가 아니라면. 나는 그렇게 생각하고 싶지 않지만, 내 마음은 이따금 온갖 상충되는 가정이 들어가서 비틀리기도 한다.

그리고 곧, 우리는 하강을 시작한다.

15.

우리는 요동치며 단계별로 하강해서 아래쪽 대기의 더 빽빽한 층을 뚫고 지나간다. 숲이 뿜어내는 호기 속에 미생물 무리가 검은 연기처럼 넓게 깔려서 떠다닌다. 들망을 든 각다귀처럼 그 미생물을 잡아먹고 빽빽한 공기를 사등분하는 생물도 같이 있다. 혹은 비닐봉투와 셀로판지로 만든 고래처럼 넓게 퍼진 미생물 무리가 공중의 수프 속을 허우적거린다. 그때 비행체가 **그것**과 부딪치면 우리는 기술적 문제를 겪게 될 것이다. 킬른의 공기 고래도 문제를 겪을 것이다. 그것이 협동하는 부분들의 집합체일 수도 있지만, 우리 로터에 찢기는 것은 반기지 않을 테니까. 로터 덮개 또한 찢기는 건 반기지 않을 것이다. 외계생명체와 인류의 접촉을 한 마디로 표현하면 '총체적 손실'이다. 아마 앞으로 내 인생의 표어도 마찬가지일 것이다.

이 일은 괴롭고 불편하며 위험할 것이다. 나는 아마 살아남지 못할 것이다. 하지만 그런 상황에서도 마음 한구석에 실낱같은 흥분이 자리 잡는다. 정확히 말하면, 이런 상황에서 외계의 야생에 나가 자연환경 속에서 내 연구 대상을 직접 **보겠다**고 한 적은 없지만, 이것은 내가 얻을 수 있는 최고의 기회다. 나는 이 기회를 잡을 생각이다. 다만, 그때 프리맷이 눈에 들어온다. 과거에 이 일을 하다가 다리 하나를 기부한 사람. 그녀는 몹시 비참해 보일 뿐, 과학자로서 기대하는 표정은 아니다.

키브의 숙련된 탐사 팀은 모자를 쓰고 필터 마스크를 장착한 뒤 서로 확인해 준다. 우리 신참도 그들을 따라서 고정 장치를 잠그느라 바쁘다. 내 옆의 부스는 종이 방호복을 잠그려다가 찢고 만다. 싸구려 프린트 재료의 보이지 않는 솔기가 벌어지자 그는 짜증이 나서 운다. 나는 최선을 다해 그를 돕지만 상황은 악화될 뿐이다. 숙련자들이 무표정하게 지켜본다. 아마 누군가는 내기에서 이겼을 것이다.

아, 계산을 한번 해봤다. 킬른 수용소의 노동자가 작업을 시작한 지 약 70년이 되었다. 나는 2275 다데브이고, 노동 구역에는 약 삼백 명이 있다. 그렇다면 70년간 이천 명이 죽었다는 뜻이다. 일주일에 노동자 4분의 3명이 죽는 셈이다. 내심, 상당히 미묘한 숫자라는 느낌이 든다. 그 정도 사망률이면 사람들이 거기 포함되지 않기 위해 겁을 먹고 시키는 대로 할 것이다. 하지만 사람들이 모든 희망을 잃고, 더 잃을 것이 없어서 총을 들고 나서는 무모한 짓을 벌일 만큼은 아니다. 그리고 내부 징계로 죽은 사람도 있지만, 사망자 대부분은 탐사 팀이었을 것이다. 사실 일주일간 아무도 죽지 않은 경우는 탐사 팀이 새로운 지역에서 일을 시작하지 않아서일 확률이 높다. 그리고 사람들의 죽음이 시계처럼 꾸준히 똑딱똑딱 이어진 것이 아니라, 한동안 조용하다가 갑자기 우라늄을 감지한 가이거 계수기처럼 타타타타 일어났을 가능성이 높다. 킬른이 이빨을 드러낼 때면 그 아가리가 정말 크기 때문이다.

하지만 지금 문제는 부스다. 우리는 접착제를 이용해서 찢어진 방호복을 수리한다. 키브의 부관으로 보이는 그릴리라는 여자가 결국 나서서 방법을 알려준다. 하지만 그녀의 표정을 보면 그 수리 방법에도, 우리에게도 믿음은 없는 듯하다. 분명 우리는 돌아서서 귀환해야 할 것이다. 테이프와 접착제를 아무리 붙여도 부스의 방호복은 이미 손상되었다. 다만 이미 밝힌 바 있듯이, 이 방호복은 원래 밀폐성이 좋지 않다. 이것은 우리 인체의 절대적 존엄성을 유지하기 위한 물건이 아니다. 공격을 딱 적당한 정도로 늦추어 주고 적절한 접촉 수준을 유지하기 위한 물건이다. 허용 한도 내 폐기를 기억하라.

이 길고 복잡한 과정을 거치는 동안 키브는 비행체를 이리저리 흔들더니 결국 공중에 가만히 떠있다.

"그릴리." 키브가 어깨 너머로 내뱉듯이 말한다. "투척 팀을 꾸려. 공간 좀 터주게."

그릴리는 암산을 한다. 나중에 써먹을 요량으로 지금 신참을 포함시킨다면 효율이 얼마나 떨어질까? 부스는 밖에 나가는 순간 죽어 쓰러질 것을 확신하고 여전히 흐느끼고 있다. 그릴리는 그 대신 내 가슴을 툭 치더니 내 옆의 프리맷에게도 신호를 하고, 도와줄 필요가 없는 기존 팀원 세 명을 더 부른다.

"뭘 투척하는데?" 내가 집중하고 있었다는 사실을 증명하기 위해 묻는다.

"화염." 그릴리가 무표정하게 말한다.

"설마." 우리는 인간이 닿은 적 없는 소중한 외계 생태계로 나선다. 다시는 얻지 못할 연구 기회를 불사르다니. "하하, 그럴 리가."

그릴리가 로커에서 뭔가 떼어내더니 내 손에 쥐여준다. 주머니와 호스, 긴 플라스틱 막대다. 위험한 연소 물질이 그것에 불을 붙여야 하는 얼간이에게서 이론적으로는 안전한 거리를 두도록 하기 위한 것. 이 화염 투척기 역시 저렴하게 프린트된 물건이다. 폐 속 가득 침입할 수 있는 킬른의 미생물과 우리 사이에는 한 마디로 종이 한 장뿐이라는 사실을 다시 말해두고 싶다.

그릴리가 다른 사람들에게도 비슷한 휴대용 위험 도구를 나눠 준다. 나와 다른 두 명은 갈고리가 달린 긴 플라스틱 막대도 받는다. 그것은…… 그을린 것 같다. 프린트된 재료가 방염 자재인 것을 알 수 있지만, 프린트 상태가 엉망이다. 언제나 임시방편으로 쓰는 물건이지만, 어차피 싸구려 프린트란 그런 것이다. 허연 플라스틱은 끝으로 갈수록 오줌처럼 노래지고, 표면이 허접하게 갈라진 갈고리 주위는 완전히 갈색이다.

"이게 다 뭐지?" 내가 묻는다.

"움직일 때다." 그릴리가 말한다.

아직 공중에 떠있는데 움직이다니 무슨 소리냐고 나는 지적한다. 그릴리는 그저 나를 본다. 아래는 검정 꽃들이 방대하게 우거진 그대로다. 우리는 그 위로 착륙할 수 있을 정도로 단단하지도 않고, 빈 공간도 없다. 그제야 나는 그래서 화염 투척이 필요하다는 사실을 깨닫는다. 비행체가 착륙할 공간을 땅에 만들기 위해 불을 지르는 것이다.

갑자기 양동이에 실린 모두가 아래쪽으로 몰릴 때까지 비행체가 기울어진다. 혹은, 이 상황을 예상한 숙련자들은 손잡이에 매달려 있다. 숙련자가 아닌 나는 모두 추락하겠다고 생각하지만, 이것은 사실 최고 파일럿인 버테지오 키브가 곧 내릴 승객을 배려해서 한 행동이다. 우리는 하부 레일을 넘어가서 내려야 한다. 그러면 회전 벨트를 따라 햄버거가 되어 나오는 불편 없이 낙하할 수 있다. 여기서 진정 무시무시한 점은, 탐사 팀이 이 모든 과정을 현장에서 스스로 습득해 냈다는 사실이다. 비행체의 실제 설계는 팀원이 도착한 환경이나 그들이 해야 하는 일에 적합하지 않다.

그릴리가 플라스틱 줄을 레일에 연결하자 우리는 두 명씩 줄을 타고 내려간다. 나와 내 하강 파트너 프리맷 둘 다에게 새롭고도 불쾌한 경험이다. 우리 둘은 거대한 돛 같은 이파리 하나의 가장자리에 세게 부딪쳐 검은 액체를 흩날리고 그 아래 빈 공간으로 곤두박질친다. 나는 그럭저럭 선 채로 착지한다. 프리맷은 한쪽 발로 착지하고, 의족이 밀려나면서 골반이 심하게 꺾인다. 그녀의 요란한 비명이 킬른의 나무 몸통으로 간주되는 둥그런 덩이줄기에 반향을 일으키자 그것들이 듣는다. 비이성적인 말이라는 것을 인정하지만, 그것들이 우리 소리를 듣고 관심을 기울이며 우리를 맛볼지 말지 판단하는 **소리**가 들린다. 그들에게 이국적인 지구 단백질은 치아에 좋을지 안 좋을지 알 수 없는 설탕 장식처럼 느껴질 것이다.

내가 도와주려고 하자 프리맷이 나를 밀친다. 그녀가 방호복 종이와 작업복 옷감을 더듬어 의족의 조정 장치를 찾는다. 그것은 비틀어져 무릎이 안쪽을 향하고 있다. 그녀의 짜증 섞인 거친 숨소리가 필터 마스크를 통해 증폭되어 들린다. 뭐라 말하고 싶지만, 그녀는 내 말을 듣고 싶지 않을 것이다. 귀를 쫑긋 세운 킬른 전체와는 다르게. 우리는 광합성을 하는 꽃을 뚫고 들어가, 햇빛이 비추는 가장자리가 들쭉날쭉한 자리에 서있다. 하늘은 우리가 뚫은 구멍을 통해서만 보이고 나머지는 그늘이다. 두 명씩 짝을 지어 내려온 다른 사람들도 근처에서 저마다의 햇빛을 받고 있다. 그리고 우리 등 뒤에……

잔해가 있다. 예전, 클렘이 일으킨 반란 이전에 프리맷이 드론 사진으로 보여준 잔해일 수도 있다. 이 각도에서는 정확히 알기 어렵다. 이 모든 상황에도 불구하고 내 마음속 작은 흥분이 다시 차오르기 시작한다. 거기 서서, 보고 듣고 느끼고 싶다. 안전 수칙에 어긋나겠지만, 냄새를 맡고 싶다. 킬른의 자연 소리를 차분히 들을 수 있도록 모두 조용히 하면 좋겠다. 따지고 보면, 나는 단순한 무정부주의자가 아니라 과학자 아닌가. **대발견!** 비록 오랜 세월이 흘러 그 연구 논문이 지구에 닿을 무렵, 거기에 내 이름이 적혀있지 않다 하더라도.

그저 들리는 것은 로터가 질러대는 아이들 비명 같은 소리와 작업을 시작하라는 그릴리의 고함 소리뿐이다. 비행체의 양동이 안에서 사람들 틈바구니에 끼여있다가 지상에 내려와서 제대로 보니 그릴리는 삶의 모든 것이 대실망의 연속이었던, 어깨를 축 늘어뜨리고 우울한 표정을 짓는 여자다. 그 실망에 나도 큰 기여를 했다.

그릴리가 나무 하나를 고르더니, 그 나무를 마주 보며 길게 선 사람들 끝에 프리맷과 나를 세운다.

"내가 말하면 그 레버를 당겨. 그리고 달린다." 그릴리의 지시를 정리하자면 그렇다.

"이걸로 뭘 하는데?" 나는 구부러진 막대와 화염 투척기를 양손에 들고 있는데, 그것은 잘못하다가는 무릎이나 팔꿈치로 소각 레버를 누를 위험이 쭉 있다는 뜻이다. 다른 사람들은 그 막대를 옆으로 치워둔 것이 뒤늦게 보인다. 갈고리는 나중에 쓰는 모양이다.

그릴리가 지시한다. 우리는 레버를 당기고 부어오른 술통 같은 나무껍질에 화염을 쏜다. 껍질 일부가 검게 변하더니 솔기에 물집이 잡히고 터진다. 하지만 진전이 있는지는 모르겠다. 프리맷과 나는 그 계획 중 '달린다' 부분을 잊어버려서, 나머지가 전원 달아난 뒤 우리 둘만 남는다. 잠시 후 식물에 생긴 커다랗고 둥근 종기 같은 것이 안에서부터 열팽창을 일으키며 점점 부풀어 오른다. **그제야** 우리는 달리기가 왜 중요한지 깨닫지만, 프리맷은 제대로 달릴 수 없다. 그녀가 절뚝이는 것을 보고 이러다간 다 죽겠다 싶어서 나는 그녀를 붙잡고 있는 힘을 다해 부축하다가 함께 몸을 던진다. 0.5초 뒤 불로 그을린 나무가 폭발한다. 껍질 조각이 파편처럼 날아간다. 그중 일부는 다른 나무에 박히기도 한다. 나는 곧 연쇄반응이 일어나 숲 전체가 사라지고 앞으로 연구하게 될 잔해만 남기를 기다리지만, 킬른의 생명체는 그보다 강하다. 폭발한 나무는 키브가 비행체를 착륙시키는 데 딱 적당한 공간만 남기고, 이 순간 감히 여기 침입한 인간 존재와 맞설 야생은 아직 충분히 남아있다.

내가 떨어져 나가자, 프리맷이 앓는 소리를 낸다. 그릴리가 우리를 내려다본다.

"달리라고 했잖아." 그것이 그릴리가 표현한 염려의 전부다. 그다음 그릴리와 나머지 팀원은 키브가 착륙하는 것을 돕기 위해 가버린다. 죽을뻔한 덕분에 몇 분간 여유가 생긴다. 내가 프리맷에게 손을 내밀지만 그녀는 자존심 때문인지 잡지 않는다. 나를 보는 그녀의 시선에서 분노와 비난이 느껴지고, 그녀가 입을 열면 그에 가까운 내용의 말이 나올 것 같다. 하지만 하려던 말은 입안에서 엉켜 나오지 않고, 그녀는 고통과 수치심에 눈물을 글썽인다. 나는 결국 이해하기로 마음먹는다. 아니, 추방선을 만드는 기초 로켓과학 수준도 안 되는 간단한 문제지만, 나는 프리맷이 여기 왜 왔는지 이해하기를 의도적으로 회피하고 있었다.

"나 때문이에요." 내가 말한다. "그래서 여기 온 거예요. 우리 때문에."

"당신도 알고 있었죠." 프리맷이 말한다. "그때…… 알고 있었죠." 마치 혁명이 성병이고, 우리가 동침할 때 내가 그녀에게 그것을 전염시키기라도 한 듯한 말이다. 맞는 말이다. 그때는 그 관계가 그 누구의 계산에 포함될 것이라고 생각하지 않았다. 나와의 사이 때문에 프리맷이 의심받을 줄 몰랐다. 그리고 그런 생각을 했더라도 나는 다른 시각에서, 희망적인 입장에서 판단했다. 당연히 우리가 **이길** 줄 알았으니까. 나와의 관계가 그녀에게 발목에 묶인 납덩이가 아니라 생명줄이 될 줄 알았다.

"그들은 나도 가담한 줄 알아요." 프리맷이 지친 목소리로 말한다. "당신들이 무슨 멍청한 장난을 쳤든 간에. 그들은 내가 데이터와 부품을 몰래 빼돌렸다고 생각해요. 당신이 나 몰래 한 짓거리 전부. 노동자 쪽에서 자체적으로 그런 걸 해낼 수 있다고 생각하기 싫은 거겠지. 그래서 죄다 내게 뒤집어씌웠어요. 나를 망할 '두목'이라고 불렀어. 당신 때문에."

나는 사과해야 하지만 아직은 그럴 수 없다. 그리고 프리맷은 그 나무처럼 폭발해서 갈고리로 나를 공격하고 나를 대놓고 저주해야 하지만, 이미 그 단계는 지났다. 생존을 위해 에너지를 아끼고 있다.

"방호복이 찢어졌네요." 그녀의 말이 옳다. 내 방호복 겨드랑이 솔기가 터졌고, 그녀의 골반 부분도 조금 찢어졌다. 모자와 필터는 상하지 않았는데, 아마 그것이 중요하지 싶다. 하지만 앞으로의 건강과 안위가 '아마' 같은 단어에 좌우된다는 사실은 달갑지 않다.

키브가 그만 노닥거리라고 외친다. 비행체에서 장비를 짊어지고 내리는 일무스와 눈이 마주친다. 그네는 기존 팀원과 짝을 이뤘다. 그 덕분에 프리맷과 내가 분명히 저지를 최악의 초보적인 실수로부터 보호받을 수 있을 것이다.

작업은 거칠고 원초적인 노동이지 과학과는 무관하다. 인간이 본래 거주하는 외계생물에게 이빨과 발톱을 박아 넣고 원하는 것을 얻을 때까지 찢어발기는 작업이다. 잔해가 거기 어딘가에 있다. 돌덩이에서 코끼리가 아닌 부분을 전부 깎아내어 코끼리를 만드는 조각가처럼, 우리는 무성하게 자라 잔해를 감춘 식물을 흔한 잡초처럼 다루며 태우고, 잘라내고, 갈고리로 걷어낸다. 드론이 그 자리를 골라낸 것이 놀랍지만, 위에서 보면 잔해 특유의 덮개 모양이 남아있다. 키브와 기존 팀원 한 명이 가느다란 막대에 장착한 전기톱으로 화염에 버텨낸 부분을 잘라낸다. 우리가 찾는 황금은, 프리맷의 말에 따르면 잔해에서만 자라는 독특한 식물 종이다. 어쩌면 '종'이 아닐지도 모른다. 이 특정한 모양을 만드는 기생체 조합은 다른 곳에서는 다른 짝과 독자적으로 존재한다. 마치 생물계 전체가 하나의 커다란 다중연애 집단을 이루듯이. 만약 **그것들**이 **우리**에게 왔다면, 지구의 모든 유형이 전부 억압되고 단조롭고 지루한 데 싫증이 났을 것이다.

어쨌든, 억압되고 지루한 지구 유형인 우리는 하루 종일 그것을 모두 쳐내고, 그 아래 죽은 잔해에 닿기 위해서 살아있는 부분을 도려내고 태워버린다. 우리는 죽은 것에만 관심이 있다. 살아있는 것과 달리 죽은 것은 우리에게 말할 수 있다. 걷잡을 수 없는 감염을 막기 위해서 소각 장치에 황급히 밀어 넣지 않고, 안전하고 통제 가능한 방식으로 대화할 수 있다. 우리가 학습하려면 반드시 '죽은' 것이어야 한다. 과학자 아무나 붙잡고 물어보라. 미로를 돌아다니는 쥐를 관찰만으로 배우는 데는 한계가 있다. 결국 그놈을 해부하고 조직을 잘라야 한다.

옛말처럼, 사자가 말을 해도 우리는 이해할 수 없지만 후두를 해부하면 이해할 수 있다.

비행체에서 내릴 물건이 많다. 도구와 로봇까지. 수류탄처럼 던지면 작은 단섬유 채찍으로 지름 3미터 이내의 모든 것을 잘라내는 제초기 같은 것도 있다. 즉, 키브와 그릴리만 그것을 다룰 수 있다. '모든 것'에는 인간 발목도 포함되기 때문이다. 킬른의 조직에 맞춘 산성 물질도 발사해서 더 튼튼한 줄기와 가지를 부식시킨다. 하지만 대부분은 사람의 땀과 노력으로 이뤄진다. 이런 작업은 제대로 기계화하기 어렵지만, 인간은 일에 따라서 조정하고 적응하는 데 능숙하다. 그것도 이유 중 하나다. 하지만 그보다는 기계화에는 **돈이 많이 들고**, 고급 기계를 운용하려면 고도의 훈련을 받은 소중한 기술자와 운영자가 필요하기 때문이다. 일단 기계에 투자하면, 그것을 돌봐야 한다. 노동자의 경우, 별로 돌볼 필요가 없다. 좋은 상태로 반납하지 않으면 보증금을 날릴 위험이 없는 어리바리한 소모품을 쓰는 편이 훨씬 더 저렴하다. 지구에는 사람이 남아돌고, 통치부는 극도의 편견을 갖고 이송 정책을 운영할 수 있다.

식물을 계속해서 쳐내는 동안, 나는 다시 테롤런과의 만찬, 베시칸의 발표를 떠올린다. 수수께끼 같은 외계 글자 뒤에 감춰진 정신을 파헤치겠다는 베시칸의 결의. 그리고 마침내 도자기처럼 생겼지만 도자기가 아닌 벽을 드러내자 그것이 보인다. 글. 혹은 상형문자, 그림, 추상예술. 거기서 내 눈으로 직접 보니 어느 쪽인지 알 수 없다. 아무도 모른다. 인간의 눈에는 **지성**의 증거로 보일 뿐이다. 암호화된 지성, 현재에게 말을 거는 과거. 비록 우리가 결코 이해할 수 없는 언어라 할지라도.

16.

사라진 킬른족이 어떻게 이런 일을 해냈는지도 알 수 없다. 도구의 흔적이 없다. 덩굴 같기도 하고 식물 같기도 한, 생물 피복이 달라붙는 부착 지점이 그 부분을 피해 달라붙은 듯 보인다. 그것들은 다른 데는 죄다 섬유질 발톱을 박아 넣으면서, 거기 적힌 수수께끼 역사는 지우지 않는다. 곧바로 확실한 문자가 구별된다. 과학 팀이 수많은 기호를 하나하나 정리해 두었다. 모든 잔해에는 다른 곳과 겹치는 기호가 일부 있다. 즉, 지역성과 일반성을 갖는 언어가 모두 있다. 아마도. 혹은 이 그림이 물건을 재현하는 것이지, 알파벳이나 문자는 아닐 수도 있다. 인간의 눈에는 아무런 의미가 없지만 사라진 그 제작자들의 눈에는 너무나 당연한, 양식화한 그림. 혹은 그것이 시각적인 전통이 아닐 수도 있다. 외계종이 그 도드라진 표시들을 손끝의 촉각으로 이해할 수도 있다. 파낸 것이 아니라 **돋운** 것이다. 그 점을 간과하기 쉬운데, 나도 수용소의 과학 팀 실험실에서는 그 의미를 떠올리지 못했다. 외계의 필경사는 어째서인지 의미만 제외하고 모든 것을 도려냈다. 혹은……

나는 추상적인 끼적임과 사각형 덩어리를 가만히 들여다보며 그것이 잔해 표면에 공들여 그린 곰팡이 균에 밀려나 거기에 자라는 모습을 떠올린다. 그 자체가 생겨난 과정을 알 수 없다. 벽돌은 지나치게 적고 저마다 분리되어 있다. 기초는 한 알 한 알 지은 것이라서 다시 흰개미가 떠오르고, 지성이 존재했다는 가정이 틀리지 않았을까 싶기도 하다. 혹은 생물학과 지질학이 모두 관여하고 버린 기괴한 융합 작용에 의해 생겨난 것일 수도 있다. 나무줄기를 모방한 거대하고 둥근 건물. 그리고 킬른의 그 무엇과도 다르지만, 해저에서 태양이 비추는 수면을 향해 자라는 지구의 해초를 연상시키는 길게 갈라진 첨탑. 그중에는 지금 부서지고 있는 것도 있다. 암석 같은 기질(基質)에는 오래전 균열이 일어났지만, 그것을 가려주는 덩굴에 의해 지금껏 고정되어 있었다. 우리가 오기 전까지. 우리는 해답을 찾으려는 탐욕에 사로잡혀, 연구 대상을 찾아서 그것을 파괴한다.

다만, 우리는 사령관의 '정설이라는 가방'을 완성하기 위해 지성의 옷감에서 잘라낸 손쉬운 해답을 내놓는 과학 팀이 아니다. 우리는 탐사 팀이다. 우리의 목표는 해답을 찾는 것이 아니라 저녁까지 살아남아 호화롭고 안전한 노동 구역으로 귀환하는 것이다.

한 단계가 마무리되거나 기술적인 문제로 긴급 현장 관리가 필요해서 작업이 줄어들 때마다 숲이 침범해 들어온다. 킬른의 생명체에는 귀로 만들어진 기관이 없지만, 일종의 측면선(Lateral-line) 같은 소리 수용기가 있다. 폭발하는 나무, 비행체의 하강, 전기톱 등의 소리가 끝나면 고요한 진공상태가 남는다. 우리가 만드는 소음 사이에서 숲은 자체 소리를 되찾고, 웅얼거림에서 재잘거림까지 사방에서 소리가 쏟아진다. 소리가 울리는 곳에 사람들이 모여든 느낌이다. 시끄러운 고함 소리는 아니다. 지구 기준으로, 킬른은 조용하다. 대신 머리 위로, 우리 사이로 끊임없이 서서히 퍼지는 대화가 있다. 속삭이고 웅얼거리고 웅웅거리고 우르릉거리는, 갖가지 소리. 조그만 날개 달린 것들이 라디오 잡음 같은 소리를 내며 공기 속을 톡톡톡 튀어 지나간다. 숲속에서는 어떤 것이 마치 코미디 프로그램의 농담을 뒤늦게 이해한 것처럼 '하…… 하…… 하아아아아' 외쳐댄다. 손가락이 유난히 긴 고무장갑을 엮어 바람을 불어넣은 것처럼 유연하고 가닥이 여럿인 것이 발밑에서 서로 밟으며 지나다닌다. 그것들이 땅 위에서 늘어났다 줄어들며 속삭인다. 지구의 그 무엇과도 다른, 불안을 일으킬 정도로 불규칙한 동작이다. 잠시 후, 우리 지구인은 그 속삭임보다 크게 대화를 시작한다. 안 그러면 그 소리가 인간의 말소리와 너무 비슷해서 마음속에 공포가 들어차기 때문이다. 나무마저 말하는 것 같다. 그 복합체 중 일부가 세상에 자신을 표현하려 들면 둥근 밑받침이 나직이 웅얼거린다.

드디어 휴식 시간이 되어 그들이 도시락으로 배급한, 비닐에 밀봉된 질긴 빵을 먹는다. 일무스는 경계하는 눈초리로 프리맷을 보며 슬그머니 내게 다가온다. 당연히, 서로 소개할 필요는 없다. 상황이 틀어지기 전 우리는 모두 한 실험실을 썼다. 전직 과학 팀장이 털썩 주저앉는다. 우리처럼 검게 그을린 바닥이 아니라, 불안정한 의자로 쓸 수 있는 나무둥치에 앉는다. 그래야 다시 일어날 수 있기 때문이다. 육체적으로 힘든 일이 프리맷에게는 더욱 고역이다 보니 늙고 지친 모습이다. 주위에서 사람들이 대화한다. 사람들 주위에서 숲이 우리의 존재를 격렬히 불평한다.

"킬른은 **시끄럽네.**" 일무스가 말한다. 비록 지구의 엔진과 산업 공정, 통치부의 정책 발표에 비하면 사실 시끄러운 게 아니지만, 킬른은 정말이지 입을 다물지 않는다.

"이제 알았군요." 프리맷이 말하려다 말고는, 일무스가 돌아서서 자신을 모욕하지 않는지 확인한다. 하지만 이제 우리 모두 역경에 처한 동지가 되었으므로 프리맷은 다시 과감하게 입을 연다. "단순히 대사 기능만은 아닌 것도 알겠어요? 우리가 도착했을 때는 입을 다물었다가 이제 익숙해지니 다시 대화하고 있어요."

"'대화'라." 일무스가 지적한다. "그다지…… 그다지 **과학적**인 표현은 아니네요, 박사."

프리맷은 그 순간 그 어느 때보다 홀가분하게 어깨를 으쓱인다. 사령관이 친 줄을 타야 하는 의무가 사라졌기 때문이다. "대화예요. 혹은 뭔가 소통하고 있어요. 지구의 나무들도 이야기를 나누지만 뿌리망을 통해서 생화학적으로 대화하죠. 여기선 실제로 대화해요. 청각적으로. 여러 가지 운동성 부분을 이용하죠. 비-식물성 역할을 수행하기 위해, 실제로 고용이나 해고를 하듯 '이용'해요. 지구에는 곤충에게 줄 식량을 생산하고 그것들이 살기 좋은 주거지를 형성해서 더 해로운 초식동물로부터 보호를 받는 식물이 있잖아요. 여기서는 그런 것이 천 배쯤 확대되었어요. 모든 생물에게 구직 시장이 있어요. 자체 해결보다는 아웃소싱을 선호하는 다양한 기능이 있죠."

질긴 식량을 질겅거리며, 나는 숲을 살핀다. 귀에 들리는 것 이외에, 우리가 감지하고 분석하기 더욱 어려운 대화가 계속된다. 화학 신호로 인해서 공기가 부옇다. 작은 생물이 빛을 굴절시키기 위해 구조를 바꿔 금속성 빛으로 짧게 번쩍이는 광합성 돛을 들어 올린다. 우리 사이로, 밑으로, 낯선 진동이 지나간다. 미지의 동물 혹은 식물, 혹은 그 차이를 조롱하는 혼성체가 멀리서 보내는 전보가 틀림없다. 킬른 야생인이 보내는 숲의 전보.

프리맷은 종이옷의 허벅지 중간을 봉하려고 테이프를 사용했다가, 작은 절단 도구로 종이와 작업복을 모두 잘라서 의족을 드러낸다. 그녀는 그 도구 끝으로 흙과 공기 중에 떠다니는 입자성 생물로 더러워진 무릎을 긁어낸다. 우리 방호구의 효과를 보여주는 것 같다.

“무슨 짓을 한 거예요?” 일무스가 프리맷에게 싸우자는 듯이 묻는다. “그러니까, 저기, 사령관을 침대에서 내던지기라도 한 건가요?”

프리맷의 눈이 나를 흘끔 본다. 나는 요령 있게 입을 다물고, 일무스는 몹시 자명한 행간을 파악하지 못한다. 그네는 이런 식의 사회적 함의에 늘 둔했다.

“키브의 팀원들은 당신이 이곳 일을 고자질하려고 여기 왔다고 생각해요.” 일무스가 말을 잇는다. 싸우자는 뜻은 아니지만 잘해보자는 말도 아니다. “내가 생명과학 팀장에게 정보원 노릇을 시키는 사람은 없다고 했어요. 하지만 나는 우리 모임에서 당신을 본 적이 없고, 버루다도 당신 이야기를 한 적 없으니…….” 그네는 ‘캘렌’이라고 말하려다가 멈춘다. 혹시 캘렌이 우리에게 가담한 사실을 당국이 모를 경우, 내부에 남은 최후의 일인이 그이기 때문이다.

프리맷은 다리 접합부를 차례대로 움직여 본다. 이상하게 오싹한 동작이다. 그녀는 당연히 대답을 궁리 중이고, 나는 그 대답이 나를 얼마나 똥통에 빠뜨릴지 알 수 없다. 내가 선생에게 점수를 따기 위해서 한 짓을 일무스가 어떻게 생각할까. 다만, 이 상황의 주인공은 내가 아니다.

“당신들이 이렇게 멍청하니 그렇게 된 거예요. 나는 범죄 가까이 있다가 죄인 취급을 받았고. 내 부하 중에 하나가 내 자리를 노리고 있었죠." 프리맷의 어조는 담담하면서도 성나있지만, 나를 향한 분노만은 아니다. "이런 분위기가 된 지는 꽤 됐어요. 테롤런은 선을 자꾸 밟는 나를 지겨워했죠. 모든 과학 팀장에게 결국 일어나는 일이에요." 프리맷은 예전처럼 까칠하게 말하면서 마침내 우리 둘을 올려다본다. "옛말 알죠. '당신의 연구는 과학과 정설을 모두 포함하지만……'."

"'과학 부분은 정설이 아니고 정설 부분은 과학이 아니다.'" 내가 대신 말을 맺는다. "그럼 후임은 누군가요? 핍인가요? 팝, 퐙?"

프리맷의 눈빛을 보고 나는 그것이 **이름**이 아니라 발굴 지원 팀에서 그들을 부른 별명임을 기억한다. 그제야 프리맷은 알아차리고, 나는 그녀에게서 적어도 0.35회의 웃음을 끌어낸다. 웃음소리가 이상하다. 이곳에서 웃음소리는. 거칠고 뜻밖이다. 인간의 상호작용보다는 킬른의 화음에 가깝다.

저녁이 되어 우리는 귀환한다. 우리 작업 일과에서 가장 좋은 부분이다. 현장을 완전히 치울 때까지 우리를 거기에 둘 수도 있을 텐데. 돌아오는 길, 그릴리가 조종하는 비행체에서 나는 키브에게 그렇게 말한다.

키브는 이해력이 느린 학생에게서 뜻밖에도 예리한 질문을 받은 교사의 표정을 지어 보인다.

"음, 예전에는 그랬지." 그가 말한다. "내가 오기 전에. 하지만 '비효율적'이었어."

'비효율'이란, 탐사 팀원의 소모가 너무 많아서 작업에 진전이 없었다는 뜻임을 나중에 알게 된다.

그래서 그 후 며칠간 우리는 그렇게 지낸다. 우리는 아무도 손댄 적 없는 외계의 야생, 연구를 기다리는 미지의 활기찬 생명체의 온상으로 나가서 잔해의 뼈대 외에는 아무것도 남지 않을 때까지 모조리 태우고 쳐낸다. 베시칸의 팀이 도착해서 새겨진 내용을 조심스레 문질러갈 수 있도록. 나무 때문에 숲을 보지 못할 때 나무를 적당히 베어버리면 과학 연구를 하기에 알맞은 소독된 공간이 생기지 않겠는가? 그리고 조심하라. 불을 지르면 그 나무가 폭발하니까.

첫날을 마치고 수용소로 돌아왔을 때, 아직도 더 나쁜 일이 생길 수 있다는 것을 알게 된다. 내 생각보다 상황은 더 심각했다. 키브와 동료들이 처음부터 우리에게 그렇게 열 받았던 이유가 있었다.

탐사는 사람을 죽인다. 아니, 적어도 노동 구역의 다른 곳보다 더 쉽게 죽인다. 저 밖 야생에는 사람을 죽여서 지구의 바이오매스가 얼마나 소화하기 어려운지 실험하려는 것들이 있지만, 솔직히 그것은 주요 사인이 아니다. 그 첫날, 나를 먹어치우려 드는 것은 없었다. 오히려 거부당하는 느낌이었다. 하지만 킬른에서는 그 작은 것, 미세 요소를 배출해야 한다. 킬른이 내 안에 들어오면…… 뭐, 본보기 탱크에서 본 그대로다.

탐사 팀을 매번 깨끗이 닦지 않으면 수용소를 청결히 유지하지 않는 셈이라고 프리맷에게 지적한 적 있다. 당시에는 탐사 팀이 아니었으니, 그 후로 다 잊고 있었다. 그리고 탐사 팀 신참이 된 나는 외계 교도소 프로그램의 당근과 채찍 활용 속성 코스에서 마지막 단원을 배우게 된다.

귀환 후 나는 정문에서 저지당할 것으로 예상하지만, 그들은 우리를 그냥 들여보낸다. 밀폐실도, 탐사 팀에서 오염 제거를 의미하는 가스도 없다. 우리는…… 곧장 안으로 들어간다. 사실 그때 나는 총살형 집행을 예상한다. 오염 제거를 안 한다면 총살형이 기다리는 것이 분명하지만 그조차도 비위생적이다. 당연히 오염을 제거한 뒤 쏘아야 한다. 그러는 대신 우리는 노동 구역으로 들어가서 곧바로 식탁을 해체해 침대로 바꾼다. 우리의 침대는 이제 하나같이 노동 구역 한쪽 끝에 몰려있고, 다른 사람들은 전부 거리를 둔다.

분과 일원이었던 나는 암암리에 진행된 음모를 완전히 놓치고 있었음을 깨닫는다. 그렇다. 키브와 탐사 팀원 모두가 함께 자는 모습은 전에도 봤다. 하지만 그들은 모두 함께 일했다. 나는 그것이 선택에 의한 배치인 줄 알았다. 물론, 메스 장치를 쓸 때 철저히 소독하지 않은 킬른 생물에 가까이 간 적 없음에도 불구하고 나는 일주일에 한 번 정도는 신속하게 오염 제거 과정을 거쳤고, 킬른 같은 세상에서는 그것이 좋은 관행이라 여겼다. 하지만 탐사 팀은 종이 방호복을 입고 하루 종일 숲에 나갔다가 돌아왔는데 아무도 우리에게 오염 제거제를 뿌리지 않았다.

내가 소심하게 그 문제를 제기하자 키브는 나를 밟아버리고 싶은 표정을 짓는다.

"사흘째에 오염 제거를 한다." 그가 말한다. "가스로 철저하게. 해보면 마음에 들 거다. 다른 사람들이 하는 오줌물 분사 따위가 아니야."

"미쳤군." 내가 항의한다.

"비용 절감이라고 하지." 키브가 설명한다. 나는 그의 어조와 표정, 먼 응시를 이해한다. 따지고 보면 그는 몇 년간 탐사 팀에서 버틴 사람이다. 그의 팀이 새로운 현장을 치우러 나갈 때마다, 사흘에 한 번 오염 제거를 거치면서 살아남은 사람이다. 그사이 사흘간 몸이 떨릴 때마다, 홍조나 열감이 있을 때마다, 허튼 생각이 들거나 기분 변화가 있을 때마다, 그것이 **자신**인지 외부의 무엇인가가 자신의 마음을 움직이는 것인지 생각하면서.

그것은 비용 절감이 아니다. 아니, 비용 절감이라면, 계산할 가치도 없이 적은 액수다. 그것은 위협이다. 우리는 이미 그 이상 깊이 떨어질 나락도 없으니 우리에게 가하는 위협도 아니다. 발굴 지원, 가사, 기타 노동 구역에 대한, 심지어는 과학 및 보안 팀의 실제 스태프에 대한 위협이다. 그것은 모두에게 말한다. **이보다 지독한 데가 있다. 너희는 언제든지 탐사 팀에 갈 수 있다.** 그리고 그것은 미친 짓이다. 비효율적이며 위험하다. 실물로 지은 돔형 건물과 방역 조치를 조롱하는 짓이다. 우리는 여기서 부츠에 킬른을 실어다 나르고, 폐를 통해 킬른을 뿜어내고, 내장에서 킬른을 배출하고 있기 때문이다. 우리의 본래 미생물과 용감무쌍한 킬른의 탐험자가 혼합 및 재혼합되어 **우리**와 **그들**의 간극을 이어줄 수 있는 분자 자물쇠와 열쇠 조합을 발견해 낸다. 그들이 우리를 이용할 수 있도록. 그들이 우리가 **될** 수 있도록.

노려보는 키브의 시선 앞에 서서, 나는 그 생각을 떠올리고 위축된다. 내 몸에 손을 넣어 내장을 비집어 연 뒤, 곰팡이처럼 보이는 부분을 전부 뜯어내고 싶다. 이미 내 신체강에서 이런저런 것이 자라는 느낌이다. 그렇게 사흘이라니. 어떻게 견딜지 모르겠다. 미칠 것 같다. 다만, 내 앞에는 그 모든 것을 겪고 살아남은 키브가 있다. 가죽과 뼈, 악만 남은 사나이. 그에 비하면 나는 그저 모든 것을 책으로 배운 샬덩이다.

키브가 나직이 말한다. "이틀째였는데, 너희 정치하는 개새끼들이 여기 떨어졌지. 그렇게 너희가 시계를 다시 맞췄다. 오늘이 우리에게 **다시** 1일이다."

나는 눈을 휘둥그레 뜬다. 잠시 그 엄청난 사실을 도저히 납득할 수 없다. 그러다가 사령관이 머릿속에서 튕기는 고약한 주판알이 떠오르고 계산이 나온다. 우리 반란자를 탐사 팀에 배치함으로써 벌한다면, 제1일부터 처벌이 되어야 한다. 우리는 그것이 얼마나 공포스러운 일인지 이해해야 하고, 오염 제거 배급도 그중 일부다. 그래서 우리가 합류한 순간 탐사 팀에게는 새로운 달력이 시작된 것이다. 하지만 그 결과, 이번에는 기존 팀원이 킬른을 씻어내기까지 꼬박 닷새가 걸린다. 즉, 그 기간이 너무 길어서 키브가 힘들게 이뤄놓은 평형상태조차 깨질 수 있다.

나는 식사하는 동안 이 사실을 곰곰이 생각한다. 우리는 모두 매립 장치에서 가장 멀찍이 떨어진, 노동 구역 끄트머리에 모여서 먹고 있다. 우리가 필요 이상 돌아다니는 것을 아무도 원하지 않기 때문이다. 그 무렵 우리 중 하나가 쓰러진다. 부스는 간헐적으로 구토를 했기 때문에 진작에 끌려 나가 오염 제거를 받았다. 찢어진 필터 덕분에 특별 대우를 받은 것이다. 그는 고립되어 축 늘어져 있고, 그가 내일 함께 나가지 않을 것이라는 소식이 들려온다. 그러면 우리 입장에서는 일손이 줄었다. 우리가 땀 흘리는 동안 부스는 하루 누워서 쉰다. 우리는 부러움을 느낀다. 어쩌면—내가 그렇게 생각하니, 신참은 대부분 그럴 것이다—그의 본보기를 따라서 내일은 스스로 필터를 찢어버려야 하나 싶다. 탐사 팀에서 벗어날 수 있다면 토사물을 입에 가득 물고 살 수 있다. 하지만 소원을 빌 때는 주의해야 한다.

17.

규칙상 탐사 팀끼리는 서로 섞이지 않는다. 곤경에 처한 위대한 전우애 따위는 없다. 나는 그것이 그저 성격 차이 때문인지, 야외에서 묻혀 온 것을 섞기 싫어서인지 궁금하다. 우리가 저마다 특정 지역에서 신기한 미생물을 실어 오는 것만으로도 충분히 안 좋은 상황이다. 그것을 전혀 다른 현장의 세균과 결합시키지 않는 것이 아마 최선일 것이다.

하지만 그런 생물학적 경계선을 넘을 만큼 대담한 사람들이 있다. 일무스와 내게, 그는 패리디스 오코스터다.

"너희는 얼마나 심했냐?" 오코스터가 목소리를 낮추고 묻는다. 이미 생명체를 절반쯤 제거한 잔해에서 작업한 그의 하루가 더 나았던 듯하다.

내가 얼마나 지독했는지 설명하려는데, 곁에 있던 일무스가 말한다. "일 자체는 그렇게 나쁘지 않았어."

나는 눈썹을 치켜뜬다. "진심이야? 외계 생태계를 초토화했잖아. 우리가 한 짓은 반-과학이라고."

일무스가 반성 없는 눈빛으로 나를 본다. "가끔은, 뭘 태워버려야 후련해지거든." 오코스터도 나도 알 수 없을 것 같은 개인사가 그 말에 담겨있다. 늘 수줍고 단정하고 자제심 강한, 말없는 일무스. 통치부의 정설이 선호하는 맞춤 상자 안에 들어갈 수 없다면, 모난 성품을 갖지 않으려고 노력해야 한다. 결국 그네의 지적인 모서리가 베일을 찢고 나와 숙청에 휘말리게 되었지만, 지금 나는 일무스가 그전까지 얼마나 많은 이단과 기벽을 마음속에서 불태웠는지 궁금해진다. 오직 살기 위해서 통치부의 제단에 바친 제물이 무엇이었을지.

우리 모두는 너무 많은 제물을 바쳤다. 게다가 그것은 끝나지 않는다. 나는 키브와 그의 무리가 최후의 식사를 하듯이 무표정하게 음식물을 씹는 모습을 보고 뭐라도 해야겠다고 결심한다.

식사 후 나는 간수들의 시선을 끌기 위해 노력한다. 그들은 혹시 내가 다시 반란 놀이를 할 경우에 대비해 곤봉과 가스 수류탄을 들고 들어오지만, 대신 나는 사령관과 대화하고 싶다고 말한다. 모두가 내 말을 들을 수 있는 데다, 내가 클렘과 반란을 당국에 고자질했다고 생각하는 사람들에게 이 행동은 불에 기름 붓는 짓임을 잘 알고 있다. 하지만 그 순간 나는 정의감에 타올라서 개의치 않는다.

간수들은 예상하고 있었던 듯하다. 그들이 나를 이끌고 나가서 갠트리로 데리고 올라간다. 거기서 나는 공공연히 발을 끌며 느릿느릿 걷다가 결국 테롤런의 집무실로 들어간다. 테롤런은 언제나의 그 자리에서, 필터 마스크를 쓰고 있다. 고급스럽고 튼튼해 보이는, 종잇장이 아닌 마스크다.

"아, 다데브 교수." 그가 기분 좋게 나를 맞이한다. 앉으라는 말도 없고 의자를 권하지도 않지만, 예전 호의가 죽고 남긴 야윈 시체처럼 다정한 어조만은 남아있다. "뭔가 불만 사항이 있다고 이해하면 되나? 아마도 공정치 못한 대우를 받는다고 느끼는 듯한데." 언제나 그렇듯이 그 다정함 속에는 뼛속까지 잘라내는 면도날이 숨어있다. 분명 그는 여전히, 통치부에 반란을 일으킨 내가 그 자신도 배신한 거라고 느끼고 있다.

나는 필터로 철저히 걸러 깨끗한 공기를 크게 들이쉰 뒤 온 힘을 다해 그의 눈을 바라본다. "아뇨." 내가 말한다.

테롤런이 눈썹을 치켜뜬다. "태도 전환 같은 건가, 교수?"

"사령관님의 신조 내에서 정당한 판결이라는 건 인정합니다." 이를 악물고 한 말이다.

"탄원거리를 들고 찾아올 줄 알았는데." 그가 말한다. 참 많은 사람들이 의지하는 시민 반대 의견이라는 낡은 도구. 그것으로 아무것도 얻을 수 없음을 알면서도 뭔가 얻었다고 느끼게 해주는 것. 그리고 적어도 사람들은 반대 의견을 표명했다고 경찰에게 잡혀갈 정도는 아니라고 믿을 수 있지만, 항상 그런 것은 아니다. 사령관은 아마도 내가 반항을 드러내도록 꾀어 구타를 정당화하려는 속셈일지 모른다. 그에게 정당성이 반드시 필요한 건 아니지만 분명 그쪽을 선호할 사람이다.

상황이 달랐다면 어리숙하게 그를 따랐을 테지만, 지금 여기 찾아온 것은 나를 위해서가 아니다. "하지만 바로 그 정당성에 따라, 탐사팀에게 오염 제거를 허락해 달라고 요청합니다."

테롤런이 어떤 내용을 예상했는지 몰라도 이건 아니었다. 아마 그는 내가 정말 울며불며 특별 대우를 바랄 것이라고 생각했을지 모른다. 유약한 학자답게, 고작 중노동 하루 하고는 물집 잡힌 손을 내밀며 울 것이라고. 그는 내게 참으로 숭고하기 그지없다고 비꼬려다가 만 것 같다. 대신 한참 동안 나를 보며 책상 위에 놓인 버추얼 디스플레이를 만지작거리면서 예산 칸과 자원 배당 칸을 오간다.

"교수, 그러면 수송 문제가 일어나지." 테롤런이 내 직함을 곤봉처럼 쓰면서 말한다. "당신과 당신 동료들이 거기서 단 하루 일했는데 바로 오늘 오염 제거를 실시한다면, 처벌하려고 당신을 거기 배치한 게 아니라 특별 대우가 될 텐데. 게다가 당신을 빼고 원래 팀만 오염 제거를 한다면 엉망이 될 거요. 횟수가 맞지 않아서, 전체적으로 오염 제거 처리를 더 많이 하는 결과를 낳지. 자원 낭비야." 나를 올려다보는 그의 눈가에 진 주름이 유쾌한 미소를 감추고 있다. "안 돼, 그 문제를 피할 방법이 없어. 뭐 그렇지."

당연히 그는 즐기고 있지만 나는 분노를 삼키고 이렇게 말한다. "저들에게 이런 고통을 주는 건 정당하지 않아요. 내 처벌은 받겠습니다. 달게 받겠어요, 사령관님. 하지만 아무 이유 없이 가장 숙련된 노동력을 위험하게 만들고 있습니다."

"나무 몇 그루에 불 지르는 일에 큰 경험이 필요하다고 느낀 적은 없어. 오늘 당신도 그 일을 해냈을 텐데." 테롤런은 책상 위로 몸을 바짝 붙이며 가볍게 말하더니 갑자기 미소를 싹 지우고 몰입한다. "하지만 당신의 공동체적 감정은 반갑군. 아마 이제 통치부가 이곳에 부과한 임무를 통해 공익에 이바지하고 싶은 모양이야. 그러니, 당신의 요청을 고려하지. 표준 관행에서 벗어나는 것도 불가능하진 않으니까. 자." 테롤런이 태블릿을 꺼내더니 책상 끄트머리로 민다. 그것을 들자 화면에 이름 목록이 보인다. 현재 노동 구역 대표단 전체의 명단 같다. 클렘과 그를 따르던 사람들 이름도 최종 삭제를 기다리는 유령처럼 붉은색으로 적혀있다.

"그렇게 친절하게 행동하겠다면, 교수." 테롤런이 말한다. "반란에 가담한 동조자를 모두 확인해 주는 게 어떤가. 회의 때 얼굴은 보고 있었을 테니."

나는 서서히 눈을 껌뻑인다. "네?"

"도움을 요청하고 있지 않나." 그의 목소리가 문득 매우 단호해진다. "당신, 죄수가 나, 이 시설의 사령관에게 **도움**을 요청하고 있다. 물론, 공식적으로 그런 일은 없어. 비공식적으로는 가능하지. 당신 처지의 개인에게 내놓을 것이 있다면. 그러니 뭘 갖고 이 도움을 살 생각이지, 교수? 당신이 제안할 것은 정보뿐이야. 나는 당신의 시민 불복종 행위에 가담한 전원이 당신이 말하는 **정의**를 받아들이기를 원한다. 몇 명은 놓친 게 분명해. 그들 이름을 전부 표시하면 그 요청을 고려해 보지."

나는 명단을 내려다본다. 당연히 탐사 팀에 배치된 사람은 이미 전부 확인되었을 테지만, 아직 예전 자리에 있는 사람도 있다. 우리와 함께했지만 나 같은 거꾸로 진급을 면한 알락시가 떠오른다. 반란 지도부였지만 손목 한 대 맞지 않았고, 심지어 지구에서 알던 사람도 아니다. 그 밖에도 더 있다. 아주 많다. 적어도 열두 명은 떠오른다. 그거면 키브와 팀원들이 가스실에 들어갈 수 있을까?

그럴 것 같다. 테롤런은 자신이 공정한 사람이라고 여긴다. 자신이 한 수 위이고 나를 능가했으며 지적으로 나를 굴복시켰다고 생각하는 한. 그는 내가 키브에게 소독할 기회를 주게 하려고 할 것이다. 어차피 노동 구역의 절반이 그렇게 믿고 있듯이 내가 동료를 팔아넘긴다면. 동료 이름을 넘기는 제5열 분자(배신자, 변절자를 뜻하는 관용어—옮긴이). 제아무리 좋은 목적에서라 해도.

그리고 두렵게도, 산사태 직전의 등반가처럼 발밑이 움직이는 것을 느낀다. 나는 **결코** 동료를 팔지 않을 테지만, 지금 그 **직전**까지 왔다. 내가 철칙이라 여긴 모든 것이 사실은 이곳에 있는 온갖 물건처럼 저질로 프린트한 싸구려일까?

"다 있네요." 나는 바싹 마른 목소리로 테롤런에게 말한다. 내 이름을 포함해서, 발설해도 안전한 이름만 전부 표시한다. 이미 이런저런 방식으로 처벌을 받은 우리 모두. 어쨌든 당국이 나머지도 알고 있을지 모르지만, 누가 들키지 않았는지는 확실히 알 수 없다. 그래서 나는 레버에 손을 얹고, 분기점을 향해 굴러가는 전차를 보고 있다. "이미 다 잡았네요. 더 할 말이 없습니다."

"뭐, 그렇다면." 테롤런이 기분 좋은 듯 말한다. "부탁 대신 내놓을 게 없군." 그는 만족한 듯이 헛기침을 하면서 장부를 정리하며 내게 재고할 시간까지 준다. 다시 고개를 들 때 그는 내가 아직 거기 있다는 사실에 놀란 척 연기한다. 그리고 한숨을 쉰다.

"뭐, 그렇다면." 그는 다시 말하고 간수들에게 나를 데리고 나가라고 손짓한다. 돌아보니, 그의 부하가 장갑 낀 손으로 더러워진 태블릿을 재활용 통에 넣고 있다. 내가 더러운, 오염된 손으로 만졌으니 인간 접촉에 부적합한 물건이다.

이튿날 일을 마치고 돌아오니, 부스가 죽었다고 한다. 오염 제거 처리가 충분하지 않았다는 것이다. 혹은 그가 간수에게 못된 말을 했고 그들의 본능적인 구타가 너무 심했는데 이 행성으로 인한 죽음으로 처리된 것일 수도 있다. 그 편이 수월하니까. 또 한 명의 탐사 팀원은 킬른이 이미 부스를—**단 하루 만에!**—너무 많이 먹어 치운 바람에, 그의 안에 들어간 것을 가스 소독으로 죽이고 나자 그도 살 수 없어진 것이라고 음울한 표정으로 말한다. 그래도 우리에게 오염 제거는 없다.

그날 밤, 내 몸의 꾸르륵거리는 소리와 움찔거리는 반응이 끔찍한 균류의 침입 전조 현상은 아닌지 하나하나 확인하면서, 나는 라스무센이 말없이 울부짖는 소리를 듣는다. 유리 감옥이 어느 정도 막아주긴 하지만 그 소리는 여전히 수용소 전체에 울려 퍼진다. 숲이 그녀에게 화답하는 것 같다. 그녀의 소리보다 더도 덜도 이해할 수 없는 외계음의 복합체가.

사흘째, 코끼리가 비행체를 공격하는 고약한 사건이 일어난다.

아니, 정확히는 코끼리가 아니지만, 마치 깔끔하게 정리한 자기네 동네에서 푸드 트럭을 치우라고 요구하는 부촌 주민인 양 나무 사이를 비집고 그것이 나타날 때 나는 맹세코 코끼리인 줄 알았다. 긴 코가 있고, 위로 구부러진 엄니도 보이는 그것은 지구에 적응한 눈에는 모두 '코끼리'로 보인다. 물론 그런 자루눈이 달린 코끼리는 없지만. 게다가, 늘어났다 줄어드는 다리 세 개로 뛰어다닌다는 점도 우리가 아는 일반적인 후피동물은 아니라는 점을 시사한다. 참, 그것의 등에는 한 쌍의 불꽃 색깔 금속성 깃털도 삐져나와 있는데, 그 깃털은 별개의 생물이 틀림없다. 기다란 채찍 같은 꼬리 끝, 눈부신 비늘이 달린 부채가 우리를 향해 마구 신호를 보낸다. 몸통은 곰팡이 같은 연초록색이며, 불행한 새끼 고양이를 잔뜩 먹어 치운 것처럼 우는 소리를 낸다.

우리는 잔해 위로 자라는 덩굴 마지막 부분을 치우는 중이다. 갈고리로 줄기를 걷어낼 수 있는 부분에서는 갈고리를 쓰고, 덩굴이 단단히 뿌리내린 곳은 긁어내고 있다. 코끼리는 조용히 등장한다. 부풀어 오른 발이 소리 없이 걷기 때문이다. 그것이 야옹거리는 소리는 숲이 속삭이는 소리와 섞여 잘 들리지 않는다. 그러나 키브가 비행체를 지키는 일을 맡긴 두 명이 고함을 지른 덕분에 우리는 알게 된다. 비행체가 상하지 않아야 우리가 무사히 귀환해 침대에서 자면서 정화된 공기를 마실 수 있기 때문에, 두 명씩 돌아가면서 그것을 지킨다. 그래서 그 두 명은 괴물과 정면으로 맞닥뜨리게 된다.

둘 중 하나는 대형 총을 갖고 있는데, 클렘의 혁명 분과에서 프린트하던 무기와 별반 다르지 않다. 그 발사체가 코끼리를 찢고 들어가자, 코끼리는 그들을 향해 성난 소리를 내며 코를 휘두른다. 내가 엄니라고 해석한 것은 알고 보니 갯가재의 무기처럼 뾰족뾰족한 창이 끝에 달린, 반쯤 접을 수 있는 팔이다. 우리가 상황을 파악하는 와중에도 그 팔이 튀어나와 키브의 팀원 한 명을 눌러 터뜨린다. 꿰뚫은 것도 아니고, 오로지 타격의 운동에너지만으로 사람을 곤죽으로 만든다. 다른 보초는 매우 합리적인 판단을 내리고 달아나면서 그것을 향해 총을 계속 쏘아 엉덩이에 기다랗게 찢어진 상처를 낸다. 그 속에 내장이어야 하는 것이 보인다. 다만 그것이 찢어진 구멍으로 흘러나오는 대신, 저마다 뭉툭한 박차와 다리를 꺼내더니 찢어진 부분 끄트머리를 잡아당겨 닫아버릴 뿐. 착실한 공생체답게 안에서부터 숙주를 봉합한 것이다. 잔해를 치우던 우리는 그때부터 특이한 작전에 들어간다. 도우러 달려가는 동시에 너무 가까이는 가지 않는 작전이다. 하지만 이 괴물이 비행체를 망가뜨리면 우리는 끝장이다. 누군가 화염 투척기를 가져오라고 외치지만, 우리는 당연히 그들이 준 알량한 양을 화염 투척기 본연의 용도로 다 써버렸다. 코끼리에게 쓰기 위해 아껴둔 건 없다.

키브에게 권총이 있다. 고급 프린터 기술로 제작한, 진짜 화학 추진으로 작동하는 총이다. 키브가 그 총을 쏘자, 코끼리는 애무 자국 같은 흔적만 남기는 탄환보다는 굉음에 더 놀란 듯하다. 코끼리가 하나뿐인 뒷다리로 일어서더니 소리를 내는데…… 한순간 나는 그 외계생명체의 혼란, 분노, 상처를 느낀다고 착각한다. 외계의 기호를 이해 가능한 의미로 번역할 수는 없을 테지만, 그 낑낑거리는 소리를 인간의 감정에 대입해서 번역하는 것이다. 아마 총을 쏘는 것은 보편적 언어이며, 이야기 속에서 본 외계인에게 침략의 의도는 없었을지도 모른다.

권총이 말을 건네자 괴물은 잠시 꼼짝도 않는다. 그 모든 음향과 분노, 총기 발사, 인간의 내장을 터뜨려 죽인 짓이 킬른에서는 예의 바르게 고개 숙여 주고받는 첫인사에 불과하다는 듯이. 이제 함께 자리에 앉아서 사업 이야기를 시작할 수 있다는 듯이.

그것의 코가 기괴하게 꼼꼼한 동작으로 접힌 엄니에서 나와 키브의 팀원 시체를 쓰다듬더니 그 보호복과 피부와 붉은 덩어리를 외계의 땅에 내동댕이친다.

일무스가 허리를 숙이더니 토하기 시작한다. 대부분 헬멧 안에 토하지만, 일부는 성긴 솔기 사이로 스며 나온다. 그녀가 계속 토하는 소리밖에 들리지 않는다. 숲 전체가 다시 조용해진다. 외계의 생물 전체가 숨죽인다. 일무스가 토하는 지구의 액체가 킬른의 토양에 해당되는 섬유질에 흩어지고 그것과 반응을 일으킨다. 제4, 제5, 제6의 종과의 근접 조우가 동시에 일어난다. 죽은 탐사 팀원의 찢어진 시체, 일무스의 토사물, 키브의 권총에서 나온 화학적 추진제가 두 행성의 화학작용이 조우하는 장을 이룬다. 나도 어떤 일이 일어날지 숨죽이고 기다린다. 그 코끼리가, 우리 주위 환경에 우리가 흩뿌린 것들로부터 습득한 인간의 언어를 불쑥 말하기 시작할까? 물론, 터무니없는 소리다.

킬른은 전에도 지구 생물을 죽인 뒤 낯선 단백질과 유기 조합을 해체하려고 소화시키다가 만 적이 여러 번 있다. 우리가 지적인 차원에서 그러듯이, 그들도 유기적 차원에서 의미를 찾는다.

코끼리는 돌아가 버린다. 거의 평온한 모습이다. 마치, 정지 명령 안내문을 붙였으니 이제 지역 통치부 사무소에 보고하면 그만이라는 태도다. 그릴리가 일무스를 도와 헬멧을 닦고 필터 막힌 곳을 뚫어준다. 죽은 사람은 죽어있다.

숲은 여전히 숨죽이고 있다. 이성적으로는 이것이 갑작스러운 총성에 대한 반응임을 알지만, 만물을 의인화하다 보면 침묵에서 온갖 추측에 의거한 의도를 읽어낼 수 있다.

오후 늦은 시각이다. 평소라면 꼬박 한 시간은 더 일해야 하지만 키브가 팀장으로서 결정을 내린다. 그가 그릴리에게 비행체에서 녹화 장치를 가져오라고 한다. 우리에게 그런 것이 있다니 처음 듣는 말이지만, 킬른에서는 매일 새로운 것을 배우게 된다. 점점 높이 쌓이는 내 경험에 따르면, 보통 알고 싶지 않았던 것을 배우게 된다.

"녹화해." 키브가 말한다. 죽은 사람과 일무스의 상태, 아마 코끼리의 통통한 발자국까지 말하는 것이다. 수용소 감독관에게 보여줄 소명 자료다. '선생님, 우리가 코끼리에게 공격을 당하는 바람에 오늘 숙제를 마치지 못했어요.'

녹화 장치가 중간쯤에서 망가진다. 요즘 우리 삶이 그렇다. 이 사건을 통해서 유일하게 긍정적인 면을 찾는다면, 우리 신참들도 이제 팀원으로 자리 잡았다는 사실뿐이다. 프리맷까지. 작업 중에 웬 괴물이 튀어나와 팀원 한 명을 이유도 없이 죽이더니 멀쩡히 오지로 돌아가 버리다니. 그런 경험은 사람들을 하나가 되게 한다. 누군가가 죽은 사람의 유령에게 연락해서 이 일을 설명하면, 이런 결과를 위해서라면 끔찍하고 잔인하게 죽을 가치가 있다고 기뻐할 것이다.

다음 세대를 위해서 우리 상황을 기록할 능력이 사라지자, 키브는 고개를 끄덕인다. 우리는 비행체에 올라타고 귀환한다. 이번에는 드디어 그들이 우리를 소독할 것이다. 그 시간이 기대된다.

18.

첫 번째 잔해 현장 작업이 이틀 더 계속된다. 그 일은 거친 탐험가가 하는 일처럼, 야생이라는 텅 빈 캔버스에 인간의 서명을 새겨 넣으며 요란한 팡파르와 함께 시작했다. 베시칸의 팀원이 깨끗해진 잔해에 관광객처럼 찾아와서 사진을 찍을 수 있도록, 탐사라는 미명하에 청소부들이 마지막 남은 섬유질과 얼룩을 닦아내면서 끝날 때는 시큰둥한 야유만 들린다. 우리는 실제로 일정보다 작업을 일찍 마쳐서 반나절이 남는다. 그러면 곧바로 수용소로 돌아갈 줄 알았는데, 대신 비행체 안에 모여 앉는다. 프린터로 몰래 만든 술 한 병을 키브가 딴다. 우리가 가질 수 없는 물건이지만, 사람들은 통치부의 철권 손가락 사이로 이런저런 것을 빼내 올 방법을 항상 찾아낸다. 축하는 아니다. 적어도 작업 완료를 축하하는 자리는 아니다. 우리는 그 작업에 뿌듯할 일이 없다. 잔인한 얼간이들이 하는 일이니까. 내가 술기운에 베시칸은 이 모든 작업에서 아무것도 배우지 못할 거라고 말하자 인기 점수 0.5점을 얻는다. 뭐, 베시칸은 점점 늘어나는 킬른 알파벳에 삼십여 개의 기호를 더하겠지만, 그중 무엇의 의미도 찾지 못할 것이다. 그는 각 구조물의 내부, 구조적이지도 장식적이지도 않은 안쪽 능선과 소용돌이를 꼼꼼히 기록할 것이다. 그래도 그는 절대 알아내지 못할 것이다. 생명과학자인 내게 흥미로운 부분은 우리가 방금 극도의 편견을 갖고 퇴거시킨 것들이기 때문이다. 잔해가 버림받은 뒤 그곳에 대량 서식하는 생물의 공동체. 다른 어디에서도 자라지 않는, 노란 별 모양 꽃이 달린 기이한 덩굴. 우리가 연구를 통해 배울 수 있는 대상은 바로 **그것**이다. 테롤런과 지구의 이론적 지도자가 배우고 싶어 하는 내용은 아닐지 모르지만, **뭔가** 있다. 거기까지 말하고 나니 선을 넘었구나 싶다. 우리가 위험을 무릅쓰고 두 명의 목숨을 잃어가며 해낸 일이 한 마디로 헛짓이라고 말하는 셈이니까. 하지만 팀원들은 이미 모두 헛짓거리임을 알고 있고, 그들 대다수는 그 작업의 학술적 의미에 관심도 없다. 나는 그저 그 모든 것이 쓰레기라는 그들 개인의 믿음에 전문가로서 확인 도장을 찍은 셈이다. 그리고, 그래서 이전보다 그들과 더 가까워진다.

그렇다면 나의 가련한 생명과학은 어떻게 되는가? 내가 묻는다. 과거에는 산 채로 가져오는 작업을 했지만, 그것이 너무 위험하다는 사실이 밝혀져서 테롤런의 전임자가 중단했다고 키브가 알려준다. 킬른에는 통제하기도, 생사를 분류하기도 어려운 생명체가 많다. 특히 별개의 개체로 보이는 것들이 여러 개의 생명체로 밝혀지기 때문이다. 하지만 탐사 팀원은 여전히 대대적 오지 조사에 투입된다. 그들은 다양한 덫 놓기, 그물 놓기, 가스 살포와 발포 전략을 갖고 있다. 한 마디로, 빠르게 달아나지 못하는 모든 것을 대량 학살하는 것이다. 그다음 그들은 전쟁 범죄를 기록하듯이 시체를 녹화한다. 그리고 돌아가면 프리맷, 혹은 지금 팀장 자리에 앉은 삼인조 중 하나가 유망해 보이는 것을 요청한다. 마치 키브가 테이크아웃 메뉴를 보여주기라도 한 것처럼 말이다.

그렇다면…… 음, 절망스럽다. 그렇다면 생태학적으로 아무것도 배우지 못한다는 뜻이다. 먼 옛날 귀족 수집가처럼 흥미로운 동물만 골라내서 수집할 수는 없다. 생태학의 핵심은 맥락이다. 그렇다. 킬른에서는 모든 생물이 각자의 생태학적 맥락을 갖는다. 하지만 그 작은 협동체는—작은 분과라고 나는 내심 생각한다—더 넓은 생태계 일부로서 작동하기 때문에 존재한다. 특정 동물의 조합이 모여 거대-종을 이루는 이유는 오로지 주위 다른 거대-종에 의한 압박 때문이다. 한마디로, 적응과 관련해서 킬른에서는 지구에 비해 작용하는 역학이 한 층 더 있다는 말이다. 그래서 이곳 생물학이 더 복잡해지며, 이는 그 자체로 연구 대상이 되어야 한다. 단순히 야생인을 찾느라 헛고생을 할 게 아니라. 어느 대머리 팀장이 찾아와서 남아있는 죽은 부분에 '의례용' 표지를 붙일 수 있도록 전부 치워버려야 하는 폐기물로 취급해서는 안 된다.

비행체에서 나는 화를 내며 프리맷에게 이렇게 불평한다. 프리맷은 아직 '우리'가 되지 않았다. 일무스조차 그녀 주위에서는 냉담해지고, 키브의 기존 팀원은 그녀에게 말도 걸지 않는다. 아주 최근까지 아까 말한 '테이크아웃 메뉴'를 보고 주문하던 프리맷은 나를 향해 찡그린다.

"그것도 생물학이에요." 그녀가 말한다. 결국, 그녀의 전공은 생화학과 생명공학이다. 그녀는 숲에서 무엇이 나오는지 별로 관심이 없다. 어쨌든 그녀가 살필 재료는 늘 있으니까. 내가 동물을 환경에서 분리시키면 아무것도 배울 수 없다는 소리를 더 늘어놓자 프리맷은 비웃을 뿐이다.

"알 수 없죠. 나는 기록을 봤어요. **라스무센**의 기록을 봤어요. 라스무센도 당신처럼 생각했죠. 그리고 미쳤고."

"킬른이 라스무센을 미치게 한 겁니다." 내가 말한다. "문자 그대로 미쳤죠. 그것이 라스무센의 뇌 속에서 자라서." 그런데 어쩐 일인지 그녀를 죽이지는 않았고. 그전까지 간과했던 불편한 사실이 문득 떠오른다. 따지고 보면, 부스는 금세 소각 장치에 던져지지 않았는가.

"그전까지 라스무센은 절망했죠." 프리맷이 말한다. 우리는 시끄러운 로터 소리 때문에 서로의 귀에 대고 고함을 지른다. "댄스의 박자가 바뀌는 순간 모든 것이 파트너를 바꿀 수 있다면 생태학을 어떻게 배우지? 라스무센은 그렇게 적었어요……." 프리맷의 목소리가 잦아들더니 "나중에"라고 손짓하며 눈을 굴린다. 다만, 귀환하자 간수들이 프리맷을 데려간다. 그녀의 부하들이 제대로 파악하지 못한 노트의 내용을 설명하게 하기 위해서다. 프리맷은 찬탈자들의 의도를 알고 있었으므로 일부러 해독하기 어렵게 적어두었을 것이다. 특이한 암호, 사적인 참조 사항, 빈틈. 공식은 머릿속으로 암기하고 중요한 부분을 생략해서 누가 몰래 베끼지 못하게 한 옛날 연금술사처럼. 아마 그 내용을 훔쳐간 도둑이 그대로 따라 하다가는 눈앞에서 폭발이 일어났을 것이다. 핍, 팝, 퐙이 프리맷의 기록을 정리해서 제시하려 한다면 사령관과 아주 즐거운 시간을 보내게 될 것이다.

나중에 알고 보니 라스무센이 쓴 내용은 킬른의 생태학적 변화와 진화가 일어나는 방식을 장황하게 늘어놓은 횡설수설이었다. 라스무센은 생태권이 인간의 침범에 반응하면서 변화하는 과정을 목격했다고 주장했다. 상리공생 유기체의 서로 다른 조합, 인간이 발을 디딘 땅에서 일어나는 생태계 전체의 변화. 생명체, 그리고 생명체의 더 폭넓은 네트워크는 지구에서도 반응하지만, 지구에서는 대체로 여러 세대, 여러 세기에 걸쳐 반응한다. 대부분의 종이 변화하는 조건에 반응하여 방식을 바꿀 수 있는 속도에는 한계가 있다. 그리고 그들의 실질적인 **존재**를 바꿀 수 있는 양에도 확실히 한계가 있다. 아주 작은 변화를 통해 발판을 마련하고 시작되는 진화에는 수만 년이 걸리고, 대대적인 변화에는 수백만 년이 걸린다. 그렇다. 물고기는 부레를 폐로 바꿨고, 건기가 오자 그것이 강점으로 작용했다. 하지만 킬른에는 갑자기 모든 것이 건조해지면 숨 쉬기 어려운 모두에게 폐 서비스를 판매하는 방문판매 세일즈맨에 해당하는 생물이 있다. 이곳에서는 모두가 기회주의자지만, 이 기회란 무엇을 먹거나 상대를 경쟁에서 이길 기회가 아니다. 아마도 거대-종은 늘 멸종하지만, 그것을 포함하는 조각들은 계속해서 새로운 공생 관계를 형성할 것이다. 파산한 회사의 이사들이 새로운 이름으로 회사를 차리듯이.

프리맷이 돌아오면 내게 라스무센에 관한 다른 이야기도 들려줄 것이다. 아니, 끝까지 말하지 않더라도, 너무나 명백한 방식으로 말을 멈춰서 내가 알아들을 수 있게 될 것이다. 라스무센은 과학 팀 팀장으로 일하던 기간의 말미로 갈수록 필사적으로 변했다. 단순히 당시 사령관이 그녀가 얼버무리는 내용에 차츰 인내심을 잃어서가 아니라, 그녀 자신이 얼마나 이해하지 못했는지 이해했기 때문이다. 프리맷은 라스무센이 스스로 킬른에 감염됐다고 생각한다. 부주의해서가 아니라, 고의적으로 이 세계의 생물을 자기 몸에 넣어 서로 악수하고 친하게 지내도록 격려한 거라고. 나는 그렇게 믿지 않지만, 라스무센의 긴 수명을 딱히 설명할 수도 없다.

그 사실을 깨달은 뒤, 나는 당연히 꿈을 꾼다. 밤새 세 차례 꿈을 꾸며 발길질을 하고, 비명을 지르고, 침대에서 떨어진다. 라스무센이 기어서, 몸을 질질 끌고 노동 구역으로 들어오는 모습이 보인다. 그런데 그녀 몸의 아랫면이 달팽이 발처럼 꿈틀거리면서 두툼한 위족을 뻗어 그녀를 떠메고 온다. 막대처럼 가느다란 양팔이 앞으로 쑥 튀어나와 거미 다리 같은 손가락을 펼치고서 더듬이처럼 어둠 속을 마구 휘젓는다. 눈은 감고 있다. 어쩌면 그 주름진 눈꺼풀 뒤에 있는 것은 더 이상 눈이 아닐 것이다. 주름진 입술이 내 이름을 말한다. 사령관처럼 그녀도 묵음을 빼고 정확하게 발음한다. 그녀는 침대 사이 통로를 기어오며 헉헉거리고 식식거린다. 자신의 위대한 발견을 전하려고 필사적이다. 치료 불가능한 오염으로 팀장 지위를 빼앗긴 뒤 그녀가 이해한 킬른의 생태계를 전하려고. 그들이 그녀를 데려가서 노동수용소 공연장의 유일한 영구 전시물로 만든 뒤에. 나는 그녀의 손이 내 침대 가장자리를 거머쥘 때마다 깬다. 알고 싶지 않다고 목이 터져라 비명을 지르며 다른 사람들을 죄다 깨웠기 때문에 이튿날 아침 나는 매우 인기 없는 인물이 된다.

프리맷의 침대는 아직 과학 팀에 있다. 참 불편하고 어색한 일이다. 예전 동료들과 같은 구역에서 자다니. 고고학자 베시칸과 함께. 핍, 팝, 퓹과 함께. 몇 년간 정체된 연구에다, 반체제 인사로 알려진 아턴 다데브와의 관계라는 비법 재료를 추가해서 그녀를 킬른 프로젝트를 방해한 장본인으로 만든 사람이 그중에 있는데 함께 자야 한다니. 프리맷은 밤이면 신들과 함께 그 위에서 자고, 낮 동안에는 악마 무리에서도 가장 미친한 범죄자가 되어 제 역할을 맡는다. 우리가 나갈 준비를 할 때마다 그녀가 다리를 절며 계단을 내려오는 모습을 보면서, 나는 예전 침대를 쓰게 하는 가장 주된 이유는 계단을 오르내리도록 하기 위해서가 아닐까 생각한다. 그건 참 통치부 관료주의자치고도 치사한 짓이지만, 어쨌든 그들은 프리맷이 승강기를 못 쓰게 한다. 우리의 서툰 관계에 근거해서 짐작해 보면, 프리맷을 위층에 분리시키는 것은 오히려 연애를 금지하려는 속셈일 것이다. 지금 우리 둘 중 누구도 그런 생각을 하지 않는데도.

다음번 작업을 나갈 때 나는 최선을 다해 프리맷과 키브의 나머지 팀원을 이어주려고 노력한다. 분명 내가 감정에 영향력을 미칠 수 있는 일무스와 프리맷의 사이도. 하지만 결국 내 유대 관계마저 불안해지고 만다. 일무스는 내가 '그 과학 팀' 일원을 옹호하는 건 내게도 도움이 안 된다고 아예 대놓고 말한다. 일무스가 생각하기에 프리맷은 여전히 이념적 반역자이고, 다른 모두에 비하면 확실히 **저들**에 속한다. 그래도 나는 계속 노력한다. 프리맷이 어떻게 해야 했는지, 무엇을 했어야 하는지 일무스에게 묻는다. 프리맷은 지구에서도 핵심 정통파 학자가 아니었다. 그랬다면 그들이 그녀를 여기로 보내지 않았을 것이다. 노동자가 아닌 스태프로 왔지만, 그렇다고 그녀가 호의를 입었다는 뜻은 아니다. 지구에서 몇 가지 상황만 바꾸면 우리 둘 중 누구도 그녀의 입장이 될 수 있었다. 입장. 하지만 일무스는 듣지 않으려 하고, 내가 그런 주장을 할수록 그네는 결국 내가 고자질쟁이일 수 있다는 듯 흘겨본다.

아무리 그러지 않으려고 노력해도 나 역시 그네에 대해 가끔은 같은 질문을 던질 수밖에 없다. 탐사 팀에 배정된 것이 배신자가 아니라는 증거라고 누가 보장하나? 탐사 팀 신참 중 배신자가 **될 수 없는** 사람은 프리맷 하나 정도다.

이런 것 때문에 혁명이 침몰한다. 국가의 두툼한 손이 모두를 쥐어짠다. 감시와 밀고자, 이웃을 지켜보는 이웃 때문에 나 자신 외에는 모두를 의심하게 된다. 결국 자신조차 의심하게 된다. 사령관 앞에서나 다른 때, 내가 한 말이나 행동 때문에 우리가 발각되었나? 지구에서 나도 모르게 한 말 때문에 일무스가 잡혀간 걸까? 나는 참 많은 말을 했다. 우리 학자들에게는 어느 정도 정설에 반대할 권리가 있다고 믿으며 참 편하게 살았다. 실험과 가설, 다른 상황을 생각하면서. 그들이 강력 탄압을 시작하고 친구 절반이 잡혀갈 때까지. 일무스에게 사과하고 싶다. 혹시 그녀가 나 때문에 잡혔을지도 모르니까. 다만, 그러면 우리 사이 마지막 남은 연결 고리가 끊어질 것이다. 끝없는 의심의 문화 속에는 용서의 여지가 없기 때문이다. 게다가, 클렘과 우리 나머지를 판 것이 일무스였다면? 그러면 내 사과가 얼마나 멍청하게 들리겠는가?

이런 식으로 그들은 우리를 잡는다. 이래서 우리는 패배한다.

이곳에서는 해가 뜨고 지기까지 하루가 지구보다 더 길긴 하지만, 우리가 쓰는 엄격한 지구 달력에 따르면 우리는 3주간 이렇게 지낸다. 그 무렵 나는 내가 속한 자리를 잘 알게 된다. 단순히 노동 구역의 좋은 자리를 잃는 것이 아니다. 이곳 킬른에서 과학이라 불리는 멀건 귀리죽 한 그릇을 위해 목숨 걸고 일하지 않을 때, 탐사 팀은 수용소 내에서 잡일을 배정 받는다. 화장실 청소나 하수구 뚫기 등의 일이 과도하게 부과된다. 외계 행성 탐험이 굉장히 용감하고 대담하고 영광스러운 일이라고 말한 사람은, 솔직히, 꺼지시라. 왜냐하면 일단 우주산업이 정식으로 가동되고 물리적으로 찾아갈 수 있는 외계 행성이 생기고 나면, 외계 행성 탐험이 실제로 상당히 불편하다는 것을 알게 되기 때문이다. 외계 행성을 실제로 탐험하는 일은 사회의 무급 인턴에 해당하는 사람에게 맡겨진다. 없어져도 아쉬울 것 없는 사람, 갑자기 죽어도 맡은 임무에 큰 방해가 안 되는 사람. 혹은 기계에게 맡겨진다. 혹, 기계가 일도 능숙하지 않은 데다 동시에 예산 감독 위원회에 부담이 된다면, 결국 죄수 노역으로 이양된다.

노동 구역의 우리 **모두** 이 악랄한 세계에서 죽을 때까지 일하러 온 죄수 노동자지만, 탐사 팀은 다른 모두에게 무시당한다. 체제가 노골적으로 그렇게 만들었다. 오염 제거 비용을 아끼는 탓에 아무도 우리 곁에 오고 싶어 하지 않는다. 그리고 탐사 팀 내에서는 우리 신참과 말썽쟁이들이야말로 아무나 걷어찰 수 있는 엉덩이다. 우리가 여기 배정된 게 처벌이라는 사실이 이미 분명한데도 그것을 잊지 말라고 상기시키는 것이다. 우리는 이 팀에 들어올 때 다른 모두의 삶을 더 힘들게 만들어서 미움을 샀다. 사령관과 그의 스태프가 통제를 유지하는 방식이 그것이기 때문이다. 분열 속의 또 분열. 우리 모두 형제자매를 등진다. 그리고 이것이 클렘이 지은 대죄다. 그가 윗사람에게 감히 반기를 들었기 때문이 아니라, 사람들을 모아서 그렇게 했기 때문이다. 그러나 클렘의 반란은 실패했고 우리는 여기, 낮은 곳에서도 가장 낮은 곳에 왔다. 실패한 혁명보다 더 창피한 일은 없으니까.

함께할 기회만 생기면 일무스와 나는 이런저런 이름을 주고받는다. 죄수 일당과 함께 묶여 3주를 보내고 나니 우리는 불편한 균형 상태에 도달했다. 나는 일무스가 절대 나를 팔지 않을 거라고 내심 생각해왔다. 머릿속에서 수없이 그렇게 말했더니, 인지부조화가 일어나서 그 말을 반쯤 믿게 됐다. 일무스는 자신도 내게 같은 믿음을 갖고 있다고 맹세했고, 나는 그 말이 사실이기를 바랄 따름이다. 아니면 적어도 그네가 나처럼 머릿속에서 의심이 고개를 들 때마다 눌러버리기를 바랄 따름이다. 서로에 대한 의심을 억누르는 최선의 방법은 제삼자를 의심하는 것임을 우리는 알고 있다. 따라서 우리는 당연히 우리 둘은 아니라는 점잖은 허구에 동의하고 누가 우리를 팔아넘겼는지 추측한다. 혹은 어떤 사람들이 모여서 저도 모르게 배신자 복합체를 이뤘는지. 그렇다면 용의자는 많다. 여전히 관리 팀이나 가사 팀이나 발굴 지원 팀에서 일하는 사람 전부가 가담했다고 상상하는 편이 쉬울 정도다. 우리는 새로 생긴 탐사 팀에 들어간 오코스터를 본다. 그가 항상 우리보다 편한 것 같지 않나? 더 깨끗한 현장, 더 다루기 쉬운 괴물을 맡지 않나? 그 얼마 안 되는 차이가 배반의 대가인가? 아니면 우리는 저 멀리 노동 구역 끝 숙사를 보며 계속 특권을 누리고 있는 예전 동료를 살핀다. 누구라도 그랬을 거라는 표정으로 켕기는 듯 여전히 우리 쪽을 흘끔거리는 알락시. 알아봐야 건강에 해롭다는 정당한 이유로 우리를 모르는 사람 취급 하기로 마음먹은 크로언 같은 사람들.

우리, 일무스와 나는 그들의 이름을 나눈다. 하지만 우리는 알 수 없고, 탐사 팀에서 겪는 소모를 감안하면 배신자가 누군지 모르는 것이 문제가 될 만큼 오래 살지 못할 가능성이 크다. 게다가 안다 해도 할 수 있는 일이 없다. 우리가 알아낸 사실은 킬른의 여러 생물처럼 우리 안에 자리를 잡은 뒤 서서히 숙주를 먹어 치울 것이다.

아마 엔지니어 캘렌일 것이다. 따지고 보면, 상대적으로 무고한 프리맷이 탐사 팀으로 쫓겨났는데도 그는 아직 스태프 일을 하고 있다. 이제 쇄골에 빛나는 추적 핀을 박은 캘렌. 하지만 그를 의심하고 보니 그것조차 보여주기용으로 보인다. 배신자의 변장. 의심을 막아보려는 알량한 행동. 나를 방해한 것이 알고 보니 그저 오컴의 면도날임을 알게 될 때가 있다. 기관의 사나이 캘렌은 실제로 내내 기관을 위해 일하고 있었다. 충격적인 발견! 내 마음속 나침반은 '과연 클렘이 그렇게 바보였을까?'에서 '그를 끌어들이다니 클렘은 참 바보였군'으로 향한다.

그리고 또 한 가지 이어지는 생각이 있다. 일무스에게 말은 안 해도, 매일 밤 잠들기 전 머릿속에서 이리저리 뒤집어 보는 생각이다. 내가 전부 불어버릴 수 있기 때문이다. 실제로 그런지는 알 수 없지만, 대체로 그렇다고 나는 믿는다. 내가 청하면 간수들은 나를 다시 테롤런에게 데려가고, 테롤런은 이름이 적힌 새로운 태블릿을 내게 건넬 것이라는 생각. 계획에는 가담했지만 탐사 팀에 들어오지 않은 운 좋은 놈들의 이름에 전부 표시할 수 있었다. 그들은 멀쩡한데 왜 나만 고생해야 하나? 그리고 만약 내가 그렇게 하면 배신자도 잡을 수 있을 것이다. 라스무센이 내 침대를 부여잡는 꿈을 꾸지 않을 때, 나는 그렇게 고발하는 꿈을 꾼다. 나는 이름에 표시한다. 실제로 태블릿의 글자는 보이지 않지만 내가 누구를 넘기는지 정확히 알고 있다. 알락시에 표시한다. 이 행성이 서서히 가져다주는 죽음을 그녀에게 안긴다. 크로언은 가담하지 않았는데도 그녀의 이름에 표시하기도 한다. 그녀의 냉담함이 싫기 때문이다. 그리고 가끔은 이곳 킬른에 없는 사람들도 저주한다. 오래전, 지구에서 멀어진 동료들. 이런 꿈을 꿀 때는 비명을 지르며 깨어나지 않지만, 이쪽이 더 지독하다. 깨어나는 동안 이 꿈에서 비롯된 죄책감이 자리 잡고, 나는 사람들 생각대로 배신자가 된 듯 흠칫거리며 슬금슬금 돌아다닌다. 사령관은 나에 관해서 생각도 안 할 가능성이 높고 내가 동참할 수 있는 길도 이미 막혔지만, 내 꿈속에서 사령관은 여전히 나를 회심시키려고 열심이다. 아텐 다데브의 충성심이, 미지의 야생인을 찾아내고 잔해의 비밀을 푸는 것보다 더 중요하다.

그러다가 어느 날 간수들이 나를 데리러 온다. 나는 어떻게 대응할지 고민이 되어 가만히 서서 그들에게 끌려간다. 나는 죄수 중에서 뽑혀 나가는 일이 얼마나 큰 공포인지 안다. 자기방어를 할 힘도 없이 무슨 짓을 당할지 모르는 상황이기 때문이다. 하지만 동시에 추악한 배신자의 희망도 솟는다. '나를 살려주는 건가?' 그 태블릿이 내 앞에 놓이면, 이번에는 발설할까?

사령관이 내게 줄 것이 있다고 한다. 옛 친구와 차를 마시자고. 베시칸을 떠올린다. 핍 등등이 일을 너무 못해서 프리맷이 복귀하게 된 것인지 궁금하다. 하지만 대신 그들은 나를 과학 팀 옆 창고로 데려간다. 라스무센에게로. 라스무센이 나를 보더니 벽에 붙은 도마뱀처럼 플라스틱에 찰싹 달라붙는다. 얼굴 절반이 납작하게 눌린다. 눈, 벽에 눌려서 형태가 비뚤어진 눈알. 그녀의 입술이 일그러지며 움직이는 것이 보인다. 간수 하나가 마이크를 켜자 그녀가 울부짖는 소리가 실내를 채우고 수용소 전체에 퍼진다.

"널 찾고 있다." 간수가 내게 진심을 담아 말한다. "마무리 지어야 할 일이 있는 모양이지."

그제야 나는 깨닫는다. 사령관은 정말로 내가 명단을 들고 찾아오기를 기다리고 있었다. 그는 내게 3주를 줬고, 이제 인내심이 바닥났다. 나는 라스무센 옆에 들어가게 될 테고, 이번에는 아마 날 꺼내주지 않을 것이다. 그래서 나는 그들과 싸우려 한다. 그들의 예상보다 힘이 센 덕분에 붙잡은 손아귀를 벗어나기도 한다. 그들 셋이서 나를 플라스틱에 밀어붙여 라스무센의 무시무시한 눈을 마주 보게 한다. 그녀의 음성이 우리를 갈라놓은 벽을 진동시키고 스피커를 쩌렁쩌렁 울리며 내게로 온다. 웃고, 깔깔거리고, 원숭이처럼 외치는 사이사이, 후퇴하는 군대처럼 터덜터덜 진짜 언어가 비집고 나온다. "그 사람을 내게 줘!" "만나게 해줘!" "다리!" 나는 비명을 지르고, 버둥거리고, 울며, 두려워서 어쩔 줄 모른다. 죽을까 봐가 아니라 죽음보다 지독한 일을 겪을까 봐. 라스무센의 불결하고 지긋지긋한 존재가 내게 들어오면 다시는 나 자신이 되지 못할까 봐.

잠시 후 간수들이 나를 붙잡은 손을 놓자, 나는 창고 절반의 빈 공간을 내달려 끔찍하게 납작해진 라스무센으로부터 얼마 안 되는 거리를 둔다. 그러자 그들이 웃는다. 그중 하나가 마이크를 끄자, 그들이 신나서 쩌렁쩌렁 웃어대는 시끄러운 소리가 그녀의 울음소리를 대체한다. 아마 전부 장난이었나 보다. 사령관은 나를 전혀 생각하지 않았는데, 누군가가 내가 어떤 악몽을 꾸는지 몰래 전해서 저들이 나를 겁주고 놀리기로 한 것이다. 장난이야, 악감정은 없어, 교수. 하하하. 나는 그곳에 비해서 평범하게 잔인한 노동 구역으로 돌아간다. 모두 나를 보지만, 이번에는 내 비명을 들었기 때문에 더 의심하지는 않는다.

그다음 우리가 가게 된 잔해는 잔해가 아니다. 드론 알고리즘에 오류가 있어서, 무고한 식물군과 동물군(혹은 자동력이 있거나 정주하는 다양한 조합의 불분명한 것들)을 제거하고 난 뒤 나온 것이 실제로 바위에 불과하다는 사실이 밝혀진다. 우리는 이틀째 복귀 허가를 받고 이른 오염 제거까지 받는다. 종교, 특정 교파와는 무관한 기념일이 일찍, 동시에 찾아온 것 같다.

그다음 며칠간 단조롭고 힘든 일을 한 뒤에 새로운 과제가 주어지자 키브의 팀은 다시 떠난다. 그리고 모든 일이 크게 틀어진다.

19.

이번에는 진짜 잔해다. 착륙하기 위해 나무 두 그루를 폭파하자 잔해가 보인다. 덩굴과 전에는 본 적 없는, 육지에 사는 멍게 같은 번들거리는 남근 모양이 잔해를 뒤덮고 있다.

이곳 숲은 킬른 기준에서 봐도 이상하다. 수용소에서 다른 방향으로 진입하니 확연히 다른 생물군계가 보인다. 지면이 더 낮고 축축하며, 새로운 종간 상호작용이 균형을 이루고 있다. 배가 둥근 나무는 키가 더 작고, 겉이 덜 단단해서 건드리면 물풍선처럼 진동한다. 그것을 폭파하면, 익숙한 단단한 껍질 파편이 튀는 대신 축축한 나무껍질과 눌려있던 색색의 내장이 토사물처럼 튀어나온다. 게다가 그 나무는 밀림처럼 빽빽이 모여있지는 않지만, 그렇다고 비행체를 곧바로 착륙시킬 만큼 띄엄띄엄하지도 않다. 아니면, 그저 키브가 짜증을 풀기 위해 나무 몇 그루를 폭파시키고 싶었을 뿐이다. 나무—그것들은 나무가 아니고 사실상 식물도 아니라는 것을 항상 기억하라—사이에는 반투명한 바람자루가 온통 박혀있고, 꼭대기에는 태양을 마시는 아이비가 달린 높다란 줄기들이 있다. 킬른판 강가의 야생화다. 햇빛이 비치면 그 가장자리에 무지개가 생기는데, 무지개조차 지구와 사뭇 다르다. 우주 어디에서나 빛은 빛이지만 킬른의 대기, 즉 공중에 떠다니는 플랑크톤을 가진 파랑-노랑-검정의 하늘이 빛을 다른 방식으로 여과한다. 이 외계의 무지개만큼 내가 지구에서 얼마나 멀리 와있는지 실감 나게 하는 것은 없다. 그것과, 이 야생화가 게걸스럽게도 육식이라는 사실. 바람자루 부분이 떠다니는 포자와 입자 생명체를 들이마시면서 인간의 거친 숨소리 같은 소리를 끊임없이 낸다. 곤죽 같은 땅 바로 위에 그것들이 빽빽하다.

키브가 갈고리와 화염 투척기를 휘두르는 동안 나는 머릿속에 생태계를 떠올린다. 아니, 생태학과 해부학을 모두 포함하는 킬른 특유의 학문 분야를 떠올린다. 줄기는 바람자루에게 지지대를 제공하고, 아마 바람자루는 잡은 것의 일부를 집세로 지불할 것이다. 그리고 그들은 이동한다. 서서히 그리고 가끔씩이지만, 줄기 발치에는 관족(管足) 덩어리 위에 돌 같은 것이 있어서 전체 조립체를 이동시키고 그 순간 최적의 위치를 차지한다. 그중에서 가장 큰 것도 내 허리에는 미치지 못하지만 온 세상이 집약된 생물이다.

그리고 잔해가 있다. 거기 들러붙은 덩굴은 다른 종류다. 광합성을 하는 검은 우물 같은 꽃에는 밝은 주황색 가시가 퍼져있다. 우리가 이리저리 돌아다니면서 소각 준비를 하는 동안 그 가시는 부르르 떨면서 우리를 뒤쫓는다. 그리고 나는 거기 인간을 투사한다. 항상 그렇게 된다. 그것들의 바늘 끝처럼 뾰족한 부분을 계속 의식한다. 전체 합성체가 나를 해치기를 간절히 바라는 느낌이다. 우리가 제국주의 침입자로서 그곳에 온 것을, 과학과 진보의 이름으로 그곳의 고고학을 훔치고 생명체를 살해하러 왔음을 그것이 이해하고 있다고, 나는 영혼 깊은 곳에서 느낀다. 증오란 지구의 것, 인간의 것이며 이 감각이 거의 없는 식물 집합체가 우리 존재를 이해할 수도 없다는 사실을 알지만, 나는 그것이 우리를 증오한다고 생각한다.

그런데 그것이 우리에게 덤빈다. 우리 모두에게 여러 차례 덤빈다. 우리가 잔해의 표면에서 그것을 잘라내고 불태우는 동안, 그 작은 침 달린 놈들이 펜싱 팀처럼 우리에게 덤벼들고 엄청난 자살 공격을 시도하며 덩굴을 쏘아 우리를 찌른다. 그것들이 우리의 얇은 보호구를 손쉽게 뚫고 들어와 뭔가 주사한다. 아무 생각도 없는 식물의 분노 때문에 우리는 처음으로 비행체로 후퇴한다. 그릴리가 떨리는 손으로 기초적인 응급처치 용품을 꺼낸다. 그릴리가 우리에게 소염제와 알레르기 억제제를 잔뜩 주사하고, 우리는 발병하는지 지켜보며 기다린다. 그 가시에 어떤 킬른표 독성물질이 있는지 모르겠지만 그것이 몇 광년 떨어진 지구 생물을 중독시킬 수 있을까. 하지만 결국 물리적 통증과, 필터를 거쳐서도 스며드는 고약한 귀지 냄새뿐이다.

나중에, 사실은 너무 늦게, 나는 생태학자로 돌아가서 그 냄새가—우리에게는 희미하게 느껴지지만 킬른의 콧구멍에 해당하는 대상에게는 굉장히 뚜렷할—어떤 신호일지 모른다고 추측한다. 어떻게든 그 덩굴의 생존과 관련된 다른 생명 조합체에 보내는 경보일지 모른다고. 모두가 파트너끼리 거래하며 작은 원을 그리는, 어이없을 정도로 복잡한 생명 순환 고리에 속하기 때문에 보낸 경보. 왜냐하면 우리가 덩굴을 얼마 제거하지도 않았는데 코끼리 아빠가 찾아왔기 때문이다.

저것이 나무를 뚫고 쿵쿵거리며 다가올 때, 나는 그것을 떠올린다. 우리의 첫 잔해 작업 때 우리 비행체를 공격한 것은 코끼리였고, 이것도 비슷하게 생겼다. 다만 이것이 더 크고, 시작부터 훨씬 더 성이 나 있을 뿐. 커다란 고무 발이 달린 다리 세 개짜리 또 다른 괴물이 반쯤은 걷고 반쯤은 굴러서 등장한다. 윗부분은 갑주다. 섭취한 미네랄이 살갗으로 겹겹이 분비되어서 아직 마르는 중인 것처럼 번쩍인다. 그리고 팔. 관절로 이루어진 세 개의 아치형 팔을 팔꿈치까지는 높이 들고 그 아래로는 구부려서 몸속으로 접어 넣고 있다. 몸 안에 빈 공간이 있거나 어느 목소리 높은 반의존적인 승객이 있는지 통통 치는 소리를 낸다. 공포 영화에 등장하는 으스스한 고택에 달린 커다란 문고리와 똑같은 소리다. 죽음의 종소리지만, 우리는 제대로 이해하지 못한다. 괴물이 크긴 해도 느리기 때문이다. 돌이켜 보니 그것이 우리에게 성을 내며 달려드는 것이었지만, 통통하고 작은 다리 때문에 속도가 매우 느리다. 인간의 시간 영역에 사는 존재는 그것이 지루하다고 여길 뿐 성난 것으로 보기는 어렵다. 다만 그 둥둥거리는 소리는 전쟁의 함성임을 나는 깨닫는다. 드디어 우리의 침범에 반응이 일어났고, 생물체 공유를 통해서 오랜 세월의 동맹이 부른 결과, 여기 기갑부대가 오고 있다.

그것이 젤리 같은 나무 두 그루 사이로 몸을 끼워 넣더니 우뚝 선다. 나무들이 출렁인다. 그것도 출렁인다. 갑주 부분과 구부러진 팔이 이 우스꽝스러운 세상 전체에서 유일하게 단단한 것처럼 보인다. 우리는 멍하니 바라본다. 그리고 나는……

뭔가 느낀다.

그것에는 눈이 많다. 몸에서 축 늘어진 부분 전체에 여드름처럼 흩어진 눈도 있고, 몸에서 가장 높은 부분인 팔꿈치 위에 보안 카메라처럼 달려있기도 하다. 하지만 거기에는 접촉이 없다. 인간, 개, 사마귀와 달리. 심지어 물고기와도 달리. 주먹만 한 구체의 집합이 수용기 내벽에 창문처럼 나있는 것만 보인다. 킬른 생물이 장기를 발휘해서 광합성을 하는 표면으로부터 진화한 것이다. 그리고 그 눈은 아마도 별개의 존재일 가능성이 높다. 반독립적인 공생체가 "먹을 것을 주면 뛰어난 시각을 제공하겠다"라고 쓴 표지판을 들고서 새로운 숙주의 본래 안구에 뿌리를 내린 것이다.

지구에는 물고기의 혀를 먹어버린 뒤 그 혀를 대신하며 물고기의 먹이를 계속 훔쳐가는 해양 등각류가 있다. 하지만 그러기 위해서 등각류는 부업으로 물고기 혀 노릇을 해야 한다. 그 일을 잘해서 물고기가 계속 살아갈 수 있게 해야 한다. 새로 생긴 독립적인 혀에 먹잇감을 긁어모을 수 있는 작은 팔이 잔뜩 달려있어서인지 그것은 본래 혀보다 일을 잘한다. 아니, 물고기 혀가 특별히 성능이 좋은가? 기억이 나지 않지만 내 노트는 몇 광년 떨어진 지구에 있다. 또 하나가 있다. 진드기 혹은 다른 미세 절지동물이 군대개미 발에 붙어 이동하는 것이 떠오른다. 하지만 개미는 다른 개미에게 붙어 교각이나 비슷한 본능적 건축을 형성하기 위해서 발이 필요하므로 진드기는 사실 개미의 발이 하는 역할을 해야 하고, 실제로 그 역할을 한다. 진드기는 필요할 때면 붙잡고, 개미가 놓기를 원하면 놓는다. 진드기는 개미가 위험한 물체를 다루기 위해 쓰는 작은 도구가 되는 것이다. 지구에서는 그렇다. 주위를 계속 관찰해 보니, 이곳 킬른에서 진화는 그 개념을 열심히 받아들여서 전부 그렇게 이루어지고 있다.

코끼리 아빠가 다른 무언가의 눈으로 나를 빤히 본다.

그것의 팔꿈치까지 높이는 4미터이고, 적어도 2톤은 되어 보인다. 그것이 다시 텅텅 소리를 낸다. 똑 똑. 누구십니까? 킬른입니다. 킬른 누구요? 그냥 킬른입니다. 킬릉. 킬링. 곧 일어날 일이다. 우리는 지구 침략군이고 인류가 가장 열심히 수출하는 것, 불과 검을 가지고 왔으니까.

쇼어라는 예전 혁명 동료가 화염 투척기를 갖고 있다가 쏜다. 키브가 신호를 했는지 모르겠다. 쇼어가 광기에 휩싸여 다 태워버리는 것은 아니지만, 문득 정신을 차리고 보니 비슷한 소리가 들린다. 우리가 무슨 드라마 속에서 괴물과 마주하고 궁지에 몰려 사투를 벌이는 군인이라도 된 것처럼. 하지만 그래봐야 화염으로 괴물을 훈계하고 쫓아내려는 것에 불과하다. 신문지를 말아 콧잔등을 한 대 때려주는 행동을 소이탄으로 하는 셈이다.

그러나 그것은 적대감의 선언으로서 충분하다.

누가 스포츠 팀 마스코트를 한 대 치기라도 한 것처럼 코끼리 아빠가 풍선 다리로 뒷걸음질 친다. 그리고 난리가 벌어진다. 커다란 갑주 팔이 철컥 내려오더니 더 좋은 다리가 되어서 괴물의 축 처진 몸뚱이를 인간 머리 높이 위로 들어 올린다. 갑자기 그것이 뻣뻣한 다리로 거미처럼 빠르게 우리를 향해 달려온다. 마치 전혀 다른 동물이 운전을 맡은 것처럼. 똑같은 복합체를 공유하는 성난 자아가 등장한 것처럼.

그 다리 하나가 쇼어를 치더니 내동댕이친다. 그가 뚱뚱한 나무 한 그루에 부딪히자, 손으로 치는 순간 고체가 되는 액체처럼, 그 나무는 충격 순간 돌처럼 단단해진다. 뼈가 부러진 쇼어가 비명을 지른다.

키브가 총을 꺼내 쏘지만, 갑주 표면에 조각이 튀고 그 아래 잠시 구멍이 생길 뿐 아무 소용이 없다. 총에 대한 반응으로, 다리로 쓰던 늘어진 기둥 세 개가 뻗어 나와 우리에게 향한다. 게다가 젠장, 놈의 납작한 발 밑, 발꿈치가 있어야 하는 자리에 입이 달렸다. 이동하며 뜯어먹을 수 있도록, 먹이를 빻는 치설이 달린 원형 구멍이 빼금거린다. 그중 하나가 찰칵거리며 발작적으로 3미터나 튀어나오더니 쇼어를 문다. 우리가 상황을 미처 파악하기도 전에 쇼어의 절반이 놈의 식도 안에 들어갔다.

우리는 그를 구하려 하지 않는다. 단 한 명도, 시늉조차 하지 않는다. 쇼어는 가망이 없고, 놈이 남은 우리를 잡으러 오기 전에 분명 그를 삼키고 소화하는 데 잠시 시간이 걸릴 것이다. 다만 쇼어로 신진대사가 가능한지 바삐 살피는 부분은 우리를 죽이는 데 관심을 가진 부분이 아니다. 그것이 비행체의 중요성을 이해한다는 것을 **깨닫는** 짧은 순간이 내게 주어진다. 물론 인간 시각을 투사해서 하는 헛소리지만, 우리의 비행체는 확실히 커다란 외계 금속과 플라스틱 덩어리이고 이곳의 물건도 아니니 괴물의 분노를 살만하다.

괴물이 뛰어오른다. 적어도 2톤은 되는 놈이 빌어먹을 **벼룩**처럼 뛴다. 놈의 팔꿈치-무릎에 용수철이 들어있는 게 틀림없다. 그것이 붕 떴다고 느낀 순간, 그것이 비행체에 어찌나 세게 떨어지는지 기체 전체가 순식간에 고철 조각으로 변한다. 연료 탱크에서 폭탄이 터졌다 해도 그보다 철저하게 부서지지는 않았을 것이다. 코끼리 아빠는 그 부스러기 위에서 빙글 돌며 춤을 추면서 몸뚱이를 기울이고 우리를 향해 입을 외설적으로 흔들어 댄다. 쇼어의 부츠가 그중 한 곳으로 막 사라진다.

우리는 한순간 얼어붙어 아이고-어쩌지? 생각한다.

우리는 잔해를 향해 달려간다. 쾌활한 배경음악만 덧붙이면 마치 코미디의 한 장면 같다. 코끼리 아빠는 이번에는 뛰어오르지 않는다. 그것은 거의 차분한 속도로 우리를 뒤따라온다. 마치 우리가 못된 꼬맹이라면, 그것은 방금 우리에게 점심 도시락을 빼앗긴 뚱뚱한 남자 같다. 우리는 화염과 갈고리로 가장 가까운 박 모양 잔해에 구멍을 내고 있었는데, 이제 그 구멍으로 들어간다. 그 안에 무엇이 들어있을지 염려할 겨를이 없다. 내 바로 뒤에 펠라미라는 남자가 있었는데, 그가 막 안으로 들어오려는 순간 덩굴이 그를 붙잡는다. 가시가 손처럼 그를 붙잡아 꼼짝 못 하게 한다. 전에는 분명 미늘이 돋치지 않았는데, 지금은 확실히 돋쳐있다. 그들의 유한책임회사에 새로운 주주가 나타나 그 끝에 뒤로 뻗은 갈래살(prong)을 추가했다. 펠라미는 대여섯 군데를 붙잡혔고, 그것 때문에 죽지는 않지만 몸을 빼낼 수가 없다.

물론, 그를 죽이는 건 코끼리 아빠다. 덩굴은 그저 코끼리 아빠가 어슬렁거리며 다가올 때까지 펠라미를 고정시켜 사회적 계약에서 정한 역할을 다할 뿐이다. 나는 그것들에게서 펠라미를 빼내려고 하지만, 미늘이 살을 찢자 그는 비명을 지른다. 그렇게 해도 그를 빼낼 수 없다. 펠라미가 너무 버둥거려서, 내가 빼내주기를 원하는지 아닌지 알 수 없을 정도다. 어느 쪽이 차악인지 알 수 없는 상황이다. 그 순간 우리에게 괴물의 그림자가 드리운다. 놈은 우리가 그 어떤 악에 직면해 있더라도 자신이 최고임을 확실히 해두려고 한다. 놈이 몸뚱이를 뒤로 젖히고 비죽비죽한 다리 한쪽을 번쩍 들어서 잔해의 벽에 기댄다. 사포 같은 입 하나가 아래로 내려오더니 덩굴, 펠라미, 가시를 죄다 없앤다. '잔해는 이렇게 치우는 거다, 제군!' 하고 시범을 보이듯이 싹 쓸어버린다. 나는 펠라미의 팔 한쪽만 잡고 있다. 젖은 살덩이가 반짝이는 뼈 끝에 기묘한 나선형을 그리며 말려들어 있다.

나는 안으로 들어간다. 우리 모두 들어간다. 코끼리 아빠가 등장한 지 겨우 3분 지났는데 이 모양이다. 킬른은 그런 식이다. 일은 그렇게 벌어진다.

킬른 노동수용소로 보내진 것이 사형선고임을 우리가 몰랐던 것은 아니다. 허용 한도 내 폐기의 원칙이 그 점을 분명히 한다. 차이가 있다면, 죽는 방식과 시기뿐이다. 몇몇 곳에 비하면 킬른은 수월한 휴가이기도 하지만, 그래도 사형은 사형이다. 버테지오 키브처럼 삶에 완강하게 집착하는 사람에게도 조만간 죽음이 찾아온다. 다만 수용소에 들어와서 일과와 침대, 식사를 얻으면 그 사실을 잠시 잊을 뿐. 그러면 내 미래가 잘려나갔다는 사실을 간과하게 된다. 앞으로 여러 가지 일이 일어날 수 있지만, 사랑하는 친구와 가족에게 둘러싸여 천수를 다하고 죽는 일은 없다. 우리는 그들이 선고한 죽음을 향해 눈을 가늘게 뜨고, 그것이 삶인 척 연기하며 살아간다.

잔해 속에 들어간 뒤, 우리는 이제 정말 죽었구나 싶다. 하지만 우리는 인간이므로 포기하지 않는다. 우리는 킬른 고유의 토양을 이루는 덩굴손과 뿌리 덮개가 뒤얽힌 깔개 위로 피를 토하지 않는다. 이번이 내가 탐사 팀과 함께 나온 네 번째 탐사다. 우리는 최근 오염 제거를 받았으니, 킬른이 몸속에서 우리를 먹어치우고 뇌를 차지하기 시작하지는 않았을 것이다. 우리 신참들은 적응했고, 나나 프리맷마저 제 몫을 다할 수 있음을 증명했다. 우리는 한 팀이고, 불사신 키브가 우리를 이끈다. 우리는 살 것이다. 하지만 우리는 죽을 것이다.

누가 손전등을 갖고 있다. 손으로 돌려야 깜빡이며 켜지는 희미한 불빛은, 손이 멈추는 순간 다시 꺼진다. 그 사람은 성가시게도 손전등을 모든 사람의 얼굴에 들이대서 눈부시게 한다. 알고 보니 그릴리가 우리 인원을 파악하고 있다. 탐사 제3팀, 혹은 거기서 남은 사람들. 경외하는 팀장 버테지오 키브의 오랜 행운이 방금 그의 바짓자락을 따라 흘려내려 영원히 떠나버렸다. 손전등 불빛이 얼굴을 하나씩 비춘다. 겁에 질린 탐사 팀원 아홉 명. 일무스, 프리맷, 키브를 제외한 그의 기존 팀원 넷과 그릴리. 클렘의 일당 중에서 살아남은 프리스. 그다음은 내 눈이 손전등 불빛에 부실 차례다. 쇼어와 펠라미는 코끼리 아빠에게 바치는 제물로 사라졌다. 그리고 남은 우리는 아무것도 치우지 않은 잔해 **내부**에 들어왔다. 아무도 모르는 생물군계 속이다. 라스무센, 프리맷과 당신이 그렇게 고생했는데도 불구하고 우리는 사실 킬른의 **어떤** 부분에 대해서도 알지 못한다.

우리가 방호복이 닳도록 간신히 비집고 들어온 좁은 입구는 생쥐나 드나들 크기다. 그다음에는 매머드가 들어가도 될 정도로 널찍한 빈 공간이 나왔다. 손전등이 꺼지지만, 여전히 어둠을 배경으로 우리 형체만 겨우 보일 정도의 빛뿐이다. 고개를 들어보니 별이 보인다.

음, 아니다. 지금은 낮이다. 하지만 어처구니없이 천고가 높은 방, 곡선을 이루는 천장 표면 전체에 불규칙한 패턴으로 점점이 빛이 보인다. 분명히 패턴이 보이는데, 그것이 지도가 아니라고 나 자신을 설득할 도리가 없다. 별자리 지도. 어느 시점인지 몰라도 알 수 없는 방법으로 이곳을 건설한 킬른족에게 중요한 의미를 가졌던, 밤하늘의 재현. 아무도 본 적 없는 것이다. 과거 잔해에서 비슷한 것이 발견된 적이 있다면 베시칸이 말하지 않은 것이다. 하지만 그 별자리 지도는 너무나 인간이 만든 것 같아서, 베시칸이 봤더라면 사령관의 칭찬을 기대하며 그 앞에 펼쳐놓았을 것이다. 선사시대부터, 지구의 고대 문화는 별에 의미를 부여해 왔다. 안 그럴 이유가 없지 않은가? 별은 달력이자 시계이고, 우주가 우리를 위해 1년을 측정해 주는 방법이다. 나는 그 어둠 속에 서서 잠시 우리가 처한 암담한 위험을 잊는다. 경이가 파도처럼 나를 덮쳐오기 때문이다. 어쩌면 **이것**이 지성의 정수일지 모른다는 생각. 하늘을 볼 수 있고, 볼 수 있는 눈이 있는 곳이라면 어디에나 존재하는 증거 말이다. 충분히 복잡한 생명체는 모두 석양을 올려다보고 그 빛과 의미를 궁금해하는 것일까?

물론, 이것 역시 인간의 시각을 투사한 생각이다. 알 수 없는 킬른의 야생인이라는 개념도. 다만 우리가 여기 왔고, 머리 위에 킬른의 밤하늘 별자리가 건물 구조에 점점이 새겨져 있을 뿐. 컴퓨터 모형 프로그램이 있고 하늘이 보인다면, 나는 이 별자리의 모습이 기념하는 순간이 언제인지 계산할 수 있을 것이다. 세차운동(물체의 회전축이 회전을 하는 운동—옮긴이)과 경사도를 알면 이 건물이 언제 만들어졌는지 며칠 이내의 오차로 날짜까지 알아낼 수 있을 것이다. 우리가 방금 겪은 일을 감안하면 그 계산이 우선은 아니지만, 그럼에도 불구하고 그렇게 생각하니 오금이 저린다.

밖에서는 코끼리 아빠가 들어와도 되는지 점잖게 묻는 것처럼 문을 두드린다. 놈이 그렇게 빠르게 움직이는 데 사용하는 뾰족뾰족하고 단단한 다리에 묻은 쇼어와 펠라미의 피를 핥아 먹는 모습이 상상된다. 아니, 핥는 동물은 다리가 있는 동물과 별개의 존재일 것이다. 망할 놈의 킬른 생물. 그리고 그 안에서 우리의 괴팍한 지구 단백질이 놈에게 약간의 불편을 줄 수도 있다. 코끼리 아빠의 세입자 중 하나가 큰 분자 열쇠 고리를 조작해서 우리 세포의 자물쇠 따는 법을 알아내기 전까지, 아마 우리의 이전 동지들은 소화되지 않은 채 똥으로 나올 것이다. 킬른과 우리 사이는 먹고 먹히는 관계가 아니다. 그저 죽음의 관계다.

다른 사람이 더 밝은 불빛을 비춘다. 그 실내 전체에 희미한 반구형 화학 조명이 으스스한 빛을 비춘다. 그 속에서 키브가 나를 노려보고 있다. 하지만 이 불행이 어떻게 내 탓인지 모르겠다. 내가 지은 잘못은 얼마든지 인정하겠지만, 이건 아니다.

잠시 후 그릴리가 말하기 시작한다. 음성이 조금 떨린다. 그녀는 밖으로 나가 비행체에서 물건을 가져오고 싶어 한다. 수용소와 통신선을 구축하고자 한다. 어쩌면 그들이 새로운 팀을 보내서 우리를 데려갈지도 모르니까. 따지고 보면 우리는 자원 아닌가. 다른 한 명이 우리가 귀환하지 않으면 그들이 드론을 보낼 것이라고 말한다. 그들이 드론을 보내기는 할 테지만, **우리를 찾기** 위해서는 아닐 거라는 반응이 나온다. 나는 순진하게도 우리 쇄골에 박힌 추적 장치로 우리 위치가 전달되지 않느냐고 말했다가 그 장치는 수용소 내에서의 움직임만 추적할 수 있다는 것을 알게 된다. 그것은 100퍼센트 반란 억제 보안 조치일 뿐, 야생에서 길을 잃은 경우 유용성은 0퍼센트다.

결국 이 상황에서 도저히 피할 수 없는 결론이 나온다. 우리는 우선순위가 아니라는 결론. 그들에게는 우리를 대체할 노동자가 충분하고, 다음번 추방선은 이미 지구를 떠났다. 그 후 서너 대의 추방선도 이미 출발해서, 고통과 저주의 벡터 그래프처럼 한 세계와 다른 세계 사이에 퍼져있다. 우리에게 최악의 사태가 닥쳤고, 만약 그들에게도 최악의 상황이 발생한다면, 과학 팀은 다음 기결수가 들어오기 전까지 예전 데이터를 들여다보며 기다릴 수 있다. 탐사 팀에 들어와 봐야 무가치가 무슨 뜻인지 제대로 이해할 수 있다.

20.

우리는 별자리 방에서 그날 밤을 보낸다. 나는 고개를 들면 천장의 구멍과 밤하늘이 완벽하게 일치할 거라고 기대했다가 실망한다. 산발적으로 코끼리 아빠가 빈 대포를 쏘는 것 같은 텅텅 소리를 내지만, 곧 흥미를 잃은 듯 멀어졌다. 그 이외에는 우리 새집의 곡선 벽이 불안하게 조잘거리는 숲의 소리를 많이 차단해 준다.

우리와 함께 이 안에 사는 것들은 더 조용하다. 그렇다고 덜 오싹한 것은 아니다. 우리가 놀라게 하면 제각기 구역으로 흩어지는 길고 지저분한 지네 같은 것이 있다. 신발과 크기와 모양이 비슷한 납작한 자주색 달팽이가 있다. 그것들의 등 표면에는 별개의 생물인 인광성 실이 레이스처럼 섬세하게 짜여있다. 그것들은 아마도 큰 몸뚱이가 먹는 것을 대사 작용 해서 부산물로 영양분을 내놓거나, 살아있는 샌드위치 전체를 똥 맛으로 만드는 독성 물질을 내놓을 것으로 추측된다.

그 방의 벽은 앙상한 선반버섯 같은 부채 모양이 뒤덮고 있다. 손전등을 비추니 그것들이 몇 미터 길이의 가느다란 덩굴손을 외부까지 뻗고 있는 모습이 보인다. 그 끝은 모든 외부 접속 단자와 창문에서, 보고 있으면 기분이 이상해질 정도로 사람 손과 닮은 무리를 이루고 있다. 광합성을 해서 검정색을 띤 그 손이 해가 뜨면 반갑다며 흔들 것 같다. 건물 전체의 구내를 순찰하는 작은 말벌이 있는데 그것은 사실 세 개의 갈래가 달린 바다조개이며, 날개 역할과 여과 섭식자 역할을 모두 하는 깃털이 부채춤 추듯이 휘날리는 날개가 붙어있다. 그 작은 놈들이 쏘기 때문에 우리는 그것을 말벌이라고 여긴다. 그놈들은 빠르기도 하다. 놈들은 우리 외계의 단백질이 기괴하게 뻗은 버섯 근처에 다가가는 것을 원하지 않는다. 쏘는 침이 사실 그렇게 아프지는 않다. 우리의 생물 작용에 맞는 독은 아니다. 하지만 필수 불가결한 이상으로 체내에 킬른의 것을 넣고 싶어 하는 사람은 아무도 없다.

그릴리가 찢어진 방호복을 잘라내어 필터를 보강하는 법을 알려준다. 우리는 그 너덜너덜한 조각에 숨이 막히는 상태로 취침을 시도하다가 다른 사람이 꿈지럭거리거나 앓는 소리를 낼 때마다, 혹은 밖에서 무언가가 특히 요란하게 트림하거나 중얼거릴 때마다 깨어난다. 킬른의 야행성 생물에 대한 연구는 주행성 생물보다 적은데, 잠자리채를 들고 칠흑 같은 어둠 속으로 나가서 운을 시험하고 싶어 하는 사람은 아무도 없는 탓이다.

그리고 나는 꿈을 꾼다. 아니, 그것을 꿈이라고 불러도 될지 모르겠다. 수면의 경계를 하도 많이 들락거려서 제대로 푹 잠들지 못하는 것 같다. 하지만 상당히 불쾌한 장면들이 줄지어 떠오른다. 나는 거기 누워서 몸이 떠오르는 것을 느끼다가, 합리적인 전환도 없이 어둠 속으로 나가있다. 킬른이 숱한 숨구멍과 입, 북 같은 세포막, 그 밖에 소리를 만들 수 있는 온갖 생화학적 방법을 통해 내 주위에서 쉴 새 없이 중얼거린다. 내 이름도 들린다. 사람이 내는 소리가 아니라, 열몇 개의 서로 다른 소리가 적절한 박자와 순서로 나와 "아턴 다데브"라는 음절을 합성한 것이다. 이 행성은 꿈에 나타나는 라스무센처럼 내 이름을 정확하게 발음한다.

그 무렵에는 완전히 꿈을 꾼 것이 틀림없다. 바깥의 부어오른 젤리 같은 나무 사이에서 불이 보인다. 그 주위에서 춤을 추는 형체가 있다. 우리가 들어간 잔해가 보이는 거리에서 외계의 잔치가 벌어져서 신나게 춤을 추는 것 같다. 거기까지 가느라 몸을 움직인 감각이 없다. 내 시점이 스르르 움직일 뿐이다. 불 주위에서 춤을 추는 사람들이 내게 함께 추자고 한다. 나도 춤추고 싶다. 나는 그들을 안다. 아미에트 그레이즐과 부스, 클렘, 프리맷이 보여준 본보기 탱크 속 남자가 거기 있다. 쇼어와 펠라미도 있다. 코끼리 아빠에게 잡아먹힌 뒤 신수가 훤해졌다. 그들은 즐거운 시간을 보내고 있다. 클렘이 있지도 않은 팔을 흔든다. 이제 그것은 플라스틱 의수가 아니다. 그가 내게 보여주니 그것은 꽃다발처럼 벌어진다. 그런데 그 꽃에 달린 눈과 이빨이 무시무시한 프랙털 배열처럼 자꾸만 벌어지고 또 벌어진다. 하나가 벗겨지면 또 새로운 공포가 나오고, 거기서 또다시 새로운 공포가 드러난다. 그것이 내 주위에서 깡충거리는 동안, 나는 '죽은 인간'이라는 추상개념도 킬른에서는 건설 블록식 생물학에 포함시킬 수 있는 하나의 벽돌임을 이해한다. 전체를 완성하기 위해 돕는 형이상학적 공생체 말이다.

내 말은, 꿈을 꾸는 동안에는 납득이 된다는 뜻이다. 하지만 클렘의 흉측한 꽃다발 팔은 결국 내 잠든 정신의 일탈도 감당할 수 없는 것으로 변하고, 나는 소리 지르고 버둥거리며 깨어난다. 다른 사람들도 모두 깨어나지만, 그것이 처음은 아니다. 그저 내가 짜증 나는 존재가 될 차례일 뿐이다. 내가 따귀를 몇 대 맞고 심한 말을 몇 마디 들은 뒤, 우리는 모두 다시 눕는다. 내 머리 밑에서 자주색 달팽이가 하나 나오지만, 나는 너무 지친 나머지 그것이 친절하게도 내게 공생체 베개가 되어주기로 했으니 괜찮다고 잠시 생각한다. 그러다가 정신을 차리고 그것을 우악스럽게 치워버린다. 여기가 그것의 집이고 내가 침입자지만, 그것은 역겨운 외계생물이다. 다시 잠을 청해보지만, 별자리 방의 바닥은 딱딱해서 편히 누울 수가 없다. 밤새 뜬눈으로 지새우는 느낌이지만, 새벽이 천장 구멍으로 새어 들어온다. 시간이 빠르게 지나갔다.

깨어나 보니 키브와 그릴리, 기존 팀원 두 명이 사라지고 없다. 내 합리적 추론은 그들이 우리를 영영 버렸다는 것이다. 남은 우리는 요나인 동시에 짐이기 때문이다. 하지만 그들은 비행체의 이런저런 부분을 플라스틱판에 쌓아서 끌고 돌아온다. 우리가 자는 동안 그들은 부지런히 밖으로 나가서 낙관적인 미래에 무전기로 만들 수 있는 부품을 모아 온 것이다. 찾을 수 있는 의료용품도 가져왔다. 애초에 큰 쓸모가 있는 의료용품은 아니었지만. 또한, 코끼리 아빠가 비행체를 깔아뭉갰을 때 부서지거나 타버리지 않은 물건도 있다. 서둘러서 챙긴 것들, 잘 보면 쓸모 있어 보이지만 곤란한 우리 상황에는 쓰레기에 불과한 잡다한 도구와 정체불명의 조각들도 있다.

우리는 잔해 안에서 채광창이 더 넓은 방을 발견한다. 키브는 누가 기계를 잘 다루는지 묻는다. 그릴리가 이미 무전기 제작 분과를 이끌고 있으므로 거기 지원하라는 것이다. 프리맷이 지원하자 여러 명이 수상쩍다는 표정을 짓는다. 다들 그녀의 능력이 '서류 작업'에 국한된다고 짐작했기 때문이다. 일무스와 프리스가 기계를 잘 안다고 나선다. 나는 지원하지 않는다. 나는 내 나이 학자치고 근력도 좋고 머리도 잘 쓸 수 있지만, 그 두 가지 능력 사이에 기계 다루는 기술은 들어있지 않다.

"수용소에 신호를 보낼 거다." 키브가 말한다. "가능하다면 말이지만. 우리가 여기 있다고 전할 거다. 그들이 오지 않을 거라고 말하긴 했지만. 그래도, 그들이 찾아와서 우리를 데려갈 수도 있다." 아마도 비행체 파편으로 가는 길에 그릴리가 그렇게 설득한 모양이다.

"당연히 와서 우리를 데려가겠지." 내가 말한다. 주위 벽 때문에 내 말이 공허하게 울린다.

기술 팀이 무전기 프로젝트에서 작업하는 동안, 남은 우리는 다양한 일을 맡는다. 우리는 봉합제로 헬멧을 수리한다. 이들이 구해 온 것 중에는 여분의 필터도 있다. 이제 우리는 모두 작업복만 입고 있다. 방호복에서 멀쩡한 부분은 전부 헬멧으로 재활용했지만, 그렇다고 애초에 거기 큰 보호 기능이 있었던 것도 아니다. 지구산 인간 피부는 원치 않는 것을 막아내는 데 경이로운 능력을 갖고 있다. 킬른의 생물도 지구의 병원균처럼 인간 피부를 뚫지 못한다. 우리는 벌어진 상처에도 봉합제를 쓰고, 남은 항히스타민제와 예방주사를 마저 쓴다. 잔해 내부에 사는 킬른 생물이 우리를 경멸하며 바라볼 것 같다.

우리는 식량을 정리한다. 하루 작업을 위해 나온 것을 감안하면 예상보다 훨씬 많은 식량이 있다.

"당신이 계획한 일이군." 내가 키브를 비난한다. 잠시 나는 이성을 잃고서 이 모든 것이 계획된 일이며 코끼리 아빠도 거기 가담했다고 생각한다. 야생 속에 수용소가 감추어져 있나? 혹시 사망한 이천 명의 수용소 인력이 사실은 죽은 척 사령관의 감시를 피해 달아나서 외계의 아이들로 살고 있는 건가? 소각 장치는 지하철도의 플랫폼이고, 키브는 외계 수용소의 가장 위대한 혁명 해방자였던 것인가? 물론, 이 모든 질문에 대한 대답은 '아니오'다. 하지만 키브는 신중한 자이고, 상황이 잘못될 수 있다는 사실을 대다수 사람들보다 잘 알고 있다. 그래서 우리가 이 밖에서 오래 살아남을 가능성이 절대 없다는 것을 잘 알면서도, 어떻게 죽게 될지 아는 과정에서 굶어 죽는 일은 없도록 모든 비행체에 장기 보존 식량을 감추어 둔 것이다. 게다가 식량이 들어있는 작은 깡통은 코끼리의 무게를 버텨냈다. 솔직히 이곳 행성 전체에서 그 깡통이 인간이 만든 것 중에 가장 내구성 좋은 물건일 수도 있다.

그날 그릴리와 기술 팀이 신호를 얻어낸다. 식량을 발견한 뒤 그보다 더 좋은 소식이 있으리라는 생각은 도저히 할 수 없었지만, 그릴리, 일무스와 그 사이에 낀 프리스가 엔지니어 3분의 2명 몫은 할 수 있음이 밝혀진다. 그들이 파편으로 송신기와 수신기를 만들어 냈기 때문이다. 프리맷은 부루퉁하게 못마땅한 표정으로 등을 기대고 앉아있다. 그녀는 자기가 생각한 만큼 기계에 능하지 못했고, 마무리할 서류 작업도 없었기 때문이다. 그녀는 살아남은 탐사 팀에게서 점수를 얻는 데 또 한 번 실패했다.

밀려드는 잡음의 파도 사이로 간헐적으로 가라앉으며 지직거리는 목소리가 누구 것인지 나는 알 수 없다.

거기서부터 드문드문 시도된 대화는 그들이 얼기설기 만들어 낸 임시 송신기보다 이어 붙이기가 더 많이 필요하지만, 키브는 결국 우리가 수정구와 전선을 손에 넣은 킬른의 생명체가 아니라 조난당한 탐사 팀이라는 사실을 전달한다. 그는 우리가 치우러 온 잔해에서 아직 살아있다고 말한다. 그는 아직 살아있는 사람들의 이름까지 말한다. 내 이름을 틀리게 발음하면서도 확실히 전달하고, 학자의 존재가 도움이 될까 해서 프리맷과 일무스의 이름도 빠뜨리지 않는다. 들려오는 희미한 목소리가 송신 받았음을 확인하고 그 자리에서 대기하라고 한다. 그 점에서 우리에게 다른 선택의 여지가 있는 것은 아니다. 뚝뚝 끊어지는 대화가 끝난 뒤 멀리서 코끼리 아빠가 다시 두드리는 소리는 이 길고 장황한 코미디의 결정타 같다. 놈이 아침 산책을 나간 사이 키브와 그릴리가 몰래 나갔다 왔지만, 놈은 이제 돌아와서 기회가 있을 때 우리를 짓밟을 수 있다.

기지의 연락을 기다리는 동안, 우리는 별자리 방에 둘러앉아서 키브가 배급한 얼마 안 되는 식량을 우물거리고 있다. 돌이켜 보면, 키브가 그렇게 식량을 아낀 것은 앞일을 예상했기 때문이다. 그, 버테지오 키브는 바보가 아니다.

"그들이 구조대를 보내주지 않으면 어쩌지?" 우리 모두 그 생각을 하고 있지만, 실제로 질문을 한 사람은 일무스다.

키브는 대답도 배급처럼 나눠야 한다는 듯, 입을 열기 전에 한참 계산한다. "음, 그럼 걸어서 간다."

우리는 키브를 미친 사람 보듯이 본다.

"당연히, 여기서 기다린다." 프리맷이 딱 잘라 말한다. "비행체가 있는 위치에서. 그들이 아는 위치에서." 희미한 불빛에 보이는 그녀는 창백하고 핼쑥하다. 프리맷이 겪은 온갖 패배가 얼굴에 주름을 새겼다. 우리가 겪은 공포와 그녀가 떨어진 나락. 비행체의 의료용품에는 프리맷이 평소 다리 때문에 쓰는 약이 전혀 없다. 조직 재생약과 진통제

등. 다리 절단부의 염증이 꾸준히 심해질 것이다. 프리맷은 아픈데도 팀원의 배려나 동정을 받지 못한다. 나는 그녀를 동정하지만, 내 부족한 에너지로 그녀 몫의 일을 조금 덜어주는 것 말고는 아무런 도움이 못 된다. 게다가 프리맷은 아직도 스스로 특권을 가졌다고 생각하기 때문에 의견을 내는 데 거침이 없다.

"그들이 여기로 드론을 보낼 거다." 프리맷이 주장한다. "다른 팀을 보내서 잔해를 치우게 할 거야. 그렇게 정했어."

"정한 것은 안 바꾸나 보지?" 그릴리가 프리맷의 신경을 긁는다. "잔해에 사는 생물에게 공격당하면 항상 바뀌었던 것 아닌가?"

"베시칸이 연구를 해야 하니까." 프리맷은 고집을 꺾지 않는다.

"킬른에 잔해가 희귀해서?" 그릴리가 밀어붙인다. "너희 베시칸이 이곳이 당장 필요하다고 하나? 우리가 버티고 있는 이 작은 방이? 여기가 꼭 필요해서 원정대를 보내 동물들과 싸우고, 작업자 생명을 위협하다가 죽이기까지 한다고? C팀이 이미 말끔히 치워놓은 잔해로 가고 우리는 지워버리는 방법도 있는데?"

적어도 일무스와 나는 처음 듣는 이야기지만, 키브와 그릴리는 이 일을 오래 해서 그것이 표준 정책임을 알고 있다. 주위 생물이 너무 사납고 못되게 구는 곳은 다음으로 미루고 더 쉬운 곳으로 탐사 팀을 보낸다. 문제가 된 곳에 나중에 가보면 상황이 나아졌을 수도 있으니까. 비행체 한 대를 잃고 두 명이 죽었으니, 이 습지 현장은 우선순위 가장 아래로 내려갔을 것이다. 그리고 우리는 인공 별자리 아래 항아리에서 꼼짝달싹 못 하게 됐다.

하지만 프리맷은 듣지 않는다. "그들은 우리가 여기서 그냥 죽게 두지 않아." 그녀의 말에서 '우리'는 거의 '나'가 아닐까 싶다. 따지고 보면 그녀는 스태프이고, 전직 과학 팀장으로서 아직 따뜻한 갠트리 층에 침대가 있으니까. "그들이 새 비행체를 프린트할 거다. 우리와 구조 팀을 모두 태울 큰 것으로. 우린 **걸어서** 돌아가지 않아."

"스코터." 키브가 말한다. 뜻 없는 말이다. 킬른의 생물이 어느새 그에게 들어가서 라스무센처럼 말하는 것 같다. 멍청한 외계종의 어휘로. 다만, 그건 이름이다. 나와 일무스가 오기 한참 전에 죽은 사람이라서 처음 듣는 이름이다.

"스코터처럼 되진 않을 거다." 프리맷이 말한다. "다시는 그런 일 없어. 그 후에 논의가 있었다. 과학 팀에서. 내가 사령관에게 전달까지 했다고."

"대체 스코터가 누군지 누가 좀 가르쳐 줘." 내가 말한다.

"네가 '사령관에게 전달했다'고." 키브가 내 말을 무시하고 프리맷이 한 말을 흉내 낸다. "네 친구 사령관과 술 한잔 하면서 분위기 좋게. 그자가 너를 우리에게 내다 버리기 전에 말이지."

"그만해." 내가 말한다. 키브는 나를 보더니 내가 존재한다는 사실을 방금 기억해 내고 기분 상한 표정을 짓는다. 이제 그가 먼저 주먹으로 우위를 주장하려 할 테니 나는 어깨를 편다. 그가 더 강하다. 하지만 나이도 더 많다. 그가 나를 쓰러뜨리기 전에 한 번 제대로 칠 수 있을 것 같다. 그는 다치지 않고 나를 쓰러뜨릴 방법을 궁리하며 나를 재보더니, 나를 적으로 삼는 대신 프리맷을 펀치백으로 쓸 가치가 있는지 계산한다.

"스코터." 내가 질문한 순간으로 돌아간 것처럼 그가 말한다. "그의 팀이 이 꼴이 됐다. 참, 그 팀은 망할 놈의 공룡에게 밟힌 게 아니라 추락했어. 하지만 결과는 거의 비슷했지. 수용소에서 그들이 떨어진

걸 알았다. 드론도 보냈지. 그들이 살아있다는 신호를 충분히 봤다. 다만 구조 팀은 보내지 않았어. 구조할 가치가 없었다. 사람뿐이었으니까. 지금 탐사 팀 세 곳이 더 작업 중이다. 너희 잘난 놈들이 연구하는 속도보다 그들이 치우는 속도가 빠르다. 여기서 불이 난다고 그들이 오줌을 갈길 필요는 없어. 원래 그렇다."

"이제 그렇지 않을 거라니까." 프리맷이 고집스레 말한다. 이번에는 모두가 그녀의 말을 무시하고 못 들은 체 넘어간다.

그릴리가 무전기로 돌아가서 수용소를 깨워본다. 근 한 시간 뒤, 가뜩이나 부족한 배터리를 두 개나 더 쓰고 난 뒤, 똑같이 지직거리는 목소리가 그 자리에서 대기하라고 말한다.

우리는 또 한 차례 식사를 하고 나서야, 키브가 앞으로의 암울한 상황을 예측했기 때문에 보급품을 아끼라고 한 것임을 깨닫는다.

"우린 못해." 그릴리가 말한다. "아무도 해낸 적 없어." 그릴리는 프리맷을 대놓고 증오하지만, 도보 귀환에 대해서 둘은 완전히 같은 의견이다. 키브는 그것이 더 나은 미래를 알려주는 수정구이기라도 한 듯 손전등을 뚫어져라 본다. 아니, 어쩌면 더 낫지 않아도 그저 다른 미래일지도 모른다. 어쩌면 그는 이 답답한 벽 밖으로 나가서 능동적으로 움직이다가 죽고 싶은지도 모른다. 죄수가 아니라 자유로운 인간으로서 죽고 싶다고.

"사흘이라고 본다." 키브가 말한다. "시간을 잘 활용하면. 우리에겐 식량이 있다." 그의 사전 계획이 내놓은 살인적인 논리다. "할 수 있어."

"키브." 프리스가 말한다. "이 필터는 쓰레기야."

"버틸 거다." 키브는 굽히지 않는다. 그는 마치 메시아 같다. 광기 어린 종교적 확신을 가진 것이 아니라 그저 뼛속까지 이상할 만큼 차분한 메시아. 다른 방법이 없으니 필터는 어떻게든 제 기능을 하게 될 것이다. "작업복을 찢어서 몇 겹 덧대면 된다. 사흘 걸어가면 도착한다."

'도착하겠지. 벌거벗고, 온몸의 구멍마다 킬른의 생물이 자란 채로.' 내가 생각한다. 모두 그렇게 생각하지만 입은 다물고 있다. 키브의 차분함이 모닥불의 열처럼 퍼져 나온다.

"내일 새벽." 키브가 말한다. "그때까지 소식이 없으면 그들은 오지 않는다."

"올 거다." 프리맷의 주장은 난로 불빛 너머에서 속삭이는 소리처럼 모두에게 무시당한다.

그날 밤 늦게 무전기가 다시 소리를 낸다. 그것이 아직 켜져있다는 사실을 아무도 몰랐기 때문에 조금 놀란다. 한순간 멀리서 들리는 말소리는 행성이 드디어 언어 장벽을 뚫고 덩굴손을 뻗쳐 그 질긴 생명력으로 우리를 놀리는 소리 같다. 하지만 그것이 아니다. 심지어 그 목소리는 여느 통신 담당도 아니다. 그것은 목스 캘렌, 아마도 강등된 엔지니어다.

"키브, 거기 있나? 키브……."

"있다." 키브가 목소리를 낮춰 대답한다. 수용소 간수 중에서 누가 키브의 목소리를 들을 수 있는 것도 아닌데.

"알려줄 게 있어." 캘렌이 잡음 속에서 간간이 들리는 소리로 말한다. "그들은 가지 않을 거야. 테롤런이 구조에 반대했어."

"그렇군." 키브가 말한다.

"그쪽에 알리지도 않을 셈이었어." 캘렌이 말한다. "유감이야. 그곳 현장을 삭제해 버렸어. 유감이야."

캘렌의 목소리에 담긴 진심이, 불안정한 통신을 타고 겨우 전달된다. 오랜 친구 사이였던 탐사 팀과 엔지니어가 나누는 작별 인사다.

캘렌이 전하는 말은 거기까지고, 키브는 등을 기대고 앉아서 전선과 파편이 내장처럼 뒤얽힌 우리 무전기를 뚫어져라 본다. 그다음, 해가 밝은 뒤에 어떻게 할지는 굳이 말할 필요도 없다. 우리는 걸어서 귀환한다.

21.

그 순간 내 안에서 발견한 온갖 생각 중에서 가장 부끄러운 것은 예외주의다. 나는 **지구**에서 온 아턴 다데브 **교수**다. 내 이름은 들어봤겠지? 사령관은 알던데. 그는 내가 추방선에서 내리자마자 나를 식사 자리에 초대했다. 물론, 무장 반란이라는 문제를 일으킨 탓에 결국 탐사 팀에 배정되기는 했지만, 그래도 **식사 초대**를 받았다고. 그리고 그는 나를 직접 골라내서 끔찍한 일서 라스무센 옆에 두고 괴롭히기까지 했다. 그게 **아무것도** 아니라고? 그랬던 그가 나를 이런 식으로 무시할까? 내 구조 팀은 어디 있지? 어째서 사령관은 나를 데려다가 직접 더 괴롭히기 위해 밀림을 뒤지지 않는가? 우리가 함께한 그 모든 시간이 **아무것**도 아니었다고? 내 마음은 조건반사처럼 버림받은 연인의 반응을 보인다. 이러는 내가 싫다. 내가 입을 다문 것은 우리 상황이 무시무시하게 두려워서가 아니라, 이 소식 때문에 드러나는 내 진면목을 아무에게도 들키고 싶지 않기 때문이다.

이튿날 아침, 그릴리는 벌써 부서진 비행체로 몰래 나가 엔진 부품

중에서 휴대용 가열기 재료를 구해 왔다. 그녀는 물을 순식간에 끓이고 농축시키는 방법을 알려준다. 침전된 유기 폐기물에서 분리해 낸 것도 물은 물이니까.

"자, 이미 말했듯이 총 사흘치의 식량이 있다." 키브가 말한다. 그는 속임수가 아니란 것을 보여주려고 전부 바닥에 펼쳐놓기까지 했다. 한 명당 하루 두 끼 분량의 빈약한 식사다. 그래도 두 끼 분량이 남는데, 키브는 거기 대해서 언급하지 않는다. 아마 착한 사람에게 줄 상인가 보다.

"사흘 안에는 못 가." 프리스가 딱 잘라 말한다.

"나흘." 키브가 제안한다. "그러면 굶주린 채 도착하겠지." 아무도 말이 없지만, 모두 사흘이라고 해도 굶주린 채 도착할 것이라고 생각한다. 그가 나눠 주는 자린고비 같은 양을 보면.

또 한 사람, 하키라라는 호리호리한 여자가 제안한다. "여기 사는 생물을 가지고 **저렇게** 하면 어때?" 그녀가 물 끓이는 그릴리를 가리키면서, 개탄스럽게도 기본 과학 지식의 부재를 드러낸다.

"다행인 줄 알아." 일무스가 말한다. "차이가…… 킬른 생물과 지구 생물 사이에 충분한 차이가 있어서 그게 불가능하다는 사실이."

"수용소의 바이오매스 프린터는 되잖아." 하키라가 고집스레 말한다.

"그것도 안 돼." 그릴리가 이동하기 편하도록 가열기를 해체하며 말한다. "그들은 지구 것만 최대한 재활용해. 환원 장치가 모든 것을 분자 수프 수준으로 갈아버려도. 만일에 대비해서."

"우리가 저것들을 먹을 수 있으면 저것들도 우리를 먹을 수 있어." 일무스가 말한다.

하키라는 일어서더니 주먹을 쥐고 인상을 찌푸리며 일무스 앞에 선다. 나중에 그녀에 대해서 알게 되는 사실을 그때 알았더라면 아마 일무스는 버티지 않았을 것이다. 하지만 그네나 프리맷이나 나나, 당장 처한 곤경에 활용할 것이라고는 과학 지식밖에 없다.

"저것들은 이미 우리를 먹고 있잖아." 하키라가 신경을 긁는다.

"아냐. 쉽게 먹지 못해. 저것들도 **작업**을 해야 해. 이 필터?" 일무스가 하키라의 목에 감긴, 이미 필터도 아닌 누더기를 당긴다. "이게 무슨 일을 제대로 할 것 같아? 네 몸에 킬른 생물이 쉽게 자리 잡을 수 있으면 이미 온몸에 버섯이 자라고 있을 거야. 네…… 구멍마다 **싹**이 트고 있을 거라고." 그네는 하키라를 좀 밀치기까지 했는데 그 여자가 도로 밀치지 않으니 모양새가 상당히 좋지 않다. "킬른 생물이 우리 몸에서 거점을 얻으려면 우선 작업이 필요해. 맞는 열쇠를 찾아서 열쇠 꾸러미를 한참 뒤져야 한다고." 내가 먼저 쓴 은유이기 때문에 그네는 나를 향해 고개를 끄덕인다. 그리고 키브에게 말한다. "하지만 찾을 거야. 나흘 동안 계속해서 노출되면. 닷새나, 그 이상. 그 이야기를 하는 거지, 버테지오?"

그러자 모두가 키브를 바라본다. 그렇다. 우리가 발 말고 다른 고도의 기술 없이 수용소로 돌아가는 것이 이론적으로는 가능하지만, 그 다음에는 어떻게 될까? 그들이 우리를 받아줄까?

"우리 모두 본보기 탱크를 봤잖아." 일무스가 말한다. 클렘의 모습이 떠오른다. 잘린 팔에서 킬른이 자라나는 모습. "게다가, 그 탱크에서 며칠 지낸 사람이 어떻게 되는지도 봤고." 지구 바이오매스가 지나치게 오염되면 재활용도 못 하고 소각 장치에 넣어야 한다.

키브는 우리 모두를 차분히 마주 본다. "대안이 없잖아." 그가 말한다. "여기서 편안하게 죽고 싶으면 마음대로 하라고."

전등의 희미한 불빛 속, 우리가 들어간 잔해의 인공 별 아래서, 일무스의 눈에 글썽이는 눈물이 얼핏 보인다. 그네가 무너지기 직전임을 모르고 있었다.

"버테지오. 키브." 일무스가 부르자, 그 말의 억양 하나가 내 머릿속 회로와 연결되는 기묘한 순간이 있다. 무슨 영문인지 몰라도, 일무스와 키브가 함께한 시절이 있었다는 사실을 나는 문득 깨닫는다. 프리맷과 나처럼. 그들이 언제 그런 기회를 가졌는지, 사회 통념에서 벗어나 어떻게 서로를 더듬고 탐색했는지, 어떤 사적인 탐사를 했는지 모르겠지만, 아무런 증거도 이유도 없이 그 순간 나는 확신한다.

키브가 한숨을 쉰다. "잘 들어." 그가 말한다. "킬른 때문에 죽는 것이 아니다. 수용소 프로토콜 때문에 죽는 거지." 그는 식량을 모으더니 나눠 준다. 모두가 각자 식량을 들고 간다. 지금 다 먹고 나중에 굶기로 결정한다면 미래의 자신에게 그 결정을 선사할 수 있다. 그릴리가 다른 도구도 나누어 준다. 약품, 가열기, 무기로 쓸 수 있는 도구. 어제부터 코끼리 아빠 소리가 들리지 않았지만, 그렇다고 그것이 여러 조각으로 나뉘어 더 평화로운 생태계의 틈새를 찾아 떠났다는 뜻은 아니다.

"소각 장치는 그것 때문에 미쳤을 때 쓰는 거야." 키브가 말한다. "그때가 귀환 불가 시점이다. 모두 라스무센을 알지 않나." 그가 라스무센이 쭉 살아있다는 사실을 희망의 신호로 내놓는 것인지 모르겠지만 그렇다면 그것은 망한 도박이다. 우리는 모두 라스무센을 알고 있고, 그녀 꼴이 되고 싶지 않다.

그릴리가 즉석에서 만든 너덜너덜한 포대에 무거운 것을 잔뜩 담아서 내게 안긴다. 무전기 부품의 절반 정도다.

키브가 말한다. "킬른이 몸 안에 들어가면 뭔가가 머릿속에 독성 물질을 만든다. 그래서 라스무센처럼 웃어대고, 거품을 물고, 고함을 치게 되지. 그때는 선을 넘은 거다. 그것은 망가졌다는 신호고, 그때가 되면 아마 온갖 것들이 줄지어 우리를 잡아먹을 거다. 그러면 그들은 진짜 강한 오염 제거를 한다. 불로. 킬른과 지구 생물을 모두 죽이는 거다. 그러니까 이렇게 한다. 우리 중 누가 미쳐서 거품을 물기 시작하면, 두고 간다. 아니, 머리를 쳐서 쓰러뜨리고 식량을 빼앗은 뒤에 계속 간다. 내가 그렇게 되면 **나**를 버리고 가라." 그제야 우리는 깔끔한 배급 계산 뒤에 어떤 논리가 있는지 이해한다. 사실 수용소까지 사흘이 아니기 때문이다. 심지어 나흘이나 닷새도 아니다. 이곳 늪지대는 너무 멀다. 하지만 우리 모두 살아서 돌아가지 않는다면 남은 사람에게 식량이 돌아갈 수도 있다.

"세상에, 키브." 그릴리가 나직이 말한다.

"그렇게 변한 사람은 어차피 받아주지도 않을 거다." 키브가 말한다. "그러니 데리고 가는 의미가 없어. 하지만 필터가 버티기만 하면 우리는 감염을 막아낼 수 있다. 그리고 막아낸다면, 우린 무사하다. 우린 안전하다. 그들이 우리를 격리시켜서 변하는지를 확인하겠지만, 우린 무사할 거다. 우린 할 수 있어. 우린 된다." 단호하고 합리적이며 허튼 구석 없는 말이다.

내가 "부스는 잊었어?"라고 말하려고 한다. 부스는 살짝 찢어진 필터로 고작 하루를 지내고 죽어버렸는데, 우리는 남은 방호복을 네커치프처럼 두르고 있다. 다만, 그때 나는 궁금해진다. 부스가 사람들 말대로 일반적인 오염 제거 중에 죽은 것인지. 어쩌면 그는 격리된 후 입에 거품을 물고 헛소리를 지껄이기 시작한 바람에 소각 장치에 버려졌는지도 모른다. 그래서 나는 입을 다문다. 독방에서 미쳐 떠드는 라스무센이나 본보기 탱크 안의 클렘 등, 온갖 논리와 상반되는데도 불구하고 나는 키브의 말이 옳기를 바라니까.

일무스는 그저 절망에 빠져 비웃을 뿐이다. 그네는 우리가 무사할 거라고 생각하지 않는다. 그네는 성실한 과학자로서, 숨 한 번 쉴 때마다 얼마나 많은 미생물이 새로운 놀이기구가 가득한 놀이동산에 온 관광객처럼 신이 나서 폐로 쏟아져 들어오는지 너무나 잘 안다. 그네는 우리의 허접한 필터가 아직 무사하다 해도 곧 막혀서 못쓰게 된다는 것을 알고 있다. 킬른은 이미 우리와 함께 있다. 그것이 부르는 소리가 집 안에서 들려온다.

하지만 그네도 더 이상 말하지 않는다. 키브의 말대로, 그네에게도 더 나은 계획이 없기 때문이다. 아니, 더 나쁜 계획이나 다른 계획조차 없기 때문이다. 키브는 리더이자 전문가라는 입지를 이용해서 완전히 불가능한 일을 제안했다. 아무도 해본 적 없는 일을.

출발 전 마지막 언쟁은 무전기 때문이다. 내 어깨를 짓누르는 크고 무거운 무전기가 마음에 들지 않아서다. 거기서 얻을 것은 아무것도 없다는 사실이 의심의 여지도 없이 분명하기 때문에 나는 그놈의 물건을 두고 가고 싶다. 무전기 나머지 절반을 운반하는 프리스도 진심으로 동의한다. 하지만 키브와 그릴리는 우리가 수용소까지 하루 거리를 남기고 큰 부상을 입어 이동할 수 없거나 그 밖의 곤경에 처하면 그들이 구조를 재고할 수도 있다고 생각한다. 우리가 문자 그대로 지평선 끝에 보이거나 출입구 앞까지 찾아간다면. 내게는 제논의 역설 같은 제안이다. 우리가 수용소에 더 가까이 갈수록, 즉 구조의 필요성이 줄어들수록 그들이 우리를 구조할 가능성이 높아진다니. 특히 구조 가능성이 분명 0이라는 사실을 염두에 둔다면 말이다. 즉 우리가 수용소까지 절반을 간다면 구조 가능성이 지금보다 두 배가 된다는 말인데, 사실은 여전히 0이다. 수학은 불굴의 인간 의지에 전혀 관심이 없으니까. 그러자 그릴리는 수용소에 무선 송신소가 있어서 무전기가 그것을 포착할 수 있다고 지적한다. 그렇다면 프리스와 내가 힘겹게 들고 가는 이 폐플라스틱 및 고철 뭉치가 20그램짜리 휴대용 나침반의 우주 시대 대용품이란 얘기다. 하지만 우리에게는 그 나침반이 없다. 나침반은 지독히 19세기적인 물건이니까. 발전 만세.

우리가 나갈 때 코끼리 아빠의 기척은 없다. 키브와 그릴리가 비행체에서 남은 것을 모아 올 때 짓밟히거나 먹히지 않았으니, 놈의 기척이 없을 확률은 꽤 높았다. 다시 탁 트인 곳에 나와서 밝은 하늘을 볼 수 있게 됐지만, 그렇다고 힘이 나지는 않는다. 하늘은 여전히 지구에서 본 적 없는 노랑-검정-파랑색이고, 그 색은 본질적으로 잘못됐다는 느낌을 주며 눈에 거슬린다. 수용소의 돔이 그 하늘빛을 걸러주기 때문에 밖으로 나와야 거기 노출된다. 그것은 말 그대로 저세상 느낌이라서, 아무리 봐도 적응이 안 된다.

그렇게 혼란스러운 하늘 아래는 습지다. 젤리 같은 나무와 바람개비 줄기, 물컹한 땅이 있다. 키브는 이미 무전기 신호를 확인해 두었다. 그가 가야 할 방향을 가리킨다. 진흙에 무릎까지 빠지지 않고는 똑바로 나아갈 수도 없고, 당연히 그 진흙에는 크고 작은 유기체가 득실거린다. 여기서도 그 생물 때문에 진흙이 떨리고 꿈틀거리는 것이 보인다. 거기 발을 담그고 싶은 사람은 아무도 없다. 얼기설기 이어 붙인 마스크와 스카프를 통해 식식거리며, 짐에 눌려 끙끙거리며, 우리는 좀 더 고지대의 건조한 땅을 걸어서 키브가 가리킨 방향을 향해 돌아가고자 한다.

곤충 아닌 것들이 공기 중에 잔뜩 떠다니는 먹잇감을 잡으며 낙하산처럼 날개를 활짝 펴고서 갑자기 위로 솟아올랐다가 떨어지며 우리를 스쳐 지나간다. 그 먹잇감을, 우리는 들이쉬지 않으려고 필사적으로 노력 중이다. 그때, 시작부터 프리맷이 뒤처지기 시작한다. 나는 그녀를 돕기 위해 자꾸 뒤로 돌아가느라 역시 뒤처지며 체력을 소진한다. 내게 허락되는 식량 부스러기로는 힘을 제대로 보충할 수 없다.

나는 혹시 누가 도박을 하지 않는지 음험한 호기심을 갖는다. 식량을 전부 먹어 치우고 기운을 차린 뒤, 우리 중 처음으로 쓰러지는 사람을 기다렸다가 독수리처럼 달려드는 것은 아닌지. 그것이 영리한 행동일 것이다. 누군가는 그 생각을 떠올릴 것이다. 키브는 아닐 것이다. 그는 팀 전체를 구할 생각이니까. 생존자라는 그의 자아상은 우리의 리더라는 자아상과 도저히 뗄 수 없이 얽혀있다. 일무스도 그러지 않을 것이다. 그녀는 늘 규칙을 준수하니까. 하지만 누군가는 남에게 불리한 도박이 자신의 생존을 더 보장할 수 있다고 판단할 것이다. 누군가를 적극적으로 괴롭히지 않아도, **누군가**는 곧 라스무센처럼 될 것이고 그러면 자기 식량을 채울 수 있다는 계산에 근거해서 말이다.

그런 생각이 한 번 떠오르자 내가 그 사람이 **되면** 참 좋을 것 같다. 동료 중 한둘은 이미 그런 선택을 했으리란 사실에 미루어, 규칙을 지키면 바보라는 생각마저 든다. 그들의 손에 놀아나는 셈이다. 내 기운을 차리는 것을 우선해야 한다.

첫날, 강에 다다를 때 특히 그 생각을 한다. 두말할 필요도 없지만, 강을 생각한 사람은 아무도 없었다. 비행체는 강을 신경 쓰지 않았지만, 오호라, 킬른의 중력은 지구보다 조금 낮은 정도다. 우리는 저 탁한 소금물을 달에서처럼 도약으로 건널 수 없다.

적어도 그 덕분에 프리맷과 내가 따라잡을 기회가 생긴다. 몇 명이 노려보는 시선이 느껴진다. 포식자의 시선. '이제 그만 점잖게 입에 거품을 물고 미치지 그래?'라는 표정.

우리 앞을 강이 가로지르고 있다. 건너편까지 그렇게 멀지 않다. 그릴리가 구해 온 접이식 막대로 살짝 찔러보니 그다지 **깊지도** 않다. 아마 가운데는 키보다 높을 테니 깊은 셈이지만, 솔직히 개울에 불과하다. 물론, 거기에는 생물이 가득하다. 수초처럼 바닥에 뿌리를 내리고 물결 따라 흐느적거리는 것도 많고, 그 사이에서 장어나 개구리, 해파리처럼 돌아다니는 것도 있다. 킬른의 다양한 생물이 온갖 방식으로 먹을 것을 구하고, 다른 유기체에게 그것을 빌려줘서 공동 수익의 한 몫을 얻고 있다.

"여울이 있나?" 내가 묻는다. 무슨 소리냐는 반응이 다양하게 나온다. 어떤 사람들은 '젠장, 그걸 우리가 어떻게 알아?'라고 말하고 싶어 하고, 또 어떤 사람들은 '여울'이라는 말을 접해본 적이 없다. 현대의 일상에서 쓰는 말이 아니기 때문이다.

키브는 누가 그에게 앙심을 품고 강물을 거기 둔 것처럼 그것을 노려본다. 그 생각을 해낸 것은, 하필이면 프리맷이다. 그녀는 손가락처럼 생긴 부분을 강물에 늘어뜨린 젤리 나무 쪽으로 다가간다. 그리고 지팡이로 그것을 두드린다. 그러자, 젖어있던 껍질이 단단해진다. 프리맷이 그것을 찌른다. 부드럽다. 다시 때리니 단단해진다. 프리맷은 어깨를 펴고 의족에 힘을 준다.

간단히 말해서, 프리맷은 그 나무에 화풀이를 한다. 마치 그 나무가 사령관을 시켜 그녀를 강등시키게 한 것처럼 나무의 껍질을 두들긴다. 거기 모든 짜증을 쏟아낸다. 그녀는 거칠게 앓는 소리를 내면서 그 나무를 들입다 팬다. 지팡이가 부서지면 어쩌나 싶을 때까지. 그녀가 정말로 킬른의 광기에 사로잡혀 버렸으니, 지쳐서 쓰러지면 식량을 빼앗은 다음 강물에 던지자고 모두가 생각할 때까지. 그렇게 되면 니멜 프리맷이 가진 상당량의 지구 단백질을 낭비하는 셈이라는 끔찍한 생각마저 든다.

마침내 프리맷은 동여맨 마스크를 통해 헉헉 숨을 쉬며 멈춘다. 그리고 나무 옆구리를 찔러본다. 이제 나무는 단단하다. 프리맷이 그 나무를 때려서 단단하고 빛나는 갑석으로 만들었다. 이제 거기에 젤리 부분은 없다. 한 마디로, 나무는 단단한 상태로 있는 것이 이리저리 변하는 것보다 효율적이라는 사실을 학습했다. 그런 셈이다. 프리맷이 종신직 학과장으로서 배운 생물학 지식이 현장에서 활용되는 것이다.

"저걸 잘라." 프리맷이 그릴리에게 헉헉거리며 말한다. "저것이 물렁해지라는 신호를 보내기 전에 잘라서 쪼개." 우리 모두 멍한 표정을 보더니 프리맷이 덧붙인다. "빌어먹을 **배**라고, 이 무식한 놈들아."

처음 물에 띄웠을 때 배가 튼튼해서 이대로 수용소까지 타고 갈까 하지만, 그릴리가 이 강이 완전히 엉뚱한 방향으로 흘러간다는 사실을 지적해서 포기시킨다. 게다가, 반대편에 다다르자 선체가 젖어 흐물흐물해져서는 더 이상의 난타에도 반응하지 않는다. 그래도 우리 모두 첫날 강을 건넜고, 아무도 미치지 않았다.

하늘의 노란 부분이 어두워질 무렵 식사하기 위해 앉은 나는 앞서 했던 생각을 떠올린다. 우리 중에서, 가령 프리맷처럼 책임감이 강한 사람일수록, 식량을 아끼다가 약해져서 먼저 쓰러질 것이라는 예측에 근거해 탐사 팀을 공매도하는 식량 배분의 게임. 프리맷이 아니라면 누가 젤리 나무를 때려서 배로 만들 생각을 했을까? 실제로 보기 전에는 옛날이야기에나 나오는 기괴한 헛소리로 들리기 마련이다. 나는 우리 중 인색하고 심술궂은, 이기적인 생존자는 절반 이하일 것으로 추측한다. 그런 자들은 모두 타인을 돕지 않아서 강인할 것이다. 그러다가 또 강이나 비슷한 장애물이 나타나면 그들만으로는 건널 방법을 찾지 못할 것이다. 그런 식의 게임이론 사고방식은 주위 사람을 자원이자 짐 덩이로 취급할 때만 작동한다. 주어진 생존 단위를 집단이 아니라 개인으로 가정했을 때 말이다.

나는 그것과 킬른의 생명체 전략을 곰곰이 생각한다.

강을 지난 뒤, 하루가 끝날 무렵 아직 습지를 벗어나지 못한 상태에서 코끼리 아빠 소리가 또 들린다. 소리가 나는 곳이 가깝진 않지만, 충분히 멀지도 않다. 아니면 다른 코끼리 아빠일 것이다. 같은 거대-종을 이루는 부분의 공동체거나, 다른 부분이 모여 전체적으로 같은 효과를 내는 공동체. 우리가 가슴이 철렁해서 꼼짝 못 하고 얼어붙은 채 괴물이 뒤뚱뒤뚱, 오종종종 나타나기를 기다리게 하는 바로 그 굉음을 내뿜는다. 하지만 주위에 빽빽한 젤리 나무는 흔들리지 않고, 놈이 다음번에 낸 소리는 더 멀리서 들린다. 그래도, 그다음부터 놈은 내 머릿속에서 늘 우리와 함께 있다. 우리를 쫓아오며, 우리가 오염시킨 킬른의 모든 부분을 더듬고 발에 달린 입으로 우리의 맛을 본 뒤 그 정보를 외계인 처벌 담당 분과로 보내면서. 일무스는 그것이 잔해에 알이나 무언가를 두었을 것으로 추측한다. 그것의 내부 공동체 내에서 외부 생애 주기 단계에 해당하는 것을 잔해에 두었을 거라고. 내가 아는 건, 놈이 우리에게 정말로 화가 났다는 것뿐이다.

잠시 후 날이 어두워지고, 키브는 밤을 보낼 장소를 골라야 한다. 외계 야생에서 서투른 야영을 할 기회가 왔다. 이제 땅은 더 단단해졌다. 우리는 갈대처럼 노랗고 뾰족한 줄기가 에워싼 새로운 수로를 따라서 습지 가장자리에 다다르고 있다. 그 줄기는 부스럭거리며 고슴도치 가시처럼 움직인다. 그 너머 강물은 생물의 소리를 낸다. 강물에서 몇 미터 떨어진 곳에서 둥근 나무가 다시 숲을 이룬다. 밤이 깊어지며 킬른의 여러 소리가 백 가지 다국어 뉴스 채널이 동시 방송하듯이 우리를 향해 말을 건다. 전부 나쁜 소식뿐이다. 우리가 성공하지 못하리라는.

PART 3

우애

22.

우리가 귀환했을 때 그들의 표정이란. 가스 마스크를 쓰고 있는데도 표정이 보이는 것 같다. 우리는 전례 없이, 경고도 없이 숲에서 갑자기 나타나 그들이 상황을 미처 파악하기도 전에 수용소 정문에 다다른다. 키브의 길 잃은 탐사 팀이 거의 죽음까지 갔다가 돌아오다니.

그렇다. 중간 이야기를 생략하고 앞서 나갔다. 하지만 행군 이야기는 앞으로 더 할 테니 걱정 마시라. 잠재적 청자 중에서 가장 유식한 사람들조차 킬른 생태계에 관한 나의 추측이 지긋지긋해져서 코끼리 아빠가 우리를 다 잡아먹기를 바라게 될 때까지 며칠간의 이야기가 계속될 것이다. 하지만 우선, 수용소에 도착했을 때 그들의 반응을 보여주고 싶다.

우리가 다다르자 정문에는 간수들이 있다. 몇 명은 아직 보호 장비를 착용 중이다. 우리가 받은 종잇장 같은 것이 아니라 페티시를 자극하는, 고무로 된 고급 장비다. 그들에게는 총도 있다. 거기까지의 여정에 생명을 위협하는 위험이 없었던 것은 아니지만, 우리는 그때 거기서 총에 맞아 죽을 위험에 처한다. 총에 맞은 뒤, 수용소에서 적절히 먼 거리에 판 얕은 무덤에 묻히고, 테롤런의 보고서에 언급조차 되지 않을 위험. 우리가 생각했던 대로다. 야생에서 7일 밤낮의 여정은, 한 걸음으로 시작한 것처럼 한 걸음으로 끝날 수 있다. 그래서 우리는 가장 좋은 기회를 얻기 위해 모든 시기를 세심하게 정해야 했다.

그 무렵에는 나도 수용소의 작업 일정을 많이 알고 있었고, 키브는 그 일정이 몸에 배다시피 했다. 그에게 수용소 작업 배정은 휴일이나 다름없었다. 그렇게 되면 야생에 나가서 자연에 잡아먹힐 위험이 없어진다는 뜻이니까. 그리고 수용소에서는 정기적으로 돔 외부 청소를 해야 했다. 킬른 공기에는 생물이 많아서 어려움이 있다. 그 생물 중에는 초소형 집을 짓고 새로 세운 공동체에 마음 맞는 친구들을 초대하려는 것들이 많다. 그래서 날마다 일반 노동 팀이 종이 방호복을 입고 호스와 수세미를 들고 나가서 돔 외부에 붙은 것을 닦아낸다. 탐사 팀을 씻어주기는 어려워도, 사령관의 소중한 전망은 절대 망칠 수 없으니까. 키브가 그것을 미리 알고 있었기에, 우리는 청소 조 하나가 오염 제거를 하러 들어가고 다음 조가 나오는 시각에 정확히 맞추어 등장한다. 우리가 간수들의 총구 앞에 섰을 무렵에는 수용소 전체에 소식이 일곱 바퀴는 돌았다. '키브가 돌아왔다.' '버테지오 키브가 불가능한 일을 해냈다.' '그가 팀원을 이끌고 귀환했다.' 사령관의 양성 타입 사이보그 부관이 숨 가쁘게 보고하면서 어떻게 할지 묻는 모습이 그려진다. 그, 세련되고 복잡한 인간 테롤런이 저울을 들고서 '희망'의 현재 가치가 몇 드라크마인지 가늠하는 모습이 그려진다.

문제는 희망이다. 가장 인간적인 자질. 사람들은 먹을 것과 물을 주지 않으면 들고일어날 수 있다. 신앙을 억압하거나, 자녀와 떼어놓거나, 전체주의 정권이 썼던 것처럼 여러 가지 자유를 빼앗는다면, 그들은 횃불과 곤봉을 들고 나설 수 있다. 하지만 희망은 까다로운 것이다. 희망이 없는 사람은 무엇을 할까? 둘 중 하나다. 아무것도 안 하거나, **모든 것**을 하거나. 사령관은 그 양극단의 위험을 감수할 수 없다. 모두가 죽을 운명이니 이렇게 죽으나 저렇게 죽으나 마찬가지라며 냉소적인 반란을 일으키는 것도, 철저한 절망에 빠져서 아무것도 안 하는 것도 사령관이 감당할 수 없는 일이다. 그곳은 **노동**수용소이므로 약간의 노력을 추가한 노동에 의존하기 때문이다. 그렇다면 킬른에서 희망은 무엇인가? 야생에 떨어져도 미친 행운과 투지와 요령으로 돌아올 수 있다면, 혹시나 하는 오염 위험 때문에 다 떨어진 신발을 신은 채로 총에 맞아 죽지는 않는다는 것이 희망이다.

저 문장에서 '혹시'는 많은 일을 한다. 우리, 귀환한 탐사 팀의 꼴은 보기 좋지 않다. 우리는 최선을 다해서 몸을 문질러 닦았지만, 솔직히 말하면 침을 뱉어 문질러서 될 수준이 아니다. 우리는 우리를 좋아하게 된 킬른의 조각들이 덥수룩이 붙은 상태다. 아니, 그것들은 우리에게 애착을 갖게 됐다. 우리는 거기 서고, 간수들도 거기 서서, 모두가 사령관이 내릴 명령을 기다린다.

사령관은 두 마리 토끼를 잡으려 들 수도 있다. 우리를 어딘가 보이지 않는 곳에 모아서 마지막으로 우리의 무덤을 파게 하는 것이다. 가스로 소독을 해도—오, 이런!—이미 구할 수 없는 수준이 되어버렸다고. 하지만 아무도 그 말을 믿지 않을 것이다. 여론을 그 정도 수준으로 흔들 수 있는 제5열은 킬른에 없다. 혹은, 사령관은 우리를 그냥 쏴버린 다음 수용소 나머지 인원이 별로 타격을 받지 않기를 바라는 도박을 할 수도 있다. 나는 그의 입장을 상상해 보고, 그도 결국에는 직장 상사에 불과하다는 결론을 내린다. 통치부에서 제아무리 학자연하며 멋들어진 제복을 입고 있어도 그 점은 변하지 않는다. 그는 해야 할 업무가 있고 성과를 내야 한다. 그들 모두와 마찬가지로, 사령관도 노동자에게 의지해야 한다. 죄수든, 직원이든. 그리고 직원이라는 그 부분이 최후의 약점이다. 우리는 프리맷도 데려왔기 때문이다. 탐사 팀과 함께 나갔지만 원칙적으로는 죄수가 아닌 프리맷. 그렇다면 사령관은 누더기를 걸친 죄수 일당에게 하듯이 프리맷에게도 무신경하게 굴 수 있을까? 물론 그는 분명 프리맷이 죽고 망각되기를 바랐지만, 그것은 그녀의 사살을 명령하는 것과 천지 차이다.

우리 중 누구도 거품을 물거나 헛소리를 하지 않는다. 전혀. 우리는 그 상황에서 할 수 있는 한 단정하고 질서 있게 서있다. 라스무센이나 본보기 탱크 안의 클렘과 비슷한 점은 조금도 없다. 그래서 우리는 문이 열리기를 기다리고, 간수들은 방아쇠에 닿은 손가락과 더 큰 남근 대체물을 쥔 고무장갑 낀 손을 움직이라는 명령을 기다리고 있다. 수용소 전원이 숨죽이고 있다.

두말할 것도 없이, 그들은 우리의 오염 제거를 철저하게 실시한다. **이번은** 내가 겪은 소독 중에서 가장 극단적인 수준이다. 그들은 살갗이 벗겨질 때까지 우리를 문지른다. 살갗을 긁고 잘라가기도 한다. 우리 피부에 균사와 뿌리를 심고, 닻을 내리고, 발톱을 박아 넣고 자란 것들. 젠장, 문명으로 돌아오니 아프다. 그들이 내게서 긁어간 것을 전부 제하니 10킬로그램은 가벼워진 느낌이다. 그들이 그 무더기를 태우기 전에 봤다. 그들이 우리 외부에서 벗겨낸 킬른의 바이오매스 더미. 우리가 똥으로 싼 것, 징벌적 오염 제거로 체내에서 죽은 것은 제외하고. 불가피한 희생임을 우리는 이해한다. 매트에 발 닦는 것으로는 부족할 때가 있으니까. 우리더러 며칠 더 밖에서 일하고 오면 화학물질 샤워와 구충제를 제공하겠다는 말은 아무도 하지 않는다. 이번만큼은 탐사 팀도 휴가를 얻는다. 우리는 독한 표백제 속에 말없이 모여 웅크린 채, 눈을 꼭 감고 입을 다물고 연기를 들이쉬고는 컥컥거린다. 우리는 **귀환**했으므로, 함께라는 사실에서 위로를 얻는다. 우리 모두. 우리는 아무도 하지 않는 일을 해냈다. 우리는 길을 찾았다.

그들이 우리를 밀어 넣은 밀폐실의 벽은 수용소 아래층 대부분이 그렇듯이 투명하다. 다 함께 벌거벗은 채 등에 따가운 스프레이를 맞으며, 우리는 세상의 시선을 느낀다. 노동자의 경이, 간수들의 불편함. 그들은 우리가 무엇인지 알지 못한다.

그런데도 그들은 어떤 위험도 감수하지 않는다. 당연한 일이다. 그들이 어느 정도 조심한다고 해서 탓하진 않겠다. 특이한 주장에는 특이한 증명이 요구된다. 물론 내 경험에 따르면, 통치부의 신조에 일치하는 주장에는 모두 손을 흔들며 반길 것이다. 철저한 오염 제거가 끝나자, 그들은 우리가 들어갈 동물원 우리 같은 것을 프린트해서 조립한다. 우리가 이제 사생활을 갖게 되었다고 기뻐할까 봐 측면을 투명 플라스틱으로 만든 대형 상자다. 그들이 그것을 밀폐실과 연결해서, 우리는 외부에서 화학약품 샤워실로, 그다음 격리 우리로 들어간다. 그 사이 수용소의 어떤 인간과도 호흡기 접촉을 하지 않는다. 그렇게 우리는 커다란 투명 상자 안으로 들어갔다. 테롤런의 범속한 동물원에 들어간 신기한 원숭이다. 그들은 우리가 소리를 지르며 뛰어다니는지 확인하려고 한다. 라스무센처럼 똥을 던지는지. 우리에게 주어진 유일한 설비는 전적으로 그들의 편의를 위한 양방향 링크다. 부관이 찾아와서 대체 무슨 일이 **일어났기에** 죽은 줄 알았던 우리가 돌아오는 불편한 사태가 일어났는지 심문할 때가 아니면 그 링크는 꺼져있다.

물론, 키브가 우리를 대변한다. 그가 나서서 무슨 일이 있었는지 수없이 되풀이해서 말한다. 긴 이야기도 아니다. 그는 말재주를 타고나지도 않았고, 우리를 잡아먹으려고 한 것들이나 도중에 우리가 주고받은 우스운 이야기 따위는 생략했기 때문이다. 그는 한 마디로, 걸어서 왔다고 말한다. 불가능한 일, 그저 걷기. 부관이 그 말뜻을 도무지 이해하지 못하자, 키브는 광대처럼 한 발을 다른 발 앞에 두며 걷는 시늉을 해 보이기도 한다. 우리는 킬른에서 살아남았다. 그것은 마음이라는 동그란 구멍에 맞아 들어가지 않는, 끝이 삐죽삐죽한 말뚝 같은 사실이다. 우리는 넝마가 된 방호복과 작업복의 인공섬유를 이용해서 필터 성능을 유지시켰다. 그리고 여기 도착하기까지 간신히 숨을 참았다. 우리는 식량을 아끼고, 물을 끓이고, 하루치로도 모자란 배급을 가지고 외계의 기괴한 야생을 가로지르면서 일주일을 버텼다. 우리는 영웅이다. 그들은 우리를 원숭이 취급 하지만, 우리는 영웅이다.

프리맷은 투명한 벽에 등을 기대고 앉아서 도중에 버리고 온 더럽고 쓸모없게 된 막대기를 대체할, 새로 프린트한 의족을 착용하고 있다. 다리가 0.5인치 짧아졌지만 그들이 원래 다리 길이에 맞춰서 교체 의족을 만들었기 때문에 그녀는 무릎 더 아래에 의족을 연결시키고 있다. 다리 상처가 킬른의 생물에게 열린 문 역할을 했을 때 프리맷은 다리를 절단해야 했다. 그리고 아마도 그녀가 도무지 납득이 안 되는 상황에 대한 그들의 불만을 상징하는 탓에, 그들은 그녀의 다리를 좀 더 잘라냈다. 어설픈 기계 팔로 마취제도 별로 없이 수술을 했으니 그녀에게는 상당한 고통일 것이다. 하지만 프리맷은 어쨌거나 그 통증과 계속 살아왔다. 그 통증이 그녀의 뇌 중추에 자리를 잡았다는 사실은 새삼스러울 것 없다. 기존 세입자가 손님 몇 명을 불러 요란한 파티를 벌이는 정도랄까. 우리는 할 수 있는 일을 한다. 어깨를 토닥이고, 말을 걸어주고, 이해해 준다. 우리가 바늘 하나만큼의 짐을 덜어 프리맷이 쉴 수 있도록.

우리는 유리 상자 안에 벌거벗고 앉아있다. 우리를 구경하러 온 사람들을 말없이 바라보면서. 우리는 미치지 않는다. 우리 중 누구도 벌떡 일어나서 소리를 지르고, 날뛰고, 벽을 두드리거나, 분비물로 알 수 없는 표지를 끼적이지 않는다. 우리는 버테지오 키브의 작업 팀이며, 무단결근 후 복귀를 보고 중이다. 죄송합니다. 상황을 참작해 주십시오.

결국 그들은 우리를 이곳에서 내보내야 한다. 우리를 영구 전시했다간 더 큰 분란이 일어나기 때문이다. 킬른은 우리를 미치게 하지 않았다. 우리를 하나로 묶었다.

프리맷과 나는 레드 카펫을 깔고 심문을 받는다. 전직 과학 팀장과 지구 시절 전직 교수. 우리는 겨우 어찌어찌 테롤런 앞에 설 수 있는 계급이다. 저녁 식사도, 정장도 없다. 프리맷은 아직 새 의족에 잘 적응하지 못해서 나는 계단을 한 단 오를 때마다 그녀의 팔꿈치를 잡고 그녀의 보조에 맞춘다. 내가 잡아서 바로 세워주니 그녀는 자꾸만 균형 잡기를 포기한다. 우리는 이인삼점오각으로 걷는다.

원숭이 우리에서 나와 갠트리로 올라갈 때, 그들은 우리에게 종이 필터 방호복을 입힌다. 사령관은 자신의 깨끗한 관리 부서 층에 다른 세계나 다른 사회 계급이 돌아다니는 것을 원하지 않는다. 그리고 우리가 킬른의 야생 남녀, 아담과 이브의 모습으로 거기 올라가는 것도 원하지 않는다. 그런데도, 위대한 그가 우리와 같은 공기를 마시지 않도록 우리는 그의 사무실에 차린 유인원용 폐쇄 공간에 들어가야 한다. 그는 우리의 원숭이 익살을 함께 즐기려고 친구도 불렀다. 헬레나 크로언과 패리디스 오코스터가 발굴 지원 팀의 예전 동료로서 참석했다. 우리에게 **본래** 모습보다 부족한 면이 생겼는지 판단하기 위함이 틀림없다. 나는 우리가 100퍼센트, 110퍼센트 우리 자신이며, 평생 이보다 더 확실히 우리 자신이었던 적 없다고 설명할 수 있다. 비록 유리벽과 후줄근한 종이 복장으로 분리되어 있지만, **그들**에게서도 역한 냄새가 풍긴다. 하지만 통치부는 본디 깔끔하게 정리된 상자와 그릇된 이분법을 토대로 세워졌다. 정통과 비정통. 그와 그녀. 우리와 그들.

또한, 과학 팀을 대표해서 고고학 담당 베시칸도 와있다. 그는 정확히 무슨 일을 해야 하는지 잘 모르는 표정이다. 그렇다. 그와 프리맷은 오랜 기간 함께 일했지만, 그의 연구 분야는 죽은 지 수백 년 된 것으로부터 결론을 도출하는 것이라서 그는 좀 자신 없는 상태다. 그 옆에는 우리의 존재에 겁을 먹은 퓹이 있다. 그는 그 자신을 움츠리게 만드는 생명과학을 대표해서 참석했다. 그의 이름이 유다 에스테베릴이라고 프리맷에게 들었다. 그의 이름이 유다였다니, 내가 지어낸 우스갯소리가 아니다.

테롤런이 파충류 같은 눈초리로 우리를 관찰하는 동안 다른 사람들이 질문한다. 베시칸은 조용히 미리 준비해 온 질문을 한다. "어떻게 죽음을 피했는지 다시 말해주겠어요?" 우리는 돌아가며 대답한다. 나는 둘이 번갈아 가며 문장을 완성해서 그들을 기겁하게 만들고 싶었는데 프리맷이 싫다고 했다. 그랬다가는 소각 장치에 버려질 것이기 때문이다. 지금 사령관에게 유치한 장난은 금지다. 대신, 우리는 키브의 안정된 지도력을 찬양한다. 우리가 겪은 고생 중 몇 가지와 그것을 극복한 방법을 알려준다. 내가 더듬거리면 프리맷이 도와준다. 프리맷의 말이 꼬이거나 다리가 아프면 내가 나선다. 다른 팀원도 와서 응원하면 좋을 것 같다. 생존자들이 정식 극단을 꾸려 음향효과와 서사시까지 동원해서 우리의 역사적 여정을 공연하면 좋겠지만, 지금은 이것으로 충분하다.

크로언의 차례다. 그녀는 전문가로서 우리가 겪었다고 말한 난관을 과학적으로 추궁한다. 심문이라기보다는 심사단 앞에서 논문 심사를 받는 기분이다. 나는 크로언이 조용한 방식으로 커리큘럼에 얼마나 집중하고 있는지 몰랐다. 크로언 역시 죄수지만, 그보다 먼저 연구자다. 그녀 안에서 과학적 호기심이 활활 타오른다.

테롤런이 크로언의 말을 끊자 그녀는 입을 다문다. 따지고 보면 노동 구역 소속은 그녀뿐이다. 패리디스 오코스터는 여유로운 척하려 하지만 이미 기가 눌렸다. 그는 머뭇거리다가 사령관 눈치를 본다. "어떻게……?" 우리가 떠난 오지에 그가 발을 디디는 곳은 거기까지다. 애처로운 요구. 나는 그가 클렘의 반란이 쏘아 올린 처량한 폭죽 속에서 침몰한 것을 기억한다. 그의 내면 독백을 짐작만 할 수 있을 따름이지만, '내가 저 밖에 나갈 수도 있었어'가 큰 자리를 차지할 게 분명하다. 그도 이 상자, 혹은 바깥의 원숭이 우리에 갇힐 수 있었다. 혹은, 쇼어나 펠라미처럼 돌아오지 못할 수도 있었다. 그의 건조한 음성이 끽끽거리더니 멈춘다.

진급할 자격이 있었음을 증명하려고 필사적인 푭은 우리를 비난한다. ……무엇으로? 그는 우리에게 뭔가 던지고 싶지만, 독하게 살아남았다는 이유로 처형시킬 수는 없다.

"저들은 완전히 오염 제거되었습니다." 크로언이 높낮이 없이 말한다. 그녀의 말이 다시 끊어지기 전, 베시칸이 프리맷을 보며 힘을 보탠다. "기록을 전부 확인했습니다." 베시칸이 말한다. "그리고 테스트 결과도 봤습니다. 우리 모두…… 잘 아는 정신적 문제를 보이는 사람은 아무도 없습니다." 그는 라스무센의 독방 쪽을 한번 흘낏 본다. "그리고 다음 추방선 도착 때까지 인력이 부족하니……." 베시칸은 죽은 클레미시 버루다와 그의 부관들을 떠올리며, 딱히 어디라고 할 수 없는 쪽을 다시 흘끔거린다. "좀 더 다양한 상형문자 데이터가 필요합니다. 저들은 탐사 팀입니다. 숙련된." 그 누구보다도 숙련된.

테롤런은 문득 베시칸을 어느 쪽에 넣어야 할지 다시 생각하는 것처럼 노려본다. "몇 년째 곧 돌파구가 생길 것이라고 주장하지 않았소, 베시칸 박사."

대머리 남자가 사령관을 마주 본다. "사령관님, 킬른 문자를 해석하는 것보다 세상에서 더 중요한 일은 없습니다. 문자 말입니다. 외계 문명이 그 생각을 여기 적어두었습니다. 그런데 그 문명은 이제 사라졌고, 생명과학 연구로는 그것을 창조했을 존재의 흔적을 찾지 못해서, 우리에게 남은 것은 그 글뿐입니다. 숙련된 인력이 새로운 잔해를 치우고 문자를 더 기록해 와야 합니다." 그것은 문자가 아니고, 그가 쓸 수 있는 여느 지구식 수단으로는 결코 해석하지 못할 테지만, 그의 헌신은 감동적이다. 내 안의 학자가 그를 높이 평가한다.

"그럼." 검은 모자를 머리 중간쯤 쓴 판사, 테롤런이 말한다. "저들은 살아남은 거로군." 그가 어깨를 으쓱인다. 큰 의자에 앉은 거물치고 이상하게 평범한 인간의 몸짓이다. 그는 유리에 갇힌 우리 둘을 전시품처럼 본다. "그렇다고 탐사 팀에서 나올 수 있을 거라고 생각 말도록."

우리는 다른 데로 가고 싶지 않다. 우리는 그 결정을 기다린다.

그들은 우리를 다시 원숭이 우리로 보낸 뒤, 우리가 벗은 종이 방호복을 태울 것이다. 여전히 접촉은 금지다. 나는 나가는 길에 베시칸을 스쳐 지나치지 못한다. 그래도 상관없다. 나를 사로잡은 이상한 행복감 탓에, 지나가며 "나는 그게 무슨 뜻인지 알아"라고 속삭이기를 참지 못한다. 베시칸은 놀라서 물고기처럼 입을 뻐끔거린다.

우리가 갠트리 계단을 내려가는 동안 라스무센은 혼자서 비명을 지른다. 나는 그녀에게 말하고 싶다. "조금만 기다려요. 다 됐어요."

우리는 새로 프린트한 작업복을 입고 밖으로 나간다. 그들이 우리를 지켜보고, 우리 말을 듣고 있다. 우리를 감시하는 카메라와 마이크가 있을 테고, 키브의 이야기에서 빠진 부분이 있는지 감시하는 부역자도 있을 것이다. 그들은 그다음 며칠간 우리를 하나씩 데려다가 위협하고, 흔들고, **정말로** 무슨 일이 있었는지 말하라고 다그칠 것이다. 우리를 하나씩 짜내 집단으로서는 포기하지 않은 씨앗을 내놓기를 희망하며. 하지만 우리, 소수인 우리, 행복한 소수인 우리, 하나가 된 형제자매는 그들에게 발설하지 않는다. 어떤 일에 대해서. 그리하여 우리는 결국 노동 구역으로 복귀한다.

노동 구역으로 돌아간 우리는 식사를 하고, 시설을 이용하고, 잡일을 한다. 우리는 표면을 만지고 공기를 들이쉰다. 내 안의 갑옷 장갑을 꽉 쥐고 있다가 한 번에 손가락 관절 하나씩 펼치는 느낌이다. 킬른의 잔해를 지은 존재로 쭉 이어지는 다리의 끝에 거의 다 왔다.

23.

행군: 1일

그럼 이제 서너, 아니 여러 발자국을 거슬러 행군 첫날 밤으로 돌아가 보자. 밤의 킬른에 경험이 많은 사람은 없다. 나는 내심 추위와 어둠에 적응 능력을 가진—즉, 완전히 새로운 유기체를 장착한—것들이 등장하면서 완전히 새로운 야간 당직 괴물들이 나타날 거라고 예상했다. 하지만 내가 주간 근무에 익숙하지 않은 탓에, 야간 근무자가 바뀌었는지 어떤지는 잘 알 수 없다. 또한 지구의 틀에서 벗어나지 못해 이런 생각을 한다는 것을 깨닫는다. 여기서는 엄밀히 말해 그런 전환이 필요하지 않기 때문이다. 아마 킬른의 모든 생물은 낮에는 자고 해가 진 뒤 깨어나서 특수 서비스를 제공하는 독립적인 요소를 갖고 있을 것이다. 어쩌면 한밤중의 자동 주행 기능으로 진화한 부분이 본체의 뇌가 잠든 사이 사고를 담당할지도 모른다. 혹은, 합성 종마다 선택한 승객이 달라서 밤낮에 따라 변할 수도 있다. 우리는 알 수 없다.

크로언과 프리맷, 심지어 라스무센에까지 이르는 사람들이 발견한 사실을 기록으로 갖고 있어도 우리가 아는 것은 여전히 전무하다.

동굴 인간 식으로 불을 피우려는 시도가 있다. 우리 중 두 명이 라이터를 갖고 있지만, 무엇을 가지고 불을 붙이려고 해도 실패하고 만다. 생태권 일부가 그저 검게 그을릴 뿐이다. 다른 부분은 열을 가하면 너무 축축하게 젖어서 수용소 소각 장치에 넣어도 불이 안 붙을 것 같다. 겉보기에는 완전히 식물인 것들이 불을 붙이면 거칠게 기분 나빠한다. 프리스는 불쏘시개에 지독하게 물린다. 그래서 우리는 캠프파이어를 피우고 노래도 부르고 무서운 이야기도 주고받는 파티는 포기한다.

그릴리는 가열기로 물을 끓인다. 증발 뒤에 말라붙은 찌꺼기를 보고 나는 속이 뒤집힌다. 내가 숨어 지내던 하위문화 단체 사람들이 마시던 최고급 유기농 허브티 같다. 우리는 얼마 안 되는 식량을 먹는다. 키브가 낙관적인 태도로 긍정을 발산해서 모닥불 대신 그것으로 몸을 데울 수 있을 정도다. 맹렬하고 공격적이며 타협 없는 긍정적인 팀장이 어제였던 마감을 맞출 수 있다고 말하는 격이다. 내 눈을 보며 도전하라고 말하는 광적인, 무시무시한 자신감. 나는 키브가 무슨 생각을 하는지 알 수 있다. 그는 바보가 아니다. 그는 그저 용기를 잃는 순간, 반드시 필요한 희망을 잃는 순간, 우리는 끝장이란 사실을 알 뿐이다.

우리가 계산을 할 수 있는 것도 아니다. 아니, 우리 중에는 계산을 못하는 사람이 있다. 5일 걸으면 된다고, 혹은 3일 걸으면 된다고 믿는 사람들이 있다. 나는 모르겠다. 나는 거리 감각이 본래 좋지 않았다. 혹은 아마도 곧 사라질 우리의 식량이 사흘간 버틸 것이라고 믿는 사람들이 있다. 닷새간 버틸 거라고 믿는 사람은 확실히 없다. 혹은 우리의 행군이 분명 닷새 이상 걸릴 거라고 믿는 사람도 있다. 그러나 시간을 아무리 쪼개도, 우리가 성공하리라고 믿으려면 키브처럼 미친 긍정성을 가져야 한다. 모두 얼굴을 보면 같은 생각을 하고 있다.

그러던 중, 우리 절반이 앉아있던 '바위'가 갑자기 꿈틀거리더니 젖은 땅에서 일어나서 그릴리의 가열기를 뒤집는다. 그것은 큰 바위같이 생겼지만 멍 색깔의 게이기도 하다. 그것의 돌 같은 껍질 아래서 눈들이 튀어나오고, 구부러지는 다용도 다리가 창자처럼 번들거리며 서로 들러붙는다.

키브가 총을 꺼내지만 탄환은 없다. 일무스가 화염 투척기를 갖고 있는데, 한 번 더 캠프파이어 불을 붙이려다가 실패할 정도의 연료밖에 없다. 나 포함 다른 사람들은 전부 흩어진다. 그중 몇 명이 어둠 속으로, 이 행성 속으로 사라지지 않은 것이 기적이다.

바위 게가 우리를 보더니 깊은 생각에 잠겨 사색하듯 '우구구구국' 소리를 낸다. 어떻게 초점을 맞추고 정보를 처리하는지 의아할 정도로 눈들이 계속 움직인다. 다만, 각각의 눈은 데이터를 정리해서 그 괴물의 중앙 시각 요소로 보내는 별개의 것일 수도 있다. 나는 그 바위 게가 친구들과 모여서 잔해를 세우고 언어를 새겨 넣는 모습을 상상해 본다. 보이지 않던 킬른의 야생인이 이 껍질 밑에 숨어있는 것일까? 그럴 가능성은 없어 보인다. 인간과 외계의 게 괴물이 가만히 서로를 보고 있다. 또 한 차례 코끼리 아빠 시나리오가 펼쳐질 가능성이 줄어들자, 더 멀리 도망갔던 사람들이 슬금슬금 돌아온다.

바위 게가 등껍질을 서서히 기울이더니 단단한 등을 우리에게서 완전히 돌렸다. 등껍질이 가파른 각도로 기운 상태에서 멈춘다. 마치 세련된 이웃이 너저분한 우리를 가로막은 느낌이 든다.

한동안 우리는 그것을 바람막이로 사용한다.

우리는 개방된 상태다. 바위 게가 다시 일어나서 무시무시한 다리로 우리 내장을 뽑아내거나, 우리를 먹어 치우거나, 우리의 연약한 몸에 알을 주입할 수 있다. 하지만 생물학적으로 보면, 그중 내장을 뽑는 것을 제외하면 모두 신속한 적응이 필요한 일이다. 게다가 우리는 지쳐서 겁먹을 기력도 없다. 식량이 너무 부족해서, 차라리 우리가 그 괴물을 잡아먹을 가능성이 더 크다. 하지만 우리 역시 킬른의 생물을 소화시키기에는 그것들과의 간극을 메울 능력이 없다. 아마 어딘가에, 에너지를 섭취하기 위해서 최소한의 노력만 들이면 되는 아주 단순한 탄소-수소-산소 분자 넥타르 유사 물질을 내놓는 것이 있을지도 모른다. 그렇다면 그것은 포도당이므로 사령관이 차와 함께 내는 설탕과 같아서 우리가 자양분으로 손쉽게 섭취할 수 있다. 외계의 생화학 물질이되 우리와 같은 성분을 쓰는 것. 어차피 우리는 모두 같은 우주에 살지 않는가. 그 사람(《코스모스》의 저자 칼 세이건—옮긴이)이 말했듯이, 우리는 모두 별의 구성 물질로 이루어졌다. 다른 별 주위를 도는 세계에서도 그 별의 구성 물질은 같다.

그러나 킬른에서 무언가가 공짜 사탕을 건넨다 해도 우리는 그것을 알지 못한다. 그것은 프리맷이 발견한 적 없는 물질이다. 그래서 나는 굶주리고 지친 상태로, 머릿속에서 날뛰는 생각을 멈추지 못한 채 어둠 속에 앉아있다. 자정이 지난 어느 시점에 나는 킬른의 그 무엇도 다른 생명체의 협조를 구하기 위해 설탕 과자를 내놓지 않을 것이라는 가정을 생각해 본다. 생화학적으로 다른 갈래라서가 아니라, 지구에서는 상호 선별 의존의 정점에 해당하는 꽃과 벌의 협력 진화가 킬른에서는 아기 걸음마 단계에 해당하기 때문이다. 이곳에서는 그렇게 초보적인 협력 제안은 이미 수백만 년 전에 사라졌다. 여기서는 꽃처럼 도와달라고 홍보할 필요가 없다. 각자의 공생 요구 사항을 충족시키기 위해 이미 적응한 이력이 많은 종들이 존재한다.

우리 대부분은 이따금 악몽을 꾼다. 그래서 사람들이 계속 깨어나 번갈아 가며 망을 본다. 키브가 망볼 차례라고 나직이 중얼거려 사람들을 깨울 때마다 나는 후드득 놀란다. 그가 잘 차례가 되고, 나는 어쨌든 잠이 안 온다. 우리가 옹기종기 모여—일무스 때문에 커다란 숟가락 형태로—누운 자리 반대편 끝에 있는 키브가 마치 내 옆에 버티고 선 느낌이다. 이상하게 그가 **의식**된다. 훨씬 더 젊었던 시절, 좋아서 어쩔 줄 모르는 사람과 파티에 함께 있을 때나 느꼈던 기분이다. 미리 말해두는데 나는 어떤 의미에서도 버테지오 키브에게 반하지 않았다. 그래도 잠들지 않고 생각에 잠겨있는 그를 향해 너무나 열렬한 감정이 차오른다. 그의 나이와 피로, 실망에 대해. 삶과 모든 것에 대해. 억울하기 짝이 없는 키브. 그도 한때는 투사였던 것을 나는 알고 있다. 그는 자기 이야기를 하지 않지만 나는 처음에 조금 의심을 품었고, 그 후에 그릴리에게서 내막을 들었다.

그는 감독으로 일하던 공장에서 노동자 권리를 위해 통치부와 싸웠다. 그리고 여기로 추방된 뒤에도 그는 계속 그 일을 하고 있다. 그가 책임지는 사람들을 위해 최선을 다해야만 하는 성품인지라. 그 성품 때문에 여기까지 오게 된 그는, 또다시 그것 때문에 우리를 귀환시키려고 애쓴다. 키브에게는 더 이상 지켜야 할 대의 따위 없다. 하지만 남은 몇 명을 수용소로 귀환시키는 일은 그의 줄어든 심장에도 들어맞을 정도로 작은 일이다. 깨어있었다는 말은 거짓말이다. 그 무렵 나는 잠든다. 내 호기심 많은 정신도 지쳐버려서, 내 모든 부분이 잠을 향해 무너진다. 나는 키브의 분노와 프리맷의 고통의 구덩이 속에 빠진다. 신발 탓에 까져서 쓰라린 그릴리의 발. 혈액순환이 안 되어 덜덜 떨면서 키브에게 꼭 붙어 체온을 나누는 일무스. 바위 게의 깊고 느린 철학. 아직 저 밖에 있는 코끼리 아빠와 우리가 버려둔 잔해. 그리고 멀리서 외치는 라스무센. 이 모두가 선잠이 든 내 머릿속에서 빙빙 돌며 재조립된다.

우리는 뭉쳤다가 흩어진다. 그것이 우리가 하는 일이다. 이튿날 행군하는 동안, 키브가 나눠준 부스러기를 먹으려고 모였을 때 우리는 이야기를 시작한다. 전에는 말한 적 없는 **우리**에 대해서. 교도소에는 예전부터 내려오는 말이 있다. 자기 형이나 살라고. 타인에게 신경을 쓰는 감정 노동은 몸마저 지치게 한다. 다른 사람에게 마음의 문을 연다는 것은, 상대가 칼을 들고 있어도 막을 것이 없어진다는 뜻이다. 그런데 우리는 그렇게 한다. 칼을 휘두른다는 말이 아니라, 문을 연다는 말이다. 우리는 '예전' 이야기를 시작한다. 우리는 인간이고 사회적 동물이니까. 물론 이곳 생물만큼은 아니지만. 우리는 미치지 않는다. 거품을 물지도, 헛소리를 하지도 않는다. 이해할 수 있는 언어를 문장으로 구사하고 인류 창의력의 보배인 그 언어를 나누며 우리는 이지력에 문제가 없음을 서로에게 확인시킨다. 우리에게는 아직 서로가 있음을.

라스무센이 떠오른다. 모두 그럴 것이다. 신의 가호가 없었다면 나 역시 그렇게 되었을 거라는 생각이 드니까. 우리의 여정에는 목적지가 두 곳 있다. 하나는 수용소, 또 하나는 라스무센이 갇힌 그 지옥이다. 킬른 특유의 방식으로 해석한, 단독으로 보여주는 군중의 광기. 일서 라스무센, 선구자적인 과학자, 킬른의 광기를 일으켰는데도 저들이 소각시키지 않은 유일한 사람. 이따금 그녀가 하는 인간의 말이 진실뿐이라는 점이 나는 놀랍다. 외롭다는 말. 저주받은 죽음의 행군을 하는 우리에게도 서로가 있다. 노동수용소 한가운데 있는 그녀는 절대 고독을 겪고 있다.

이런저런 생각이 그리움으로 치닫는다. 결국, 달리 할 이야기도 별로 없다. 걷는 행위는 기계적으로 단순해서 흥미를 일으키지 않는다. 복귀하면 무엇을 할지 기대하며 예측할 수도 없다. 그래서 우리는 과거로 돌아간다. 먼 시간과 공간으로. 지구를 기억하는가? 물론 우리 모두 기억한다. 마치 어제 일처럼. 키브까지도. 우리는 지구 기억의 벤다이어그램을 그려서 경험을 함께 맞추어 보고 교차하는 부분을 찾는다. 몇 광년 떨어진 복잡한 행성에 살았지만, 알고 보니 우리는 전혀 모르는 사이가 아니다. 나는 키브와 한 공간에 있었던 적이 있다. 내가 아주 어렸을 때. 키브는 지금보다 젊었다. 그해 은퇴자 절반이 방사능에 중독된 것을 알고, 안전 기준과 산업 조치에 관해 연설하는 선동가. 키브의 일은 그것이었다. 정권 교체도 격렬한 체제 전복도 아니고, 그저 "이렇게 많이 죽지 않고 일하게 해주세요"라는. 그래서 효과가 있었나? 조금이라도 좋은 결과를 얻기 위해서 선동의 불길을 꾹꾹 억누를 만한 가치가 있었나? 키브가 이곳 킬른에 온 것을 보면 그렇지도 않다. 하지만 우리가 그때 같은 곳에 있었던 사실이 이제는 기억난다. 나는 부모님을 따라서 거기 갔다. 그들은 내가 눈을 크게 뜨고 성인이 되길 바랐다. 우리는 보안 집행자들이 그곳을 덮치기 전에 빠져나올 수 있었다. 밀고자는 어디에나 있는 법이다.

그릴리는 우리가 뉴스에서 보고 어렴풋이 기억하는 은행 강도 사건을 이야기한다. 그녀는 단 한 번도 정치에 관여한 적 없었다. 적어도 지금까지는 그랬다. 억압적인 정권에 의해 수감당하면 자연스럽게 정치성을 갖게 된다. 우리는 당시 뉴스에서 보도한 은행 강도 사건이 대부분 허구였음을 알게 된다. 범인을 비난하기 위한 술책이었다. 총이나 금고, 부수고 훔치는 일은 전혀 없었다. 그저 컴퓨터를 이용한 속임수가 있었고, 그 덕에 그녀는 잠깐 굉장한 부자가 됐다. 하지만 그녀의 조직에 비밀경찰이 한 명 있었고, 그 일은 그렇게 끝났다. 그릴리는 그 변절자에 대해서 철학적으로 말한다. 그들이 계획에 깊이 가담했다고. 그리고 그들이 없다면 그런 규모의 일은 절대 일어날 수 없었다고 말한다. 보안 부서가 지저분한 것을 치우고 칭찬받기 위해서 사기를 치는 일은 처음이 아니다. 그릴리는 저들이 죄다 잡아넣기 전, 비밀 계좌에 훔친 돈 상당 부분을 빼돌렸을 것이라고 믿는다.

일무스 이트린은 고백할 것이 있다. 그릴리가 이야기하는 동안 그 고백이 그네의 얼굴에 꼼지락꼼지락 떠오른다. 그네는 더 참을 수 없어진다. 그네는 예전에 나를 판 적이 있다. 그네가 바로 생쥐였다. 하지만, 이미 미로 안에 갇혀서 밖으로 나갈 길이 하나뿐인 쥐였다. 그네는 고백하며 울기 시작한다. 나는 우리가 나눈 모든 대화, 그네가 나를 비난하던 말을 전부 떠올린다. 나는 분노가 차올라 폭력이나 거친 비난이 되어 터지기를 기다린다. 나는 그래도 되니까. 이번만큼은 나도 보란 듯이 고함치고 성낼 수 있다. 내 고함 소리를 똑똑히 들어라! 그네는 우리 사이에 거리를 두지도 않는다. 그네는 복수심에 불타는 내 주먹에 허약한 턱을 댄다. 그것이 모든 사과의 첫걸음이니까.

그 모든 정당한 분노가 들어차야 할 내 마음속 자리는 채워지지 않는다. 내 확신에 찬 용기가 들어차야 할 자리에 나는 위선자라는 슬픈 자각만이 있을 뿐, 나는 자존심을 세우느니 차라리 일무스를 친구로 삼고 싶다. 우리를 씨실과 날실처럼 팽팽히 당겨 묶는 그간의 세월과 유대 관계에서 그 무엇도 잘라내고 싶지 않다.

그네는 내가 말하지 않아도 무슨 생각을 하는지 아는 것 같다. 나는 그네에게 이야기할 자리를 주고, 그네는 이야기한다. 보안 부서에서 그네를 의자에 앉히고, 잠을 안 재우고, 감각 과부하를 일으키고, 손톱을 뽑을 때, 그네는 무너져서 내 이름을 불었다. 그 쓰레기에게 내 이름을 말하고, 내게 어마어마하게 강렬한 혁명 의지가 있으니 통치부는 지구상의 집이란 집을 다 뒤져 나를 잡아야 한다는 허튼 소설을 썼다는 것이다. 다만 그 무렵 일무스는 너무 심한 고문을 당한 뒤라 말을 제대로 못 해서 심문자들은 그네가 하는 말을 알아듣지 못했고, 그것이 이름인지도 몰라서 나를 잡으러 오지 않았다. 안 그랬다면 나는 그네와 같은 추방선을 타고 여기 왔을 테고, 그네는 자기 탓임을 알았을 것이다. 나는 이해한다. 어쩌면 나는 마음 한구석에서 언제나 알고 있었을 것이다. 나는 아무 말도 할 필요가 없다. 일무스는 자신을 그렇게 오랫동안 옥죄었던 비밀을 털어놓았고, 이제 용서받았다. 그네가 나를 의심하는 것이 아닐까 오해했던 우리 사이의 긴장감이 해소된 것을 느낀다.

프리스는 종교 집단에 있었다. 사적인 비정통주의를 추구한 것이다. 통치부 위인의 비서가 평생 남몰래 평범한 우주 이상의 그 무엇을 찾았다니. 말라서 갈라진 땅에 자신을 물처럼 쏟아내며 의미를 찾는 필사적인 추적. 그리고 그것은 여느 경로를 통해 그녀를 찾아 내려왔다. 종교 집단을 조직하는 사람들은 거의 비슷하니까. 갖가지 신생 종교가 사람들의 오래된 상처를 찾아내, 그 지도자가 젊은 여자들과 자고 마약이나 하는데도 다른 나머지 사람들은 찬양과 절대 복종으로 신성을 얻는 것을 보면 참 놀랍다. 그러다가 프리스의 동료 한 명이 실존적 위기를 겪고는 신념을 버리고 그들의 비밀 모임 장소를 통치부에 넘겼다. 프리스는 아무도 욕하지 않고 이 모든 이야기를 한다. 그녀가 찾던 것을 이곳 킬른에서 마침내 발견하고 있지만 지구에는 없었음을, 나는 그녀 말의 행간에서 이해한다. 내가 얻은 계시도 말할까 망설이지만, 이성주의자인 나는 차마 그러지 못한다.

키브의 팀원이었던 예레미는 데이터 분석가였고, 아무 잘못도 하지 않았다. 그들이 부과한 죄목 중에서는 확실히 아무것도 저지르지 않았다. 통치부 기계 속의 무해한 나사로 살다가 어느 날 관료주의가 오류를 일으켜 그를 집어냈다. 그래서 분과에 속한 적도, 은행을 턴 적도, 세금을 속인 적도 없지만, 알고리즘이 그의 데이터 발자취를 들여다보고 컴퓨터가 환각을 일으킨 탓에 여기 오게 된 사람도 있다. 컴퓨터에게 범법 행위를 예상하도록 프로그래밍하면, 틀림없이 어디선가는 그것을 찾아낼 것이다.

키브의 또 한 명의 팀원, 하키라는 스펙트럼의 반대쪽 끝에 해당한다. 그녀는 세 명의 목을 그었다. 그녀는 그들이 통치부의 밀정이라서 죽였다. 죽이지 않으면 배신이었다. 다만 지금 그 사건을 이야기하는 동안 그녀의 말에서 진실이 새어 나온다. 그녀는 확실히 알지 못했다. 그리고 잘못된 판단을 내렸다. 그리고 면도날을 긋는 순간 너무 큰 쾌감이 느껴지자 그녀는 두려워졌다. 일무스는 당분간 그녀에게 덤비지 않겠다는 표정이다.

이틀이 사흘이 된다. 탐사에 사흘 나가면 오염 제거를 받는다. 아니, 지금 우리가 있었던 기간은 그 시간의 두 배다. 우리는 지금 밤낮이중 근무를 하고 있는 셈이기 때문이다. 보통 우리는 별이 뜬 밤중에 밖에 나와 돌아다니지 않는다. 익숙한 원자의 낯선 조합을 가진 온갖 미생물이 우리를 학습하기 시작한다. 우리의 신체 역시 이해하려고 기를 쓰는, 낯선 분자 형태의 언어. 그렇게 기를 쓰다가 처음에는 이상한 단어를, 그다음에는 구와 문장을 알아듣는다. 시작부터 우리 몸이 변하는 것도 아니다. 우리는 모두 기질적으로 통치부다. 새로운 방식으로 일하거나 세상을 보는 데 관심이 없다. 그래서 언어가 변한다. 킬른 생물이 이 새롭고 낯선 신전, 즉 우리 몸에 기어들어 와서 그곳의 상형문자를 해독하려 하면, 긴 사슬 고분자가 달칵-달칵-달칵 실험적인 형태를 취한다. 적대적인 땅인 우리 몸 안에서 셀 수 없이 죽어버리면서도 미소 생물들은 버틴다. 우리는 그것들을 들이쉬고 삼키고, 그것들은 우리 피부의 모공을 통해, 눈의 누관을 통해 침투한다. 우리는 그것들이 둘러보며 신기해하는 잔해다. 우리의 분자생물학은 그들이 궁금해하는 이상한 글이다. 그리고 결국, 그것들은 암호 해독을 시작한다. 그것들이 꼭 우리가 지구에서 갖고 있던 단백질 배열을 발견할 필요는 없다. 단백질 배열의 구성 요소인 원자의 전자기 원자가가 꼭 맞는 형태로 배열을 바꾸기만 하면 된다. 어리석은 우리 지구 생화학은 그 차이를 모른다. 우선 악수부터 하고, 고개를 들어 우리를 내려다보는 외계의 얼굴을 발견할 때까지. 행군 사흘째인 지금 우리 몸 속에서 일어나는 일이 바로 그것이다. 우리 모두 알고 있다. 그 상황을 가장 잘 아는 사람은 프리맷, 일무스와 나다. 우리는 제대로 배웠으니까. 책에서 배운 것이 많다고 마냥 좋은 건 아니다. 내 두뇌의 한 페이지 한 페이지가 곰팡이 비를 맞고 부풀어 오르는 모습이 떠오른다. 킬른이 우리 내장 속 돌덩이, 목구멍에 붙은 털, 폐에서 딸랑거리는 방울이 된다. 그리고 우리는 언제 누가 라스무센의 길을 가는지, 서서히 퍼지는 외계의 열쇠장이가 우리 두뇌의 화학작용에서 뭔가를 알아맞혀서 게거품과 헛소리의 문을 열어젖히는지 기다리고 있다. 키브의 지시에도 불구하고, 우리는 그런 일이 일어나면 어떻게 해야 할지 알 수 없다.

우리는 모두 얼마 안 남은 식량을 내려다본다. 사흘이면 귀가할 것이라던 낙관적인 키브는 선도자이자 개척자, 킬른이 죽일 수 없는 남자였다. 다만 지금은 킬른이 아직은 살려둔 지친 노인처럼 보일 뿐.

나는 앉아서 아무 맛도 없는 단백질바 끄트머리를 갉아먹는다. 우리가 죽는 것은 킬른 탓이 아니라는 생각이 든다. 사방에서 버티고 있는 이 활기찬 바이오매스 환경. 잔해를 지은 존재가 번성하던, 더 온난하고 강우량 많던 시절의 그림자에 불과한 이 환경 때문은 아니다. 그렇다. 우리의 종말은 우리가 지닌 지구의 한계다. 세상에, 그때 내 마음속에 떠오르는 그림이 있다. 과거에 본 아주 오래된 그림이 환영처럼 자세히 눈앞에 떠오른다. 그것은 괴물의, 동물-식물-기계가 합쳐진 괴물의 세상이다. 그것들이 유독 신이 나서 인간을 잡아먹고 괴롭힌다. 일종의 지옥이지만, 그림 제목은 〈지구적 쾌락의 정원〉이다. 인류가 제외된 즐거움이라는 말장난이다. 인간을 제외하면 그 그림 속 모두가 즐거운 시간을 보내며, 우리를 희생시켜 신나게 살고 있다. 킬른에서의 삶이 그런 것 같다. 이 행성의 생물권이 옆방에서 떠들썩한 파티를 즐기며 샴페인 따는 소리가 들리는 듯한데, 우리는 주위에 있는 것을 먹을 수 없어서 줄어드는 식량을 씹고 있다. 그리고 우리 주위 생물도 우리를 먹지 못한다. **아직은** 먹지 못한다. 하지만 시도 중이다. 먹는 법을 배우고 있다.

프리스가 울고 있다. 아니, 적어도 눈시울이 젖어있다. 프리스가 우리에게서 돌아앉는데, 묘하게도 그 동작 때문에 그 소리가 들린다. 사실은 그녀가 내는 것이 아닌 흐느낌 소리. 그녀는 등을 돌릴 뿐인데 그 울리는 소리가 생겨난다. 그리고 프리스가 생각한다. '나인가? 내가 제일 먼저인가?' 나도 그렇게 생각한다.

24.

수용소에서

우리를 그렇게 빠르게 다시 내보낸 것은 관리자들의 복수일 수도 있다. 하지만 우리는 야생에서 보낸 이레에 맞춰 원숭이 우리에서도 이레를 지냈다. 만약 통치부 관료가 수용소 기록을 본다면, 탐사 팀원들이 전례 없는 2주 휴가를 가졌다고 생각할 것이다. 허드렛일 하나 안 하고, 잔해 하나 치우지 않고서! 저 몹쓸 테롤런 사령관은 대체 얼마나 관대한 것인가? 따라서 우리가 비행체에 탈 준비가 되자마자 야생으로 되돌아가게 된 것은 단지 이런 고려 탓일지도 모른다.

그들은 우리를 갈라놓는다. 그들은 우리를 하나씩 떼어 다른 팀에 보냈다. 사령관은 지금 당장 킬른에서 무슨 일이 일어나는지는 몰라도 자신이 무엇을 싫어하는지는 알기 때문이다. 하지만 우리를 죽은 것으로 간주하고 그들이 꾸린 팀을 포함해서 현재 활동하는 탐사 팀은 넷뿐이다. 네 팀이 꾸려진 순간, 그릴리가 무전으로 우리가 아직 살아있다고 알린 것이다.

키브, 하키라, 나는 새 팀의 가장 하급자로 투입된다. 그 팀이 우리를 경멸해도 어쩔 수 없다. 우리가 행방불명되기 전, 그들 대부분이 탐사 팀이 아니었기 때문이다. 다른 탐사 팀에서 밀려난 경력자 두 명을 제외하면, 그들은 갑자기 생긴 공석을 채우기 위해 강등당했다. 우리를 지휘하는 땅딸막한 체구의 여성 오크리치가 불안한 표정으로 키브를 본다. 그가 입만 열면 사방에서 반란이 시작되기라도 할 것처럼. 하지만 그들은 우리를 경멸하지 않는다. 우리를 살짝 두려워한다. 우리가 야생으로 나갔다가 돌아왔기 때문이다. 대체로 그들은 경외하는 표정으로 우리를 본다. 우리가 죽었다가 살아나서 기괴한 경고를 하고 있는 것처럼. 사막에서 신의 말씀을 듣고 찾아온 선지자랄까. 신들의 말씀. 유일신의 말씀을.

나는 이 팀이 처음 탐사할 곳이 우리가 두고 온 습지 잔해일 것이라고 예상한다. 코끼리 아빠가 나타났을 때 우리의 대피소이자 감옥이었던 곳. 그렇다면 좋은 서사가 될 것이다. 하지만 통치부가 좋은 서사를 만드는 경우는 극히 드물다. 우울하고 반복적인 국영 프로파간다가 사람 얼굴을 영원히 짓밟는 모습을 상상해 보라. 우리는 다른 잔해로 간다. 사실상 전혀 다른 생물군계다. 이곳 땅은 퍼석퍼석 부스러진다. 땅이 뼈처럼 말랐지만 여러 줄기의 시냇물이 가로지르고 있어, 온갖 생물이 길고 목마른 손가락을 거기 담근다. 단순한 물리 원칙으로는 수로 측량이 불가능하다. 도랑이 시내로, 강이 바다로 흐르는 지구의 모델은 단순히 지역 특성이 아니라 액체와 중력의 기본 성질이다. 이곳의 물은 모이지 않고, 흙도 흙이 아니다. 우리는 서로 얽힌 지의류 같은 엽상체가 이룬 반투과성 매트를 밟으며 걷고 물은 그 사이를 뚫고 지나가는데, 그 변화도를 따르면 마치 초현실주의 그림 속 끊임없이 내려가는 계단처럼, 물이 사실은 어디로도 가지 못하도록 생명 작용이 이루어진다. 건조한 지역 특성으로 인해서 나뭇잎이 자가 관개하도록, 즉 스스로 물을 대도록 진화가 이루어졌다. 우리가 행군하며 식량을 나누듯이 킬른의 공생은 물을 나눈다.

우리 발에 밟히는 이 분류 불가능한 뒤범벅 때문에 큰 나무가 못 자라는 듯하다. 사실 우리가 예상했던, 검은 광합성 표면을 드러내는 커다란 나무는 없다. 이 기어 다니는—느리기는 해도 기어가는 것이 **보인다**—잡초의 어떤 특성이 그 무엇도 뿌리를 내리지 못하게 한다. 대신 이끼 난 땅을 기어 다니는 작은 자동성(自動性) 형체가 끊임없이 돌아다니다가, 날개이자 동시에 나뭇잎인 넓은 돛을 펼치고는 공중에 뛰어올라 퍼덕거린다. 그리고 단층, 균열, **무언가**가 있다. 땅이 약 10미터 정도 떨어져 나가더니 이끼-잡초의 벌집 같은 층을 드러낸다. 우리가 찾으러 온 잔해가 바로 그 경계에 서있다. 늘 있는 덩굴이 이번에는 아래까지 뒤덮고서, 뿌리를 마치 불안정한 이빨처럼 드러내고 있다.

키브와 나는 시선을 교환한다. 키브가 다가가더니 그 돌에 손을 얹고 그의 손길을 피하는 덩굴을 건드려 본다. 덩굴은 놀라서 움찔하는 것이 아니라 벤치에서 자리를 내주는 사람처럼 옆으로 비켜선다. 오크리치도 그것을 본다. 그녀는 적절하게도 겁에 질려 어쩔 줄 모른다. 오크리치가 화염 투척기를 쥔 손에 힘을 준다.

키브는 글의 솟은 부분과 튀어나온 부분을 손끝으로 느낄 수 있다. 글 아래쪽은 땅이 움직일 때까지 여기 묻혀있었다. 그리고 베시칸은 몰랐지만 그 글은 모든 잔해 아래 감추어져 있어서, 앞 못 보는 흙만이 그 윤곽선을 찾아낼 수 있다. 키브는 무표정하지만 실은 미소 짓고 있다. 우리는 밀폐실에 있을 때 멀어진 것과 다시 친해지는 중이다.

"우린……" 오크리치가 말한다. "우린…… 태워버려야 해." 그리고 기묘한 침묵 뒤, 교회에서 다루기 힘든 성직자를 만난 기사단처럼 이렇게 덧붙인다. "일이니까." 그녀의 말 사이사이에 큰 공포가 서려있다. 아니, 나는 그녀의 말을 그렇게 해석한다. 말이 나오는 방식으로부터 내가 분석해 낸 것이다. 하지만 나도 모른다. 그녀의 필터는 멀쩡하니까. 그것은 전혀 변질되지 않았다. 아직은.

키브와 하키라와 나는 여기까지 오는 동안 몰래 우리 필터를 찢었다. 보이지 않는 곳을 당겨 빈틈을 만들었다. 겨드랑이, 오금, 필터 마스크 아래. 하루 동안 작업하면 어차피 모두 누더기 복장이 될 테고, 우리가 저지른 작은 방해 행위는 눈에 띄지도 않을 것이다.

"물론 그래야지." 키브가 맞장구치더니 화염 투척기로 손을 뻗는다. 오크리치의 화염 투척기로. 그 순간 그녀는 걸려들었다. 키브를 잡으려고 스스로 놓은 덫에. 키브가 뻗는 손과 자기 손에 쥔 무기-도구를 번갈아 보면서.

그녀가 그것을 넘기며 흐느낀 것 같다.

우리는 화염과 도끼를 들고 열정적으로 달려든다. 귀가 시간이 되자, 드러난 잔해의 면은 대체로 깨끗해졌다. 그렇게 효율적인 작업은 처음이다. 우리는 연기 기둥을 본다. 하키라에게서는 거의 종교적인 분위기가 느껴진다. 그것이 마치 풍년을 위해 바친 살진 송아지 제물이기라도 한 양.

드러난 글자가 내게 말을 건다. 내가 나 자신을 열어준 다른 모든 대상과 함께 의미가 여과되어 들어온다. 우리의 행군 때 폐와 내장에 공들여 깎아낸 홈에 의미가 깔끔하게 자리 잡는다. 물론 오염 제거로 씻겨나갔지만, 약품과 가스는 못만 제거할 뿐이다. 그것으로는 구멍의 모양이 바뀌지 않는다. 분자 자물쇠를 바꾸지 않는다면, 과거의 불법 점유자가 다시 자리를 잡는다고 놀랄 필요가 없다.

하지만 그 이야기는 그만하자. 나중에도 할 시간이 많으니. 모두에게. 지금, 오크리치의 조종사가 비행체에 시동을 거는 동안 나는 드러난 벽의 글자를 본다. 킬른 사람들의 역사. 그들이 잊을 때에 대비해서 여기 적어놓은 것이다. 그들이 누구였으며 무슨 일을 했는지. 베시칸이 이곳에서 그토록 간절히 알아내고자 하는 모든 것을. 우리가 이 일을 맡고 있으면 베시칸에게 데이터가 부족하지 않을 테니, 아마 그도 조만간 이 세심하게 새겨 넣은 글자를 이해하게 될 것이다. 그것이 알파벳도, 소리나 언어나 개념을 의미하는 문자도, 상형문자나 무언가를 묘사한 그림도 아니라는 사실을 이해하게 될 것이다. 그리고 단순히 어느 왕의 일대기나 법, 계명이나 조약도 아니다. 그것은 전부 살아있는 문서, 덧붙이기를 기다리는 도서관이다.

나는 도자기 같은 외부가 깨끗해진 곳, 그다음에 나올 것의 윤곽을 더듬어 본다. 킬른 이야기의 다음 장을. 하지만 그것을 쓸 필경사는 내가 아니다.

그리고 덩굴은 다시 자랄 것이다.

우리는 귀환 후에 오염 제거를 받지 않는다. 오크리치와 팀원은 몹시 불평하지만, 그들의 시간표는 1일로 돌아갔다. 우리가 말썽을 부리고 들어갔을 때 키브의 팀이 그랬듯이. 키브의 분노와 피로가 메아리가 되어 느껴진다. 하지만 우리가 무엇을 하는지 알기에, 그건 그렇게 나쁘지 않다. 물론 오크리치는 겁에 질리고 화가 났다. 그녀는 어느 간수나 과학 팀에 가서 우리가 정신 나간 행동을 했다고 전할 것이다. 하지만 그 말을 믿는 사람은 없을 것이다. 따지고 보면, 그녀가 하려는 말은 정설에 맞지 않는다.

우리는 노동 구역의 우리 자리, 다닥다닥 붙은 침대에서 잔다. 우리는 표면을 만지고 공기를 숨 쉰다.

우리를 다시 작업에 투입한 날부터 지금까지 또 이레가 흘러간다. 우리가 스펀지랜드(Spongelands)라고 부르는 곳 잔해는 기록적인 시간 내에 치워졌고, 사건도 없었다. 빈 통을 두드리는 소리가 한 번 들린다. 코끼리 아빠가 땅의 고무 같은 매트를 살그머니 밟으며 발-입으로 엽상체를 맛보는 모습이 떠오른다. 가릴 것이 없는데도 코끼리 아빠는 보이지 않고 소리만 들린다. 어쩌면 그것이 굴을 파는지도 모른다. 키브와 나는 시선을 교환한다.

베시칸이 그곳 사진을 받더니 그곳을 리스트 최상단으로 옮긴다. 우리가 마무리를 짓는 동안 고고학 팀이 나온다. 베시칸이 거기 서서 과학 팀만 쓸 수 있는 고급 헬멧 위로 머리를 긁적이며 지하에 있던 기록을 바라보는 모습이 떠오른다. 그는 지금껏 이야기의 절반만 봤다는 사실을 깨닫지만, 그나마도 제대로 보지 못했다는 사실은 모른다. 나는 나중에서야 그가 무슨 생각을 하는지 알게 된다. 나는 이제 그의 토론에 함께하지 못하니까.

하지만 프리맷은 여전히 그 토론 언저리에 있다. 그들은 밤늦게, 프리맷이 간수들의 냉혹하고 비협조적인 눈초리를 받으며 다리를 절면서 갠트리로 올라간 뒤 토론한다. 프리맷은 베시칸이 정설에서 벗어나기 직전이라고 말한다. 그가 머릿속에 그리는 킬른은 삐죽삐죽해지고 껍질이 생겨, 통치부 학계가 요구하는 틀에 도저히 집어넣을 수 없게 됐다. 조만간 베시칸은 과학과 이성의 편에 서서, 기존의 이분법적 기준에서 벗어난 이야기를 사령관에게 할 것이다. 아마 그러고 나면 그도 이곳에서 우리와 함께하게 될 테고.

그곳 잔해에서 마지막 날 작업이 끝났다. 이제 오염 제거를 하는 날이지만, 그 무렵에는 상황이 변했다. 오크리치는 이해한다. 오크리치는 이 상황을 받아들였고 그녀의 팀도 마찬가지다. 프리스와 일무스, 그 밖의 생존자를 받은 다른 탐사 팀 세 곳도 마찬가지다. 그들이 사흘 만에 받는 정기적 오염 제거는 우리가 원숭이 우리에 들어가기 전에 받은 것보다 훨씬 간단하다. 그리고 우리는 며칠 동안 킬른의 생물을 부츠에 묻혀서 수용소 안으로 들여왔다.

그들이 우리를 그냥 쏘아 죽일 수 없다 판단하고 결국 들여보낸 후 매우 극단적인 오염 제거 처리를 시켰을 때, 누군가가 내 눈을 손가락으로 파내고, 귀에는 못을 박고, 뇌를 지져버린 것 같았다. 그때 지져진 곳이 이제야 겨우 되살아난 느낌이다. 사흘간 현장에 나갔다가 받는 시시한 정기 오염 제거는 잠시 하는 자맥질 같다. 잠깐 앞이 안 보이고 청각이 둔해지는 느낌이지만, 다시 수면 위로 올라오면 모든 것이 되돌아온다.

키브와 나는 수용소로 돌아오는 길에 서너 차례 눈이 마주친다. 행군을 함께한 사람들, 다른 탐사 팀원. 노동 구역에서 우리 곁에서 자는 사람들. 우리와 같은 부류의 사람들. 우리가 겪은 일을 이해하는 사람들. 우리가 잃어버린 순수와 우리가 얻은 모든 것. 혹은 '배운' 것이라는 표현이 더 나을 수도 있다. 하지만 우리를 부수지는 않는 것. 그렇지 않은가? 킬른은 우리를 부수지 않았다. 킬른의 핵심은 파괴가 아니기 때문이다.

노동 구역에서 키브를 중심으로 새로운 분과가 형성된다. 젊은 시절 불같은 선동가였다가 그 후로 내내 희미한 불씨로 살아온 키브. 하지만 이제 사람들이 경청하는 상대는 그다. 상아탑 출신의 말 많은 교수가 아니라. 킬른 전문가. 다른 셋보다 탐사 경험이 더 많고, 늘 귀환한 사람. 그의 신화는 우리의 행군으로 더욱 확고해졌다. 사람들은 키브가 우리를 데리고 무사히 귀환함으로써 행성 전체를 이겼다고 여긴다. 탐사에 나가는 사람은 누구나 키브와 함께하기를 원한다. 키브는 우리를 귀환시킬 것이라고 그들은 말한다. 우리는 그저 그의 영광에 함께할 뿐이다. 하지만 키브는 그 영광을 우리와 나눈다. 그의 영광은 우리 모두의 것이다. 그 모든 것이 작동하는 방식을 표현하는 정확한 언어는 아직 해당 분과에서 논의 중이다. 사실상 전형적인 상황이다. 내가 알았던 혁명 단체는 모두 앞으로 할 일보다는 스스로의 존재를 설명하는 방식을 붙들고 훨씬 오랜 시간을 보냈으니까.

하지만 지금은 그럴 필요가 없다. 나는 키브를 알고, 키브는 일무스를 알고, 우리가 아는 것이 물에 떨어뜨린 잉크처럼 수용소 전체에 퍼지고 있다.

사람들은 조만간 스스로 우리의 사고방식을 찾아서 올 것이다. 프리맷은 아직도 새 의족이 어색하지만 차츰 적응하고 있다. 곧 그것이 너무 짧게 느껴지지 않을 것이다.

탐사 작업을 나가는 사이사이, 과학 팀이 일무스와 내게 정보를 쏟아붓는다. 모든 것을 살그머니 더듬어 보고 살피며 계시에 미친 듯이 다가가는 베시칸에게 우리는 아무것도 모르는 척 군다. 다만 그는 아직 그 광기에 사로잡히지 않았을 뿐이다. 진리를 그토록 간절히 원하지만 무엇을 질문해야 할지 알지 못하는 견고한 과학자 베시칸의 눈가에서 그 광기가 꿈틀거리는 것이 보인다. 우리는 정보를 거저 내놓지 않는다. 이런 일은 유기적으로 이뤄져야 한다. 그리고 그렇게 된다. 정말로.

수용소 중앙의 잔해는 가죽을 벗긴 해골 같다. 베시칸과 그의 팀은 그 잔해를 너무나 집중해서 연구했다. 마치 트로이 유적에는 등을 돌리고 앉은 채 질그릇 조각 하나를 보고 고대 세계를 재건하려는 학자처럼. 죽은 왕들의 이름을 알아냈다고, 그것이 과거 존재했던 수많은 삶의 전부라고 상상하듯이.

생명과학 팀의 새로운 주인들은 우리와 직접 대화하지는 않지만 크로언을 대리인으로 내세운다. 키브와 하키라와 나, 우리 셋은 오랜 시간 한 공간에서 지낸다. 물론, 우리 목적에 이상적인 조건이다. 우리는 행군과 우리가 본 것, 새로운 종과 그것들의 관계, 수용소로 돌아오는 길에 밟고 지나온 생물군계에 관해서 이야기한다. 우리는 인간 지식의 범위를 넓히는 데 기여한다. 크로언도 이해한다.

가끔 고개를 들면 테롤런 사령관이 얼핏 보인다. 그의 존재를 느낀다. 그는 공기를 필터로 거르고 모든 것을 차단한 사무실에 있다. 수용소 전체가 테롤런 한 사람을 고립시키기 위해 설계한 감옥이 되어버린 것 같다. 그가 무슨 생각을 하는지, 그의 여러 추측 중에서 진실에 다가가는 것이 있는지 알 수 없다. 테롤런에게 접근해야 하는 가사 팀은 그의 명령에 따라서 장갑을 끼고 종이 방호복과 필터 마스크를 착용한다. 그는 우리와 얽히고 싶지 않다. 우리의 귀환 때문에 겁을 집어먹은 것이 분명하다. 그는 사실상 건강염려증 환자처럼 살고 있다고 프리맷이 말한다. 핍, 팝, 퐙도 마찬가지고, 간수들은 늘 고무 헬멧을 쓰고 있다. 그들은 소수 특권층과 다수 죄수 사이에 확실히 선을 긋고 싫어 하고, 그건 우리에게도 좋은 일이다. 내가 그들의 피해망상이 심하다고 말하자, 일무스는 규칙에 지나치게 집착하는 거라고 정정한다. 피해망상이란 두려움이 비이성적인 것일 때 쓰는 말이라고 그네가 지적한다.

또 탐사에 나갈 차례지만 우리는 두려울 것이 없다. 그즈음이 되자, 행군을 해낸 우리가 불사신의 삶을 산다는 것을 모두가 안다. 이번에는 프리스와 함께 배정된다. 우리는 밀림 깊숙이 들어가서 폭탄으로 입구를 뚫어야 한다. 화염 투척기를 들고 자일로 내려갈 공간도 없기 때문이다. 이곳의 고착 생물은 둥근 나무 대신, 서로 얽혀 망을 형성한 줄기들이다. 마치 철조망으로 지은 삼차원 울타리처럼 그 줄기에는 갈고리와 가시가 가득하다. 줄기 윗부분은 광합성을 하는 검정 비늘이 겹쳐있다. 꼭 태양을 마시는 용의 등 같다. 줄기는 반응성을 갖는다. 그 접합부가 감겨있다는 사실은, 구조에 손상을 가하면 그 손상의 원인을 향해 세게 채찍질을 할 것이라는 의미다. 방호복이 찢어지고 자꾸 작은 상처를 입는다. 프리스와 나는 얼마 안 되는 소독약을 가지고 응급 처치를 지휘한다. 그리고 이틀째, 우리 안의 언어가 이 새로운 생물군계에 도달했다. 우리는 학습하며 가르친다. 우리, 세상과 우리는 함께 현명해진다. 이 새로운 잔해의 이야기, 이 세상이 가진 정신의 접속점이 우리 안에서 펼쳐진다. 프리스와 내가 먼저지만, 우리가 불을 지펴 파괴 행위를 하는 동안 팀 전체가 알게 된다. 공기 속에 연기처럼 퍼진 그것을, 우리는 데리고 귀환한다. 모두 킬른을 이길 수 없다는 사실을 이해하고 귀환한다. 킬른의 핵심은 이기고 지는 것이 아니라는 사실을.

상황이 안 좋게 느껴지겠지만, 그렇지 않다. 우리가 받은 선물은 외계의 영향으로 정신이 흐려지는 것이 아니다. 오히려 명징해진다. 주위 것들을 이해하게 된다. 그들은 언제나 우리 친구였는데, 지금껏 우리가 서로의 가치를 몰랐음을 깨닫는다. 클렘의 반란에서 살아남은 이들부터, 누굴 신뢰하고 무엇을 믿어야 할지 모르는 두려움에 행동하지 못했던 사람들까지. 서서히 우리는 그들을, 그들은 우리를 알게 된다.

발굴 지원 팀의 헬레나 크로언이 잡지 못한 기회와 취하지 못한 입장을 몹시 후회한다는 것을 이제 나는 안다. 그녀는 그러고도 결국 체포되어 추방되었으니까. 평생 배를 흔들지 않으려고 주의하며 살아도 결국 그들의 손에 잡혀 물에 던져질 때가 있다. 억압적인 체제는 하나같이 사람들을 제대로 통제하기 위해서 무작위 처벌의 요소를 필요로 한다. 나는 크로언이 잘못한 적 없다는 것을 알지만, 그녀는 동료들과의 관계 때문에 오명을 얻었다. 동료를 일러바치지 않는 것도 천국에서 추방될 정도의 죄다. 크로언은 일무스와 내게 브리핑하며, 평생 자신을 괴롭힌 두려움에 이제 신경 쓸 필요가 없음을 안다. 그녀는 우리와 함께임을 안다. 그녀는 호기심 많은 과학자의 정신을 가졌기에 더 많은 두려움을 알고 문을 열지만 우리는 함께 그 두려움을 마주할 수 있다.

그리고 목스 캘렌, 과로에 찌든 불행한 엔지니어가 있다. 갠트리 층에 속하지만, 1층에서 이런저런 것을 고치며 사는 사나이. 반란 뒤 볼트가 박히고 특권을 잃은 사람. 캘렌은 정치적 입장을 감춘 적도, 대의를 배신한 적도 없었다. 그저 테롤런 사령관의 잘난 체하는 리더십을 매우, 무척 증오하게 되었을 뿐. 처음부터 자기 일을 혐오했고, 동료를 증오한 사람. 캘렌은 엔지니어로서 가장 열심히 일해야 하고, 반드시 필요하지만, 가장 무시당하는 스태프란 사실을 경멸했다. 그는 반란에 가담했기 때문에 노동자가 되었고, 자기 커피에 오줌을 싼 사람처럼 온몸에서 시큼하고 누런 부정적 아우라를 뿜기 시작했다. 그래서 그는 클렘과 함께했고, 클렘을 위해 추락했다. 목스 켈렌의 쭈그러진 호두 같은 심장에서 사랑이 꽃필 줄 누가 알았을까? 그러나 완전히 위축되어 버린 줄 알았던 캘렌의 마음에 클렘이 불을 지폈다. 이 모든 것이 우리가 끓이는 것 속에 섞인다. 정신을 바짝 차리고 세상이 나를 어떻게 취급하는지 잊지 않으려면 가끔 커피에서 오줌 맛을 느껴야 한다.

아직 우리는 뜻을 모으기 위해서 언어와 토론을 이용한다. 말에는 모호한 구석이 없기 때문이다. 우리, 행군 생존자들은 효율적인 문장을 나누기 위해서 만날 곳을 찾는다. 그리고 다시 다양한 탐사에 나갈 때, 계획이 새로운 단계에 진입했음을 안다. 오염 제거를 당하기 전까지 우리에게는 또 사흘이 있다. 낮은 자 가운데서 가장 낮은 자에 대한 수용소의 잔혹 행위는 높은 자들에게 돌아갈 것이다. 프리맷이 첫날 다리를 절며 돌아왔을 때는 나갈 때보다 다리가 0.5킬로그램 무거워져 있었다. 아무도 알아차리지 못하지만, 우리는 안다. 노동 구역 뒤쪽, 감시 카메라가 닿지 않는 구석에서 길거리 공연이 펼쳐진다. 그들이 나를 붙잡고 그것들이 모두 나오도록 가른 뒤, 다시 봉합한다. 젠장맞게 아프지만, 나는 대의를 믿는다. 나는 평생 통치부를 와해시켜야 한다고 믿으며 살았다. 시위에 참여하고, 연설을 듣고, 통치부의 과학에 반대했다. 맞지 않는 사람을 짓밟으러 그들이 오면, 나는 일무스를 감추고 내 등에 발길질을 받았다. 나는 조직에 들어가고, 분과에 참석하고, 훔친 정보를 전달하고, 계획을 짰다. 배신당하고 아슬아슬하게 도망쳐서 피신한 뒤 결국에 이렇게 됐지만. 그럼에도 진정 마음을 다한 적은 없었다.

이제 어떤 일에 전심전력을 다한다는 것이 무엇인지 이해한다. 그리고 그것을 유지하려면 무슨 일을 해야 하는지 이해한다. 그 명확한 깨달음은 나를 깊숙이 찔러, 내가 원하지 않지만 알아야 하는 것들을 드러낸다.

해야 할 과제가 있다. 어서, 모두가 다시 배신당하기 전에 감행해야 한다. 크로언이 매립 장치에서 빼돌린 플라스틱 발굴 도구를 내게 몰래 건넨다. 아무도 보지 못하는 곳에서, 나는 그것을 깎아서 면도칼처럼 날카롭게 만든다.

25.

행군: 3일

행군 사흘째, 우리는 호숫가를 돌아간다. 부드러운 플라스틱 같은 넓은 원반형의 광합성 막이 물 위에 벤다이어그램을 형성하며 그 아래 감추어진 뿌리와 생명체에 연결되어 있다. 죽마를 탄 게 같은 것들이 그 사이로 지나간다. 그것들은 물속을 텀벙거리는 긴 손잡이가 달린 부젓가락 두 개에 고정점 역할을 하는 모기 얼굴을 한 두꺼비를 싣고 간다. 눈에 보이는 생물 셋과 알 수 없는 비밀 파트너가 이룬 그 동맹은 생김새와 생활 습관이 저어새와 비슷하다. 물론, 여기서 연구한 바에 따르면 다른 '종'과의 다른 조합에서도 이와 같은 공생 단위를 찾을 수 있다. 모든 것이, 분류학이라는 개념이 부적합할 만큼 보스(Hieronymus Bosch, 초현실주의 운동에 영향을 끼쳤다고 여겨지는 15~16세기 네덜란드 화가—옮긴이)의 그림 속에 등장하는 괴물 같다.

한 가지 우화를 들려주겠다. 전갈 같은 것이 개구리 같은 것에게 강을 건너게 해달라고 부탁한다. 개구리가 아닌 그것은 도중에 전갈이 아닌 그것이 자신을 찔러서 둘 다 죽을까 봐 두렵다. 하지만 여기는 킬른이니 개구리를 염려할 필요가 없다. 그들은 곧 무시무시한 개구리-전갈 괴물이 되어서 독침으로 강물 전체를 위협할 것이다.

키브는 아무 말도 하지 않지만, 나는 그가 초조해하는 것을 알 수 있다. 그의 머릿속 지도에 호수는 없었다. 강이 없었던 것처럼. 하지만 괜찮다. 나는 우리가 제대로 가고 있음을 안다. 키브가 아무런 내색을 하지 않지만 염려한다는 것을 알 수 있는 것과 마찬가지다.

사흘째 밤. 대화가 없다. 외계의 오싹한 방언이 터져 나올까 봐 아무도 입을 열고 싶어 하지 않는다. 혹은 혀 대신 지네 같은 것이 튀어나오거나, 치아에서 날개가 솟아 벌처럼 날아서 드나들까 봐. 일무스의 목구멍이 건조하다는 것, 그릴리가 숨을 내쉴 때마다 일어나는 기묘한 진동이 내게 느껴진다. 우리는 사형수나 마찬가지라고 말하려는데, 생각해 보니 우리는 실제로 사형수다. 우리 모두 이 행성이 제비를 내밀며 뽑으라고 요구하는 것을 느낀다. 우리 중 하나가 곧 당첨 제비를 뽑을 것이고, 이 세계의 손아귀에 잡혀 말을 더듬고 움찔거리기 시작할 것이다. 그러면 우리는 그 사람을 버리고 갈 것이다. 그 사람 안에 '지구 생명 작용을 해킹하는 법'이라는 킬른의 증거가 들어있기 때문이다. 나머지 우리는 여전히 같은 지구의 운영 시스템을 이용하고 있으며, 킬른을 받아들이고 싶지 않다. 킬른은 이미 준비가 끝났음에도, 우리는 원하지 않는다.

나는 머릿속으로 소리 없이 키브를 저주한다. 우리 모두 그를 저주한다. 그도 알고 있다.

코끼리 아빠가 텅 소리를 내자 안도가 느껴질 정도다. 외부의 위협. 그것이 보이진 않지만, 그 소리는 뚜렷이 우리를 뒤쫓아 다닌다. 그것은 나무 사이, 호수 아래, 식물처럼 보이는 것이 매일 아침 주위에 뿜어낸 뒤 밤이 되면 들이마시는 안개 속에 있다. 지금 내가 "모두 코끼리 아빠를 가리켜!"라고 외친다면 우리는 모두 밀림의 같은 곳을 가리킬 것이다.

잃은 시간을 보충하려고 속도를 올려야 할 때 우리는 점점 더 느리게 걷는다. 그 누구도 얼마나 왔고 얼마나 가야 하는지 계산할 확실한 방법이 없지만, 사흘이나 닷새, 심지어 이레도 아니고, 20일, 30일, 영원이 될 것이다. 프리맷은 다리를 삐걱거리며 여전히 뒤에 처져있다. 다른 사람들의 마음이 파리 떼처럼 프리맷 주위를 맴돌면서 그녀 때문에 느려진다고 탓하고 싶어 하지만, 프리맷 때문이 아님을 그들도 안다. 우리는 인간 다리로는 아무리 걸어도 통과할 수 없는 밀림을 만났다. 부풀어 오른, 무사마귀투성이 나무들이 거미줄처럼 바짝 붙어 엉켜있다. 그것들은 서로 닿으면 속이 빈 하나의 돌연변이 덩어리로 합쳐진다. 무사마귀들은 키스하는 입처럼 만나거나 팔이 들어갈 정도로 크게 벌어져 있다. 팔 길이만 한 것들이 부드러운 몸뚱이를 넣었다가 뺀다. 마치 정보 꾸러미가 한 나무에서 다른 나무로 이동하듯이. 공포의 숲이 조용히 제 할 일을 하고 있다. 나는 그 굶주린 공간에 내 살아있는 팔을 밀어 넣지 않지만, 내 일부가 된 그 무시무시한 것은 밀어 넣고 싶어 한다.

옆방에서 점잖게 웃는 것처럼, 코끼리 아빠가 다시 부른다. 그렇게 큰 괴물이 이 악몽 같은 지형을 뚫고 올 리 없지만, 어쩐 일인지 놈은 아직 거기 있다. 그것은 앞서 희생자를 내고서 우리에게 맛을 들였다. 그것은 지구 사람을 학습했다. 지구 사람이 맛있다는 것을 학습했다.

혹은—이것은 우리가 야영을 하고 나서 내 정신이 밤이면 혼자서 모두를 깨울 만큼 시끄럽게 지르는 비명이다—혹은, 다른 사람들이다. 코끼리 아빠가 먹은 사람들, 놈의 몸속 낭포에 싸인 그들의 개성과 지식이 킬른의 바자회식 생태계에 내놓은 일부가 된 것이다.

빈터가 있어서 우리는 야영하기 위해 멈춘다. 한 시간 정도 더 밀림을 뚫고 나아갈 수도 있었지만 빈 공간을 보자 멈추게 된다. 우리는 모두 같은 생각을 한다. 도저히 더 못 가겠다는 생각. 그리고 옛 친구가 우리를 맞이한다. 바위 게가 또 부드러운 땅을 움켜쥐고 있다. 이전의 그것이 알 수 없는 힘으로 우리보다 먼저 와서 자리를 준비했을지도 모른다. 어쩌면 그래서 빈터가 생겼을 것이다. 바위 게가 집을 찾아오니 나무들이 예의 바르게 자리를 피해준 것이다. 그것이 그 눈으로 우리를 본다. 그 눈은 외계의 것, 죽은 구체다. 우리 눈이나 지구 게의 눈과 조금이라도 유사점이 있다면 순전히 우연이다. 다만, 그것의 시선을 마주한 나는 닿는 느낌을 받는다. 그것이 반짝이는 인간의 눈을 뜨고 부끄러운 듯 깜빡일 것 같을 정도다. 그것이 우리를 보자, 우리를 기다리고 있었음을 알 수 있다. 나는 종이 방호복의 더러워져 너덜거리는 부분처럼 그 사실을 떨어내고 싶지만, 그 생각은 이미 내게 뿌리를 내렸다. 바위 게 아래서는 과거 종교적인 의미에서의 천 가지 역병이 자란다. 파리와 메뚜기, 개구리와 이. 죽음의 천사를 제외한 모든 것. 킬른은 지구처럼 죽음을 일으키지 않기 때문이다. 킬른은 생명을 일으킨다.

오, 신이시여, 이 잔을 제게서 거두어 주소서. 이때만 해도 우리는 아직 다 알지 못해서 우리가 아는 것을 두려워한다. 우리는 그것을 말로 옮길 수 없다. 우리는 배우고 있는 것을 명확히 밝힐 수 없다. 그것을 말하면 더 확실해질 테니까. 그리고 우리가 말할 수 있게 되면, 말할 필요가 없어지리라는 것을 나는 안다.

4일

우리는 행군한다. 지형을 익히며. 우리 모두가 연결된 사슬을 붙잡고 한 팔씩 옮겨 올라가는 등반가처럼, 집으로 향한다. 다리(bridge). 라스무센이 옳았다. 내가 그녀의 말을 들을 수 있었더라면.

그러다가 우리는 잔해를 만난다. 그저 우연히 마주쳤다고 하겠지만, 이제는 그런 게 아니라는 생각이 든다. 나는 무작위를 믿지 않게 됐다. 세상에서 무작위의 가능성이 보이는 것은 데이터가 불충분한 결과이고, 우리는 이제 너무 많은 것을 알고 있다. 내가 퍼즐 안에 들어왔기에 모든 퍼즐 조각이 맞아 들어가는 과정도 보인다. 나는 일무스의 어린 시절 조각난 순간을 경험하고 실존적 위기의 퍼즐이 의미하는 바를 깨닫는다. 기본 단위란 무엇인가? 여러 모양의 일부를 포함하는 조각 하나인가, 아니면 여러 퍼즐 조각의 경계를 포함하는 그림 속 하나의 모양인가?

이 잔해는 베시칸의 지도에 없었다. 위에 자라는 것이 워낙 많아 공중 조사에서 포착된 적 없는 그대로의 상태다. 우리는 성당 앞에 선 참회자처럼 그 앞에 서있다. 안에서 서로 얽힌 백 가지 생명체가 흠칫한다. 나는 미처 멈추지 못하고 한 걸음 다가가서 그 덩굴과 지렁이, 아직도 그 체계의 일부인 썩어가는 죽은 물질의 미끈거리는 겹 속으로 손을 넣는다. 돋을새김한 까끌까끌한 상형문자가 손끝에 느껴진다. 그 문자는 내게 빽빽이 감긴 정보를 전달하려고 안달한다. 베시칸이 밝혀내고자 필사적인 그 과거는 역사도 신화도 아니다. 그것은 오늘의 연속, 출석부이자 졸업 사진, 방명록이다. 하지만 그것은 연대기순이기에 일종의 역사를 이룬다. 현재의 모든 순간이 다르고 시간의 서(書)의 낱장을 이루기에 변화의 기록이다. 내게 더러운 것이 묻는 것도 아랑곳 않고 나는 거기 이마를 댄다.

나는 둔주(fugue) 상태가 된다.

마음속에서 킬른족이 보인다. 야생인이 보인다. 그것이 퍼즐에서 나오자 나는 그것이 남긴 공간을 보지만, 조각인지 그림인지 알 수 없다. 그것은 키브의 얼굴과 내 손, 일무스의 좁다란 가슴과 프리맷의 한쪽 다리를 가졌다. 내가 지켜보는 동안에도 그것은 갈라지고, 갈라진 조각은 빌린 팔다리로 달아나면서 반-독립 상태를 실험하며 새 친구를 찾는다. 나는 우리의 연구가 이미 알려준 바를 분명히 알 수 있다. 킬른에는 기후가 더 습했던 시절이 있었으며, 다시 그런 때가 오리라는 사실을. 우리가 지금 보는 킬른의 숲은 그 시절 무성하던 숲의 흔적에 불과하다. 건조한 현재 기후에 맞추어 그것은 생물학적 다양성을 줄여서 축소되었다. 다만 킬른에서 생물학적 다양성은 실시간으로 반응할 뿐. 느려터진 진화가 새로운 것을 내놓기를 기다릴 필요가 없다. 비옥한 때가 다시 오면 모든 생명체가 또 한 번, 야구선수 카드 교환하듯이 신체 부위를 맞바꿀 것이다.

우리는 과거의 메아리 속에서 살고 있다. 그리고 그 절정의 풍요 속 과거 존재가 바로 잔해를 지은 존재다. 이 잔해를 짓고 이 표지로 자신의 기록을 새겨 넣은 이들.

사람들이 나를 잔해에서 떼어내어 똑같이 끈적이는 바닥에 던지고는 내가 드디어 미쳤는지 지켜본다. 내가 제일 먼저 발광을 시작한 것인지. 하지만 환영을 방해받은 나는 그들을 향해 눈만 껌뻑인다. 그리고 침착하게 일어선다. 무슨 영문인지, 이 모든 지식이 어디서 왔는지 알지 못한 채. 하지만 나는 안다. 나는 이것을 지은 존재의 꿈을 꾸었고, 그 존재만이 여기서 본 것을 이해한다. 돌아가면 베시칸에게 말할 수 있을까? 우리가 드디어 건설자들을 만났다고 말할 수 있을까? 그들의 잃어버린 세계를 어렴풋이나마 일별했으니까. 잔해는 그때 그들이 가졌던 것과 지금 건기에 남은 것 사이의 다리가 되어준다. 여전히 살아있는 것처럼 보이지만 시들어 버린 현재 이곳 세계 사이의.

가장 중요한 열쇠는 킬른의 생명체가 우리처럼 중앙집권화하지 않는다는 것이라고 본다. 조직이 온몸에 분산되기 때문에 각 장기에 대한 의존도가 덜하다. 지시를 형성해서 나머지 유기체에 전달하는 조직—우리의 경우 두뇌—도 분산되어 있다.

나는 베시칸에게 안심해도 된다고 말하고 싶다. 킬른의 건설자들은 저 밖 야생에서 발견되기를 기다리고 있다고. 그들은 두 발과 두 손, 코와 입 위에 두 눈을 갖고 있다. 그들은 통치부 정설의 화신이다. 다만, 결코 아무도 듣고 싶어 하지 않을 방식으로 그러할 뿐이다. 내가 웃자 몇 명이 염려스러운 듯 쳐다보지만, 이미 무엇이 우스운지 알고 따라 웃는 사람도 있다.

다음 날 한밤중, 일무스가 첫 번째다. 그네가 미치기 시작한다. 키브를 아플 정도로 꽉 부여잡고 그의 목덜미와 어깨에 얼굴을 파묻는다. 키브는 재빨리 그네에게서 벗어나고, 땅바닥에 쓰러져 눈을 굴리는 그네를 등불이 비춘다. 우리 중 몇 명은 한밤중에 그 자리에서 그네를 버리고 싶어 한다. 그네는 킬른에 걸렸고, 라스무센이 되었다. 사령관에게는 헛소리를 지껄이는 한 쌍의 괴물이 필요 없다. 이제 그네는 결코 수용소에 들어갈 수 없을 것이다. 그네의 입에 나뭇잎을 쑤셔 넣고 집까지 걸머지고 돌아갈 수는 없다.

일무스는 우리에게 지껄여 대면서도 우리가 하는 말은 듣지 않는다. 그네가 나무들을 향해 부르니 코끼리 아빠가 두드리는 소리로 대답한다. 한 번은 그렇다, 두 번은 아니다라는 뜻이다. 내가 그네의 이름을 부르면서 달래며 정신을 차리게 하려고 다가가자 그네는 내 머리를 붙잡는다. 내 뇌에 대고 직접 말하려는 듯, 머리를 쪼개려고 든다.

사람들이 그네를 떼어내고 다시 멀찍이 떨어진다. 마치 안전거리라는 것이 존재한다는 듯. 우리가 같은 공기를 숨 쉬지 않는다는 듯. 일무스가 비틀거리자, 나도 머리가 어찔하는가 싶더니 발을 헛디딘다. 아직 우리 주변에 있는 그것이 일무스에게 멈추라고 더듬거린다. 나는 미치고 싶지 않다. 아프고 싶지 않다. 키브하고 다른 사람들과 함께 있어야 우리의 지구 본성 안에서 안전하고 확실하다. 우리가 가진 외래 생물 작용의 보루가, 울부짖으며 달려드는 이 장소를 막아내며 버틴다. 하지만 일무스와 나는 오랜 친구 사이이고, 나는 두 힘 사이에서 갈등한다. 일무스의 입이 열리고 소리가 나온다. 끔찍한 고양이 울음소리다. 그 외계성이 무시무시하고, 그 인간성이 소름 끼친다.

5일

이튿날 행군하는 동안, 일무스는 여전히 우리와 함께 걸을 수 있다.

밀림에서 벗어날 무렵 그네는 프리맷 뒤에서 따라온다. 일무스는 입을 악다물고 있지만, 그래도 입가에서 그 무시무시한 소리가 새어 나온다. 나는 그네가 당기는 힘을 느끼며 자꾸 뒤로 처져서, 멀어져 가는 키브와 그릴리의 뒤통수를 보며 걷는다. 우리는 이제 한 줄로 길게 퍼져서, 키브가 아직은 길을 안다는 헛된 믿음을 붙들고 죽을힘을 다해 띄엄띄엄 나아간다. 물론 그가 안다는 것을 나는 안다. 그리고 그는 자신이 옳다는 것을 알지만, 아직은 어떻게 아는지 이해하지 못한다.

나는 일무스에게, 프리맷에게 돌아간다. 놀랍게도 나는 옳은 일을 하고 있다. 먹기 위해 멈추면 나는 일무스 가까이 앉아서 그네를 지켜본다. 그즈음 그네는 나를 모르지만, 알고 싶어 한다. 그네는 손으로 내 얼굴을 탐색하지만 그 손이 왜 그렇게 닿아있는지 알지 못한다. 그네는 두 세계 사이에 걸린 채로 나를 보고 낯설다고 운다. 결국, 나는 그네를 안는다. 킬른의 공생체를 만들 것처럼 그네를 꽉 끌어안는다. 사람들이 미심쩍은 눈빛으로 우리를 본다. 우리가 정신 나간 짐승 소리를 주고받기 시작하기를 기다리면서. 하지만 내 정신이 종이 방호복처럼 닳아서 사라지는 가운데서도 나는 차분하다. 나는 여전히 **나**다. 나는 내 인간성에 손톱을 박고 버틴다.

나중에 키브는 우리를 이끌고 비탈을 오른다. 나무가 듬성듬성해진 그곳에는 두툼한 나무가 한 그루씩 제 자리를 궁전처럼 차지하고 있다. 그 아래 땅은 작은 가신들, 진상품을 가지고 온 대사들이 이룬 생태계로 들끓고 있다. 우리는 그렇게 하면 우리 속의 지구성, 신이 우리를 만드는 데 쓴 진흙을 순수하게 보존하는 데 도움이 될 것이라는 듯 그 나무들 사이를 돌아간다. 우리는 각 나무가 차지하는 영역 사이, 교환의 통로를 밟지 않고 건넌다. 이곳에는 밀폐된 존재가 없다. 하지만 생물이란 원래 그렇다. 우리는 그것을 분류하고, 두 개의 라틴어 이름과 정기준 표본〔종(種)의 원형을 나타내는 표본—옮긴이〕을 부여한 뒤 그것이 같은 뿌리를 가진 가지에 불과하다는 사실을 잊어버린다.

그날 밤 일무스는 우리에게서 멀찍이 떨어진다. 모두가 멈추자 그 자리에 그냥 주저앉아 자기 야영지를 만든 프리맷도 지나쳐서, 그네는 가버린다. 일무스의 어깨는 앞으로 굽어있고, 양팔은 자기 몸을 감싸고 있다. 그네는 토하듯이 자주 상체를 숙이지만, 나오는 것은 말뿐이다. 이제 킬른에서 나는 여러 소리의 전문가가 된 내 귀에는 일무스가 그 소리를 내려고 목구멍을 비트는 것처럼 들린다. 밀림이 이해할 수 있는 소리를 만들려고. 밀림은 화답으로 고함을 지르고, 웅웅거리고, 짹짹거리고, 키득거리며, 트림 소리를 내지만, 아직 마지막 버팀대 위에 다리를 올리지 않은 탓에 일무스의 의미가 건너가지 못한다.

그네가 먼 옛날 탐험가처럼 떠나서 죽을 것 같다. **나는 시간이 좀 걸릴지 모른다.** 하지만 그렇지 않다는 것도 나는 안다. 그네는 멸절이 아니라 연결을 찾고 있으며, 같은 인간과는 더 이상 연결될 수 없다.

나는 프리맷을 지나쳐 그네를 뒤쫓는다. 프리맷의 얼굴에는 고통의 주름이 가득하다. 그녀는 지치고 초췌한 모습으로 모든 것을 견디며 여기까지 왔다. 그녀의 고통이 온몸의 관절과 고통스럽게 벗겨진 다리 끝에서 흘러나온다. 하지만 남겨지는 것이 더 괴롭다. 그녀가 견뎌낸 것이 믿기지 않는다. 그녀를 지나치며 나는 귀를 찢는 듯한 음악을 트는 방송국과 잠시 주파수를 맞춘 라디오처럼 쩌렁쩌렁 울리는 그 고통을 경험한다. 그리고 일무스와 바위 게를 만난다.

바위 게가 우리를 따라왔다. 우리를 따라올 수 없었는데도. 바위 게는 마치 커다란 식탁인 양, 갖가지 다양한 다리로 이뤄진 내장 위에 앉아있다. 일무스는 곧 이사회를 진행할 사람처럼 거기 양손을 얹고 있다. 그네가 입을 열자, 혀 같은 건 필요 없이 더듬거리는 말이 힘겹게 튀어나온다.

바위 게가 혼잣말을 중얼거리지만 일무스에게 하는 대꾸는 아니다. 그저 외계 내면 독백의 끄트머리가 수면 위로 튀어나온 것뿐.

"나 왔어." 내가 그네에게 말한다. 사실 그네 때문에 간 것은 아니지만, 그래도 나는 거기 있다. 일무스가 바위 게 옆에 눕자, 나도 그네 옆에 눕는다. 그네가 나를 필요로 할까 봐. 프리맷도 가까이 있지만, 나무들, 다른 팀원들, 그 너머 풀 수 없는 매듭 같은 정신 때문에 희미하게 느껴진다. 코끼리 아빠가 우리를 발견한다면 무제한 짓밟기 뷔페처럼 보일 테지만 우리는 더 이상 신경 쓰지 않는다. 행군이 전부다. 세상이 우리에게 무슨 짓을 하든 상관없다.

그날 밤 나는 꿈속처럼 어렴풋하게, 그러나 분명하게 이해한다. 바위 게들이 그 지역 특유의 생태학을 이룬다는 사실을. 그들은 킬른 생물의 복잡한 상호작용이 이루어지는 무선 통로, 허브다. 사제들과 마찬가지로, 바위 게는 가는 곳마다 주위에 성역을 요구한다. 그렇기 때문에 키브는 어디서 쉬면 안전할지 본능적으로 알고, 한 지점에서 다음 지점을 잇는 경로로 우리를 인도해 왔다. 다만 그것이 현실적으로 불가능하다는 것뿐. 꿈에서조차 나는 그것이 허튼소리임을 안다. 지구의 과학을 수련한 나의 정신이 그 신조를 전파하고, 내가 키브와 바위 게로부터 멀어지자 코끼리 아빠가 오만한 나를 먹어 치운다. 나는 비명을 지르고 버둥거리며 깨어난다. 중얼거리는 두툼한 나무들 반대편에 있던 사람들이 나를 향해 소리친다. 일무스는 계속 잔다. 내가 낸 소리는 이제 아무에게도 의미가 없다.

나중에 꾸는 꿈에서는, 내가 어깨를 붙잡자 일무스가 부서진다. 나는 그네의 조각이 누더기가 된 작업복 속에서 움직이며 흩어지는 것을 느낀다. 각각의 부분과 접합부가 살그머니 빠져나가서 급히 달아나려고 한다. 그네의 인간 형체가 내 손 안에서 부서져 굴러 나가는 과정이 끔찍하도록 온몸에 사무치는 감각을 준다. 나는 일어나서 그네를 실제로 붙잡지만 그네는 거기 없다.

6일

낮이 되자 나는 바보처럼 눈을 껌뻑인다. 근처에서 목소리가 들린다. 일어나 보니 일무스가 그릴리와 함께 바위 게 위에 앉아있다. 둘이서 낮게 중얼거리는 소리를 주고받는다. 나를 깨우고 싶지 않은 것이다.

"일무스?" 내가 기어 들어가는 소리로 부르자 그네가 나를 보고 미소 짓는다. 그네는 내 이름을 부르고, 아침 인사를 건넨다. 인간의 말이다. 라스무센이 내는 헛소리는 한 조각도 없다.

"응?" 내가 내뱉는다.

"난…… 음, 나아졌어." 그네는 그렇게만 말한다. 마치 너무 힘들어서 그때를 모면하려고 실성한 연기를 했던 것처럼 그네는 조금 부끄러운 표정이다.

나는 눈물이 차오르는 것을 느낀다. 실은 다른 사람들이 모여서 망할 놈의 파티를 열지 않는 것이 놀라울 따름이다. 일무스가 돌아온 것이 아니라 **나아졌기** 때문이다. 그네는 킬른의 광기에 시달렸다. 라스무센이 수십 년간 겪고 있으며 클렘을 죽음으로 몰고 간 광기. 물론 클렘이 죽은 까닭은 미쳤다는 이유로 소각 장치에 던져졌기 때문이다. 부스처럼. 그리고 프리맷이 오래전 내게 보여준 본보기 탱크 속의 사람처럼. 광기 다음에는 처형. 수용소 정책이다. 하지만 일무스는 나아졌다. 그리고 라스무센은 나아지지 않았다. 그 둘에 어떤 현저한 차이가 있는지 그때 당장은 알 수 없지만 나중에는 그 답이 너무나도 당연하게 느껴진다.

우리 셋은 사람들에게 돌아간다. 그릴리와 일무스는 거의 나란히, 나는 어쩐지 그들과 함께할 수 없어서 조금 거리를 두고 걷는다. 키브와 대다수는 기뻐하고 놀라지만…… 어쩐지 일무스는 완전히 통합되지 않는다. 우리 중에 있으면서도 그네는 우리와 함께가 아니다. 마치 번데기 과정을 거친 그네가 백 가지 보이지 않는 색깔의 커다란 투명 날개를 숨기고 있는 것처럼. 그네는 우리 중에서 그릴리와 함께 걷는다. 우리와 함께가 아니라.

키브도 그것을 알아차린다. 키브의 부관 그릴리가 갑자기 그와 거리를 둔다. 그녀가 아직 키브의 오른팔인가? 키브는 알 수 없고, 그릴리도 모른다. 프리스도 꿈틀거리기 시작한다. 입술이 비틀어지더니 낚싯바늘에 걸린 물고기처럼 펄떡거린다. 한낮이 되자 프리스는 일무스와 그릴리 옆에서 걷고, 우리 모두 함께 걷지만 그들만의 박자를 따르고 있다. 그날 내내, 그 보이지 않지만 확실히 통과할 수 있는 벽을 사이에 두고 서서히 이동이 일어난다. 마치 우리만 남은 것처럼 내가 키브를 바라보고 키브가 나를 마주 보던 것이 기억난다. 다른 모두가 본래 그 자신의 도플갱어, 꼭 닮은 다른 사람으로 변해버린 것처럼. 결국 키브가 뒤로 처지고, 나도 그렇게 한다. 우리는 프리맷을 돕는 데 집중한다. 안 그러면 프리맷은 완전히 보이지 않을 정도로 처져서 버려질 것이기 때문이다. 그녀는 늘 아웃사이더였지만, 지금 키브와 나도 똑같이 **바깥**에 있다. 우리에게 어울리는 동행은 프리맷밖에 남지 않았다. 그리고 우리는 정말로 그녀를 돕는다. 기운이 다 떨어진 그녀는 가련하게도 고마워한다. 혹사당한 관절이 악화되면서 그녀의 다리가 덜컥거리고 삐걱댄다. 이제 누구에게도 키브의 인도가 필요하지 않은 것 같다는 말은 굳이 하지 않는다. 예의가 아닌 것 같아서.

우리는 아끼고 아낀 마지막 식사를 한다. 충분한 적 없었던 고열량 휴대 식량. 우리는 아직 귀환하지 못했다. 간단히 계산해 봐도 거리와 식량, 감염 속도 중 그 어느 것도 답이 나오지 않았다. 그저 키브가 우리를 걷게 하는 데 필요한 말을 했을 뿐이다. 하지만 할 수 있다는 자세만으로 다 해낼 수 있는 건 아니다.

오전 늦게, 프리맷의 의족이 수명을 다한다. 무릎이 작동을 멈추더니 모터가 꺼졌다. 끊임없이 떠다니던 킬른의 미생물이 들어가서 그것을 죽이고 프리맷에게 큰 문제를 안긴다. 진통제는 떨어지고, 다리의 염증 때문에 밤새 열에 시달린 프리맷은 지난 이틀 밤 동안 거의 자지 못했다.

프리맷이 균형을 잡으려다 다리를 접질려 땅에 주저앉는다. 의족을 무릎 위에 놓고 패널을 연다. 안에 뒤죽박죽 자란 곰팡이는 무시무시한 속도로 싹을 틔우고, 플라스틱을 점령하고, 합성수지를 더듬고 있다. 나는 잘린 다리를 보지 않는다. 그럴 필요는 없다. 킬른이 기계와 살 사이 경계 구역을 탐험해 온 것처럼, 그녀의 다리에서도 그것이 자라고 있다. 프리맷이 긁어내려고 하자 그것이 뿌리 내린 몸속 깊숙이 통증이 전해진다.

다른 누군가가 간절히 하고 싶은 말을 하기 전, 프리맷이 선언한다.

"이제 날 버리고 가야겠군."

"아니." 내가 말하고 키브도 고개를 젓는다. 이제 그에게 남은 사람은 프리맷과 나뿐이기 때문이다. 다른 사람들은 종교집단의 신도들처럼 오싹하게 "네"라고 합창할 것 같다. 우리 모두 사이에서 무언가 바뀐다. 나는 그것을 **느낀다**. 보이지 않는 생물이 공중에 떠서 기다란 덩굴손으로 내 얼굴을 스치는 것처럼.

"우린……." 키브가 입을 연다. 하지만 말이 나오지 않는다.

나는 소리, 그저 소리를 낸다. 키브와 프리맷이 나를 빤히 본다. 어깨에 손이 닿는 것이 느껴진다. 일무스의 손이다. 그런데 그것이 일무스의 손이든 아니든 상관없다. 내가 느끼는 것은 두려움도 아픔도 아니다. 해방감이다. 얼어붙은 웅덩이에 뛰어든 순간 충격을 맛본 다음 드디어 그것을 **해냈다**는, 이루 형용 못 할 안도감을 느끼는 사람처럼. 천 가지 작은 신호가 불현듯 또렷한 초점으로 변하고, 소음은 정보가 된다. 나를 구성하는 연약한 흙이 킬른에 밀려들어 가자 타버릴까 두렵지만 오히려 내 본래 모습이 보인다. 불에 구워 단단해진 모습이.

키브의 눈이 휘둥그레지며 두려움을 띤다. 그는 자신이 어떻게 아는지는 모르지만 또 하나의 동맹을 잃었음을 이해한다. 그리고 물론 그가 마지막 차례가 될 것이다. 그는 이곳에서 생존하기 위해 오랜 세월 스스로를 차단해 왔다. 제정신과 희망을 유지하기 위해 마음속에 장벽을 세웠다. 하지만 장벽은 감옥을 만들기도 한다.

"니멜." 내가 프리맷에게 말한다. "당신은……." 그녀는 우리와 함께 돌아가도 된다. 그녀가 돌아갈 수 있음을 안다. 우리 모두 귀환할 테니까. 잘 먹고, 제정신으로, 수용소와 간수들에게 어떻게 접근할지 방법을 찾아낼 수 있다. 우리 모두 함께. 프리맷이 나를 응시한다. 그녀도 바닷물의 변화를 느꼈다. 그녀를 휩쓸어 가진 않아도 뒤꿈치에 찰박이는 파도를. 통증 때문에 닫혀있던 그녀와, 불굴의 의지 때문에 닫혀있던 키브. 하지만 그들도 이제 끄트머리에 아슬아슬하게 서있다. 나는 그것을 느낀다. 우리 모두 느낀다. 그리고 프리맷의 얼굴에 실낱같은 희망이 떠오른다. 그녀가 아무리 "날 버리고 가"라고 말해도 여전히 간절히 귀환하고 싶어 하기 때문이다.

등 뒤에서 바위 게가 껄껄거리고 식식거린다.

아, 킬른. '적자생존'이라는 말 때문에 우리는 진화를 권투 시합처럼 상상한다. 링에 최후까지 남는 선수가 벨트를 차지하는. 타자보다 더 크고 강하다고 '적자'가 되는 것이 아니다. 타자보다 주어진 일을 더 잘 해서도 아니다. 그 모든 타자가 **필요**하기 때문이다. 생물학은 그렇게 움직인다. 모든 세포는 다른 세포를 필요로 하고, 모든 기관은 다른 기관을 필요로 하며, 모든 유기체는 다른 유기체를 필요로 한다. 생물의 기본 단위는 모든 생물이다. 하지만 킬른에 관해서 들어보라. 킬른에 비하면 지구는 권투 시합 같다. 킬른에서는 어떻게 적자가 되는가? 그것은 샌들 신은 발로 적의 제국을 몇 개나 짓밟느냐의 문제가 아니다. 킬른에서 생존은 얼마나 많은 생물과 맞물릴 수 있느냐의 문제다. 내가 제공할 수 있는 서비스가 중요하다. 킬른에서는 어떤 종도 동떨어진 섬이 아니다. 그 무엇도 굳이 자족할 필요가 없다. 내가 가진 것 대신, 나보다 그 일을 더 잘 해줄 존재가 언제나 있기 때문이다. 교환 경제로서의 진화. 만물이 이웃과 함께 살 방법을 점점 더 잘 찾아낸다. 사자 굴에 던져진 다니엘은 사자에게 다리를 먹인다. 그러면 그들이 얌전히 다니엘을 등에 업고 갈 테니까.

킬른에는 사자가 없지만, 바위 게의 등은 넓고 숲이 길을 터준다.

26.

수용소에서

우리를 갈라놓고 분리시켜야 한다고 느꼈을 것이다. 그래야 하니까. 노동 조직에 대처하는 오래된 지침이 그것이다. 하지만 질병을 흩어놓는다고 억제하지는 못한다. 송신기의 간격을 떼어놓는다고 메시지 전파를 막진 못한다. 그리고 그 메시지는 이제 듣는 사람에게 맞춰 재단되어 있다. 그것은 우리를 상대로 연습, 적응할 기회를 얻었다. 외로운 라스무센의 아옹거리는 헛소리만이 아니라, 인간 유기체의 단백질과 세포막에 깔끔하게 맞아 들어가는 설득력 있는 내용이 되었다.

우리는 파편처럼 다른 탐사 팀에 들어가서 박힌다. 우리는 친구들 사이로 돌아온다. 세 번째 탐사 후, 우리는 따뜻한 환영을 받으며 복귀한다. 그것, 이 킬른성(Kilnishness)은 수용소 내에 자리를 잡았다. 발굴 지원 팀, 관리 팀, 가사 팀, 일반 노동 팀 모두에게 차례로 퍼진다. 우리는 수용소 전체에 번져나간다. 모두의 눈이 창문이 되어, 사람들이 하나 되고 계획이 수집되는 과정을 느낀다. 우리는 감시의 사각지대나 카메라도 마이크도 없는 야생에 나가서 나직이 대화한다.

그때 우리가 수용소로 돌아오면, 베시칸이 갠트리에서 내려와 돔 가운데 있는 잔해의 하얗게 말라붙은 뼈대를 바라보고 있다. 이제는 더 할 이야기가 없을 정도로 연구하고 또 연구한 그 잔해를. 이제 그는 그것을 새로운 눈으로 바라보며, 배움이 느린 사람처럼 나직이 중얼거리고 있다. 하지만 아직 멀었다.

그리고 이제 우리에게는 과제가 있다. 여러 가지 과제가 있지만, 이것은 내 몫이다. 내가 자원한 일이다. 어떤 메시지는 타인이 아닌 지인에게서 받아야 한다. 오늘 밤, 모든 일이 일어나야 하는 밤, 나는 노동 구역 내 침대에서 일어나 앉는다. 모두 자는 척하며 깨어있다. 최초의, 돌이킬 수 없는 걸음을 내디딜 우리는 꿈쩍거리고 있다. 다들 우리가 언제 움직이는지 지켜보고 있다. 나는 그들이 절대 끄지 않는 붉은 등에 시선을 맞추고 일어선다. 작업복 밑에서 사람들이 모두 알고 있는 칼을 꺼낸다. 그 칼을 감출 수 있었던 것은 재주가 좋아서가 아니라 모두가 합의해 준 덕분이다. 내가 그 칼을 들고 손가락으로 감싸 쥐는 것을 모두가 감지한다.

나는 침대에서 일어나서 숙사를 살금살금 걸어 나간다. 지금이어야 한다. 내일은 너무 늦을 것이다.

행군: 6일

그 모든 일이 일어난 뒤, 우리는 더 빠르게 이동한다. 도움이 있고, 서로를 돕기 때문이다. 행군 마지막 날들은 잘 기억나지 않는다. 아마 미세 차원에서 재조직을 겪기 때문일 것이다. 새로운 세입자가 들어와서 연결되기 위해 플러그를 모두 교체하고 있다. 식량이 다 떨어졌고, 키브가 내린 절약 방침이 있는데도 우리는 먹고 있다. 지금 우리는 실컷 먹고 강해진다. 저 밖이 공생의 천국일지 몰라도, 그것은 이빨과 발톱을 붉게 물들이는 인정사정없는 공생이기 때문이다. 아니, 킬른의 색에 따르면 붉은색이 아니라 노란색이다. 킬른에서는 모든 것이 모든 것을 먹는다. 킬른의 생태계는 차원이 다른 조직, 결합, 재결합을 통해 보편적 적응자로 진화한다. 그래서 이 행성의 생물은 서로 부품과 시설을 교환할 수 있다. 이 모든 것이 창의력 뛰어난 아이들이 갖고 노는 조립식 장난감 같다.

쿵 소리에 나는 한참 만에 사색에서 깨어난다. 한동안 들리지 않던 소리다. 코끼리 아빠가 우릴 쫓고 있다. 하지만 이제 이해한다. 그것이 지구의 살점을 좋아하는 이상한 입맛을 가져서가 아니다. 오히려 코끼리 아빠는 첫 번째 사도다. 프리맷의 바위 게가 두 번째듯이. 길을 걷는 메시아를 알아보고 그들에게 영광을 돌리는 자들에게는 특별한 자리가 마련된다.

키브가 마지막이다. 킬른에 가장 짧게 있었던 나, 이 행성이 아직 이빨을 박아 넣지 못한 미지의 영역인 내가 최후여야 했다. 킬른이 키브를 오랜 세월 잘근거렸지만 키브의 의지가 너무 강했다. 사람도, 킬른도, 그 무엇도 들이지 않는 강한 껍질을 가진 자다. 행군 말미에 키브는 정보를 퍼뜨리기만 하고 수신하지 않는다. 팀원은 모두 키브를 버리고 더 설득력 강한 피리 소리를 따라갔지만, 키브는 버테지오 키브가 어떤 존재인지 우리에게 전부 전한다. 편집증과 공포, 동지의 얼굴을 보며 그들이 지칠까 두려워하는 마음. 자신이 최후까지 제정신을 지켜내는 보루라는 믿음. 그는 야생으로 달아날까 생각하지만, 코끼리 아빠의 소리가 한 번 더 들려오자 그 자신이 정신을 잃는 것보다 코끼리 아빠의 습격을 더 두려워한다. 나는 그가 생각하는 것이 아니라고 말하고 싶다. 우리 인류와 인류의 공포에서 생겨난 서사가 있는데, 킬른이 우리에게 한 일은 그런 것이 아니기 때문이다. 말이 나왔으니, 키브가 두려워하는 것이 광기라면, 그가 성실하게 믿는 것은 저 밖에 있다고 말해주고 싶다. 사마귀 다리 세 개와 완보류(통 모양 몸에 네 쌍의 짤막한 다리를 가진 동물로 곰벌레 따위가 있다—옮긴이)의 뭉툭한 다리 세 개를 가진, 그가 '코끼리 아빠'라고 부르는 것. 그리고 키브에게 좀 이상하다고 생각하지 않는지 묻고 싶다. 광기와 제정신은 결국 다수의 기준으로 판단하는 것인데, 우리 모두가 한 편이고 그만 다른 편이라면 정확히 누가 미친 것일까?

키브가 마침내 틈을 보인다. 우리에게서 달아나 누더기 작업복을 찢어발긴다. 자신과 다른 모든 것 사이의 마지막 장벽을 없애려는 듯이. 그는 고함을 지르고, 가시와 뾰족뾰족한 돌에 발이 찔린다. 빽빽이 막고 선 부푼 나무 몸통 사이를 밀치고 다섯 살짜리처럼 돌아다닌다.

키브가 얼굴 없는 코끼리 아빠와 대면하고 그것을 향해 웃는다. 그것은 어떤 경우라도 진짜 생물일 리 없다. 킬른의 그 무엇도 진짜일 수 없다. 그것이 키브가 마지막으로 하는, 절망적인 방어다. 마약에 취했다가 깨어나는 분류학자의 환상처럼 서로 뒤얽혀 경계 없이 뒤죽박죽된 이 다종간 관계는 현실일 수가 없다.

다만 우리가 그를 따라 달려가서—우리 중 둘을 확실히 죽인—코끼리에게 죽기 전에 키브를 끌고 나온다. 그러는 사이에도 놈의 느릿느릿한 정신이 키브의 상태를 파악하고 '허어……'라고 한다. 키브가 무엇이 되고 있는지 파악하고서.

그는 아직 버테지오 키브다. 나는 아직 아틴 다데브, 생물학자이자 그 이름을 가진 생물체다. 우리가 주위 세상과 거기 사는 존재를 보는 방식 이외에는 아무것도 변하지 않았다. 일무스의 슬픔과 프리맷의 고통, 나의 불만, 키브의 억울함. 우리를 세상과 연결하는 것이 우리를 서로와 연결시킨다. 우리를 서로에게 연결시키는 것은 먼 과거까지 이어지는 사슬의 일부다. 킬른의 복잡하고 상호의존적인 생태계는 라스무센이 말한 다리를 건설하는 정확한 순서를 발견했다. 아틴 다데브를 구성하는 거대 생태학적 조합에서 내 몸속 미세 생태계, 킬른의 미세 생물학과 코끼리 아빠 같은 상호의존적인 거대 형태에 이르기까지. 내게서 일무스에게로, 일무스에게서 키브에게로. 비밀 채널이 우리에게 정보를 전달하고, 모공과 코, 눈, 귀와 손끝의 접촉을 통해서 우리 밖으로 전달한다. 우리는 수용소에 앉아서 서로를 알고 있다. 우리의 목적과 기호, 생존에 대한 상호 간의 의지를. 하지만 따로 생존하는 것이 아니다. 과거에 했던 시위의 구호처럼, 함께 아니면 죽음이다. 킬른에게 깃발이 있다면 그렇게 적혀있을 것이다.

그리고 그것을 각성한 나는 단순히 서로 알고 목적을 공유하는 인간 무리 중 하나에 그치지 않는다. 나는 킬른이라는 더 넓은 세계의 일부다. 그것을 이해한 나는 잔해의 건설자가 누구이며 어디로 갔는지 깨닫는다. 그리고 그들이 돌아왔다는 것까지.

처음부터 그들은 때가 되면 돌아올 작정이었다. 세상이 퍼져나가고 조건이 변하는 천 년에 걸쳐. 하지만 우리, 특정 인간이 그것을 바꿨다. 키브가 이끄는 죽음의 행군을 감행한 이들이. 우리가 행군 중에 그 건설자를 깨웠다. 마치 그들이 우리 발자국에서 튀어나온 것처럼.

우리는 계속 걷는다. 우리는 수용소에 도착한다. 내가 흔들리자 누군가가 나를 도우러 온다. 공감은 비가 새어 들어오게 놔둔 구멍이다. 그들은 그렇게 우리와 연결된다.

수용소에서

나는 그 모든 것의 팽팽한 긴장을 느낀다. 내 내장에서부터 노동 구역의 거주자들에게로, 다시 저 너머 세상으로 이어지는. 나는 줄줄이 늘어선 침대를 지나쳐 걸어간다. 방 맞은편 끝에서 그자가 일어나 앉는다.

"아턴." 그가 말한다.

나는 멈추지 않는다.

"아턴, 이러지 마." 그가 다시 말한다. 그것, 그 연결이 그에게도 닿았으니까. 우리 모두에게 그렇듯이 그에게도 침투했으니까. 우리가 서로를 알듯이 그자도 알게 해주었으니까.

"잠깐만." 그가 말한다. "내 말 들어봐. 나는……." 그는 그것이 거짓말임을 알기 때문에 목이 멘다. 그는 이제 내게 거짓말을 할 수 없다. 칼을 들고 그자의 침대 발치에 선 나는 그를 안다. 그의 마음이 내게서 움츠리며 내가 거기에 있는 죄책감을 보지 못하도록 얼굴을 손에 파묻는다. 하지만 나는 그것을 본다. 나는 그를 알고, 그는 나를 안다.

우리 모두 안다. 자신을 알듯이 타인을 알게 된다. 우리는 저마다 약했던 모든 순간을 발견한다. 일무스는 나를 팔았고 이미 그 이야기를 털어놓았다. 하지만 그네가 내 이름을 워낙 작은 소리로, 알아듣기 어렵게 말했기 때문에 아무도 알아차리지 못했다. 그네는 압박을 받고 무너졌다. 모두가 그렇게 되니까. 그래서 그네는 내 이름을 대려고 했지만 소음 탓에 아무도 듣지 못했으니 결과적으로는 아무 상관 없었다. 우리, 우리 모두는 알고 이해한다. 프리스도 전기 고문을 당하고, 잠을 못 자고, 귀가 찢어지는 음악에 시달리다가 무너졌다. 프리스는 자신을 키워준 대리 부모를 팔아넘겼다. 우리는 그것을 안다.

그리고 나도 무너졌다. 나는 우리 추방선이 조각날 때 되살아나지 못한 마퀘인 엘을 팔아넘겼다. 1년간 휴직하고 도주하며 시궁창에서 구른 뒤에 붙잡힌 나를, 그들은 굶기고 구타하고 옷을 벗기고 냉동시켰다. 나는 너무나 원시적인 방식에 시달리며, 살아있는 선사시대 전시품이 될 것 같았다. 그렇게 나는 무너졌다. 나는 마퀘인 엘이 어디 숨어있는지 말했다. 전당포에 맡긴 내 가련한 영혼을 구하기 위해 팔아넘길 다른 사람이 없었다. 그녀가 잡힌 것은 나 때문이고, 그녀가 죽은 것도 나 때문이었다. 혹은 그즈음 그들이 이미 그녀를 붙잡은 뒤라 내 배신은 그저 비겁하고 무의미한 것이었을지도 모른다. 그렇다 하더라도 나는 마퀘인을 팔았다. 그들이 충분히 쥐어짜면 누구나 무너진다. 그것이 통치부의 장기다. 테롤런의 점잖은 말과 저녁 식사 뒤에 도사린 것이 그것이다.

하지만 어떤 사람들에게는 그 이상이었다.

"제발." 배신자 패리디스 오코스터가 말한다. 클렘의 반란을 사령관에게 고해바친 자. 수용소 이곳에 제 자리를 만들고, 기생충처럼 분과에 파고들어 남몰래 특혜와 선물을 받고, 구타를 두어 번 피한 자. 배신에 그토록 시시한 대가라니. 그리고 단언컨대 내가 그를 분석한다면, 나나 일무스나 다른 사람이 아니라 그가 밀고자가 된 까닭에 정당한 이유를 수없이 댈 수 있다. 우리 중 누구든 될 수 있었지만 결국 패리디스 오코스터였다.

"헬레나." 이제 오코스터는 크로언에게 손을 내밀며 호소한다. 발굴 지원 팀장은 침대에 앉아서 그에게 눈길을 주지 않는다. 크로언은 아무 데도 가담하지 않았으니 오코스터가 크로언을 배신할 일도 없었다. 그는 크로언과 팀원을 보호하기 위해서 배신을 저지른 셈이기도 하다. 더 큰 반란이 일으킬 혼란이 두려웠기 때문에. 하지만 클렘이 죽었고, 아미에트와 여럿이 죽었다. 오코스터가 알고 있는 내용을 죄다 보안 팀과 사령관에게 넘겼기 때문이다. 그는 우리가 실패할까 봐 두려워서 우리가 확실히 실패하게 만들었다. 그러니 지금 그를 이 음모에 끌어들이면 그는 또 배신할 것이다. 우리 새로운 범세계적 혁명 분과가 잘하는 일이 많긴 하지만 비밀 엄수는 거기 해당되지 않는다. 우리는 모두 열린 담장이나 다름없다.

지금까지는 모두 민초들의 운동이었지만 갠트리 층에서도 서서히 동요가 일어나고 있다. 그 위에도 서서히 침투가 일어나, 우리가 가져온 자료로부터 시작해서 킬른이 거점을 얻고 있었으니까. 확실한 실마리 없이는 그 사실을 알아낼 수 없지만, 테롤런과 그의 보안 팀은 이유도 모르면서 점점 더 불안해한다. 그들은 예상하지 못한 폭발에 대비해 엄중 단속을 계획 중이다. 가사 팀을 괴롭히며 장갑과 마스크, 종이 신발을 착용하라고 강요한다. 키브가 이끈 죽음의 행군 이후로 그들은 절차를 강화했다. 다만, 그것은 죽음의 행군이 아니었다. 그것은 삶과 영혼의 행군이었고, 우리는 오늘 밤 파티를 연다.

썩은 과실 같은, 발굴 지원 팀의 패리디스 오코스터. 붉은 불빛 속에서 허연 눈을 희번덕거린다. 사령관에게 팔아넘긴 클렘 버루다의 오명이 그의 기억에서 새어 나오고 그의 모공에서 땀으로 흐른다. '패리디스는 살아야만 한다'가 그의 유일한 목표다. 그리고 이렇게 침범하는 킬른 뒤에 거대한 그림자처럼 버티고 선 것은 지구에서의 그의 내력이다. 학자이자 혁명가 패리디스 오코스터. 우리는 같은 혁명 조직에 들어갔고, 같은 분과 모임에 참석했으며, 파놉틱 아카데미 교수 휴게실을 함께 썼다. 그리고 그 기간 내내 그는 추가 봉급을 받았다. 그는 오래전 변절해서 통치부 비밀경찰의 굶주린 아가리에 먹잇감을 던져주었다. 부서진 것도, 쥐어짜인 것도 아니고, 그저 썩은 것이다.

그래도 그는 결국 추방당했다. 그가 누군가를 고발할 때마다 비정통적 견해의 일부가 그의 손끝에 조금씩 묻는다. 그도 우리처럼 더러워져서 추방당했다. 심지어 그는 이곳에서 탐사 팀에 들어갔다. 키브의 고급반보다 쉬운 팀에 들어갔을 뿐이다. 사람을 팔아서 살 수 있는 것이 얼마나 적은지 놀라울 때가 있다. 이제 오코스터는 나를 보더니 우리의 계획을 알아차린다. 우리는 그에게서 그 계획을 감출 수 없었다. 그가 우리에게 자신의 본성을 감추지 못했듯이.

내가 그를 찌를 때, 그는 이해한다. 그자의 입이 다시 벌어지지만 유언은 없다. 또다시 결백을 주장하거나 남을 탓하지도 않는다. 모든 사람이 다른 사람의 목구멍에 불을 질러, 배신자를 잡을 방법은 혁명 전체를 다 태우고 다시 시작하는 것밖에 남지 않게 만드는 과거의 편집증은 이제 사라졌다. 이제 모든 것이 투명하다. 배신자는 모두 각자의 자기 이해에 의해 비난받는다. 오코스터는 내가 혁명의 이름으로 처음 죽인 사람이다. 예전에 내가 잘 싸웠다고 한 건 말뿐이었다.

오코스터는 내 칼날을 막지 않는다. 그는 자신의 죽음이 또다시 일어날 배신을 막는 데 필요하다는 것을 깨닫는다. 그는 배신자인 동시에 대의를 위한 순교자다.

시체를 두고 일어난 나는 "때가 됐다"거나 "빨리 움직이자"는 드라마 대사 같은 소리를 할 필요가 없다. 모두 이미 알고 있다.

그들이 노동 구역에 설치한 눈들, 그들이 연장시킨 감각기관은 보았을 것이다. 매일 밤, 매 순간 카메라 앞에서 지켜보는 살아있는 감시자가 있는가? 그럴 리 없지만 그들에게는 알고리즘이 있을 테고, 패리디스 오코스터가 살면서 마지막으로 한 그다운 행동은 그들의 시스템에 경보를 울릴 것이다. 보안 팀이 곧 들이닥칠 것이다. 이제 우리가 움직일 때다.

나는 아턴 다데브다. 우리는 혁명이다.

27.

노동 구역에서 쏟아져 나온 우리는 무적의 집단 지성 협응 덕분에 수월하게 보안 팀을 제압한다. 우리는 개미 같다. 우리 한 명을 죽이는 것은 아무런 상관이 없다. 중요한 것은 군집일 뿐, 따라서 모든 부분을 포함함으로써 분과 전체는 살아남는다. 우리는 궁극의 공동체가 되고, 개별 단위의 껍데기는 더 큰 대의를 위해 짓밟힌다. 승리를 향해 전진!

다만 그렇게 쉽게 흘러가지 않을 뿐이다. 킬른이 우리에게 준 것은 그런 것이 아니다. 그런데 솔직히, 그랬다면 더 쉬울 수도 있을 것이다. '이 잔을 내게서 거두어 가소서.' 나는 생각한다. 그런데 내 **자아**, 나라는 개인이 동료들에게서 분리되었다는 생각이 바로 그 잔 아닌가? 그 잔을 내게 거두어 간다면 나는 아픔도 궁핍도, 심지어 사령관의 고문도 두렵지 않을 것이다. 나는 그저 혁명의 열정이라는 거대한 동력을 가진 지네의 일부가 될 것이다. 하지만 앞서 말했듯이, 그런 것이 아니다. 나는 사실 혁명이 아니다. 나는 그저 아텐 다데브일 뿐이다. 그렇다. 다수 중 하나지만, 하나가 되는 다수는 아니다.

그래서 우리는 외계의 마인드 컨트롤 포자를 방출할 것이고, 그 포자는 사령관과 그의 편이 있는 갠트리 층으로 올라갈 것이다. 그 포자를 흡입한 그들은 우리 편이 되고, 우리가 가진 더 큰 킬른성(Kiln-thing)에 종속될 것이다. 혹은 우리는 그 잔인무도한 자들이 우리가 보는 평화와 사랑의 비전에 함께하도록 그 포자를 재단할 것이다. 그 포자가 머리에 들어가면 미칠 수도 있지만, 통치부의 엿 같은 소리를 추종하는 자에게나 그것이 광기로 느껴질 뿐이다. 이성적 인간의 기준으로 보면 그것은 어디까지나 제정신이다. 모두 미소를 지으며 그것을 끌어안을 것이고, 우리는 자연의 아이들처럼 킬른의 행복한 숲속을 벌거벗고 뛰어다닐 것이다. 그리고 아마도, 이 엉터리 같은 가정을 계속해야 한다면, 킬른의 털북숭이 빅풋이 목욕가운을 걸치고 숲에서 나와 우리에게 명상과 요가 등을 가르칠 것이다. 그렇다. 내가 이 비유를 제대로 이어나가지 못하는 것을 보면, 당신도 이 혁명이 이런 식으로 흘러가지 않는다는 사실을 알 수 있을 것이다. 투쟁만이 혁명을 일으키는 때가 있다. 그리고 이곳 킬른에서 우리에게 일어나는 일은 우리의 **본질**을 바꾸지 않는다. 그러므로 나는 패리디스 오코스터를 찔러야 했다. 우리가 오코스터의 과거 배신행위를 알아낼 만큼 그가 우리가 형성한 망에 연결되기는 했지만, 그가 갑자기 친한 친구가 되어서 대의를 위해 건배하는 일은 생기지 않았다. 킬른으로 인해 생긴 변화가 있다면, 그가 족제비 같은 기회주의자 본성을 감추지 못하게 된 것뿐이다. 그는 여전히 모두를 배신할 놈이었다.

그럼 우리는…… 어떻게 할까? 처음에 나는 클렘의 계획을 따르되 더 잘해보자고 생각했다. 계획을 확정하기 전에는 이렇게 되기 쉽다. 그러면 보이지 않는 틀에 사람들이 자기 자신을 쏟아 넣게 된다. 클렘은 지도자이자 사상가, 행동가였다. 그는 좋은 사람이었다. 즉 세상과 혁명이 원래 그런 것이다 보니 그도 나쁜 짓을 많이 하긴 했지만 사람들을 위해서, 체제에 반대해서 그랬다는 뜻이다. 그래서 그는 유죄판결을 받고 외계 수용소로 추방당했다. 그가 체제를 위해서 사람들을 해치는 악행을 저질렀다면 사령관이 되었을 것이다.

우리는 행동하고, 함께 계획을 세운다. 그것이 킬른의 또 다른 특기다. 자유롭고 솔직한 의견의 교환. 말이 거의 필요 없는 토론. 하지만 독심술을 쓰는 것은 아니다. 일무스를 보고 그의 두뇌를 스치고 지나가는 생각을 알 수는 없다. 하지만 일무스가 한 가지 생각을 하면, 그 생각이 나를 끌어당긴다. 그네가 무엇을 보면, 나도 거기로 끌려간다. 우리 주위 공기에 확연히 떠다니는 생물학 신호 덕분에 잠재의식 차원에서 정보 교환이 이루어진다.

우리는 연결되었지만 그것은 초능력이 아니다. 우리는 육체라는 족쇄를 떨쳐버리지도, 우리 저마다가 누구인지를 잊지도 않는다. 하지만 우리는 마음 깊숙이에서 서로를 알고 있고, 그것이 의미를 갖는다.

갠트리 층에서 가장 해이한 보안요원이라도 방금 노동 구역에서 일어난 일을 보았을 테지만 그것을 혁명의 시작으로 간주하지 않을 가능성이 크다. 나는 방금 오코스터를 찔렀고, 그 밖의 상습적인 고자질쟁이 두어 명도 머리를 얻어맞거나 목이 졸려 죽었다. 보안 팀은 살해된 사람이 과거 정보원이었음을 알 수도, 알지 못할 수도 있다. 안다 해도, 고자질쟁이 몇 명이 죽었다고 그들이 바짝 긴장할 리 없다. 대신, 그들 대여섯이 총과 곤봉을 들고 갠트리에서 내려와 범죄자를 구금한다. 그들은 들어오기 전 우리에게 문에서 비키라고 한다. 과도한 경계 태세는 아니지만 어리석은 실수를 저지르지도 않는다. 그들은 마스크를 비롯해서 방호 장치를 완전히 착용하고, 대규모 폭동을 진압할 경우에 대비해서 가스 수류탄도 갖고 있다. 하지만 무엇보다도, 그들은 공포를 일으킨다. 그들은 우리를 그렇게 잡았다. 제복을 입은 소규모 돌격대가 사나운 군중을 늘 제압하는 방식이 그것이다. 그들의 무기, 규율, 그들이 발휘할 수 있는 잔인한 힘에 대한 공포. 그들 한 명을 쓰러뜨리는 데 우리 몇 명이 필요할까? 부상당한 그들은 추후 우리보다 얼마나 더 나은 치료를 받을까? 그리고, 노동수용소에서 일하다 보면 아주 작은 상처도 시간이 흐르면서 합병증을 일으켜 골칫거리가 된다는 것을 알게 된다. 일은 고되고, 무릎을 접질렸거나 손가락이 부러졌다고 쉴 수 있는 상황이 아니기 때문이다. 그들은 과감하게 행동할 수 있다. 우리는 비겁해질 수밖에 없다. 지구에서는 그랬고, 킬른에서도 그렇다. 그들이 들어와서 주동자는 다섯 셀 때까지 나오라고 요구한다. 안 그러면 구타가 시작될 것이다.

그들은 원하는 것을 얻는다. 언제나 그렇다. 하지만 그것을 얻는 방식이 예상과 다르다. 그들은 이제 우리 **모두** 주동자임을 알지 못한다.

예전, 노동자 시위에서 외치던 소리가 기억난다. '하나가 나가면 모두 나간다.' 통치부가 파업 진압대를 투입해 군대가 파업을 중단시키기 직전의 일이었다. 그 한창때 클렘이 있었다. 양측이 충돌했을 때 어떻게 됐는지 그가 들려줬다. 내 옆에 있던 사람이 잠시 후에도 그 자리에 계속 있을지 알 수 없어지는 순간이 언제든 온다고 그가 말했다. 폭동 진압용 방패를 향해 달려 나갈 때 사람들이 뒤에 있어줄지 도망쳐 버릴지 알 수 없어진다고. 그렇게 혼자서 그 쓰레기에게 달려들다가 얻어맞고, 그들의 저지선에 짓밟히고, 수갑을 차고서, 거침없이 진격하는 벽 뒤로 끌려가고 싶은 사람은 아무도 없다. 우리 모두 그런 일이 일어나는 것을 봤다. 지나치게 무모하거나 두려움 없는 사람, 혹은 그저 멍청하거나 술에 취한 사람을. 그런 사람은 대체로 다시 볼 수 없다. 사망자 명단에서라면 모를까.

킬른이 우리에게 준 것이 그것이다. 우리는 서로를 알고 서로에게 의지한다. 내가 휘청거리면 일무스의 결의가 나를 잡아준다. 그릴리나 키브가 망설이면, 내가 있다. 그것을 믿어도 좋다. 우리는 모두 함께한다. '하나가 하면 모두 한다.'

그래서 우리는 모두 나선다. 노동 구역 전체가 대여섯 명의 보안 팀을 향해 동시에 덤빈다. 총성이 울린다. 보안 팀원 하나가 허리춤에서 수류탄을 빼내어 핀을 뽑는다. 노동 구역 전체에 흰 가스가 퍼지며 눈이 따갑지만 우리가 다 아는 속임수다. 그리고 우리 중 하나가 그것을 알면, 우리 모두가 안다. 우리는 오줌, 식염수, 매립 장치의 화학 부산물에 담근 수건을 갖고 있다. 누군가는 그것이 그 가스를 중화시킨다는 것을 알고 있었다. 가스는 여전히 지독하게 따갑고, 눈물과 콧물이 줄줄 흐르고, 목구멍에 불이 붙은 듯하다. 하지만 그렇게 감각기관이 공격받을 때 생기는 즉각적인 고립은 없다. 고통과 방향감각 상실로 내 머릿속에 갇히는 일은 일어나지 않는다. 우리는 모두 그것을 느끼지만, 혼자가 아니라는 사실을 안다. 우리 몸의 진흙이 서로의 의도와 존재에 의해 더 단단하고 확고한 것으로 단련되었다. 곧 관리 팀의 누군가가 공기를 정화시키려고 환기 장치를 최고속으로 돌아가게 하지만, 우리는 기다리지 않는다. 우리는 보안 팀이 곤봉으로 우리를 제압하거나 후퇴할 기회를 주지 않는다. 우리는 충혈된 눈으로 눈물을 흘리며 달려 나가서 싸운다. 우리는 그들의 마스크를 찢고, 그들이 쥔 총을 빼앗는다. 일곱 발의 총성이 들리고, 두 명의 동료가 죽는 것이 느껴진다. 또 두 명은 고통스러운 부상을 입고, 그 통증이 우리 모두에게 퍼진다. 둔해진다. 필연적으로. 그것이 킬른이다. 공생과 육식성. 죽음은 어쩔 수 없는 일부라는 이해.

그 후, 공기가 맑아지면서 우리는 희생자 시신 곁에 서있다. 하지만 우리는 멈출 수도, 재정비할 수도 없다. 전진뿐이다. 우리는 카메라를 부수어 적의 눈을 가렸고, 상부에서는 완전히 당황할 것이다. 그들은 사령관을 깨울 것이다. 과학 팀은 함성과 발소리에 놀라서 눈을 껌뻑일 것이다. 하지만 우리가 킬른으로부터 물려받은 것, 거기에는 철저한 훈련과 규율이 있다. 테롤런의 무시무시한 부관이 당직자를 걷어차서 깨우며 무장하라고 욕설을 퍼붓는 모습이 떠오른다. 그래서 우리는 노동 구역을 달려 나가며, 우리 기술자들이 무효화 암호와 싸우는 동안 문이 열려있도록 고정시킨다. 우리가 머뭇거리고 벽 뒤에 숨어서 웅크렸다면, 그들은 공세를 취해 우리를 몰아넣고 두들겨 팼을 것이다. 지구에서 배운 교훈. 맞서 싸우지 않는 타깃보다 법 집행자들이 더 좋아하는 것은 없다. 그래서 우리는 공세를 취하고 힘차게 전진한다. 위에서 총을 몇 발 쏘기는 하지만 그들은 아직 상황에 대응하는 중이고, 우리에게는 반격할 총이 몇 자루 있다. 어쨌든 노동 구역의 모든 사람이 위에서 총을 쏘는 각도를 알고 있다.

보안 팀 야간 근무조가 계단과 승강기를 장악하려고 달려오는 모습이 보인다. 통신실을 차지해서 궤도 우주선에 접근하려던 클렘의 계획을 그들도 기억하기 때문이다. 앞으로 위로. 멀리 내다볼 줄 아는 클렘도 지구인처럼 사고했다. 그는 사령관이 충분히 이해할 수 있는 계획을 세웠다. 거기에는 근본적으로 사령관 교체가 포함되었기 때문이다. 뱀의 대가리를 잡아라. 고급 기능, 수용소 수뇌가 가장 중요하다.

우리는 이제 그런 식으로 사고하지 않는다. 킬른이 그렇게 사고하지 않기 때문이라고 말할 수 있다. 위대한 인간을 만드는 진화 이론은 이곳에 없다. 인간이 가장 높은 나뭇가지 꼭대기에, 신과 가장 가까이 위치한 통치부식 생명의 나무는 존재하지 않는다. 하지만 나무, 뱀, 인간…… 그 가지와 송곳니, 고도로 진화한 두뇌는 몸통이 없다면 완전히 조진 셈이다.

그래서 우리는 계단으로 가서 그들의 자동소총 앞으로 달려들지 않는다. 우리는 그들이 우리를 제대로 조준할 수 없는 갠트리 아래로 간다. 우리가 휘두르는 도구는 무기로 재활용할 계획이 아니었다. 우리는 그것을 그 목적대로 써서 기물을 파손하기 시작한다.

갠트리 층에는 비상발전기가 있다. 수용소 설계자들이 그 정도는 대비해 두었기 때문이다. 하지만 주전력은 킬른의 꽃들이 이루는 희한한 생명공학 연결망에서 나오는데 그것은 이 아래, 우리와 함께 있다. 우리가 그것을 차단하자, 그들은 서두른다. 그렇다. 저 위에 옛날에 쓰던 태양열 집열기가 있지만, 킬른이 매우 믿음직한 대안을 제공했기 때문에 거기는 몇 년간 먼지만 쌓여왔다.

매립 장치도 1층에 있다. 모든 프린터에 들어가는 정제된 곤죽의 공급원. 그것이 무기물과 유기물 모두를 깔끔하게 정리하고 대형 탱크에 저장해서 옷부터 도구, 점심 식사까지 모든 것을 생산한다. 그 탱크도 여기 있다. 그들은 갠트리에 생활공간을 따로 두기를 선호한다. 우리도 그들을 차단한다. 그들에게는 파이프 안에 이미 들어있는 것, 이미 제작한 식량과 화약이 있을 테고 그것으로 한동안 버티겠지만, 그것 때문에도 그들은 마음이 급할 것이다.

우리가 오염 제거 밀폐실을 부수는 것을 그들에게 분명하게 보여준다. 두어 명이 총에 맞지만, 그들은 우리를 겨냥할 수 없는 내부에서 쏜다. 그렇다면 그들이 아주 특정한 전략을 세웠음을 알 수 있다. 지금쯤 테롤런 사령관이 베시칸, 핍, 팝, 퓹을 사무실로 불렀을 것이다. 우리가 행군에서 돌아온 이후 계속해서 뿌리를 내리고 곰팡이처럼 번진, 우리에 대한 사령관의 추측이 옳았다는 사실이 드디어 확인되었다. 우리는 헛소리를 하지도, 게거품을 물지도 않지만 뭔가 가지고 왔다. 그들이 실시할 수 있는 가장 철저한 오염 제거에도 불구하고.

그때까지는 내성 강한 미생물이 아니었다. 우리가 가지고 온 것은 킬른과 킬른의 작용에 대한 이해였다. 행군 중에 킬른이 우리를 어떻게 하나로 묶어주었는지에 대한 기억. 다음번 탐사에 나갔을 때, 우리가 아는 존재와 재결합해서 수용소로 데려오기는 참 쉬웠다. 사랑을 퍼뜨리고, 선물을 나누며, 우리 이웃과 친해지자.

이런 식으로 말하면 굉장히 사악하게 들린다는 것을 나도 안다. 하지만 말 그대로다. '너 자신을 알라'는 지구의 격언이지만, 여기 킬른에서는 '서로를 알라'다.

그들은 자기들이 무엇을 놓쳤는지 염려하고 있었을 것이다. 그러다가 당연히 위의 누군가가 프리맷을 이용하자는 멋진 아이디어를 내놓았을 것이다. 이 모든 상황에도 불구하고 그녀의 침대는 저 위에 있으니까. 하지만 프리맷의 방으로 달려 들어간 그들은 그녀가 이미 사라졌음을, 그녀의 침대에서 지긋지긋한 생명체가 폭발한 것을 발견할 것이다. 그들이 뒷걸음질 치며, 구역질하며, 마스크를 안 썼다면 필사적으로 마스크를 찾는 모습이 떠오른다. 공포! 물론 프리맷이 끔찍한 외계의 살덩이로 변한 것은 아니다. 그녀는 이미 온전한 상태로 돌아다닌다. 그것은 그녀가 최근 다리에 몰래 숨겨 들어온 배송품이다. 킬른의 바이오매스 몇 줌에 불과하지만, 사령관의 반응을 이끌어 내는 것이 핵심이다. 지금 그는 저 위에서 자신과 총애하는 부하와 함께 방을 폐쇄하고, 공기청정기 등 감염을 막기 위한 온갖 장치를 켜놓고 있을 것이다. 그래도 우리에겐 상관없다. 그렇다면 그가 전력과 자원을 평소보다 두 배 더 빠르게 바닥낸다는 뜻이고, 솔직히 우리는 그가 우리 집단에 들어오는 것은 사양한다.

그들이 상황을 파악하기 전, 우리에게는 아주 중요한 시간이 있다. 그들은 계단 교두보를 방어할 준비를 하느라 작전의 기술적 측면을 제대로 감시하지 못할 것이다. 특히 캘렌이 우리 편이니까. 캘렌은 이미 그들 편에서 돌아서서 독자적으로 행동하고 있다. 프리맷은 비계를 기어 내려올 수 없지만, 그녀가 뛰어내리면 우리가 잡아주려고 대기 중이다. 적어도 한순간, 우리는 계획에 따라서 수용소 1층을 장악한다. 우리는 계속 전선을 잡아 뜯고 배선을 잘라내고 카메라를 끄며 상부의 총탄을 피한다.

솔직히 그때가 집단 지성 혹은 외계의 마인드 컨트롤 포자가 정말 유용한 때다. 버티기 게임이 되기 전에 우리가 낼 수 있는 가속도에는 한계가 있기 때문이다. 우리는 그들을 차단했다. 시간이 흐르고, 그들은 우리 계획을 파악했다. 이제 그들이 대응할 때이고, 우리는 최선을 다해 거기 반격해야 한다. 위에서 그들은 총과 제한된 양의 탄약을 모아서 나누어 가진다. 곤봉도 있다. 곤봉 구타는 무제한이지만, 우리가 가진 도구로 맞설 수 있다. 그들은 우리에게 프린터가 있고 클렘처럼 조악한 총을 만들 수 있다는 사실을 알지만, 우리는 칼과 둔기도 만들

수 있고, 아주 고약한 화학물질도 제조할 수 있다. 분명 우리는 인화성 강한 액체를 잘 깨지는 통에 담아서 종이-천 심지를 꽂을 수도 있다. 반란이 그 근원으로 돌아가야 할 때도 있는 법이다.

시간이 흐르지만, 우리에게도 시간은 흐른다. 고층부가 가리고 있어서 우리가 밑에서 막지 못하는 계단을 통해 그들이 언제든지 들이닥칠 수 있다.

우리 계획의 근본적인 취약성이 드러난다. 총탄과 구타에 대한 인체의 취약성이다. 하지만 우리에게는 과거 어떤 혁명도 갖지 못했던 통일된 목적이 있다. 우리에게는 절대적 확신에 근거한, 동지에 대한 신뢰가 있다. 그리고 저들에게는 총이 있다.

28.

거짓말하지 않겠다. 총은 아주 중요하다. 하지만 몇 차례 무차별 사격 이외에, 그것은 당장 별 효과가 없다. 보안 팀은 과거 클렘이 짰던 아래에서 위로 진행하는 계획을 생각하면서 여전히 우리가 계단으로 몰려들기를 기다린다. 우리가 그들을 기다리는 사이, 우리 중 기술에 가장 밝은 이들이 노동 구역의 프린터와 전혀 다른 전쟁 중이다. 사령관 편의 누군가가 우리 예상보다 똑똑해서 그것을 완전히 못쓰게 만들려고 한 것이다. 그들은 클렘이 만든 엉성한 총을 떠올리고 우리도 서둘러 그것을 더 만들 거라고 판단했다. 실제로 우리도 그랬을 것이다. 우리는 그들이 프린터를 고철 덩어리로 바꾸기 전에 겨우 저지한다. 그리고 그들이 빠르게 프린트한 급속 건조 풀로 출력 트레이를 막아버리는 것도 저지한다. 우리 적에게 그런 창의력이 있었다니 예상하지 못한 일이다. 보안 팀에 굉장히 짜증 나는 장난꾸러기가 있다.

그 전투가 계속되는 동안, 저들이 프린터에 여러 가지 제한을 가해서 우리가 더 높은 권한을 갖지 못하게 하는 것은 막지 못했다. 간단히 말해서 그들은 생각해 낼 수 있는 온갖 공격용 도구 목록을 만들고 프린터가 그것을 제작하지 못하게 했다. 클렘이 평소 감시자와 규정을 속이고 몰래 만들어 냈던 총기 부품도 거기 포함된다. 그들은 우리가 지구 식량을 프린트하는 것도 금지한다. 우리가 버틸 시간을 제한하기 위해서다. 그들은 우리가 이제 채집으로 식량을 구할 수 있다는 것을 모른다. 저 밖에는 생물, 킬른의 생물이 있고, 우리는 즉석에서 살짝만 처리하고 요리하면 그것을 먹을 수 있다. 치즈버거를 먹는 것만큼 효율적이지는 않지만, 그래도 효과는 있다. 우리는 굶지 않을 것이다. 그들이 우리에게 부과한 기한은 처음부터 의미가 없다.

그래도 우리는 하루 동안 프린터를 오프라인으로 만들어서 공장 초기화하기 전에는 총을 만들 수 없다. 공장 초기화를 해도 프린터에는 몇 가지 제한이 있다. 즉, 우리도 클렘이 만들었던 조잡한 총밖에 만들 수 없다는 뜻이다. 우리에게 있는 것은 재료와 수용소의 재료 공급원이므로 우리는 프린터로 크고 단단한 판을 만든다. 그리고 그것을 조립해서 기다란 바리케이드를 만들어 들고 다니며 위층 보안 팀의 저격을 막는다. 우리는 장기전에 대비하고 있다는 사실을 분명히 밝힌다.

위에서 저들이 힘을 낸다. 연막탄을 던지고, 사람을 죽일 수 있는 진짜 독가스를 쓴다. 하지만 우리가 밀폐실을 부숴서 신선한 외계 공기를 유입시킨 뒤라 환기가 아주 잘된다. 대기 플랑크톤이 흐릿한 안개처럼 수용소 전체에 떠다니는 것이 보인다. 즉 갠트리 층 사람들은 마스크, 보안경, 고무 방호복을 완전히 착용하고서만 밖으로 나올 수 있다는 뜻이다. 저 위에서 특이한 취향의 사도마조히즘 대회가 열리는 듯하다. 이는 그들의 자원과 인내심, 개개인의 편안한 생활에 좀 더 무리가 된다. 그들이 안팎으로 이동할 때마다, 제한된 오염 제거 시설을 내내 가동해야 한다. 그리고 사령관은 아직도 그 한복판 사무실에 앉아서 부하들과 직접 접촉도 피하고 있다.

잠깐잠깐 민간인이 보이기는 한다. 잠시 후 베시칸이 대화하러 내려온다.

고고학 팀장 베시칸이 보호구를 최대한으로 착용하고 계단을 구르듯이 내려온다. 그가 처음 말할 때 마이크를 켜지 않아서, 바리케이드 뒤에 웅크리고 있던 우리에게는 웅얼거리는 잡음만 들린다. 인정한다, 우리는 그것을 보고 장난을 시작한다. 베시칸이 자기 목소리를 방송하기 위해 장치를 더듬는 동안, 그의 말이 들려도 안 들리는 척 속이자는 아이디어가 우리 사이에서 차례차례 생겨난다. 그래서 우리는 그렇게 한다. 확실한 결정을 내릴 필요도 없다. 분과 투표도 없다. 그저 한 사람씩 장난에 가담한다. 베시칸은 방호복에서 나오는 자기 목소리를 들을 수 없고 우리는 귀에 손을 대고 얼굴을 찡그리는 모양이 우습다. 그는 우리를 향해 고함을 지르며 점점 더 답답해한다. 그리고 보안 팀을 향해서 일을 다 망쳤다고 고함을 지른다.

베시칸이 마스크를 벗는다. 우리가 예상한 일은 아니지만, 그는 인내심을 잃고 그것을 벗어 던진다. 이제 베시칸 박사는 철저한 오염 제거를 받거나, 저 위 오두막에 개처럼 묶여있게 될 것이다.

아마 베시칸은 아직 이어폰을 끼고 있을 텐데, 그 무렵 위에서 오는 연락은 없는 듯하다. 그가 붉게 달아오른 얼굴로 비지땀을 흘린다. 방호복을 입으면 덥기 때문이다. 그는 겁에 질린 듯 눈을 휘둥그렇게 뜨고 있다. 하지만 그는 숨을 쉬어도 죽지 않고, 우리는 스카프만 목에 감고 거기 있다. 우리 중 누구도 게거품을 물거나 몸에서 버섯을 싹 틔우지 않는다. 그러자 그는 원래 준비했던 대본에서 완전히 벗어난 행동을 시작한다. 그는 나와 프리맷을, 그 자신 근처로 총을 겨누고 있는 갠트리 위를 번갈아 본다.

"이야기 좀 합시다." 베시칸이 말한다. "니멜, 다데브 교수." 그는 연습을 했는지 내 이름을 정확히 부른다. "크로언 박사. 날 알죠. 이야기 좀 합시다." 그는 갠트리를 한 번 더 확인한다. 그들은 그의 말을 듣고 있을 테니, 아마 테롤런의 부관이 계획대로 하라고 외치는 모양이다. 하지만 베시칸은 지치고 화가 났다. 우리에게 화났다기보다 자기편에게 화가 났다. 그의 편이 있다면 말이지만. "앉아서 이야기 좀 합시다. 저들이 원하는 게 그것이니까." 그러더니 청취자들을 향해서 말한다. "당신들이 **나를** 여기 보냈으니, 나는 이렇게 할 작정입니다." 그리고 말한다. "난 **신경** 안 써요." 그는 정말로 신경 안 쓰는 표정이다.

우리는 갠트리에서 보이지 않는 위치로 옮겨간다. 베시칸이 앉을 상자가 놓여있다. 프리맷, 크로언, 키브와 나는 그를 마주 보고 앉는다. 고급 차단막처럼 배치한 바리케이드가 우리를 가려준다. 마치, 조신하게 옷을 갈아입으면서 맨 엉덩이를 저격수에게 보이지 않고 싶은 것처럼. 그릴리와 일무스는 밖에서 망을 보며, 이 휴지기를 이용해 반란 지도자를 색출하려는 저격수의 위치를 확인한다. 우리는 그들에게 노출되지 않도록 주의했지만 그것 역시 아무래도 상관없다. 이제는 키브도 리더가 아니다.

"무슨 꿍꿍이인지 저들이 궁금해하고 있어요." 베시칸이 말한다. 그가 프리맷과 크로언을 번갈아 본다. 그 둘이 베시칸이 가장 잘 아는 사람이다. 그리고 베시칸은 아마 그들이 이제 그가 모르는 존재로 변했는지 탐색 중일 것이다. 갠트리에서는 우리가 밖에서 무엇을 들여왔는지 온갖 추측이 난무할 것이다.

우리는 그에게 물을 권한다. 제대로 정수한, 오염되지 않은 물이다. 그는 그 물을 마시지 않는다.

"지연작전을 쓰고 있군요." 베시칸이 지적한다. "저 위에서는 버틸 수 있어요. 우주선과 연결되어 있으니. 당신들이 하는 짓은 그저 작업의 진척을 막을 뿐이에요. 그리고 결국 다음 추방선이 도착할 텐데, 당신들은 그 사실을 전혀 모를 겁니다. 즉 다음에 들어올 죄수들, 바로 당신들 같은 죄수들은 모두 도착하자마자 죽는다는 뜻이죠. 그들을 맞이할 사람이 없으니까. 그런 다음 새 스태프가 올 텐데, 그때는 어떻게 버틸 건가요?"

"그렇다면 몇 년인데." 키브가 말했다. "당신들이 몇 년이나 버틸 거라는 말이군."

"음, 버티거나 보안 팀이 이 아래 바리케이드를 기습하거나. 당신들은 저격수에게서 잘 숨어있지만, 우리는 **위에** 있어요. 저들이 잡으러 오면 그냥 바리케이드 위로 떨어질 겁니다. 당신들은 참호전 시뮬레이션을 시작한 셈이에요. 자, 솔직히 말할게요. 당신들에겐 출구가 없어요. 저들은 당신 같은 사람들, 리더들의 살 1파운드를 요구할 겁니다. 하지만 지금 항복하면 나머지는 살려줄 거예요. 작업을 위해서. 이 수용소의 목적이 그것이니까. 하지만 밀어붙일 경우 저들은 모두를 죽여버리고 처음부터 재건할 겁니다. 사령관은 타협보다는 몰살이 더 구미에 맞을 거예요. 당신들의 요구 조건이 무엇인지 묻지도 않아요. 그게 뭐든 상관없으니까. 니멜, 부탁이에요. 사령관에게 **당신**은 살려달라고 설득할 수도 있어요. 당신은 이 사람들이 아니니까." 우리가 그 자리에 함께 있는데도 그는 대놓고 프리맷에게 호소하고 있다. "이 상황에서 뭐라도 구할 수 있게 해줘요."

프리맷은 자기가 깔고 앉은 상자에서 허리를 숙이고 작업복 아래 다리를 하나씩 움직이며 무릎의 두 지점을 구부려 베시칸의 시선을 끈다. "나도 이 사람들과 함께해요." 프리맷의 나직한 말은 어떤 강조나 지표도 없어서 무슨 뜻인지 알 수 없다. 그녀가 어떤 더 넓은 **우리**로부터 자신을 분리시키는 것일까? 베시칸은 답을 알 수 없다.

베시칸의 시선이 크로언과 내게로 옮겨간 뒤 키브에게서 멈춘다. 키브는 발굴 지원 팀이 아니었으니까. "작업은 해야죠." 베시칸이 말한다. 그 말이 노역을 계속할 동기부여라도 된다는 듯이. 물론, 베시칸에게는 그럴 수도 있다. 그렇다면 잘된 일이다. 이 협상에서 베시칸이 거둔 성과에 따라 사령관이 재건을 시작한다면, 베시칸은 새로운 노동수용소에서는 1층에서 일하게 될 테니까. 하지만 베시칸은 알아야만 한다. 그는 사라진 킬른 문명의 지문 파편을 오랫동안 연구했지만 아무것도 알아내지 못했다. 이 작업을 결론짓지 못했다는 사실이 그를 못 견디게 만든다.

우리가 베시칸의 그런 생각을 확실히 안다는 것은 그가 아주 많은 부분을 소홀히 했다는 뜻이다. 나는 싱긋 웃는다.

"작업." 내가 말한다. 다른 사람들이 내게 발언권을 넘긴다.

"테롤런 사령관." 베시칸이 말한다. "믿기지 않을지도 모르겠지만, 작업은 사령관에게도 중요해요. 사령관은 알고 싶어 합니다. 이곳의 비밀을 푸는 건 사령관에게도 일생일대의 과제죠. 그리고 당신들도 알고 싶을 겁니다. 과학 하는 사람이니. 모두 과학자잖아요." 그는 또다시 키브를 대화에서 제외시키며 부지불식간에 우리를 갈라놓으려고 한다. "자, 뭔가 합의할 수도 있을 겁니다. 그저…… 우린 적대적인 세계에 있는 인류의 작은 전초기지잖아요. 질서가 있어야 해요. 누군가가 지휘를 하고 결정을 내리지 않으면 우린 다 죽어요. 당신들에게 계획이 있다고 생각되진 않는군요. 이런 일을 저지르고 앞으로 어떻게 할지 생각한 적도 없겠죠." 그는 일어서더니 점점 더 불안해한다. "아니, 잠깐, 내 말 들어봐요. 당신들이 뜻을 관철시켰으니, 이제 요구를 해봐요." 조금 전에는 어떤 요구도 들어주지 않을 거라고 했으면서. "오염 제거를 더 자주 받길 원해요? 당번제를 바꾸길 원해요? 아니면……."

"우리는," 키브가 말한다. "항복을 원한다."

곧 우리는 모두 일어서서 흩어진다. 키브의 머리를 맞힐뻔했던 총알이 그가 방금 몸을 피한 판에 맞아 흠집을 남긴다. 일무스가 저격수 위치를 확인하고 있었으므로 우리는 예상한 일이다. 따로 말하지 않아도 우리는 다급함을 느끼고 벌떡 일어섰다. 베시칸만 열린 공간에서 유일한 목표물이 된다. 그가 마지막으로 주절거린 헛소리는 사실 우리에게 한 말이 아니다. 베시칸은 저격수가 조준하는 소리를 듣고 있었고, 터무니없는 양보, 그가 믿는 '협상'의 진전을 이끌어 내어서 저격을 막아보려 했던 것이다.

"작업 말인데." 나는 판 옆에서 베시칸에게 말한다. 1층에서 두어 차례 총성이 들리고, 총탄이 비계에 맞아 불똥이 튄다. "끝났어요, 베시칸 박사."

"무슨 소리입니까?" 위에서 갑자기 부츠 발소리가 들리며 갠트리가 흔들리는데도 베시칸이 묻는다.

"우리는 잔해를 지은 존재를 알아요." 내가 말한다. "전부 알아요. 총을 내려놓으면 당신과 테롤런에게 내 논문을 보여줄게요. 어때요?" 내 말에 일무스가 재미있어하는 것이 느껴진다. 예전, 학자 숙청 이전

때처럼. 우리가 함께하던 과거가 문득 몹시 그리워진다. 모두가 그것을 느끼고 간접적으로 이해한다.

베시칸이 얼굴에 허기를 그대로 드러낸 채 나를 뚫어져라 본다. 그의 이어폰에서 거기서 나오라고 보안 팀이 외치는 소리가 조그맣게 들린다. "안다고?" 그가 묻는다. 그 이해에 동참하고 싶은 그의 간절한 욕망이 내 두피를 더듬는 외형질 손가락처럼 느껴진다.

"테롤런에게 절대 알아낼 수 없을 거라고 전해요. 이 수용소를 100년 운영한다 해도." 내 말에 보안 팀이 우리를 잡으러 내려오고 우리는 반격한다.

그들에게는 총이 있다. 그들에게는 규율과 무선 링크, 평생 남을 괴롭혀서 얻은 승리가 준 진정한 자신감과 용기가 있다. 부츠를 신으면 남을 걷어찰 때 망설이지 않게 된다. 그들이 가진 것이 그것이다. 그들은 새벽 2시에 남의 집 문을 걷어차는 경찰 부츠처럼 우리에게 달려든다. 우리 대부분이 잡히기 직전의 그 순간을 기억한다.

우리는 그들을 마주한다. 몇 안 되는 총과 탄약, 도구와 식기, 비계용 금속봉을 가지고. 저 방호복에 얼마나 타격을 줄 수 있을까 하는 심정으로, 해피 아워라도 된 것처럼 화염 칵테일을 투척한다. 그들은 그것을 반기지 않지만 큰 타격을 입지도 않는다. 그들은 이 상황의 결말을 알기 때문에 계속 진격한다. 그들은 망치이고 우리는 부서진다. 그것이 통치부가 정한 모델이다. 이 싸움 양편의 모두가 기억하고도 남듯이, 지구에서는 그렇게 됐다. 그들의 통일성, 훈련, 장비뿐만 아니라 그저 상황의 본질이 그렇다. 그들은 늑대, 우리는 양. 그리고 나는 부츠 신은 그들이 들이닥친 시위와 분과 모임에 충분히 참가해 봤다. 나는 처절한 가두 전투에 참전해 봤고, 늑대에게 맞서는 양의 처지를 기억한다. 그 혼란과 당혹감. 다른 모두가 중단할 테니 너 혼자 버텨봤자 변하는 것은 없으리라는 무시무시한 공포. 혹은, **네**게는 모든 것이 변해도 세상의 다른 모든 것에는 변화가 없으리라는 공포.

하지만 여기는 다른 세상이다.

집단 지성도, 외계의 정신 통제도, 지칠 줄 모르는 곰팡이 좀비 무리도 없다. 우리는 그저 부츠에 짓밟히는 연약한 인간이다. 하지만 보안 팀에 맞서 싸우는 동안 나는 혼자가 아님을 안다. 패리디스 오코스터를 죽인 칼을 들고 담장 가장자리로 뛰어나갈 때 일무스가 내 뒤에 있다. 키브도. 그릴리도. 우리 모두 있다. 킬른에는 양이 없다. 베시칸이 머리를 감싸 쥔 채 폭력에 움츠리며 주저앉는다. 야만적인 스크럼 속에서 전자적 연결도, 생물학적 연결도 없이 혼자인 사람은 그뿐이다.

그렇다면 뿌듯한 서사의 결말이 될 것이다. 그렇지 않은가? 그들이 총을 가지고 내려오고, 우리는 하나로 뭉쳐서 무적이 되어 달려든다. 아마 그러는 사이에 모든 것이 슬로모션으로 보일 것이다. 커지는 음악. 화면 가장자리가 흐릿해지면서 영원히 메아리치는 총성. 그토록 완벽한 즐거움을 제공한 배우와 스태프 명단. 하지만 삶은 그렇지 않다. 킬른에서도 마찬가지다.

연대, 하나의 목적을 갖고 움직이는 존재는 집단 지성처럼 동일한 계산을 해야 한다. 그 어떤 면책권도 없이. 나는 폰을 희생시키는 체스 마스터가 아니다. 내가 바로 폰이 되어서 희생해야 한다고 다 함께 결정한다. 그리고 나는 생각 중이다. 다데브 교수, 그건 너무한데. 친구들이 또 죽는 모습을 보다니, 트라우마가 될 것이다. 이렇게 친밀한 교감 중이라면 이번에는 더 끔찍할까, 아니면 덜할까? 그들의 마음속에서 너는 그들의 손을 잡고 있는가, 아니면 그들이 네 귀에 대고 외치고 있는가? 일무스가 총 앞에 나섰는가? 아니면 키브였나? 프리맷이 다리로 그들을 때려죽이려고 나섰는가?

한 마디로, 그것은 우연의 문제다. 거기 누가 있느냐, 누가 빈틈을 막고, 균열을 채우고, 다른 사람이 공격할 수 있도록 방패 역할을 하느냐다. 희생에서 가장 어려운 점은 그럴 가치가 있으리라는 확신이 없다는 것이니까. 내 뒤에 있던 사람이 용기를 잃고 망설이다가 물러선다면 나서서 총에 맞을 가치가 없지 않은가? 차라리 집에 있지. 따지고 보면, 목숨은 하나가 아닌가. 그 목숨을 언제 던질지 알기는 참 어렵다.

하지만 바로 그때, 그들이 수용소에서 우리를 제거하려고 총을 쏘고, 때리고, 짓밟을 때, 우리는 안다. 우리는 제각기 여러 정신을 갖고 있지만, 우리 사이의 분위기는 하나다. 나는 총 앞으로 몸을 던지고, 그들은 나를 세 번 쏜다. 나는 계단 발치에 쓰러지며 통증을 느끼지만, 일무스와 다른 이들에게 시간을 벌어줬다는 사실도 안다. 그토록 맹렬하게 다가오던 부츠가 이제 쓰러진 내 시야에서 후퇴하는 것이 보인다. 고통 속에서.

아슬아슬하다. 우리가 수적으로 우세하지만, 자동 무기에 숫자는 별로 중요하지 않다. "무슨 일이 있어도 우리에게는/맥심 총이 있고/그들에게는 없지." 위대한 시인의 말처럼. 하지만 그런 충돌 속에서는—나는 저들의 머릿속에 들어간 적이 없으니 이것은 가정이다—뭔가 변하는 순간이 있다. 우리가 그들이 예상한 것처럼 부서지지 않자, 철의 규율을 쓴 페인트 밑에 녹슨 곳이 드러나는 순간이 있다. 총탄에도 불구하고 우리가 그저 밀고 나가서 그들의 손에서 무기를 빼앗고 방호복을 찢을 때. 그리고 그 중대한 순간이 지난 뒤, 그들이 우리에게 일으키려던 혼란과 당혹감이 오히려 그들 사이에 내려앉는다. 그들은 고무 마스크와 부엉이 보안경 안에서 하나같이 혼자다. 자신의 거친 숨소리를 들으며.

그렇게 우리는 그들을 물리치고, 나는 남은 시체를 본다. 우리의 시체. 그들은 자기편 시체를 가져간다. 그리고 나는 일으켜 세워진다. 나는 이루 말할 수 없는 고통에 정신을 잃었다가, 새로운 고통에 놀라서 곧바로 의식을 되찾는다. 나는 처음 킬른에 도착했을 때 얻었던 특별한 위치를 아주 조금 되찾았다. 아턴 다데브 교수, 저명한 학자이자 반체제 인사. 살아서 그들의 손에 계단으로 끌려 올라가고 있기 때문이다. 사령관이 내가 최전선에서 쓰러지는 것을 보고 아직 날 포기하지 않은 모양이다.

29.

넷 포지티브(모두에게 이득이 되도록 공존과 공정을 추구하는 기업 활동—옮긴이)다. 곧바로 그런 느낌이 들지는 않았지만, 보안 팀 위생병이 나를 치료하자 내가 아직 죽지 않았음을 깨닫는다. 우리가 인정사정 보지 않는 외계의 집단 지성이라면 나는 죽는 것에 개의치 않고 뇌 속에 지니고 있는 자폭 스위치를 눌러 저들이 고문으로 내게서 뭔가 알아내기 전에 마지막 남은 촛불을 꺼버려야 할 것이다. 혹은 괴저를 일으킨 살에서 자라는 죽음의 포자의 압박에 내 몸이 마구 부어오르다가 '빵!' 터질 것이다. 저들은 목덜미를 부여잡고 웩웩거리며 쓰러지고…….

음, 그런 선택지는 테이블 위에 없다. 대신 내가 테이블 위에 있다. 그들은 출혈을 막고, 진통제로 통증이 훨씬 덜어지긴 했지만 심한 부상을 입은 내 몸이 기능을 멈추지 않도록 다양한 것을 주사한다. 내게 쇼크사를 일으킬 수 있는 수준의 통증은 전부 막을 기세다. 그리고 좀 전에 말한 포자 폭발 시나리오를 그들도 생각한 것이 분명하다. 그들은 이 모든 의료 절차를 방호복을 입고서 실시한다. 내 장기에 훨씬 더 가까이 접촉하는 사람은 저격수가 입은 것보다 더 철저하게 방호복을 입고 있다. 이 모든 과정 중에 나는 의식을 잃었다가 깨어나곤 한다. 상당히 흥미로운 과정일 것이다. 그들은 내게서 지구 중심의 매뉴얼에는 없는 것을 발견한다. 털 난 킬른성(Kilnishness). 아마도 그것 때문에 지금 내가 살아있을 것이다. 내가 공장 초기화될 때까지 오염 제거제를 퍼부을 것인지에 관한 논의가 드문드문 들리지만, 그러면 내가 살아남지 못할 것이라는 반대 의견이 있다. 과거 사고와 사건에 비추어, 거기 대해서는 수용소 의료 기록에 상당한 데이터가 있다.

그들이 정보를 얻어내기 위해 나를 살려두다니, 객관적으로 우스운 일이다. 그렇다고 봉합 중에 내가 웃는다는 말은 아니다.

하지만 나는 속에서 낫고 있다. 그것이 킬른의 장기니까. 내 속에서 바쁘게 살아가는 수많은 작은 승객들은 주인을 위해 아파트를 잘 관리하는 훌륭한 세입자다.

나는 새로운 감각을 시험해 보면서, 그것들이 벽에 칠을 새로 하고 광택제를 바르며 움직이는 것을 느낀다. 완전히 새로운 몸은 아니지만 치유되는 중이다.

하지만 그것 말고 다른 것은 없다. 동지들에게서 아무것도 느껴지지 않는다. 봉합과 주사가 끝난 뒤, 그들이 나를 라스무센 바로 옆 밀폐 감옥에 밀어 넣기 때문이다. 그들이 전처럼 나를 라스무센과 함께 가두지 않다니 아쉽다. 우리는 할 이야기가 너무 많은데. 동지가 없는 것이 진정 고문이다. 나는 감방 안에서 온갖 생각과 함께 혼자다. 내 것만은 아닌 온갖 잡다한 생각이 떠오른다. 하지만 그곳 전부가 나의 소우주이자, 나만의 금붕어 어항이자, 반향실이다. 킬른이 우리 모두에게 선사한 더 넓은 연결에 익숙해지면 혼자는 끔찍하다. 벽을 통해서 일서 라스무센, 킬른 건설자들에게 찾아온 최초의 인류 대표가 희미하게 웅얼거리는 소리가 들린다. 그리고 나는 마침내 그녀의 무시무시한 고통을 이해한다. 뇌에서 퍼지는 감염 때문이 아니라 오직 너무나, 극심하게 외로워서 일어난 광기. 함께하는 온 세상을 빼앗겼기 때문에.

그들은 나를 심문할 것이다. 오로지 그러기 위해서 나를 구한 것이다. 그들은 우리의 강점과 약점, 계획을 알고자 한다. 하지만 나는 그런 것을 알지 못한다. 그들이 나를 밖으로 내놓으면 나도 알게 되겠지만 그들은 그러지 않을 것이다. 이곳에 나를 혼자 가둬둔 편집증 탓에 그들은 반란의 다음 행보를 알 수 없게 된다.

나는 아래층의 상황을 알지 못한 채 거기서 하루 동안 지낸다. 가끔은 어떤 일이 벌어지는 동안 바닥이 떨리는 것이 느껴진다. 부츠 신은 발이 계단을 내려가고, 저격수들이 난간에 늘어서서 총을 쏘고, 폭동 진압용 방패를 향해 던진 도자기 화염병이 깨지는 광경이 떠오른다. 상황을 알지 못해서 벌써 미칠 것 같다. 느끼지 못해서. 내 동지, 친구들과 함께하지 못해서. 나는 초인이 되었을 때, 더 큰 것의 일부가 되었을 때의 희미한 기억을 아껴가며 떠올린다. 그 느낌에 매달려, 꺼져가는 불쏘시개인 양 후후 불면서. 하지만 내 아둔한 인간성이 슬그머니 되돌아온다. 두려움에 떨며 아무 확신도 없는, 다른 사람을 진정 알아본 적 없는 과거의 아턴 다데브가. 모두를 의심했고 그 때문에 스스로를 의심하게 된 자. 수십억 인구가 어깨를 맞대고 서로의 겨드랑이 아래서 살면서도 모두가 혼자인 세상에서 살던 자.

마침내 그들이 와서 나를 데려간다. 나는 여전히 상당한 통증에 시달린다. 내 잠재의식이 가련한 인간 두뇌와 내게 겨우 남은 공동체를 가지고 '과거의 경험'을 되살리고자 기를 쓰는 가운데, 쉬지 못하고 자꾸만 환각을 보느라 푹 자지도 못한 상태다. 그러다가 방호복으로 중무장한 간수들이 들이닥치더니 나를 가능한 한 고통스럽게 하는 동시에, 나중에 내게 가할 고통의 효과가 줄어들 만큼 상태를 악화시키지는 않을 정도로 끌고 간다. 마치 슈뢰딩거의 깡패 같은 조건이랄까. 물론, 내가 그 상황에서 할 수 있는 일은 전혀 없다. 협조도 저항도 하지 않는다. 나는 대체로 그 행위와 무관하다.

나는 구타와 약물, 손톱 밑을 쑤시는 고문의 하이테크 버전을 예상하지만, 기다리고 있는 것은 테롤런 사령관이다. 예전과 같은 조건이다. 플라스틱 탯줄이 그의 사무실 플라스틱 상자로 연결되어 있다. 우리가 소통할 수 있도록 스피커가 있지만, 내게서 그에게 생물학적 물질이 전해질 가능성은 조금도 없다. 내가 원하는 바다.

하지만 나는 호기심을 느낀다. 지금쯤이면 나는 적극적인 정보원이 아닌 죄수 누구보다도 사령관의 사무실에 익숙하다. 그리고 내 비록 많은 죄를 지었지만 정보원은 아니었다.

"다데브 교수." 내가 있는 상자 안 스피커에서 목소리가 들린다.

"사령관." 내가 대답한다. 힘없고 쉰 목소리가 내 목소리 같지 않다. 총에 맞으면 그렇게 된다. 나는 그들이 주사한 약 덕분에 겨우 서있긴 하지만, 이제 조심스레 바닥에 앉는다. 그래서 테롤런은 책상 너머로 나를 내려다봐야 한다. 그들이 시야를 감안하지 않았기 때문이다.

"용감한 구조 작전을 기대하고 있었던 모양이군." 테롤런이 말하지만 속마음은 그렇지 않은 느낌이다.

내가 대꾸하려는데, 문이—내 상자의 문이 아니라 일반적인 문이—열리더니 그들이 베시칸을 데리고 온다. 죄수로 온 건 아닌 듯한데,

그의 뻣뻣하게 굳은 불편한 자세를 봐선 알 수가 없다. 불행한 사람. 그가 나를 보는 동안, 우리의 마지막 대화가 떠오른다.

"괜찮다면 아래 상황을 말해주시죠." 내가 예의 바르게 말한다. "하지만 상관없어요. 당신이 하는 말을 솔직히 믿을 수도 없고, 그게 진실인지 알 수도 없으니." 사람들이 진실한지 아닌지 의심 없이 **아는** 위치에 있어보면 다른 것은 모두 그저 텅 빈 메아리가 된다. 테롤런이 무슨 말로 맹세해도, 내가 비록 잠시나마 공유했던 잠재의식 차원의 확신을 채울 수는 없다.

베시칸이 뭐라고 말하려다가 사령관의 눈치를 보더니 입을 다문다. 테롤런이 나를 노려본다.

"당신 동료들을 숲으로 몰아넣을 거요." 테롤런이 말한다.

나는 웃는다.

그것은 그가 예상한 반응이 아니다. 숲으로 쫓겨나는 것은 심각한 문제다. 그는 물론 숲을 직접 본 적이 없지만 드론 영상을 봤고, 탐사가 잘못된 사례에 관한 보고서를 수없이 읽었다. 그는 키브의 팀원조차 전원 귀환하지는 않은 것을 알고 있다. 누구도 야생의 것들이 있는 숲으로 들어가기를 원하지 않는다.

그는 새로운 방법을 시도한다. "당신 동료들은 당신을 버렸어. 당신을 되찾을 시도를 하지 않는군." 그 주장의 근거가 바뀌는 것을 보니 필사적인 상황이구나 싶다. 그가 실제로 내게 하는 말은 '우리는 1층을 확보하지 못했다'이다. 그는 줄어드는 자원과 함께 갠트리에서 꼼짝달싹 못 하는 상태고, 나를 감방 동료로 얻은 것은 그리 대단한 승리가 아니다.

내 생각을 알아차린 듯 그가 힘주어 말한다. "저들은 저 밑에서 버티지 못해. 이제 드론을 회수했거든. 드론을 사냥꾼처럼 쓸 예정이라."

나는 심호흡을 한다. 이따위 대화는…… 지루하고 짜증스럽다. 그리고 정도가 다를 뿐 과거의 모든 대화가 이랬다. 언어를 우물에 떨어뜨리고, 그것이 일으키는 파문으로 방금 한 말의 진짜 의미를 읽어내려는 시도. 게다가 테롤런은 교묘한 위협을 시도하느라 그 언어를 비스듬히, 제멋대로 던지고 있다. 한마디로, 그에게서 진정한 정보 따위는 단 하나도 얻을 수 없다. 그는 죄다 소음이다.

"당신은 죄다 소음이군요." 내가 말한다. 딱히 말하려던 것은 아닌데, 약물과 통증, 제멋대로 내달리는 내적 독백 사이에서 그 말이 그냥 튀어나와 버린다.

"진지하게 하는 말이다." 테롤런도 내 말을 이해하지 못한다. 내가 한 말을 듣고 그 자신의 본성이라는 필터에 걸러서 해석할 뿐이다. 그는 결코 **알지** 못한다. 이 엉뚱한 대화에 미쳐버릴 것 같다.

그가 또 무슨 허튼소리를 하려는지 몰라도 내가 막는다. "테롤런 사령관, 왜죠?" 그걸로 충분해야 하지만, 물론 그렇지 않다. 나는 내 머릿속에서 충분히 떨어져 나와 나의 의미를 전달할 적당한 단어를 찾으려 한다. "나를 자꾸 여기 데려오고. 나와 대화하려고 하는군요. 당신 사무실에서. 여기가 지구였다면 나는 고급 정장을 입고 애프터셰이브도 발랐을 겁니다."

테롤런이 몸을 움츠린다. 즉 나는 책상 너머 그가 전혀 보이지 않는다. 그다지 메트로섹슈얼이 아니다, 우리 테롤런 사령관은. 두어 마디 성난 명령이 들린다. 그가 간수들에게 나를 일으켜 세우라고 명령하겠지 싶다. 다만, 그들이 탯줄을 통해 기어들어 왔는데 내가 꿈쩍 않고 거기 앉아있으면? 순전히 물류 문제가 그의 독재를 목 조른다.

"그러니까 왜 나를, 여기에, 지금 불러들인 거죠?" 나는 테롤런의 책상을 향해, 그리고 밥그릇을 마다하는 개를 보듯 나를 보고 있는 베시칸을 향해 말한다.

침묵. 테롤런이 옷매무새를 가다듬으며 평정을 유지하려는 모습이 떠오르지만 알 수 없는 노릇이다. 책상 위로 다시 나타난 테롤런의 얼굴에 뜻밖의 표정이 보인다. 마치 덮어둔 책 같은, 통치부의 신조와 심문 결과를 기록하는 데만 쓰는 책 같은 그의 표정에만 익숙하기 때문이다. 하지만 이제 그 책이 조금 펼쳐져서, 이곳 킬른에 고통을 일으킨 장본인과 존재 대 존재로 거의 연결될 것 같다. 그 얼굴에 전에는 본 적 없는 솔직함, 연약함이 자리 잡고 있다.

"나는 언제나 과학 하는 사람에 불과했다." 테롤런의 목소리가 작아서 나는 스피커에 귀를 대야 한다. "그들이 나를 여기 보낸 건 이 행성의 과거에 놀라운 일이 있었기 때문이지. 내 전직자들은 그것을 보고 망가졌고. 통치부는 킬른의 건설자를 알아내겠다는 의지가 확고하단 말이지, 아턴. 다데브 교수. 알려진 그 어떤 우주에도 이보다 더 큰 미스터리는 없어. 이곳에서 일어났다가 사라지고, 이 텅 빈 껍질과 알 수 없는 글 외에는 아무것도 남기지 않은 인종. 그들은 누구이며 어디로 갔는가? 당신…… 그리고 주어진 한계를 초월해서 사고할 수 있는 몇 명. 언젠가는 당신이 선을 넘고 내게로 보내진다면 희망이 있을 것 같았지." 테롤런은 이제 책상에서 일어나 플라스틱 상자 앞에 서서 나를 집어삼킬 듯 바라보고 있다. "당신의 사고가 필요했으니까. 저들이 내게 스태프로 보낸 자들은 전부 멍청이였어. 지구에서 커리어를 쌓을 주제도 못 되고, 정통파라서 정설의 경계를 넘지도 못하는 자들이었지." 베시칸이 거기 있지만 테롤런은 스태프의 자존감에 별 관심이 없다. 그도 결국 혼자인 인간이다. 섬. 타인의 감정 같은 것은 그에게 파악되지 않는다.

"내가 당신을 배신했다고 생각하는군요." 내가 말한다. 터무니없는 소리다. 나는 배신에 해당하는 행동을 할 만큼 **그의** 수하였던 적이 없으니까. 그래도 테롤런은 그렇게 느낀다.

"이것이 당신 최고의 업적이 될 거요." 테롤런이 말한다. "이 미스터리 해결에 이바지하는 것. 이 모든 것을 **정치적** 문제로 만드는 게 아니라." 과학자가 의견을 개진하면 정치가는 그렇게 말한다.

나는 통치부의 과학 정설에 관해 장황한 강의를 할 수 있었다. 정치와 무관한 건 아무것도 없다는 내용으로. 내 동료들이 불편한 진실을 개진하고자 했기 때문에 경력이 망가진 온갖 사례를 나열할 수 있었다. 전부 다. 하지만 그는 그 사실을 이미 알거나 듣지 않을 테고, 지금 나는 그럴 기력이 없다.

"저자가 말하길……." 베시칸이 더듬거리다가 멈춘다. 잠시 테롤런은 그 말을 완전히 무시하려 했지만, 그가 짜증을 내며 손을 한 번 흔들자 베시칸이 말을 잇는다.

"잔해 건설자가 누군지 이제 안다고 했습니다."

"그렇다면 이 계시가 어딘가에서 온 거란 말인가? 야생에서 지냈던 이레 동안?" 테롤런이 따지듯이 묻는다.

"네." 내가 대답한다.

"그건 과학이 아니지!" 테롤런이 내뱉듯이 말한다. "과학은 가져와서 분석할 수 있는 것이다. 통계적으로 입증할 수 있는 한도 내에서 실험하고 재확인하는. 저 밖에서 증거를 발견했다면 수용소로 가지고 오면 돼. 우리가 검사할 수 있도록. 인류의 이해 증진을 위해서. 아턴…… 왜 **웃는** 거지?"

웃음이 나니까. 나도 웃고 싶지 않다. 굉장히 아프니까. 하지만 너무 웃긴 걸 어쩌라고.

"가져왔어요." 내가 겨우 말한다. "발견한 것을 수용소에 가져온 지 한참 됐어요, 사령관. 그…… '인류의 이해 증진'을 위해서. 바로 그거예요! 자, 이 우리 문을 열어요. 우리가 발견한 걸 소개할 테니." 게다가 상처가 너무 아프다. 부적절한 웃음에 세 곳의 총상이 모두 당기고 결리는 것을 느끼며 나는 숨을 쉬려고 기를 쓴다.

테롤런의 얼굴이 밀랍 가면처럼 변한다. 베시칸은 목숨을 걸고 싸울 듯이 이를 드러낸다. 베시칸의 눈에 무시무시한 것들이 스쳐 지나가는 것이 보이지만 그것이 뭔지 **알 수** 없어서 미칠 것 같다.

마치 내가 플라스틱 감방을 터뜨리고 그에게 달려들기라도 할 것처럼, 사령관이 커다란 책상 뒤로 물러선다. "죽지 마시오, 교수." 그가 무표정하게 말한다. 그때 내 상태가 상당히 안 좋아 보인 모양이다. "아직 당신이 필요하니." 그리고 베시칸이 다시 말하려고 하자 사령관이 덧붙인다. "하지만 당신의 통찰력 때문은 아니야. 그건 이미 지나갔어. 당신이 과학에 기여할 내용은 당신만큼 오염되었을 테니. 하지만 우리에겐 아직 **당신**이 있어. 두목이."

나는 웃음을 그치고 진정된다. 무슨 소리냐는 뜻으로 눈썹을 치켜뜰 만큼.

테롤런이 다시 책상 앞으로 나온다. 잔뜩 찌푸린 얼굴이다. 그 표정 뒤에 감추어진 그 자신도 같은 모습일까, 아니면 움츠리고 있을까? 알아낼 방법이 없다. "당신 동료들은 지금 바리케이드 뒤에 숨어있지만 아마 당신을 구하러 나오겠지, 다데브 **교수**."

"그런 식으로 돌아간다고 생각합니까?" 내가 묻는다.

테롤런이 나를 노려본다. 그는 내 말뜻을 알 수 없다.

"여왕개미는 없어요." 내가 말한다. 단순히 엿 먹으라고 애매한 소리를 한 것이기도 하다. 하지만 그가 얼마나 큰 착각을 하고 있는지 설명하려면 기력이 없어도 더 말해야 한다. 내 동료들이 나를 구할 수 있다면 그렇게 하겠지만, 내가 **리더**라서는 아니다. 우리가 겪은 진정한 혁명 덕분에 분과는 낡은 개념이 되었지만, 테롤런의 상상 속 분과에서 내가 높은 자리를 차지해서가 아니다. 심지어 내가 가진 지식 때문도 아니다. 나는 특별히 아는 것이 없기 때문이다. 나는 테롤런의 생각처럼 특별히 귀한 존재가 아니다. 내 부재가 전체에 결핍이 되긴 하지만, 거기까지다. 다른 누가 없어져도 마찬가지일 것이다.

테롤런이 내 표정에서 그것을 알아낸 듯하다. 그의 협박을 내가 얼마나 가볍게 여기는지. 그의 표정에 실망, 진심 어린 아쉬움, 불만이 드러난다. 진리가 아닌, 그의 정설이 요구하는 단 하나의 거짓말을 찾아내려는 확고한 욕망으로 나를 원하는 과학자. 그리고 적어도 나는 그 한 가지에 관해서 그를 만족시킬 수 있다.

"그럼 이걸 알아두시죠." 내가 말한다. "그래야 만족한다면. 처음부터 당신의 생각이 옳았습니다. 잔해 건설자는 지금 저 밖에 있습니다. 야생인은. 그들은 우리와 같습니다. 크로언의 모형보다 우리와 더 비슷합니다. 그들은 아주 가까이 있습니다, 사령관."

테롤런의 표정에 드러나는 희망, 두려움, 굶주림과 경멸을 지켜보는 나는 그의 내면에서 무엇이 일어나고 있으며, 내가 내 추정을 가지고 그의 마음에 무엇이라고 끼적이는지 알 수 없다. 그때 테롤런의 간수들이 들어오더니 나를 끌고 나간다. 테롤런은 이 대화의 주도권을 잃었으니까. 반란의 주도권과 마찬가지로.

30.

나는 다시 감방으로 돌아왔다. 혼자서. 일서 라스무센과 공유하는 벽을 두드리자, 그녀도 대답으로 벽을 두드린다. 우리는 아마 암호를 만들어서 대화를 이어나갈 수 있을 것이다. 과거 죄수들은 그보다 더 많은 것을 했다. 하지만 나는 할 수 없다. 그건 마치 프로 선수에게 다리를 자른 뒤 마라톤에 나가라고 하는 것 같다. 다수와의 동시 대화, 전지적 대화에 참여했던 나는 단순한 대화가 성에 차지 않을 것이다. 그래서 나는 감방 벽을 두드리며 마음속에 울부짖음이 차오르는 것을 느낀다. 나를 여기 오래 가두어 두면, 나와 라스무센은 그저 서로의 목소리를 듣기 위해 비명을 질러댈 것이다. 그리고 그조차도 도움이 되지 않을 것이다. 목소리란 무엇인가? 인간의 단순한 말에 담겨있는 교감은 참 부족하고 성에 차지 않는다. 일서, 나는 그녀를 **이해한다**. 하지만 그녀를 **알지는** 못한다. 그들이 우리 사이에 벽을 두었기 때문에. 내 호흡은 그녀의 호흡이 아니다. 내 확장된 생물군계는 그녀와 모두에게서 단절되었다. 그 침묵이 얼마나 고통스러운지 아무도 상상할 수 없다. 모든 인간이 태어났을 때부터 갖고 있지만, 타인의 존재가 주는 위로로 채워지기 전까지는 인지하지 못하는 침묵이.

사령관이 내가 소통해 보려고 필사적으로 두드리는 소리를 들으려고 다가온다. 그는 분명 그 소리에 기뻐한다. 그에게 그것은 자연 질서의 재확인을 의미한다. 아턴 다데브는 감염되어서 미쳤다. 신은 천국에 있고, 세상은 무사하다. 그래서 나는 참는다. 나는 척박한 작은 왕국의 바닥에 앉아서 무릎을 끌어안는다. 과거에는 밑천이자 생계였던 내 사고만으로 늘 충분했다. 나는 위대한 사상가 아니었던가? 그렇다면 어째서 내 머릿속에서 각각의 아이디어가, 이해해 주는 사람 하나 없이 말라버린 완두콩처럼 굴러다니는 느낌이 들까? 인생에서 내가 사실 외떨어진 섬이 아니라는 사실을 깨닫기는 늦은 시기다. 나는 반도도 지협도 아니고, 이웃과의 국경 거래에 완전히 종속된 육지에 둘러싸인 작은 땅이다.

하루가 지나간다. 이것을 사는 것이라고 부를 수 있다면, 나는 살아 있다. 나는 상황이 어떨지 상상해 본다. 이따금 총성과 발소리, 수류탄 터지는 소리가 들린다. 사령관이 오로지 내게 상황을 알리기 위해서 대량 학살을 저지르거나 내 불량한 동료들을 잡아들이지는 않는다. 거절당한 학계의 사생팬 입장에서는 그의 추락한 아이돌에게 편을 잘못 골랐다는 사실을 보여주고 싶겠지만.

낮이 밤이 된다. 아래층으로부터 극적인 구조 시도는 없지만, 그러지 않는 것이 옳은 일이기 때문이라고 나는 믿는다.

개미들은 그렇게 의사 결정을 내린다. 혹은 심층 뉴런 대 뉴런의 차원에서 우리 두뇌도 그렇게 움직인다. 그 결정은 정당화나 합리적 설명에 집착하는 정신의 의식 차원과 충돌한다. 그것은 대중적인 개념의 집단 지성이 아니다. 집단 지성은 모든 부분을 통제하는 위에서 아래로의 지시를 내포하기 때문이다. 개미와 뉴런은 민주주의다. 통치부는 바로 그 오랜 정치형태, 민주주의에 대한 신뢰를 없애려고 그토록 애쓴다. 여론이 저마다 고조되어 동력을 얻다가 굴러가는 눈덩이처럼 새로운 지지자를 모으고, 한 번 더 밀어서 임계 지점의 덩어리가 되면, 그다음에는 전체—개미집, 두뇌—가 전심을 다해 그 움직임을 받아들이는 것. 그리고 여기서 집단 지성의 측면이 개입된다. 대안을 응원하던 요소가 기꺼이 물러나고 승자를 위해 깃발을 흔들기 때문이다. 다른 사람이 선거에서 이겼다고 정치에 대한 불평을 계속하진 않는다. 그 문지방을 넘는 순간 전체 기관이 하나가 되어 행동한다. 그리고 그것이 바로 우리다. 선동가가 대중에게 장광설을 늘어놓지도, 이기적인 종교 지도자가 모두를 복종시키지도 않는다. 그저 모두의 최선을 위해서 함께 행동하는 집단이다. 내 집단도 그렇다. 그래서 그들은 나를 구하려고 필사적인 시도를 하지 않는다. 대의를 위해서. 그들이 총 맞고 죽지 않아야 내게도 기회가 더 생긴다.

또 하루가 지난다. 진저리 나는 고독. 이제 싸우는 소리는 줄어들었고, 곧 닥칠 것이라 **알고 있는** 대공격을 기다리는 보안 팀의 모습이 떠오른다. 혁명은 그렇게 승리한다. 권위의 요새를 무너뜨려서. 케케묵은 생각의 마지막 남은 꽁초이자, 그토록 많은 분과들이 실패하고 몰락한 이유다. 통치부와 싸우려면 그 방식에 따라, 통치부가 만들어 낸 구조를 통제할 수 있어야 한다는 생각. 괴물과 싸우려면 괴물이 되어야 한다는 것. 그러는 대신, 이곳 킬른에서 우리는 심연을 들여다본다. 그 심연이 그토록 찾던 시선으로 우리를 마주 볼 때까지.

그날 밤에 나를 찾아온 사람이 있다.

유리로 둘러싸인 감시 공간이 있다. 나도 전에 거기 서서 라스무센을 들여다본 적이 있다. 이제 나는 라스무센이 원래 쓰던 공간의 절반을 차지하고 있으므로, 내가 변을 던지고 미친 헛소리를 지껄이는 모습을 보려고 사령관이 찾아올 수 있다. 하지만 지금 온 사람은 테롤런이 아니다. 고고학자 베시칸이 찾아와 어찌나 켕기는 표정을 짓고 있는지, 누가 보면 내가 그를 체포하는 입장일 것 같다.

베시칸이 나를 보며 내가 원숭이처럼 굴기를 기다리는 길고 의심스러운 순간이 있다. 하지만 나는 그저 차분히 앉아있다. 그저. 라스무센처럼 행동하지 않는다. 아직은.

그는 불안한 듯 흠칫거리며 스피커를 켠다. 지금 내가 울부짖으면 수용소 전체가 듣고 베시칸의 행동이 발각될 것이다. 하지만 나는 앉아서, 지켜보며, 그의 제안을 기다린다. 그의 표정이 그렇게 보이기 때문이다. 그리고 내가 가진 것은 표정과 몸짓, 부족한 지구의 언어뿐이므로, 그는 곧바로 나를 곤경에 빠뜨린다.

"그들이 당신을 죽일 겁니다." 베시칸이 말한다. "테롤런이 인내심을 잃었어요."

나는 그 말을 곰곰이 생각한다. 장기간의 독방 감금보다는 그쪽이 나아 보인다. 내게는 라스무센이 가진 극기심이 없다. 나는 고개를 끄덕인다.

"저들이 프로젝터를 만들어서 당신의 처형을 방송할 겁니다. 사기를 꺾으려고." 베시칸이 소리 죽여 말한다.

"꺾이지 않아요." 내가 말한다. 베시칸은 흠칫하지만 나는 조용하고 차분한, 아주 세련된 태도를 유지한다. 머릿속에서 날 꺼내달라는 울부짖음이 서성거리는 와중에도.

"그들이," 베시칸이 힘주어 다시 말한다. "당신을 죽일 겁니다."

나는 고개를 끄덕이고, 베시칸이 대답을 기대하는 것이 분명해서 이렇게 덧붙인다. "내가 어쩔 수 없는 일 같군요."

"도와달라고 청하지 않을 겁니까?"

"당신이 왜 돕겠어요?" 마치 내 눈 뒤에서 뭔가가 변하는 느낌이다. 다른 렌즈가 찰칵 자리를 잡아서, 베시칸이 전과 다르게 보인다. 베시칸은 원칙적으로 수용소를 거의 떠나지 않는다. 그는 대체로 다른 팀이 가져온 영상과 부서진 잔해 조각을 연구한다. 즉 그는 오염 제거를 전혀 받지 않는다. 그는 수용소 안에서 보호구를 착용하고 다니지도 않는다. 그는 프리맷 옆자리에서 자고, 발굴 지원 팀과 많이 어울린다. 그의 머리에 킬른이 주는 선물과 몇 퍼센트나 접촉했는지 알려주는 고마운 계기반이 달린 것은 아니지만, 그는 사령관이나 보안 팀보다는 우리에게 더 가깝다.

"안다고 했죠." 베시칸이 말한다. "내게 알려줘요."

나는 끄덕인다.

"이 망할 놈의 세계를 오랫동안 연구했어요. 이곳에 살던 존재가 남기고 간 데이터를 산더미처럼 수집했고. 니멜과 니멜의 전직자가 생명과학 측면에서 쓴 것은 전부 다 읽었어요. 하지만 우주선에서 막 내렸을 때와 다름없이 아무것도 모릅니다. 그런데 당신은 알아냈다고요."

"그래요." 내가 대답한다. 그리고 내 목소리에서 흘러나온 무엇이 그를 흔든다. 그는 실제로 휘청거리며 다리에 힘이 빠져서 바닥에 주저앉을 뻔한다. 가련할 만큼 부족한 언어로 어찌어찌 전달된 전적인 확신 때문이다.

"알려줘요." 베시칸이 말한다.

"다른 사람들은 어때요?" 내가 반문한다. "보시다시피, 여기는 정보가 부족해서." 몹시 절제된 표현이다.

나는 딱히 거래하려는 것이 아니지만 베시칸은 거래로 받아들인다. 그가 몇 가지를 내놓는다. "그 사람들은 버티고 있어요." 그가 말한다. "보안 팀이 지금 위에 장벽을 세우고 있어요. 우리는 화학약품과 폭탄으로 그 사람들을 이동시키려고 했어요. 드론을 보냈다가 그것도 잃었고. 테롤런과 수예가 또 한 차례 계단 아래로 공격해 들어갔다간 어떤 손실을 입을지 논쟁 중입니다."

나는 고개를 끄덕인다. 수예라면 테롤런의 부관, 보안 팀장일 것이다. 그런 건 아무런 도움이 안 되는 작은 정보다. 하지만 다른 것은 유용하다.

"건설자에 대해 알고 싶다고요." 내가 베시칸에게 말한다. "가서 다른 사람들에게 물어봐요. 일무스나 크로언에게. 키브에게. 아무에게나 물어봐요."

"하지만 당신이……."

"교수 자격도 없는걸요. 내 유일한 종신직에는 급료도 없고." 내면에서 들리는 공허한 울음소리에 비해 지금 내가 너무나 차분하다는 것이 믿기지 않는다. 지금 이 최후의 순간, 소각 장치에 버려지기 전, 나는 느긋하다. 다른 사람들이 무사하기 때문이다. 나는 그들에게서 끊어져 나왔고, 내 기저를 이루는 물질은 다시 이어달라고 외치지만, 나는 아직 인간이다. 나는 정신을 가진 존재이며, 공동체 정신뿐 아니라 독자적인 지성으로도 더 큰 선을 지향할 수 있다. 그리고 지금은 자유로운 변절자 베시칸이 나보다 더 큰 자산이다.

"그 사람들 중 누구라도 당신이 알아야 하는 것을 알려줄 수 있어요." 내가 말한다. "가서 그들을 찾아요."

베시칸이 어떤 소리를 낸다. 다급함과 웃음이 섞인 소리다. "그냥 좀 빌면 좋으련만." 그가 말한다. 포로를 앞에 둔 사악한 왕 같은 비열한 말투는 아니다. "당신이 목숨을 조금 귀하게 여기면 좋으련만. 그러면 적어도 당신이라는 걸 알 텐데."

"말이 심하군요." 내가 말한다.

"**당신** 말이에요. 인간. 다른…… 것이 아니라."

나는 인간이며 동시에 다른 것이다. 하지만 그렇게 말하지 않는다. 그러면 지금 그가 하는 생각이 흐트러질 테니까. 대신 나는 이렇게 말한다. "우리 사회의 근본적인 역설을 생각해 본 적 있어요? 저들이 모든 사람을 서로 반목하는 개별 단위로 쪼개서 꽉 짜인 기계 같은 국가를 건설했다는 사실을? 저들이 이기주의, 탐욕, 공포 같은 가장 개인주의적인 욕망에서 어떻게 집단 복종을 강요하는지를?"

"아턴." 베시칸이 무덤덤하게 말한다. "나는 정치 따위에는 관심 없어요. 그저 **알고** 싶을 뿐이지."

그러더니 베시칸이 무언가를 꺼낸다. 잠시 나는 그것이 총이고, 그가 투명 플라스틱 너머로 나를 위협할 것이라고 생각한다. 하지만 그것은 도구다. 전에 본 적은 있지만 정확히 기억나지 않는 물건이다. 그의 허리춤에서 나오는 주머니는 마스크다. 그가 그 마스크를 머리 위로 쓰더니 눈이 렌즈에 대충 맞도록 당긴다.

그러고는 자른다. 우리가 해체되는 추방선에서 튀어나온 뒤, 그들이 우리를 우리가 들어가 있던 비닐에서 빼내는 데 쓴 도구다. 그 도구는 레이저로 버터 자르듯이 플라스틱을 자르지만, 매캐한 냄새가 나는 것을 보니 열과 화학물질을 모두 쓰는 것 같다. 나는 그저 눈이 휘둥그레져서 기다리다가, 자르기가 절반쯤 진행된 뒤에야 만약 베시칸이 감방을 보통 방법으로 열었다면 온갖 경보가 울렸으리라는 것을 깨닫는다. 이것은 그가 미리 계획한 일이다. 게다가 이는 죄수에게 처형되기 전 잠시 다리를 펴고 가슴에 담아둔 인류학 지식을 털어놓을 기회를 주는 것이 아니다. 이것은 영구적인 구출이다.

베시칸은 내가 겨우 빠져나갈 크기의 구멍을 뚫는다. 하지만 나는 기어 나가야 하고, 견딜 수 없이 힘겹다. 총에 맞으면 그렇게 된다. 그래도 시도해야 한다. 나 혼자서. 내 안에서 무언가가 더 넓은 벽과 베시칸 피부의 모공을 더듬으며 필사적으로 연결을 원하고 있다. 하지만 나는 여전히 혼자다. 기력이 없고 아프기도 하다. 그러나 베시칸은 정돈된 정신을 갖고 있다. 그는 이미 그 생각을 했고, 지구의 독창성이 내게는 없는 용기를 대신할 때가 있다. 베시칸이 내게 구멍으로 오라고 손짓하더니 작은 금속 실린더를 주사한다. 그러자 곧바로 내 심장이 두 배로 빨리 뛰고 시야 가장자리가 떨리기 시작한다. 익사한 아이들의 가족처럼 내게 붙어서 떨어지지 않던 통증이 구멍정에서 떨어지더니 상어와 함께 첨벙거린다. 반쯤 죽은 통치부 집행자를 살려내 정설의 적들을 학살하게 만드는 군용 약품이 틀림없다.

"무리하지 말아요." 베시칸이 경고한다. 적절한 경고다. 나는 무리하고 싶으니까. 이 감방 전체를 들어 올려 사령관에게 던지고 싶다. 내 안의 킬른성과 좋지 않은 반응을 일으키는, 미친 듯 근거 없는 자신감이 느껴진다. 또 나는 벌거벗고 수용소를 뛰어다니며 사람들의 머리를 뽑아버리고, 그들의 잘린 목에 대고 미친 계시를 외치고 싶기도 하다. 자격을 박탈당한 교수에게조차 어울리지 않는 행동이다. 대신 나는 구멍을 기어 나간다. 내 몸은 내가 높은 건물을 단번에 뛰어넘을 수 있다고 외치지만, 구멍을 기어 나가는 것만도 힘에 부친다. 구멍 가장자리는 식었지만, 잘라내는 과정에서 남은 것 때문에 살갗이 따갑다. 베시칸이 마스크를 통해 헉헉거리며 내게서 물러선다.

"말해줘요." 그가 말한다.

"여기서? 지금? 테롤런도 부를까요? 스크린도 설치하고 강의라도 해요?" 나는 빠르게 튀어나오는 말의 속도를 조절할 수 없다. 그리고 이상하게도, 내 빈정대는 말이 베시칸에게 도움이 되는 모양이다. 외계의 집단 지성은 비꼬지 않으니까.

"알겠어요. 그렇죠." 베시칸의 꼼꼼한 계획은 여기서 끝나는 모양이지만, 그다음은 우리 둘이서 보안 팀 방어선을 지나 1층으로 가는 것이지 싶다.

"커터를 줘요." 내가 말한다.

"그럴 순 없어요."

"그럼 와서 직접 하든가."

"철조망을 자르라고요?" 베시칸이 묻는다. 무슨 말인가 싶다. 그리고 테롤런의 부하들이 무슨 짓을 했는지 알게 된다. 마치 파티 장식처럼 뾰족뾰족한 스파이크 뭉치를 갠트리에 휘감아 둔 것이다. 참 케케묵은 전쟁 준비다.

"그건 나중에." 그리고 베시칸이 얼마나 넘어왔는지를 테스트하기 위해, 그가 내가 무슨 말을 할지 짐작하는지 두고 본다.

"안 돼요." 베시칸이 대답한다. 정답이다. 그는 내 마음을 통해서 내 생각을 안다.

"아뇨. 이건 타협할 수 없어요."

"미쳤군요. 저 여자가 수용소 전체를 깨울 겁니다. 우린……."

"괜찮아요." 그건 알 수 없는 노릇이지만, 내 말이 옳기를 바란다. 갇혀있었던 기간을 감안하면 지금쯤 그녀는 진짜 미쳤을지도 모른다. 하지만 그녀를 두고 갈 수는 없다. 우리 중에서 더 넓은 세상에 가장 먼저 들어간 그녀를. 그리고 그걸 이유 삼아 그들은 그녀를 가뒀다. 그들은 그녀가 미쳤고 감염되었다고 생각했다. 그중 하나만이 사실인데도.

베시칸은 이미 자신의 선택을 크게 후회하고 있다. 그는 침대로 돌아가서 모른 체하고 싶다. 그보다 덜 학구적인 사람이라면 그렇게 했을 것이다. 하지만 그는 **반드시** 알아야 한다. 단지 그뿐이다. 그는 한 가지 수수께끼에 오래 몰두한 나머지, 대답만 구할 수 있다면 통치부를 배신할 용의가 있다.

"전부 다 알려줄게요." 내가 약속한다. "하지만 라스무센을 두고는 못 가요."

베시칸이 커터를 떨어뜨리더니 발로 차서 내게 보낸다. 그는 더 이상 가까이 오지 않을 생각이지만, 동시에 가까워지고 있다. 마스크는 누드화 속 무화과 나뭇잎에 불과하다. 그걸로 벌거벗은 몸을 다 가릴 수는 없다.

우리가 라스무센 쪽으로 다가가는 동안의 침묵은 귀가 먹먹할 정도다. 안에서 울부짖던 작은 소리가 서서히 끊어지더니 그녀는 잠자코 지켜본다. 그것으로 나는 그녀의 정신 상태를 알 수 있다. 비명을 지르고, 헛소리를 지껄이고, 날뛰면서, '다른 모든 것'이 있어야 할 마음의 쓰라린 빈자리를 채우는 편이 그녀에게는 더 쉽다. 하지만 그녀는 이제 무슨 일이 일어났음을 안다. 예전 그대로의 눈에 조심스러운 빛이 떠오른다. 베시칸은 뒤에 물러나 있고, 나는 일서 라스무센을 그토록 오래 가둔 감옥을 잘라서 연다. 나는 그녀의 땀과 배설물, 감금의 냄새를 풍기는 공기를 깊이 들이마시고, 그녀를 안다. 그녀는 나를 안다.

라스무센이 일어선다. 그녀의 광기가 내게 날아와, 심령술로 불러낸 유령처럼 우리 주위에서 날뛴다. 자기 고유의 언어를 가진 정신 공간으로 나를 끌어들이려 하고, 이제 벽이 없어졌으니 더 넓은 세상으로 퍼져 나가려 한다. 그녀의 광기는 킬른의 더 넓은 공간으로 확산된다. 그 광기의 밀도가 그곳 온갖 **생물**에 비하면 너무나 작기에, 그녀는 제 정신을 되찾는다. 일서 라스무센, 개척자, 최초의 인물.

우리는 아마 손을 맞잡아야 할 것이다. **리빙스턴 박사님, 맞으시죠?**(영국의 탐험가이자 기자인 헨리 모턴 스탠리가 아프리카에서 실종됐던 선교사이자 탐험가인 데이비드 리빙스턴을 찾았을 때 건넸다는 말—옮긴이) 한참을 포옹하고. 이마를 맞댄 채 깊은 영혼의 교감을 나누어야 한다. 하지만 베시칸이 발을 동동 구르고 있으니 일단 여기서 나가야겠다.

밖으로 나가보니, 킬른 생물권의 딱딱한 플라스틱 버전으로 갠트리를 식민지화한 느낌이다. 난간과 가장자리마다 가시와 뾰족뾰족 튀어나온 것이 곤두서 있다. 보안 팀이 총안으로 쓰려고 남겨둔 채광창은 숨구멍 같다. 건물 전체가 숨을 깊이 들이쉬고 가시 달린 생물로 변할 것 같다. 라스무센과 나는 우리의 적이 스스로 혐오하고 두려워하는 대상으로 변한 것을 보고 그들과 거리를 둔 채 통렬하게 비웃는다.

베시칸은 가장 가까운 철조망에 다가가다가, 순찰이 오는 것을 보고 바로 뒷걸음질 친다. 보초가 있고, 고층에는 아직 사람이 있다. 우리는 결국 감방에서 벗어나 갠트리 가장자리로 다가가기를 반복하다가 실패한다. 날카로운 방어물은 아래서 올라오는 사람을 막기 위한 것이지만, 우리가 아래로 내려가려고 해도 그것을 잘라야 한다. 베시칸이 사다리를 프린트해서 가져왔다. 아래로 내려갈 수 있도록, 칸이 나누어진 플라스틱 사다리다. 베시칸이 그 패턴을 어디서 구했는지 짐작도 할 수 없다. 어쩌면 그는 아무도 모르는 프로그래밍의 귀재일 수도 있다. 당분간 계단을 내려갈 사람은 없는 듯하다. 거점마다 보안 팀원이 영구 배치되어 있고, 우리가 일일 이용권을 보여주고 건너갈 수 있는 상황은 아니다.

우리는 감시 카메라에 보이지 않는, 보초 사이의 틈을 이용한 아홉 번째 시도에서 철조망까지 다가간다. 내가 플라스틱을 잘라낸 지 겨우 30초밖에 안 됐는데 베시칸이 불안에 흐느끼다시피 하며 몸을 숨기자고 재촉한다. 간수들이 위층 왕국 가장자리에서—반어적인 비유지만—성난 개미처럼 들끓고 있다. 정면 공격이 실효가 없다 해도, 그들은 아래에 있는 동료들 때문에 긴장하고 있다. 나는 멀리 동료들의 존재와 결의를 느끼고 거기서 힘을 얻는다. 동료들은 나와 라스무센이 풀려난 것을 안다. 공기의 흐름과 함께, 끔찍한 고립이 씻겨나간다. 하지만 우리는 동료들에게 다가갈 수 없다. 갠트리 층은 적대적인 원주민이 에워싼 거점이 되었다. 그리고 테롤런은 아래에 있는 사람들이 원주민이 **아니**라고 지성적으로 생각할 것이다. 딱히, 그가 틀린 것도 아니다.

우리는 세 차례 더 시도하지만 매번 보초의 발소리에 숨는다. 베시칸은 라스무센이 함께라는 사실이 몹시 못마땅한 표정으로 자꾸 쳐다본다. 라스무센이 웃음을 터뜨리고 헛소리를 지껄여서 수용소의 분노가 우리에게 떨어질까 두고 보고 있다. 하지만 라스무센은 차분하다. 거의 초현실적으로 차분하다. 그녀는 꼬챙이처럼 마르고 더럽다. 머리칼은 엉겨서 매듭을 이룬, 허수아비 같은 꼴이지만, 그녀는 평온히 서있다. 그녀의 눈빛에는 나조차 주눅 들게 하는 면이 있다. 저들이 가두기 전에 그녀가 갔던 곳. 그녀가 지금 여기까지 걸어온 길. 그리고 그녀의 부분, 연결하는 부분이 너무나 오랫동안 접촉에 굶주려 왔음에도 이제 그녀에게서 보이지 않게 펴져 나오고 있다. 마치 자실체처럼, 체내에서 수정과 발달을 겪고 있다. 마치 굴을 파는 죄수들이 바지에 묻은 흙을 골라내듯이, 수용소의 공기와 우리가 들여온 킬른 생물군의 배경을 향해 손을 뻗어 더듬는다. 그녀 안의 도화선, 킬른 공동체의 후기 생애 주기가 내게 느껴진다. 수십 년간 가뭄을 겪은 그것에 이제 비가 온 것 같다.

막 경보가 울렸고 우리가 전에 있던 곳에서 외치는 소리가 들린다. 베시칸이 어쩔 줄 몰라 하며 급히 우리를 컨테이너에 몰아넣고 문을 닫아 봉쇄한다. 그러자 갑자기 모든 것이 사라진다. 더 넓은 세상이 온통. 라스무센이 눈과 입을 최대한 크게 벌리고 저항하며 울부짖을 준비를 한다. 하지만 그녀는 마찬가지로 불우한 나와 눈을 마주치고, 우리는 연결된다. 내가 여기 있다. 그녀는 거기 있다. 우리는 당분간 서로로 충분하다. 밖에서 저벅거리는 발소리, 고함이 들린다. 여기 얼마나 숨어있을 수 있을까. 비좁고 답답한 곳에서, 무시무시하게 차단당한 채. 마음 한구석은 한밤의 어둠 속으로 뛰쳐나가고 싶지만, 나는 안다. 내 쇄골에는 볼트가 박혀있다. 수용소 안이나 근처에 있는 동안 그들은 내 위치를 추적할 수 있다. 베시칸이 고른 컨테이너는 최초의 착륙 때 남은 것인 듯, 두꺼운 철제 벽을 갖고 있다. 신호를 막아줄 정도로.

"여기서 기다립시다." 베시칸이 말한다. "저들은 당신이 철조망을 끊은 것을 보고 내려간 줄 알 거예요." 나는 우리가 빠져나갈 만큼 철조망을 충분히 자르지 못했다고 생각하지만, 베시칸은 내 의견을 개진할 틈 없이 빠르게 말한다. "상황이 진정될 때까지 기다려요. 우리가 가버렸다고 저들이 생각하도록. 그다음에 나가요."

나는 고개를 끄덕인다. 베시칸도 이제 우리와 함께다. 그가 우리를 고발한다 해도, 테롤런의 분노를 사지 않게끔 상황을 바꿀 방법이 없다. 저들은 베시칸에 비하면 아무 잘못도 없는 프리맷도 탐사 팀으로 쫓아냈다. 베시칸이 떨리는 소리로 한숨을 길게 내쉰다.

라스무센이 내 추적기를 두드린다.

"이거." 기묘한 억양의 거친 목소리가 꺼끌거린다. 그토록 오랜 세월의 고립이 마치 외국 생활처럼 그녀의 억양을 바꾼 것 같다. "이건 내가 일하던 때 이후에 나온 거예요." 하지만 그녀는 그것이 무엇에 쓰는 물건인지 안다. 내가 알기 때문이기도 하다. 우리 사이에 생각이 전달된다. 텔레파시 같은 것이 아니라 감정과 충동이 침투하는, 외계 문서로 번역되고 거기서 다시 번역되는 분자가 잠재의식 차원에서 추는 발레 덕분이다.

나는 눈을 감는다. 나는 원하지 않지만, 그녀가 옳다. 그리고 그녀가 언제까지 저 말기 킬른성을 억누를 수 있는지도 모르겠다.

그녀에게 커터를 건넨다.

베시칸이 눈을 휘둥그렇게 뜨고 지켜본다. 그는 라스무센이 커터를 가진 것이 못마땅하다. 그의 머릿속에서 그녀는 여전히 다락방의 미친 부인, 위험하고 예측 불허인 사람이다. 베시칸은 우리가 가진 것이 인간 정신이 조우한 것 중 가장 강렬한 진정 작용임을 이해하지 못한다. 누군가 의지할 사람을 가진 것은 부끄러워할 일이 아니다. 나는 라스무센 없이는 절대 이 일을 할 수 없을 것이다.

라스무센이 내 작업복을 볼트에서 떼어낸다. 그럴 필요가 없으므로, 우리는 눈도 맞추지 않는다. 그녀에게서 무언가가 '준비됐어요?'라고 말하고, 내게서 무언가가 준비됐다고 말한다. 그녀가 커터를 켜고 내 드러난 목덜미 위로 몸을 굽힌다. 나는 꼼짝도 하지 않고, 그 고통은 더 넓은 저 공간 어딘가로 흘러간다. 아, 주사가 도움이 되지만 그 약효도 이제 떨어져 간다. 그러나 라스무센이 부족한 부분을 채울 수 있다. 공포에 질린 베시칸이 지켜보는 가운데 라스무센은 내게서 볼트를 파내고, 컨테이너 내부에는 고기 굽는 냄새가 진동한다.

밖에서는 여전히 쿵쿵거리는 발소리가 들려온다. 우리는 상자 안에 앉아서 기다린다. 밖에 주소를 붙여놓기라도 할걸. '수취인: 킬른, 노동수용소, 1층, 혁명가들에게.' 저들이 무심코 우리를 배달해 주기를 바라며.

그리고 베시칸이 노력했으므로, 또한 달리 할 일이 없으므로, 나는 드디어 베시칸에게 고개를 끄덕인다.

"알고 싶겠죠." 내가 말한다.

31.

"저 밖에 보이는 것, 킬른의 생물은 궁핍한 상태예요. 우리가 몇천 년 전 도착했을 때 볼 수 있었던 것에서 극심하게 줄어들었죠." 내가 아니라 라스무센이 말한다. 그렇다, 그녀는 소외되어 지냈다. 학술적으로도, 그 이상으로도. 하지만 그녀는 자신이 무엇을 아는지 안다. 그녀는 과학 팀이 내내 좇고 있는 원래의 길을 처음 열었고, 그녀는 우리 중 처음으로…… **우리** 중 최초다.

"그건 나도 다 압니다." 베시칸이 날카롭게 말한다. 그는 알고 싶어서 필사적이다. 우리를 풀어주는 무시무시한, 결코 돌이킬 수 없는 짓을 저질렀는데 우리가 그를 속일까 봐 겁에 질려있다. "어서 알려줘요."

"그걸 다 아는 건 **내** 노트를 봤기 때문이겠지." 라스무센의 대꾸에 나는 그녀가 멍청한 소리를 참아주는 사람이 아님을 알 수 있다. 그 순간, 저들이 컨테이너 문을 걷어차는 소리에 우리는 입을 꾹 다문다. 컨테이너의 금속이 볼트의 신호를 교란시켜서 장비가 혼란을 일으켰지만 그들은 결국 그 위치를 찾아냈고, 컨테이너 상자 바닥에 피에 젖은 채 놓인 볼트를 이제 그들이 보고 있다. 그것을 본 그들이 그 무시무시한 과정을 떠올리고서 오싹해하며 우리가 고통을 모르는 괴물이라고 여기면 좋겠다. 그것이 불러일으키는 광경에 저들이 사냥을 포기하면 좋겠다.

라스무센이 몸을 웅크린다. 철조망을 자를 시간이 또 한 번 부족해서 우리는 새로운 은신처를 골랐다. 게다가 커터의 동력도 떨어졌다. 그래서 우리는 이곳, 그들이 찾아올 마지막 장소에 숨었다. 사령관의 조립식 사무실 뒤쪽, 그 통풍구와 환기팬, 냉각 장치 사이에 끼어있다. 만약 그들이 체온 특징을 찾고 있다면 그 온갖 잡동사니에서 흘러나오는 열이 우리를 감추어 주어서 그곳은 아무도 보지 않을 것이기 때문이다. 어떤 혁명가도 감히 더럽히지 못할, 최고 통치부의 영역이니까.

“킬른의 궤도로 인해서, 우리가 이미 보는 일교차에 더해 온난하고 습한 기간과 한랭하고 건조한 기간이 번갈아 가며 찾아오죠.” 라스무센이 말한다. 그녀는 몸이 너무 찬 듯 뜨거운 통풍구에 등을 대고 있다. 그제야 나는 문득 그녀가 얼마나 수척한지, 가죽과 뼈만 남았는지 깨닫는다. 솔직히 말하면, 얼마나 송장 같은지. 그 상자에서 수십 년간 꼼짝 못 한 채 자기 오물을 손가락에 묻혀가며, 자기 머릿속, 견딜 수 없는 고독 속에 갇혀. 이제 여기서 그녀는 아무 일도 없었던 듯 과학을 논한다. 사회적 조건이 살 수 있는 상태로 변할 때까지 그녀의 라스무센성이 동면 중이었던 것처럼. 그리고 부풀어 오르는 이스트처럼 라스무센성이 펼쳐지며 그 차분한 목소리가 계속 이야기한다. “우리는 현재 빙하기 저점을 지났고, 천 년이 지나면 이 행성은 다시 꽃피기 시작할 거예요.” 갈라진 웃음. “장관이겠죠?”

베시칸의 무표정한 얼굴이 서너 번 고개를 끄덕이며 재촉하지만, 그녀는 서두르지 않는다.

“내가 처음 증거를 내놓았을 때 저들은 믿으려 하지 않았어요. 킬른은 생물로 가득하니까. 밖을 봐요. 숲과 밀림, 습지. 물론 사막과 척박한 곳도 있지만, 우리 지구의 눈에는 요란하고 비옥한 생명이 보이죠. 과거도 미래도 우리는 알지 못해요.”

“그럼 건설자는…….”

“인간의 간섭이 없는 정상적인 상황이라면 건설자들은 비를 찾아 돌아왔을 거예요.” 라스무센은 눈을 감은 채 고개를 젖히고 있다. 햇볕을 쬐는 사람처럼, 작은 미소가 떠오른다. 그녀가 실제로 쬐는 것은 우리, 베시칸과 나의 존재다. 우리는 미약한 햇살이지만 그녀에게는 아주 오랜만에 느끼는 동반자다. 그녀가 시간을 끄는 것도 당연하다.

“그럼 그들이…… 자고 있다는 말씀인가요? 아니면 알이나…… 씨앗이거나…….” 라스무센의 침묵에 베시칸의 마음이 밧줄 끄트머리처럼 여기저기를 두드린다. “하지만 그럴 수는 없죠. 왜냐하면…… 제가 생각해 보지 못한 답이 아니니까요. 연대를 추정할 수 있는 것을 추적할 때마다, 그렇죠, 킬른이 우기로 돌아갈 때마다 구조물이 더 나타납니다. 과거 구조물이 변경되고. 그들은 역사에, 보통 각각의 온난기 마지막 무렵에 몇 가지 내용을 덧붙이지만 근본적으로는 동일한 문화예요. 매번 조직을 새로 만들어 낸 것이 아니라.” 그렇다고 여기 어떤 조직이 있었다는 말은 아니지만, 우리는 그의 말뜻을 이해한다. “그렇다면 그들은 지금 어디 있습니까? 중간기에는요? 네, 인류 역사에도 비슷한 기간이 있지만 그때도 인간은 존재했어요. 그저 소수가 작은 공동체에서 살았을 뿐이지. 대체 저 밖의 **것들** 중에 무엇이 이걸 짓고 버린 다음 자기 존재를 기억하고 다음 시기를 기다리고 있는 겁니까? 아니면……." 베시칸은 내가 훔쳐다 준 라스무센의 새 작업복 옷깃을 잡고 있다. "아니면 우리 때문입니까?" 베시칸이 묻는다. "'인간 간섭의 부재'라고 하셨죠. 우리가 그들을 죽인 건가요? 단지 여기 온 것만으로? 우리의 무선 신호나 생화학 작용으로?"

나는 그를 라스무센에게서 떼어놓는다. 나는 라스무센이 지금 겪는 일을 이해하므로 마음이 몹시 무겁다. 내가 도울 수는 있지만, 내가 할 수 있는 일은 없다. 그녀는 지금 이야기하는 수천 년의 과정을 반영하는 거울이다. 새로운 것의 발화는 겨우 버텨온 다른 형태의 멸종을 의미한다.

"이 지점에서 당신의 연구 분야에서 생명과학으로 넘어와야 해요." 라스무센이 나지막이 말한다. 그녀는 우리가 이곳으로 부축해 왔을 때보다 더 수척해 보인다. 새봄을 기다리며 그녀 안에 숨어있는 알 수 없는 미세생물이 그녀를 소진시켰다. 그녀의 몸 안에서 일어나는 온갖 변화와 분해를 나는 느끼지만 베시칸은 알지 못한다. 나는 이성을 잃고, 애통해하며, 머리칼을 뜯고, 가슴을 치지 않으려고 견딜 뿐이다. 일서 라스무센의 오랜 정체 상태가 풀리고 있다.

"킬른의 생태계는 지구보다 훨씬 복잡해요." 라스무센이 속삭인다. "그리고 우리가 대부분 망가뜨리기 전 지구는 훨씬 더 복잡했죠. 우리가 그것을 연구할 정도로 과학을 이해한 무렵에는 지구에도 남은 것이 거의 없었어요. 킬른의 모든 것은 다른 모든 것을 포함하는 관계망이에요. 가장 적대적인 관계인 포식자와 먹잇감도 여전히 서로에게 도움이 되도록 작동하죠. 주위 환경이 허용하는 한계까지 확장하고 복잡하게 얽히는 생물권. 당신들, 우리는 아무것도 보지 못했어요. 아쉬워요. 이 세상이 온난하던 시기에는 구성 종 수가 열 배, 혼합 형태의 수는 백 배나 더 많았을 거예요. 믿을 수 없는 수준의 전문화, 거미줄처럼 섬세한 상호관계…….”

“건설자는.” 베시칸이 이제 속았다고 생각하고 내뱉는다. “그들은 어디 있어요?”

라스무센이 웃는다. “그들은 여기 있어요. 하지만 아무 데도 없어요. 인간 간섭의 부재. 실을 팽팽하게 당기면 엉킨 것은 어디로 가죠? 없어지죠.”

마스크의 렌즈를 통해 베시칸이 눈을 부라리는 것이 보인다.

“모든 것이 건설자예요.” 라스무센이 드디어 말하지만 도움이 되지 않는다. 베시칸은 이해하지 못하기 때문이다.

라스무센은 벽에 기대어 축 늘어진다. 그녀는 이미 늘어질 대로 늘어진 상태다. 그녀 몸의 윤곽선이 서서히 무너지는 것이 보인다. 살갗과 뼈, 남은 것은 그것뿐이지만, 그녀 안에 남은 것이 계속해서 신호를 찾는 장치처럼 그녀를 움직이고, 살아있고, 흥분하게 유지했다. 이제 내가 그 신호가 되었고, 그녀가 가진 것을 내가 더 넓은 세상에 옮길 것이다. 그다음, 일서 라스무센 자신은 어디에 있을 것인가? 실을 당긴 뒤 매듭은. 유령 따위는 존재하지 않고, 나는 영혼의 존재를 믿은 적 없지만, 그녀의 무엇인가는 살아남아 어딘가 벽에 새겨져 기억될 것 같다. 영원히 세상의 일부가 될 것 같다.

나는 라스무센의 손을 잡는다. “모든 것이 건설자입니다.” 내가 되풀이해서 말하자 베시칸이 나를 돌아본다. 그는 우리가 미쳤다고, 광신도라고 생각한다. 그리고 자신이 아무 소득도 없이 직업적, 그리고 아마도 실질적 자살을 저지른 것이 아닌가 염려한다.

“건설자들은 킬른 생태계의 신생 속성이에요.” 내가 말한다. “충분한 상호 연결, 충분한 복잡성이 존재하면 세상이 깨어나고 자신을 알게 되죠." 신비주의에서나 할법한 헛소리다. 내가 처음 킬른에 도착했을 때 누가 내게 이런 소리를 했다면 나도 지금의 베시칸처럼 황당한 표정을 지었을 것이다. "킬른 문명은 곰팡이 같아요. 건기 동안에는 **잠재적으로** 존재하죠. 백만 개의 수축형 요소로, 상자 안의 퍼즐 조각으로 존재해요. 세상이 꽃을 피우면 그것들이 다시 연결됩니다. 같은 방식으로 두 번 연결되는 법은 없지만, 상관없어요. 지난번에 남겨둔 기록이 있으니까. 베시칸, 무엇이 잔해를 짓느냐고 물었죠? 모든 것이 지어요. 분자의 미세 조합에서 상상을 초월할 만큼 큰 생물에 이르기까지, 높이 뻗어 재료를 제자리에 넣고 매끈하게 다듬죠. 살고 죽고 서로를 잡아먹는 모든 것의 생태계 전체가 함께 자기 자신을 아는 정신을 구성해요. 상상할 수 있겠어요?"

베시칸은 고개를 젓는다. 그는 상상할 수 없다. 그 안에 들어온 **나도** 상상할 수 없다. 그 세계-독립체가 된다는 것은 어떤 걸까? 내가 지금 키브와 라스무센, 다른 사람들과 함께하듯 연결된 개체로 세분된 것인가? 아니면 사고가 이룬 하나의 거대한 대양이 지구 전체를 뒤덮은 것과 같을까? 거대하고 측량할 수 없지만 초인적, 신적 권능은 아닌 것. 자신을 알고 주위 우주를 사색하며, 자신의 다양한 구성 요소가 세운 구조물의 벽에 그 정신이 받은 인상을 남긴 존재. 미래 자신에게 의무가 있음을 이해하고, 자신을 창조하고 해체한 성장과 소멸의 순환에서 제 위치를 알았던 것. 썰물이 빠져나갈 때마다 해변에 자신의 모래성을 남겨 다음 밀물 때 그것을 되찾을 수 있도록 한 존재.

베시칸이 우리를 포기하려는 순간이다. 그가 폭로 직전이라는 사실을 온몸에서 풍기고 있다. 그는 달려 나가서 보안 팀에게 외칠 것이다.

나에게 제압당했다고 주장하며, 자신이 한 짓을 부인할 것이다. 아마 그러면 그들이 들어줄 수도 있고, 아닐 수도 있다. 그런데 그때 보안팀이 갠트리를 통해 다가오는 소리가 들린다. 그들이 우리를 찾지 않은 곳이 하나 남았음을 깨달은 것이다. 그들은 사령관의 성소 뒤 컴컴한 구석을 전부 뒤지며 다가온다. 그들이 이 환풍기 뒤 지저분한 구석은 찾지 않고 넘어갈 수도 있겠지만, 아마 찾아볼 것이다. 베시칸에게 그들을 부를 기회가 있지만, 그는 굳어버린 채 고통스러워하며 그 기회를 놓친다.

"부탁입니다." 베시칸이 앓는 소리로 말한다. "제발 알려줘요."

"말했잖아요." 라스무센은 그의 손을 꼭 쥐고서 자신이 그저 평화롭게 떠날 시간을 저들이 주기를 바란다. 마지막으로 연기만 남기고 사라지는 촛불처럼.

"그건 아무것도 아니에요." 베시칸이 말한다. "과학이 아니잖아요." 그가 내 어깨를 세게 누른다. "다데브, 당신은 통치부의 정설을 깔보지 않나요. 이건 프리맷이 내놓은, 빌어먹을 킬른인이 있다는 말보다 더 지독한 소리라고요. 신비주의 헛소리. 여기서 지내다가 미친 겁니까? 뇌가 썩어서 헛것이 보여요?" 그의 목소리에서 흐느낌이 들린다. 이런 쓰레기를 얻으려고 자기 자신을 팔았다는 절망. 하지만 괜찮다.

"킬른 생물의 상호 관계는 복잡한 중앙 통제 시스템에 의존하지 않아요." 내가 말한다. 그것은 불합리한 추론이 아니지만 불합리하게 들릴 것이다. "하지만 연결을 이루는 데 아주 능숙하죠. 우리가 이곳에 도착한 순간부터 이곳 생물권은 우리를 이루고 있는 수수께끼, 처음 보는 기묘한 분자 구조를 풀려고 노력해 왔어요. 다양한 킬른의 종이 우리와 이곳 세상 사이의 간극을 메울 방법을 찾아왔죠."

“라스무센이 늘 하던 말이 그거잖아요. 미쳤을 때.” 베시칸이 라스무센을 향해 고갯짓한다. “간극을 메우라고.”

“그것이 간극을 메웠어요. 라스무센을 다리 삼아. 그런데 저들이 라스무센을 차단시키고 가뒀고.” 내가 말한다. 수색자들이 가까이 다가올수록 우리의 목소리는 더 낮아진다. 우리가 봄의 싹을 틔우는 순간은 짧을 것이다. “그리고 우리는 저 밖에서 비행체를 잃고 걸어 돌아와야 했어요. 그때 킬른의 생물은 이미 도구를 갖고 있었어요. 열쇠를 자물통 안에 넣고 돌리기만 하면 됐죠. 그렇게 우리를 연 거예요. 이곳 세계에.”

나는 행군 때를 기억한다. 두렵고, 힘겹고, 미칠 것 같았다. 사람들에게 뭔가 이상이 생겼고, 일무스는 손쓸 수 없이 미쳐버렸으니 버리고 가야 한다고 생각했다. 내게도 그것이 시작되기를 기다렸다. 하지만 최악의 상황은 오지 않았다. 광기는 오지 않았다. 대신, 나는 동료로부터 소외를 경험했다. 나는 키브, 프리맷과 함께 마지막에 굴복했기 때문이다. 내 타고난 고집 때문에. 언제나 내 가장 큰 적은 나였다.

“우리는 크고 복잡한 뇌를 가진 지구 진화의 산물이죠. 고립된, 외로운 지성. 킬른에서는 어떤 종이나 공생생물도 인간 정신처럼 난해한 것을 만들지 않았어요.” 내가 베시칸에게 말한다. “그런데 이제 우리도 킬른 생물권의 일부가 됐어요. 서로 연결되고, 세상 전체와 연결되었죠. 통치부의 가장 큰 소원이 이루어졌어요. 킬른의 건설자들이 저 밖에 다시 등장했죠. 일정보다 천 년 앞서, 때가 아닌데도, 인간의 형상을 하고서 두 발로 걸어 다녀요. 우리가 이곳 생물권에 우리를 통해서 스스로를 재발견할 수 있는 복잡성을 선사했기 때문에. 우리는 킬른 생물권에 스스로의 존재를 기억할 수 있는 처리 능력을 줬어요. 그래서 나도 다 알게 됐죠. 나도 이제 그 일부이기 때문에 아는 겁니다. 우리 모두."

드디어 보안 팀이 우리를 발견한다. 한순간 그들은 우리를 보고도 너무나 뜻밖이라서 상황을 파악하지 못한다. 하지만 곧 우리에게 항복하라고 외친다. 솔직히, 항복하고 말고가 어디 있는가? 그들이 우리에게 총을 겨누는 동안, 나는 베시칸이 벌떡 일어나 변명을 늘어놓고 우리를 손가락질하리라 예상한다.

대신, 베시칸은 손을 들어 서서히 마스크를 벗는다. 마스크 아래 그는 구운 연어 같은 분홍색으로 변해있다. 두피에는 땀이 흥건하다. 그가 숨을 크게 들이쉰다.

꼬챙이처럼 마른 라스무센은 헐렁한 작업복을 텐트처럼 걸친 채 아직 우리와 함께 있다. 간수들의 곤봉이 날아오기 전에 나는 그녀를 조심스레 부축해서 일으켜 세운다. 그녀의 눈이 열에 들뜬 것 같다. 그녀가 그들을 위해 마지막으로, 옛일을 추억하며 고함을 지르지 않을까 싶다.

그들은 우리를 밖으로 끌고 나간다. 보안 팀은 난간 아래 배치되어 있다. 사령관을 찾아보지만 보이지 않는다. 그는 사무실에 격리되어 있을 테지만, 분명히 감시 카메라로 나를 지켜볼 것이다. 나는 카메라를 찾아서 그것을 응시하며 연결의 순간을 찾는다. 하지만 아무것도 없다. 우리가 마주 보기에는 거리가 너무 멀다.

"그럼, 초능력이 아니라고?" 베시칸이 힘없이 말한다. 베시칸에게서도 연결이 강해지고 있지만, 그가 그토록 오랫동안 찾아온 것을 발견할 때까지 살아있을 것 같지 않다. "총알을 튕겨내고 강철 기둥을 꺾어버리는 게 아니라고?" 아마 그는 내 몸에서 촉수가 튀어나오면 내가 수용소를 돌아다니며 사람들의 팔다리를 뽑아버릴 것이라고 생각하는 모양이다. 그러나 내가 비록 훨씬 더 큰 것의 일부가 되었어도 나는 여전히 아턴 다데브일 뿐이다. 그리고 교수직은 방패나 무기로 별 쓸모가 없다.

그때 사령관이 등장한다. 직접 온 것은 아니다. 스피커로 그의 음성이 들린다. 물론, 그 스피커는 기둥 위에 설치되어 있다. 사령관은 우리가 자신을 **올려다**보기를 원하기 때문이다.

"베시칸 박사." 사령관이 말한다. "당신에게 얼마나 실망했는지 모르겠군." 지친 목소리다. 당연하지 않은가? 모두가 사령관을 버리고 있다. 그는 장난감 병정 몇 명뿐 통치할 대상이 거의 남지 않은 이름뿐인 독재자다. 하지만 그렇게 말하면 불공평하다. 그는 결코 풀 수 없는 수수께끼를 가진 사람이기도 하다. 그를 위해 그 수수께끼를 풀어야 하는 사람들이 이제 게임을 안 하겠다고 하니까. 그는 빈손으로 돌아갔을 때 지구에서 받을 비난을 염려하지도 않는다. 사령관이 가장 신경 쓰는 것은, 베시칸과 마찬가지로, 끝내 **알지** 못하리라는 것이다. 다만 사령관이 결코 깨닫지 못하는 사실은, 알기 위해서는 저 꽉 죄는 부츠와 오래된 제복, 저 융통성 없는 정설을 버려야 한다는 것이다. 그러려면 다른 사람이 되어야 하는데, 테롤런 사령관에게는 그럴 의지가 없다.

사령관의 다음 수가 무엇일까 궁금하다. 다른 사람들에게 경고하기 위해 갠트리에서 우리 목을 매달까? 우리를 협상 카드로 쓸까? 과학자의 의무에 호소할까? 그 후 이어지는 지루한 침묵 속에서 나는 그도 모른다는 사실을 깨닫는다. 사령관에게는 계획이 없다. 그는 현재의 이 재난 상태를 끝내고, 사람들이 시키는 대로 올바르게 행동하는 수용소로 되돌릴 방법을 찾을 수 없다. 보안 팀조차 그가 언제까지 통제할 수 있을까? 그가 할 수 있는 일은 차기 추방선을 기다렸다가 생존자 몇 명을 확보해 새로운 수용소를 꾸리는 것뿐이다. 그렇게 되면 그들을 얼마나 조심스레 다뤄야 할까? 하나하나가 소중한 자원이니까! 하지만 그는 그런 큰 도약을 할 수 없는 것 같다. 죄수들이 곧 사령관보다는 바삐 돌아가는 킬른의 세계와 더 많은 공통점을 갖게 될 것처럼 그 자신도 지구에 있는 상관보다는 관할하의 죄수와 공통점이 더 많다는 사실을 그는 알지 못할 것이다.

라스무센이 웃는다. 그녀가 고개를 젖히고 미친 듯이 킥킥거린다. 우리가 늘 그녀라고 생각한 그 모습처럼. 그렇게 웃느라 그녀의 몸이 비틀리고, 뼈가 맞닿아 갈려서 아픈 것이 느껴진다. 다만, 그녀는 고통을 넘어섰다. 조각을 허공에 흩어버리는 것이 아니라 그 조각을 보존하는 해체.

그렇다 해도 그 웃음에 놀라서 하마터면 나는 그녀를 놓칠뻔한다. 그러다가 곧바로 붙잡는다. 그사이에 밖을 보고 있던 보안 팀 몇 명이 처음 외치는 소리가 들린다. 그리고 다른 곳에서도 들린다. 프린트한 바리케이드 뒤에 있던 내 동료들로부터 다 같이 밀려드는 민중운동이 시작되었기 때문이다. 그들은 나를 구하러 오는 것이 아니다. 나는 사실 그렇게 중요하지 않다. 그들은 테롤런을 잡으러 온다. 사령관은 그들이 그저 박차고 나가, 통치부 밖에서 머리에 꽃을 꽂고 자유롭게 살 수는 없음을 확실히 밝혔다. 그래서 그들이 준비한 대답이 이것이다.

총성이 들린다. 우리 주위의 보안 팀 일부는 우리를 쏴서 쓰러뜨리기를 간절히 원한다. 어떤 보안 팀원은 난간에서 난간으로 뛰어다니며 무슨 일인지 확인한다. 하지만 다른 광경을 본 사람들도 있다. 밖을 보라는 외침이 들린다. 키브의 동료—나의 동료—가 행동을 시작하는 가운데, 사방에 떠들썩한 명령과 경고 탓에 밖을 보라는 외침은 잘 들리지 않는다.

베시칸은 그들이 갠트리를 요새화한 것을 본다. 그에게 이것은 패배의 인정이 아니라 권력의 표시다. 베시칸은 우리 가련한 농민이 나뭇가지와 돌을 들고 성을 공격하려는 것으로 여길 뿐이다. 고층에서 환히 보이는 계단을 오르며 철조망을 향해 돌진하다니. 용감하게 공격하는 키브와 다른 사람들에게 죽음의 장이 될 것이다. 자살 시도다. 베시칸은 눈을 크게 뜨고 고개를 젓는다.

그런데 무언가가 수용소의 돔에 부딪쳐 지지대가 휘청거리고 플라스틱이 꺾이는 소름 끼치는 소리가 들린다. 갠트리 전체가 흔들리며 떨린다. 간수들이 외치는 소리가 들린다.

"초능력이 하나는 있나 보군요." 내가 베시칸에게 말한다. 라스무센은 계속 웃고 있다.

32.

무언가가 돔의 측면을 세게 쳐서 그 부분이 서로 엇갈리게 만들었다. 미세한 플라스틱 가루가 우리에게 떨어진다. 사령관이 스피커를 통해 흥분해서 외쳐대고, 라스무센은 해골 같은 머리를 젖히고 세상에서 가장 사악한 마녀처럼 또 키득거린다. 베시칸은 무릎을 꿇는다.

돔을 가로질러 충격 지점 반대편에서 다른 무언가가 끊어지면서 투명한 표면에 번개처럼 금이 가는 것이 모두에게 보인다. 우리에게 총구를 겨눴던 보안 팀 절반 이상이 철조망을 넘어오려는 사람들을 향해 달려가지만, 그들이 누구를 쫓아버리려는 것인지 약간 혼선이 있다. 몇 명은 있지도 않은 공격에 맞서 용감하게 계단을 지킨다. 한쪽 끝에 모인 자들은 쓰레기가 된 밀폐실 쪽으로 자동소총을 마구 쏘아 댄다. 아직도 우리에게 무기를 겨눈 몇 명은 돔에 충격이 계속되며 전체가 흔들리자 점점 더 불안해한다. 아무 효력이 없는 그 방패는 그럼에도 불구하고 통치부의 영역과 그들이 그토록 두려워하는 야생 사이 침범할 수 없는 경계를 상징한다.

안에서 나는…… 초월을 느낀다. 최신 약물에서만 얻을 수 있는, 미칠 것 같은 환희. 나는 무엇이나 할 수 있다. 나는 온 세상이니까. 그리고 그런 이유로, 나는 아무것도 하지 않는다. 내게는 잠재력이 너무나 가득해서 내 작은 인체는 무의미하게 느껴진다. 지금 수용소를 내리치는 망치에 비하면 이 몸이 무엇을 할 수 있단 말인가? 나는 숨을 생각조차 하지 않는다. 사령관의 부관 수예가 내 이마에 권총을 겨누고 저벅저벅 걸어온다. 나는 해볼 테면 해보라는 투로 그녀를 향해 씩 웃는다. 킬른의 건설자들이 깨어났다. 내 정신이 다른 사람들의 정신으로, 그 생물권으로 그곳의 복잡한 특징을 밀어붙여, 새로운 전 세계적 의식이 깨어나게 된다. 나는 여전히 나다. 다치고 아픈 보잘것없는 아턴이다. 하지만 고백하건대 이 시점에서 나는 머릿속에서 절반 이상 빠져나간 상태다. 나는 결정을 내릴 위치가 아니지만, 그 순간 그 누구도 결정을 내리지 않는다. 우리는 킬른이 꾸는 꿈 속에서 모두 함께이고, 우리 사이의 공간에서 결정은 그저 생겨날 뿐이다.

돔의 금 간 쪽을 무언가가 한 번 더 치자, 머리 위의 하늘이 갑자기 삐죽삐죽한 모자이크로 변하더니 부서지기 직전이다. 내 시야에서 가장 가까운 곳에서는 바닥에 닿는 부분이 지렛대 작용으로 받치고 있었는데, 그 부분이 약해지면서 제 위치에서 어긋나고 갠트리 대들보에 고정된 부분이 갈라지고 있다. 무언가가…… 내가 계속 '무언가'라고 말하지만 그것은 허위 진술이다. 그 무언가가 무엇인지 나는 알고 있다. 그것들은 나이고, 그것들은 그들이며, 그것들은 하나가 되어 움직이는 그들의 각 부분이다. 나는 그저 베시칸이 그 모두를 경험하는 동안 그를 이해시키려고 '무언가'라고 말할지도 모른다. 곧 베시칸도 나처럼 철저하게 이해할 것이다. 숨을 계속 쉬기만 한다면.

숨을 계속 쉬기는 힘들어질 것이다. 수예가 서늘한 권총 총구를 내 이마에 댄다. 그네가 뭐라고 하는지 들리지 않는다. 돔에 균열이 일어나는 종말의 소리와 사령관이 지직거리는 잡음과 함께 외치는 앞뒤 안 맞는 명령 소리가 너무 크다. 하지만 수예의 입술 모양은 이렇게 말한다. '저걸 멈춰!'

나는 수예의 눈을 똑바로 마주 보고 '싫어'라고 말한다. 내가 멈출 수 있는 것도 아니지만, 어쨌든 멈추고 싶지 않다. 그네가 날 죽인다면 아쉽기는 하겠지만 더 큰 목적이 더 중요하다. 킬른이 드디어, 더 큰 것의 일부가 되기를 원하지 않는 침략자 무리를 쫓아내기 위해 깨어났다. 통치부의 꽉 닫힌 마음의 문을, 드디어 우리의 괴물 같은 부츠가 걷어차고 있다.

보안경 렌즈 안에서 부라린 수예의 광기 어린 눈이 보인다. 잠시 후 그 눈이 더 또렷이 보인다. 라스무센이 손을 뻗어 수예의 마스크를 턱 아래서 잡아당기기 때문이다. 나는 아무것도 기대하지 않지만, 고무가 솔기에서 찢어지더니 갑자기 금속으로 덧댄 그네의 겁에 질린 얼굴이 균이 득실거리는 공기 중에 노출된다. 그들의 튼튼한 보호 장비도 다른 것들과 마찬가지로 싸구려 프린터로 만든 물건이다. 결국 죄다 과시를 위한 부츠에 페티시 복장일 뿐이지, 본질에 미치지 못한다.

수예가 비명을 지르며 총을 안 쥔 손으로 얼굴을 부여잡는다. 그네는 잔인한 힘으로 수많은 미세생물을 제거할 수 있다는 듯 자기 뺨을 긁어 상처를 낸다. 그리고 물론, 그네가 하는 행동은 그 생물이 체내로 들어가는 문을 여는 것에 불과하다. 하지만 피부과학 기초 강의는 생략하겠다. 그네는 그것을 경청할 입장이 아니니까. 그네는 라스무센에게서 떨어지려 하지만, 노익장은 마스크에 손가락을 걸어서 아예 떼어버린다. 곧 라스무센이 수예에게 달려든다. 끊임없이 미친 듯 키득거리며, 관절염에 걸린 거미처럼 사지로 그네를 감아쥔다. 라스무센은 새로운 초능력을 발견했다. 비록 마지막이지만. 그것은 킬른의 되살아난 세계-의식에 의해 촉발된 그녀의 생애 주기 최종 단계다. 인간에게는 그런 식의 생애 주기가 없지만, 라스무센은 최초였다. 그녀는 인간들이 생존하는 시간보다도 더 오랫동안 이것을 품고 있었다.

라스무센의 웃음이 다른 것으로 변한다. 그녀의 목구멍에서 포자가 안개처럼 퍼져 나와 그녀와 수예 주위의 공기를 채운다. 수예의 비명이 한 옥타브 더 높아진다. 수예가 라스무센의 턱 밑에 권총을 밀어 넣더니 쏜다. 그 상처에서 같은 것, 라스무센의 본질이 더 흘러나온다. 지구 생화학과 킬른의 것을 연결하는 다리를 통해, 라스무센에게서 부서져 나온 것이 전달된다. 이제 그것은 그녀의 온몸에서 흘러나온다. 소매 끝과 모공과 눈에서. 그녀 안에 가득 든 것이 최종 대피를 감행하며 그토록 오랫동안 타고 있었던 낡은 배를 버리자 그녀는 시들며 푹 꺼진다. 나는 거기서 우리의 긴 삶이 끝난 뒤 우리 운명을 본다. 아무것도 낭비하지 않고, 외계의 흙으로 회귀한다. 다리를 건너 아무도 모르는 땅으로.

수예는 눈이 툭 튀어나오고 얼굴은 자줏빛이 된 채 손톱으로 자기 피부를 더 할퀴며 주저앉는다. 그네를 죽이는 것은 포자도, 중독도, 감염도, 심지어 알레르기 반응도 아니다. 그것은 단순히 공포, 자신이 무엇으로 변할까 하는 공포다. 죽어도 더 큰 세상을 지지하지 않겠다는 의지. 그네는 라스무센의 껍데기를 매단 채로 자기 목을 부여잡고 쓰러진다. 첫 총알이 말벌처럼 나를 스치고 지나간다. 다음 총알은 아마 내게 맞았을 것이다. 베시칸이 나를 밀어 쓰러뜨리지 않았다면.

돔이 드디어 부서진다. 수용소 전체에 커다란 면도날이 플라스틱 비처럼 쏟아진다. 베시칸이 이미 나를 숨을 곳으로 끌고 갔기 때문에 나는 한쪽 종아리만 베였을 뿐이다. 보안 팀 서넛이 악천후에 쓰러지지만, 그들에게 그것은 염려할 거리도 아니다. 코끼리 아빠가 수용소 안으로 들어왔기 때문이다.

전과 같은 녀석인가? 아닐 것 같다. 하지만 전체적으로 같은 모양과 종의 조합이긴 하다. 그것이 세 개의 가느다란 다리로 튀어 들어오더니, 둥근 아가리-발을 흔들며 굶주린 듯 딱 벌린다. 그리고 그것은 혼자가 아니다. 우리가 와서 표본을 더 수집하게 되기를 기다리다가 지친 듯, 킬른의 생태계가 결국 우리를 찾아왔다. 면도날 같은 채찍을 휘두르는 엽상체 등짝을 가진 지렁이가 물결 모양 빨판 위에서 전투에 참전한다. 뒤얽힌 뾰족뾰족한 낚싯줄을 따라가는 손톱 달린 우산의 무리. 사람 상체 크기의 곱사등이 딱정벌레가 탱크처럼 움직이며 뼈가 부러질 정도로 세게 돌덩이를 뱉어낸다. 깨진 돔 가장자리에서는 바위게가 땅에서 밀고 나와 모든 것이 삭제되기 전에 기념품을 챙기겠다는 듯 갠트리 지지대를 붙잡고 늘어진다.

그리고 다른 사람들.

이 온갖 혼돈 속에서도 자기 임무를 다하는 간수가 하나 있다. 〈지구적 쾌락의 정원〉 재연 학회가 활동을 시작한 와중에도 통치부의 꿋꿋한 하수인은 총을 겨누고 베시칸과 나를 향해 달려온다. 그들은 아마 내가 이 사태를 멈출 수 있다고 생각하는 듯하지만, 솔직히 지금 상황은 인간 차원의 문제를 뛰어넘었고 그들에게는 인간 차원의 해결책뿐이라고 나는 믿는다. 그 밖의 모든 것은 감당이 안 된다.

나는 곧 총에 맞을 거라는 사실을 깨닫는다. 저들은 아직도 고함을 지르는 중이지만, 이제 한 글자 남았다. 그리고 총격이 발발하는데, 저들의 총이 고장 난 것이 아니다. 대신, 거기 내 앞에 서서 내 관심을 지나치게 많이 차지하던 간수가 갑자기 오른쪽으로 비켜선다. 마치 갈고리에 걸려 무대 밑으로 떨어지는 재미없는 코미디언처럼. 나는 그 엉터리 같은 상황에 실제로 웃음을 터뜨리다가 정신을 차린다. 왼쪽을 보니 일무스가 있다. 내가 알기로는 평생 총을 사용해 본 적 없는 일무스가. 그네는 바로 지금 처음 총을 쏴봤지만, 아마 시각이 향상되어 도움이 된 것 같다. 그네가 게임 속에서 원격조종을 하듯이 방아쇠를 당긴다. 그리고 과녁을 판단한다. 그네는 내 눈을 자기 눈처럼 끌어다 쓸 수 있으니까.

곧이어 쏟아져 들어오는 괴물 사이에서 그들이 달려온다. 키브, 그릴리, 프리스. 노동 구역 전체가 전쟁을 끝내기 위해서 일어났다. 사령관은 전쟁을 끝내지 못했기 때문이다. 그들은 괴물의 복수를 피해 달아나려는 간수는 모두 쏘아 쓰러뜨린다.

나를 끌고 다니던 베시칸은 이제 내게 매달린다. 내가 그를 행성의 분노로부터 구해줄 것이라고 믿는다. 나는 그것이 분노가 아니라고 설명하고 싶다. 행성도 아니라고. 우리라고. 우리, 민중 말이다. 우리는 수용소와 전제군주에 지쳤고, 그것을 해결할 수단을 가졌다. 우리는 우리의 커다란 지구 두뇌에 올라탄 킬른 생물권의 새로운 정신에서 상당한 부분을 차지한다. 우리를 받아들인 그것은 자기 존재를 소중히 여기므로 가능한 한 오랫동안 우리의 참여를 유지하고자 한다. 간단히 말해서, 지금 우리가 원하는 것을 얻는다. 우리가 원하는 것은 킬른에서 통치부를 쓸어버리는 것이다.

프리맷이 행군 마지막 때처럼 커다란 바위 게를 타고 계단을 오르고 있다. 그때, 수용소에 가까워지자 우리는 변한 것이 없는 척하려고 그녀를 다시 부축해야 했다. 그녀는 지금 킬른판 드루이드의 여왕처럼 강력한 말에 올라타서 지팡이를 휘두르고 있다. 어떤 면에서 그녀는 정말로 왕이다. 우리 모두 그렇다. 프리맷이 바위 게를 몰아서 베시칸과 내게 오는 것이 아니다. 오히려 그것이 그녀가 원하는 것을 이해하고 따른다.

"니멜?" 베시칸이 진심 경외하는 목소리로 말한다. 그의 꽁꽁 닫혔던 마음의 문이 조금씩 힘겹게 열리고, 그가 문지방에 선 것이 느껴진다. 우리와 함께하려고. 전체와 함께하는 하나로서. 킬른 역사의 상속자로서.

킬른의 정신. 여럿의 건설자 혹은 하나의 건설자. 그것은 하나이자 동시에 다수이고, 우리 인간의 언어는 그런 것을 전달할 수 없기 때문이다. 생물학적 복잡성이 매번 임계질량에 도달하면서, 그것이 계속 반복해서 자아를 각성하게 되는 그 긴 역사를. 그것이 스스로 세운 구조물에 자아에 대한 이해를 암호로 새겨 넣는 법을 배우고, 행성 이 구역에 버섯처럼 잔해를 싹트게 만들고자 갖가지 다른 방식으로 세운 역사를. 주거지도, 신전도 아닌 기억이다. 온도가 조절되는 지하에, 돌 안에 영원히 보존시킨. 그리고 꼭 버섯처럼, 우리는 킬른에 와서 인위적인 자실체만 보았지 다음 지성의 시대를 기다리는 보이지 않는 드넓은 연결망은 인지 못 했다. 킬른 문명의 중립 지역만 다녀본 우리는 호기심을 채우지 못하고 어리둥절한 채 떠나서 어떤 잠재력이 재등장하려고 기다리는지 알지 못했을 수도 있다. 더군다나 통치부에 식민지 사고방식이 있었다면, 우리는 그 세상을 식민지화하고 산업화할 수도 있었다. 우리는 우리와 똑같은 건설자를 찾느라 이 세상의 정신을 삭제해 버릴 수도 있었다.

대신, 이렇게 됐다.

결국 돔은 이 세상의 흙이 환원시킬 파편으로 변했다. 이 세상은 그 파편을 분쇄해서 킬른의 바이오매스로 재구성할 방법을 찾아낼 것이다. 수용소의 시끄러운 엔진을 부끄럽게 할 만큼 위대한 환원 장치가 될 것이다. 코끼리 아빠는 마지막 보안 팀 거점을 공격하면서 질긴 살갗에 그들이 쏜 총알을 맞고, 뾰족뾰족한 다리에 그들을 꽂아서 지구 단백질의 대사 작용을 배운 체내 동물에게 먹일 것이다. 그리고 이 모든 것이 끝나면, 사령관이 남는다.

사령관의 사무실은 비계에 마지막으로 남아 흔들거리는 부분에 놓인 밀폐된 금속 상자다. 내려갈 수도 없고, 권력도 없고, 환기 장치도 없다. 하지만 목스 캘렌, 배신자 엔지니어가 그 순간 거기에 있다. 캘렌이 통신 장치를 되살려서 나는 옛 원수와 마지막으로 대화한다.

그리고 여기서 '나'란 모두를 뜻한다.

"환기 장치를 열어도 됩니다." 나는 사령관에게 합리적으로 말해준다.

"누구 좋으라고?" 그가 내뱉듯이 말한다.

"글쎄요. 그러면 당신도 여기 우리가 가진 것에 들어오게 될 텐데. 나는 당신이 아주 잠시라도 함께하지 않기를 바랍니다."

"잠시라도."

"당신은 재판을 받을 겁니다." 내가 말한다. "모두에게. 당신은 우리처럼 당신 자신을 볼 수 있을 겁니다."

사령관이 한 대답은 기록하기 어려운 내용이다.

"무슨 가치가 있는지는 모르겠지만 당신이 이곳 연구에 진심인 걸 압니다. 하지만 명령이기 때문도 아니고, 자기 자신을 위해서죠. 당신이 알고 싶어서." 나는 그 후의 침묵을 향해 말한다. "그리고 알 수도 있습니다. 창문을 열기만 하면. 당신에게 무슨 일어날지 몰라도, 그전에 다 알게 될 겁니다. 원한다면 베시칸이 증명할 수도 있어요. 우리의 신입. 베시칸은 알아요. 이제."

"당신이 포자로 베시칸을 세뇌했으니까." 테롤런이 식식거린다. "그런 말이겠지. 당신은 이제 아턴 다데브가 아니야. 당신은…… 인간이 아니야. 변했어."

나는 아직 나라고 말하고 싶다. 나니까. 하지만 그와 동시에, 그렇다. 나는 변했다. 이 모든 것을 경험하고 누가 변하지 않을 수 있을까? 이 모든 사건을 겪고 난 사람이 처음과 같다면 무슨 의미가 있을까? 나는 사령관에게 이것이 외계의 정신 조작이 아니라고 말하고 싶다. 더 큰 것의 일부가 되면서도 나 자신을 유지할 수 있다고. 하지만 어딘가 정신 나간 종교 집단에 들어간 것 같은 소리를 하지 않고 설명할 방법이 없다. 우리에겐 그런 언어가 없다. 킬른만이 그런 언어를 갖고 있으며, 그것은 저 잔해의 벽에 적혀있다. 이 세계의 역사가.

부서진 수용소 한가운데 잔해에서 벌써 덩굴이 다시 자라기 시작한다. 그 덩굴 역시 이 세계의 새로운 역사를 곧 쓰기 시작할 것이다. 모든 것이 수백 년간 쉬고 있어야 할 때 일찍 깨어난 일. 인간과 비인간 지각의 새로운 국면을.

나는 테롤런에게 "최악이라고 해봐야 무슨 일이 일어나겠어요?"라고 묻고 싶지만, 그의 마음속에는 현실을 훨씬 능가하는 온갖 최악의 일이 가득하다. 그는 **자아**를 잃는다면 얼마나 끔찍할지 생각하며 밀폐된 상자 안에서 스스로를 괴롭히고 있다. 그는 침범 불가능한, 독자적인 자아를 도저히 나눌 수 없다. 그는 **알고자** 하는 욕망에 사로잡혔지만, 타자에게 스스로를 **알릴** 생각은 없다. 그는 무엇보다도 사령관이다. 그는 진창에 끌려들지 않을 셈이다.

그는 상자를 열지 않고, 우리는 비계의 마지막 부분을 망가뜨리지 않는다. 그가 자기 무덤에서 죽게 둔다. 결국, 우리도 그가 함께하지 않는 편이 낫다.

평화가 찾아오고, 그 평화 속에서 우리는 우리 자신을 받아들인다. 우리가 변했기 때문이며, 그것은 어려운 일이다. 마치 심리 치료와 비슷하다. 자신이 처한 나쁜 상황에서 벗어나기 위해서 트라우마와 고난을 다시 겪어야 할 때가 있다. 철조망에서 손을 떼고 자유로워지려면 우선 살이 조금 더 찢겨야 할 때가 있다. 우리는 대화하고, 대화가 아닌 정보가 우리 사이를 돌아다닌다. 우리는 우리가 이해하는 것을 이해하려고 노력한다.

우리 모두 일무스로서 사는 것, 전에는 친구에게마저도 늘 타인이었던 그네의 삶을 알게 된다. 우리가 모두 혼자인 인간일 때 그네의 본질에서 떼어낼 수 없는 모순처럼 느껴졌던 것을 이제 이해한다. 나는 솔직함에 대한 그네의 두려움을 느끼고, 그네는 내 두려움을 느낀다. 그 두려움이 우리 무리 속에 퍼지고 확산된다. 그래서 그 두려움은 우리 사이에 어떤 큰 변화를 일으킬 정도로 충분히 축적되지는 못한다.

“그건 도저히……” 그네가 내게 말한다. “**끝나지** 않아.”

나는 무슨 말인지 안다. 우리는 각자의 정신을 가지고 있지만, 과거 경계와 검열, 문지기가 있던 곳에 지금은 넓은 회색 지대만 존재한다. **그네**와 **나**를 연결하는, 오갈 수 있는 땅. 그리고 우리 조직체가 연결된 작은 관계망 너머에 킬른이 있다. 눈을 뜬 온 세상이. 지금 우리가 그 일부가 된 더 큰 존재. 우리가 저마다 동시에 많은 것이 되는 상황에 적응하기는 어렵다. 우리는 쉽게 길을 잃는다. 아마 우리가 파도처럼 밀려드는 생각에 휩쓸리지 않는 까닭은 오직, 우리가 자아를 잃는 순간 더 큰 정신도 스스로를 잃게 되기 때문일 것이다. 더 큰 정신이 활동 상태로 존재하려면 우리가 저마다 복잡한 존재로 있어야 한다. 우리가 없으면 그것은 비를 기다리며 잠든 씨앗에 불과하다.

그리고 그것은 거기서 그치지 않는다. 우리가 그 세계이기에 우리는 잔해를 뒤덮은 덩굴이다. 우리는 바로 이 정신이 남긴 과거 숱한 시대의 기록을 만지고 현재의 이 행성뿐 아니라 과거와도 다시 연결된다. 모든 각성이 달랐다. 그 정신은 그때마다 다른 종의 조합으로 이루어졌기 때문이다. 인간 두뇌가 처음 포함되었다고 해서 그다지 대단한 변화는 아니다.

일무스와 나는 수용소를 돌아다니며 사람들이 그 정보를 처리하면서 울고 웃는 소리를 듣는다. 킬른의 거대한 파도가 밀려들 때 우리는 그 저류에 이리저리 흔들리는 잡초지만, 뿌리는 여전히 우리 자신에게 내리고 있다. 우리는 매듭 하나하나로서 그물을 이룬다. 하지만 어쨌든, 우리는 과거로 다시 돌아갈 수 없다.

덩굴이 수용소 잔해 위로 더욱 높이 기어오른다. 우리가 과학을 위해서 불태우고 망가뜨린 모든 것도 함께다. 그 후 우리는 불멸의 존재가 된다. 킬른의 배분된 정신의 기억 구조는 우리가 가져온 새로운 다양한 시각에 적응한다. 나는 그들이 키워내는 글자, 완전히 새로운 분자 언어의 어휘를 손끝으로 쓰다듬는다. 킬른은 지구에 관해서 배웠다. 킬른은 최초였던 일서 라스무센의 기념비를 세웠다. 킬른의 정신이 기지개를 켜고, 우리 그것의 뉴런이 여러 가지 선택지 사이에서 모였다가 흩어진다. 다시 말하지만, 우리 저마다의 두뇌 사이 공간에서 결정이 만들어진다.

다른 우주선이 올 것이다. 다른 추방선이 이미 출발해서 차가운 우주를 가로질러 줄지어 오고 있다. 캘렌과 우리 중에서 기술에 밝은 사람들은 그들의 신호를 받아서 언제 그들을 가로채야 할지 알려줄 장치를 만들어 냈다. 우리는 할 수 있다면 모두를 구할 것이다.

스태프도 더 오고 있지만, 빈도가 줄어들었다. 귀환하는 과학 팀과 보안 팀의 후임. 신임 사령관. 지구에서 보내는 옛 신문과 과학 논문. 언젠가는 우리 위에 떠있는 우주선이 귀환하기로 예정되어 있을 것이다. 그것이 가지 않으면 결국 우려가 생기고 커질 것이다. 통치부라는 거대 정신도 흩어졌다가 모여서 결정을 내릴 것이다. 킬른에서의 작업을 포기하고 생명과 자원의 손실을 감추기 위해 역사를 다시 쓴 뒤 다른 외계 수용소에 집중하기로. 통치부의 집단 기억 속에서 지구 이외의 세계 중 가장 유망한 곳을 지워버리기로. 그곳을 길들일 수도, 통제할 수도 없기 때문에. 혹은 그들이 투자를 늘려서 우주선과 간수와 총을 더 보내고 싶어 할 수도 있다. 다른 시도. 아마도, 식민주의 시도랄까. 통치부나 통치부를 이어받는 조직이 그들이 발견한 생물이 존재하는 세계로 무엇을 하고 싶어 할지 아무도 모른다. 그때는 너무 오랜 세월이 지났을 것이다. 그들은 과학자를 보낼 수도 있고, 수천 명을 쏟아낼 거대 우주선을 보낼 수도 있다. 혹은 폭탄을 보낼 수도 있다. 우리는 그들의 일부가 아니라서, 알 수 없다.

그래서 그 결정은 우리 사이에서 이루어진다. 따지고 보면 우리에게는 우주선이 있으니까. 저 밖에는 생물이 있는 세계가 또 있다. 그리고 우리는 이곳에 식민주의자가 아닌 죄수 노동자로 보내졌다. 하지만 우리는 식민지화했고 우리 자신도 식민지가 되었으니, 이제는 식민주의자가 될 차례다.

적어도 프리맷이나 베시칸, 혹은 캘렌이어야 할 것이다. 그들 중 누구도 그다지 떠나고 싶어 하지 않지만, 우리가 대사를 파견하려면 저들에게 용납될 겉모습을 가진 자여야 한다. 그렇다면 스태프다. 그 스태프들은 돌아가는 우주선에 탈 수 있다. 조기 은퇴나 질병, 스트레스 등으로. 그들은 우주선을 지구 궤도에 들여놓을 수 있어야 한다.

그리고 우리는 추방선에서 요령을 배울 수 있다. 우리에게는 프린터가 있다. 그리고 세계 전체가 기꺼이 내놓은 자원과 연결된 기술에 대한 인간의 이해도 있다. 우리는 우리를 이 세계로 배달한, 최저가 입찰로 만든 엉성한 우주선보다 훨씬 나은 것을 제조할 수 있다. 킬른은 멀리 사는 형제자매를 궁금히 여긴다. 우리는 이곳의 정신에 외계생물이라는 개념을 각성시켰다. '외계'란 킬른의 생물권에서는 언제나 일시적인 상태에 불과하지만. 그것은 항상 결국에는 상대를 알아낸다.

그리고 지구 궤도에 들어선 뒤, 프리맷과 동료들이 상황에 맞는 설명을 하는 동안 우주선은 우리 지구의 중력 속으로 파편을 떨어뜨리기 시작할 것이다. 그 세계의 바람에 날려갈 미세생물부터 흐릿한 안개 같은 포자, 재돌입의 충격을 견딜 수 있는 튼튼한 알과 인간 크기의 것까지. 일회용 캡슐에 든 남녀가 킬른의 복음을 전하는 선교사처럼 곤두박질칠 것이다. 저들에게 서로를 아는 기쁨을 선물하기 위해서. 정보원과 공작원을 색출하고 사람들을 모아 그때 존재할 통치부의 돔을 깨뜨리기 위해서. 그리고 사람들에게 자기 자신을 아는 새로운 방법을 가르쳐 해방하기 위해서. 나는 이렇게 말하지만, 마음 한 구석에서 외치고 있다. 지금 이 순간 잔해의 벽에 이름이 새겨지고 있는 일서 라스무센의 광기를 두려워했던 예전의 **나**. 나는 아직 아턴 다데브이고, 우리가 지구에 가져가는 것은 인류에게 저질러진 두 번째로 크고 무시무시한 행위일 것이다. 하지만 우리가 무엇이 **될지** 생각하면 거부할 수 없다. 수단을 얻었는데 어떻게 안 할 수 있다는 말인가?

우리는 킬른의 자아를 각성시켰다. 아마도 지구에게도 그렇게 할 수 있을 것이다. 잠에서 깨우면서 시작해 각성으로 끝내자.

감사의 글

이 책을 만드는 데 함께한 모든 분께,
특히 에이전시의 사이먼과 올리버, 팬 맥밀런 출판사의
벨라, 샬럿, 길리언, 클레어와 모두에게
감사를 전합니다.

옮긴이_이나경

이화여자대학교 물리학과를 졸업하고 서울대학교 영문학과에서 르네상스 로맨스를 연구해 박사학위를 받았다. 전문 번역자로 일하고 있으며, 역서로《야생 조립체에 바치는 찬가》,《수관 기피를 위한 기도》,《검은 미래의 달까지 얼마나 걸릴까?》,《화석을 사냥하는 여자들》,《부기맨을 찾아서》,《초대받지 못한 자》,《프리즈너》,《엄마 아닌 여자들》,《프랑켄슈타인》,《애프터 유》,《다른 우주에서 우리 만나더라도》 등이 있다.

에일리언 클레이

초판 1쇄 인쇄 2025년 9월 8일
초판 1쇄 발행 2025년 9월 26일

지은이 | 에이드리언 차이콥스키
옮긴이 | 이나경
발행인 | 강봉자, 김은경

펴낸곳 | (주)문학수첩
주소 | 경기도 파주시 회동길 503-1(문발동 633-4) 출판문화단지
전화 | 031-955-9088(마케팅부) 031-955-9532(편집부)
팩스 | 031-955-9066
등록 | 1991년 11월 27일 제16-482호

ISBN 979-11-7383-016-7 03840